Das Buch
Nomi, Verlegerin aus Leidenschaft in Tel Aviv, reist nach Wien zu ihrem Freund Kirin, einem bekannten Theaterregisseur, um sich über die Beziehung zu ihm Klarheit zu verschaffen. In Wien begegnet sie überall den Spuren ihrer Familie, denn hier wuchs ihre Großmutter Ruth Stein auf, deren Tagebücher immer noch ungelesen auf Nomis Speicher in Tel Aviv liegen. Sie lässt sie sich schicken und begibt sich auf eine Reise in die eigene Familiengeschichte, von der sie sich bisher unberührt glaubte:

Ihre Großmutter Ruth, eine ebenso glamouröse wie exzentrische Frau, hatte Ehemann und Tochter vernachlässigt, um sich der rauschhaften Beziehung zu Robert, ihrer großen Liebe, hingeben zu können. Als die Beziehung scheitert und die Pogrome in den Dreißigerjahren in Deutschland zunehmen, muss die Familie nach Palästina fliehen. Ruth kommt das nicht ungelegen, denn es ist ihre einzige Hoffnung, Robert jemals wiederzusehen. Ruth stellt jedoch schnell fest, dass sie in Palästina immer eine Fremde bleiben wird, und als ihre Tochter Anuschka, die Mutter Nomis, sich in eine fatale Liebesbeziehung mit Folgen für alle stürzt, droht ihr Leben beinahe auseinanderzubrechen.

Ein Buch über drei selbstbewusste, willensstarke Frauen auf der Suche nach ihrem persönlichen Glück.

»Ein Buch, das keine Frau unbeeindruckt lässt.« *Myself*

Die Autorin
Edna Mazya, geboren 1950 in Tel Aviv, Tochter österreichischer Einwanderer, ist eine der bekanntesten und meistgespielten Theaterschriftstellerinnen Israels. 1993 wurde sie mit ihrem Stück »Die Schaukel« international bekannt. Ihr erster Roman »Schlamassel« erschien 2001, sie schrieb zahlreiche Drehbücher und lehrt »Dramatic Writing« an der Universität Tel Aviv.

Der Übersetzer
Stefan Siebers ist Lektor für hebräische Literatur an der Universität Düsseldorf. Er übersetzte Edna Mazyas ersten Roman, »Schlamassel«, sowie Werke von Aharon Appelfeld, Savyon Liebrecht und Yaakov Shabtai.

Edna Mazya

Über mich sprechen wir ein andermal

Roman

Aus dem Hebräischen von
Stefan Siebers

Kiepenheuer & Witsch

Die Handlung dieses Buches und alle vorkommenden Personen sind frei erfunden. Jede Ähnlichkeit mit Ereignissen, die tatsächlich stattgefunden haben, und mit Lebenden oder Verstorbenen wäre rein zufällig.

Anmerkungen des Übersetzers befinden sich am Ende des Buches.

Verlag Kiepenheuer & Witsch, FSC®-N001512

6. Auflage 2012

Titel der Originalausgabe: *The Unsatisfied*
© 2005 by Edna Mazya
Worldwide Translation Copyright by
The Institute for the Translation of Hebrew Literature
Aus dem Hebräischen von Stefan Siebers
© 2008, 2010 by Verlag Kiepenheuer & Witsch, Köln
Alle Rechte vorbehalten. Kein Teil des Werkes darf in irgendeiner Form (durch Fotografie, Mikrofilm oder ein anderes Verfahren) ohne schriftliche Genehmigung des Verlages reproduziert oder unter Verwendung elektronischer Systeme verarbeitet, vervielfältigt oder verbreitet werden.
Umschlaggestaltung: Barbara Thoben, Köln,
nach einer Idee von Rudolf Linn, Köln
Umschlagmotiv: © Itamar Wexler
Gesetzt aus der Bembo
Satz: Pinkuin Satz und Datentechnik, Berlin
Druck und Bindearbeiten: CPI – Clausen & Bosse, Leck
ISBN 978-3-462-04207-8

Für Elisheva, Mikie und Sharon

Teil I

Heute

Kapitel 1

Manche Paare, die verzweifelt an ihrer Beziehung festhalten und sich damit trösten, dass glückliche Ehen so selten sind wie Schnee in Ägypten, beneiden uns um dieses Arrangement: Der Ire und ich sehen uns selten genug, um nicht vom Alltag gefressen zu werden, und häufig genug, um nicht zu vereinsamen. Der Ire ist Theaterregisseur. Er wohnt in London und arbeitet in Europa, während ich in Tel Aviv lebe und arbeite. Wegen der vielen Reisen, die sein Beruf mit sich bringt, treffen wir uns sechs- oder siebenmal im Jahr für jeweils zwei bis drei Wochen in der Stadt, in der er gerade inszeniert: in Graz, Basel oder Zürich, Weimar, Frankfurt, Stockholm oder Utrecht, in Brüssel oder Antwerpen, um nur einige zu nennen. Es wäre müßig auszurechnen, wie viel unsere Beziehung uns schon gekostet hat. Offenbar gehorcht auch sie den Gesetzen des Marktes: Was in Massen vorkommt, ist billig; was hingegen selten ist, hat einen hohen Preis.

Nach der Premiere bleiben wir am Aufführungsort oder fahren in die Umgebung, um in konzentrierter Form das zu tun, wofür andere Menschen Monate brauchen. Sicher, das alles ist manchmal weniger glamourös, als es auf den ersten Blick scheint. Trotzdem darf man in unserem Fall von einem krisenfesten Glück sprechen, das fünfzehn lange Jahre voller Telefonate und E-Mails überdauert hat.

Hinter dem freundlichen, lustvollen Charakter unseres Verhältnisses verbirgt sich eine eiserne Regel: Ansprüche zu stellen, ist undenkbar. Der Partner ist nicht dazu da, Probleme zu lösen, und im Notfall kann man von ihm keine Rettung erwarten. Nicht nur aus praktischen Gründen meint der Ire, man solle seinen Mitmenschen nicht mit persönlichen Problemen zur Last fallen. »Vom Partner zu erwarten, dass er sich in dich hineinversetzt, ist sinnlos. Das beschert dir am Ende des Tages nur Streit und Kummer.« Einen verletzten oder enttäuschten Menschen könne man nicht trösten. Wenn es einmal nicht so gut läuft, solle sich jeder in seine Ecke zurückziehen und darauf vertrauen, dass die Zeit alle Wunden heilt.

Der Ire glaubt, ich gehorchte seinen Regeln nicht nur, weil sie unser Leben einfacher machen, sondern weil ich mich aufrichtig dazu entschlossen hätte und genauso individualistisch sei wie er. In gewisser Weise hat er recht, wenn er mich als Seelenverwandte sieht, als starke, unabhängige Frau mit einem anspruchsvollen Beruf und Anhängerin derselben hochmütigen Überzeugung, dass man zu allem eine gesunde Distanz wahren sollte – dem anderen nicht auf die Nerven gehen, nichts Sinnloses von ihm verlangen und vor allem weder Eifersucht noch zu große Emotionen zeigen. Gefühlsausbrüche sind ihm so peinlich wie melodramatische Theaterstücke ohne einen Funken Ironie.

Doch obwohl er mit Gefühlen sparsam umgeht und seine Herzlichkeit manchmal täuscht, ist die Gesellschaft des Iren inspirierend. Anders als bei anderen Männern lohnt es sich, in ihn zu investieren. Er ist interessant, großzügig, lustig und hat einen scharfen Verstand. Er hat die Katastrophen und den Kummer des Lebens aus seinem Alltag verbannt und nie eine Trösterin für Stunden der Not gesucht. Die Gesetze, die er aufstellt, wendet er auch auf sich selbst an. Fünfzehn Jahre traf ich ihn fast immer froh und gut gelaunt. Wenn die Kritiker über eine Inszenierung die Nase rümpften, lud er seine Frustration nie bei mir ab, sondern verkroch sich für zwei oder drei Tage und versuchte, den Heilungsprozess zu beschleunigen, die Kränkung und den Selbsthass schnell zu überwinden. Danach kehrte er, erholt und ausgeglichen, zu seinem perspektivischen Standpunkt zurück. Er sagt, die Fähigkeit, sich zu beherrschen, sei der wesentliche Unterschied zwischen Mensch und Tier.

In den ersten Jahren war ich über beide Ohren in ihn verliebt. Es kostete mich große Mühe, mich zusammenzureißen, damit die geforderte Maske keine Risse bekam. Immer wieder kämpfte ich gegen den Wunsch an, ihn stürmisch zu umarmen oder ihn in meine Stimmungstiefs, für die es keine konkrete Lösung gab, hineinzuziehen. Doch jedes Mal, wenn ich die Regeln zu brechen drohte, erinnerte ich mich, dass ihn schon jüngere und schönere Frauen verloren hatten. Zu seiner Rechtfertigung behauptet er, er habe seine eigenwilligen Ansichten nie einer Frau aufgezwungen. Daher könne ihm auch keine vorwerfen, dass er sich zurückzog, wenn ihm die Beziehung zu eng wurde.

Ich habe keine Familie, weder nahe noch ferne Verwandte. Der letzte Onkel, von dem ich einen kleinen Verlag, eine Wohnung und etwas Geld geerbt habe, starb vor siebzehn Jahren. Ich war dreißig Jahre alt und wollte eine Beziehung, die mir etwas bedeutete, nicht aufs Spiel setzen, obwohl ich in den Iren längst nicht mehr so verliebt war wie anfangs. Oft ermahnte ich mich, das Viele, das er mir bieten konnte, zu genießen, statt über das Wenige, das er mir vorenthielt, zu klagen.

Die Situation änderte sich fünf Jahre später, als ich Tibi Wechsler begegnete. Erst mit seinem Rückhalt konnte ich den Regeln des Iren unvoreingenommen und von Herzen zustimmen und unsere Beziehung als wohlig und einigermaßen symmetrisch empfinden. Die Wahrung des gesunden Abstands wurde nicht nur meine zweite Natur, sondern ein Kompromiss, der auch Vorteile bot.

Der schöne Tibi – so nannte man ihn im Tel Aviv der Achtzigerjahre. Mit besseren Zähnen hätte er als lebender Adonis gegolten: glattes honigblondes Haar, ein helles wohlgeformtes Gesicht mit expressiven Zügen und grasgrünen Augen, die Wärme ausstrahlten. Obwohl er schwul und seine sexuelle Orientierung unübersehbar war, fielen auch Frauen auf ihn herein. Er schien es sogar darauf anzulegen.

Tibi war ein Waisenkind wie ich. Eines Tages zog er in die Wohnung mir gegenüber in der Rothschildallee, in der ich noch heute lebe. Vom ersten Augenblick an waren wir Freunde. Es dauerte keine Woche, und wir gingen in der Wohnung des anderen ein und aus. Wir waren wie Geschwister, doch ohne die genetische und historische Last, die gewöhnlich mit verwandtschaftlichen Beziehungen einhergeht und sie in eine latente Feindschaft verwandelt. Wir waren in jeder Hinsicht ein Paar, außer in einer – daher ließ uns der Ire großzügig gewähren. Uns trennten keine Regeln, und Masken hatten wir nicht nötig. Innen und außen waren identisch, wir trugen unsere Schwächen wie Festtagskleider zur Schau.

Wir erteilten einander die Erlaubnis, uns stunden- oder, wenn es sein musste, auch tagelang auf die Nerven zu gehen. Alle Mühen des Lebens, die großen und die kleinen, hatten ein Recht, ausdiskutiert zu werden. Bei Tibi traute ich mich, meinen geheimsten Wunsch auszusprechen: Eines Tages würde ich einen Roman schreiben, ich musste nur eine geeignete Story finden. Wie Kaulquappen schwirrten Handlungsfetzen in meinem Kopf herum, und Tibi bestärkte mich in meinem Bemühen und lobte unermüdlich meine schriftstellerische Begabung. Viele meiner Briefe an ihn seien bereits Literatur. Alles, was ich noch entwickeln müsse, sei Ausdauer, denn Ausdauer sei ein unverzichtbares Talent. Und so, gestärkt und zufrieden durch sein Vertrauen, schob ich die Verwirklichung meines Traums vor mir her.

Ich wusste, dass er auch schrieb, aber darüber redeten wir nicht. Das war ein heikles Thema. Für mich als Verlegerin waren die Manuskripte von Freunden ein Übel, das mich verfolgte; schon manche Freundschaft war daran zerbrochen. Selbst meine eigenen literarischen Ambitionen dämpfte ich, denn ich wollte in keinen Mantel schlüpfen, der womöglich zu groß für mich war. Tibi schickte mir sein Manuskript erst, als er überzeugt war, mich nicht in Verlegenheit zu bringen. Eines Tages lagen neun wunderbare Erzählungen auf meinem Schreibtisch, und ich fragte ihn in aller Bescheidenheit, ob er mir erlauben würde, seine Verlegerin und persönliche Lektorin zu sein.

In den folgenden Jahren redigierte und veröffentlichte ich fünf Bücher von ihm, drei Romane und zwei Bände mit Kurzgeschichten, und abgesehen von flüchtigen Streits, die Strohfeuern glichen, gelang es uns, Berufliches und Privates glücklich zu verbinden.

Wahrscheinlich war meine Betriebsamkeit schuld, dass ich die Warnsignale nicht vernahm und die Zeichen und Hinweise, die er wie Brotkrümel in meine Tage streute, nicht sah. Ich brauchte Monate, um zu begreifen, dass er mir etwas sagen wollte. Als er schließlich überzeugt war, dass man mich brutal mit der Wahrheit konfrontieren musste, damit ich sie verstand, befahl er mir, mich still an den Küchentisch zu setzen und zuzuhören. Er müsse endlich Tacheles mit mir reden, obwohl er wisse, wie grausam das sei.

Der reichste Verleger des Landes habe ihm ein mörderisches Angebot unterbreitet, die Vertragsunterzeichnung für sein nächstes Buch stehe unmittelbar bevor. Selbst wenn ich ihm ähnliche Konditionen bieten würde, was angesichts der bescheidenen Größe meines Verlags unmöglich war, könnte er sie nicht annehmen. Sein neuer Vertrag sei wie ein Bankraub am helllichten Tag. Nur von einem Verlag, der einem Kartell gehöre, könne er ohne Gewissensbisse ein so hohes Honorar akzeptieren. Allein der Vorschuss reiche aus, um seine schriftstellerische Kreativität, die wankelmütig wie ein Teenager sei, ökonomisch abzusichern.

Ich verstand nicht und fragte, was das bedeuten solle. Er sah mich auf eine Weise an, die mich normalerweise tröstete, doch las ich diesmal nur gespieltes Bedauern in seinen Augen.

»Das heißt, dass ich deinen Verlag verlasse«, erklärte er.

»Dann kannst du auf der Stelle gehen!«, rief ich.

»Es ist doch nur geschäftlich, Nomi, du musst mich verstehen. Ich habe weder eine Wohnung noch einen Verlag geerbt. Ich wohne zur Miete und habe kein finanzielles Polster wie du.«

Für diese wirtschaftlichen Motive hätte ich Verständnis haben müssen, aber das verschlimmerte die Sache nur. »Ich werfe dir nichts vor«, sagte ich und konnte die Kränkung doch nicht einfach schlucken.

Seither sind achteinhalb Monate vergangen, und obwohl er mir fehlt, ist es mir nicht gelungen, über meinen Schatten zu springen und mich mit ihm zu versöhnen. Sogar die Schlichtungsversuche des Iren blieben fruchtlos.

Statt eine neue Wohnung zu suchen, legte ich mir eine neue Maske zu. Doch Tibi ließ nicht locker. Durch jeden Riss, der sich auftat, versuchte er, zu mir vorzudringen. Seine Bemühungen fachten meinen Zorn an. Trotzig versperrte ich alle Zugänge und spielte die Gleichgültige. Wenn wir uns im Treppenhaus begegneten, hatte ich es eilig: »Schalom – guten Morgen – wie geht's – bye.« Manchmal trugen wir gleichzeitig den Müll hinunter und plauderten ein wenig, doch brach ich das Gespräch ab, sobald ich spürte, dass er die alte Intimität wiederherstellen wollte. Als sein Roman erschien, trafen mich die Kommentare in der Stadt wie Ohrfeigen: »Tibi Wechslers bestes Buch.« Ein Stadtmagazin schrieb sogar, sein Werk beweise, dass es manchmal ratsam sei, den Verlag und den Lektor zu wechseln. In diesem Fall die Lektorin, dachte ich zornig, kroch in mein Bett und überließ mich meinem Selbstmitleid.

Diesmal nahm der Ire Anteil an meinem Leid. Er sagte, auch wenig obsessive Charaktere wie ich müssten eine Trauerzeit einhalten, damit Enttäuschung und Wut vergehen könnten. Ich erklärte ihm, ich hätte geglaubt, Tibi und ich seien wie Geschwister und kein Recht oder Übel der Welt könnte uns trennen, doch die Wirklichkeit habe mich eines Besseren belehrt. Und dann zückte ich die Waffe, die gekränkte Menschen immer einsetzen: »Nicht *was* er sagte, war verletzend, sondern *wie* er es sagte«, behauptete ich.

»Glaubst du das wirklich?«, fragte der Ire. »Es gibt keinen einfachen Weg, um schwierige Dinge auszudrücken.«

»Nichts als Heuchelei und Lügen ... ich habe ihn zu spät durchschaut. Am Ende behauptete er sogar: ›Wenn du willst, bleibe ich bei dir‹!«

»Ist doch klar, dass er sich windet. So ist Tibi. Zu rücksichtsvoll, um mit schlechten Neuigkeiten sofort herauszurücken. Aber was ist passiert? Er hat aus wirtschaftlichen Gründen den Verlag gewechselt.«

»Gefühllose Trampel wie du wissen vielleicht, was im Kopf eines Menschen vorgeht, aber nicht in seinem Herzen. Wenn sie überhaupt wissen, was ein Herz ist!«

»Erzähl mir was Neues«, erwiderte der Ire und grinste, als sei er stolz auf sich.

Ohne Tibi sind meine Tage leer. Durch das Ende unserer Freundschaft werde ich doppelt bestraft. Ohne seinen Rückhalt kann ich auch mein Arrangement mit dem Iren nicht mehr genießen, der sich längst an die lange Leine gewöhnt hat, die ich ihm ließ. So stehe ich an zwei Fronten schutzlos da.

Und jetzt, an diesem trügerischen Märztag, betrachte ich die Kosmetika im Duty-Free-Shop unseres Flughafens und frage mich, ob mein Plan, dem Iren in Wien ein neues Beziehungsmodell vorzuschlagen, nicht zu verwegen und zum Scheitern verurteilt ist. In unserem Lexikon kommt das Stichwort »Beziehungsgespräch« nicht vor. Wir können vielleicht andere Menschen nachahmen, doch wir haben nie selbst den passenden Tonfall und Gesichtsausdruck für solche Gespräche entwickelt.

Aber selbst wenn ich den richtigen Ton treffen würde und nicht lächerlich oder pathetisch klänge – was sollte ich ihm sagen? Dass ich verstört bin und Hilfe brauche? Dass ich das Gefühl von Überdruss und Einsamkeit, das mich in letzter Zeit wie ein blinder Passagier begleitet, nicht allein ertragen kann? Soll ich von Verzweiflung und Tränen sprechen, von Selbstzweifeln und Verbitterung, meinem Zorn und meiner Langeweile, die die Pausen zwischen meinen Angstattacken erfüllt – von all den Schwächen, die er nie an mir gesehen hat? Soll ich ihm sagen, dass ich nicht mehr die Frau bin, für die er mich hielt, und es zweifelhaft ist, ob ich es jemals war? Dass ich mir vorgemacht habe, tausendmal mutiger und schlauer zu sein, als ich wirklich bin, und dass ich nun niemanden mehr habe außer ihm? Soll ich gestehen, dass ich nicht auf Kinder verzichtet habe, um wie eine Heilige gegen den Egoismus einer kaputten Welt aufzubegehren, sondern weil ich die beste Partnerin sein wollte, die er je hatte – eine, die nicht mit dem vulgären Wunsch geboren wurde, sich wie ein Tier fortzupflanzen? Auch im Freundeskreis preist er das Leben ohne Kinder an, und zwei Paare scheint er tatsächlich überzeugt zu haben, allerdings erst, als all ihre Versuche, eine Familie zu gründen, gescheitert waren.

Was soll ich ihm also sagen? Dass ich meinen Schmerz und meine Bitterkeit nicht mehr aushalte und es zu spät ist, meine Schuld zu bekennen? Dass uns ein Kind Augenblicke der Vollkommenheit schenken kann, selbst wenn er darin nur den primitiven Ausdruck falscher Ideale sieht? Würde es nicht die Leere ausfüllen, die Ängste und die Langeweile vertreiben und die unglückliche, still verkümmernde Seele erfreuen? Wird es mir gelingen, ihn für den Plan zu gewinnen, den ich in den vergangenen Tagen gefasst habe und der mir plötzlich unaufschiebbar scheint: mich für ein oder zwei Jahre aus dem Verlag zurückzuziehen und mit ihm zusammenzuleben?

Die Dringlichkeit meiner Reise hat einen jämmerlichen Grund. Seit Tibi in mein Leben trat, habe ich andere Freunde vernachlässigt. Alle Wochenenden und Feiertage verbrachten wir zu zweit, kochten und tranken zusammen. Doch jetzt steht mir ein einsamer Pessachabend bevor, der mir auf deprimierende Weise meine Situation vor Augen führt. Als Orli, meine treue Sekretärin, fragte, wo ich in diesem Jahr feiere, brach mein Stolz unter ihrem mitleidigen Blick zusammen. »Bei Kirin in Wien«, beschloss ich spontan – so heißt der Ire, aber Tibi und ich nannten ihn immer nach seiner Herkunft, und dieser Name hat sich in mein Bewusstsein eingebrannt.

Immer wenn ich versuche, mir unser Beziehungsgespräch vorzustellen, sehe ich dasselbe Entsetzen in seinem Gesicht. Als ich am Telefon einmal von emotionaler Austrocknung sprach, die auch in Fernbeziehungen drohe, fiel ihm ein Witz ein, den er im *New Yorker* gelesen hatte: »Was stöhnt ein verdurstender Yuppie in der Wüste? – Perrier, Perrier.« Doch ich sagte mir, dass seine Abwehr vielleicht nur ein Reflex sei, schließlich hatten wir das Zusammensein über einen längeren Zeitraum noch nie geprobt. Und wer weiß, vielleicht erwacht auch bei ihm mit fortschreitendem Alter das Bedürfnis nach einem festen Anker und einer Allianz angesichts der Kämpfe, die uns im Alter bevorstehen. Vielleicht ist auch er es leid, alle Verantwortung allein zu tragen, und freut sich über die unverhoffte Chance, ohne Masken und Beschränkungen zusammenzuleben, in heimeliger Zweisamkeit und mit einer

Verpflichtung, die nicht auf bürgerlichem Zwang, sondern auf seiner persönlichen Entscheidung beruht. Auf unsere Disziplin und guten Manieren ist Verlass, es würde kein Chaos ausbrechen.

Der Ire war erstaunt, dass ich nach Wien kommen wollte, denn aus familiären Gründen hatte ich mich stets geweigert, diese Stadt zu betreten. Was war plötzlich geschehen? »Nichts Besonderes«, antwortete ich, »ich muss einen Autor treffen«, und das war nicht einmal gelogen.

»Darf ich Ihnen eine Feuchtigkeitsmaske zum Sonderpreis anbieten?«

Eine Verkäuferin, die ihren Mangel an Schönheit unter einer dicken Schicht Schminke verbirgt, reißt mich aus meinen Gedanken. Die hoffnungsvolle Erregung, die die weißen Cremes seit jeher in mir auslösen, verscheucht das Bild des Iren. Kampflos liefere ich mich der geschäftstüchtigen Angestellten aus, die mich als leichte Beute identifiziert hat. Kokett streicht sie über ihr störrisches, mit Gel zurückgekämmtes Haar und erklärt, ich müsse nicht die ganze Serie nehmen (sie sagt »nehmen« statt »kaufen«), doch glaube sie, dass das bedauerlich wäre, sogar sehr bedauerlich. Denn wenn ein Mädchen am Tor zum Garten Eden steht, unternimmt es da nicht alles, um auch hineinzugelangen?

Meine Euphorie verfliegt an der Kasse, ich verlasse den Laden deprimierter, als ich hineingegangen bin. Die Gedanken von vorhin erwarten mich am Ausgang. Sie stürmen auf mich ein wie Kinder, die von ihrer Mutter abgegeben wurden und beim Wiedersehen doppelte Aufmerksamkeit fordern. Wie eine Wolke schwebt das Gesicht des Iren über mir. Sein Mund verzieht sich zu einem bösen Grinsen: »Vielleicht willst du auch heiraten, Darling?«

Der erste Aufruf für die Passagiere nach Wien ertönt. Bisher habe ich den Namen verdrängt. Als der Ire seine Verwunderung über meine Reise in die mit einem Bann belegte Stadt ausdrückte, fühlte ich nur leisen Zorn. Aber jetzt, da ich höre, wie unbekümmert die junge Stimme im Lautsprecher den Namen ansagt, kehrt die alte Angst wieder – wie ein Zwacken im Bauch beim Anblick eines Unglücks. Da ist nichts, sage ich ärgerlich zu mir selbst, solche Anwandlungen muss man bekämpfen, bevor sie Dimensionen annehmen. Bis sich die Reihen am Flugschalter lichten, vertreibe ich mir lieber die Zeit in der Buchhandlung. Natürlich schaue ich mir nicht Tibis Roman an. Das habe ich bisher vermieden, und ich werde es auch jetzt nicht tun. Ich würde auf eine weitere Mine treten.

Doch wie ferngesteuert tragen mich meine Füße zum Tisch mit den Neuerscheinungen. In der Mitte prangt ein Stapel seiner Bücher: »Die Unzufriedenen« von Tibi Wechsler. Bevor mich mein Stolz dazu treibt, den Laden zu verlassen, nehme ich hastig das oberste Exemplar, blättere darin wie in Diebesgut und halte am Ende inne:

»Der Schnee blieb in diesem Jahr länger als jemals zuvor, als sei Jerusalem eingeschlafen und in Europa wieder erwacht. Gab es einen geeigneteren Augenblick, um meine Toten zu besuchen, Kinder des Schnees, die in der Wüste verdorrt waren? Als ich zum Friedhof kam, traute ich meinen Augen nicht: eine Wohnstatt für Engel! Der Schnee hatte das Gras zugedeckt. Er erhöhte die Gedenksteine zu Türmen und begrub die in Stein gemeißelten Namen, die letzte Erinnerung, dass die Toten einmal Kinder dieser Welt gewesen waren, die ihr Leben bewusst gelebt und sich schuldlos hatten anstecken lassen mit dem Hochmut, der uns den Tod vergessen lässt, und der ewigen Furcht vor ihm.«

Ich schlage das Buch zu und lege es zurück. Heftige Sehnsucht erfasst mich, als dächte ich an einen Verstorbenen. Alle Versprechen, die wir einander gaben, waren Lüge – leere

Worte, trunkene Fantasien. Als wir uns schon zwei oder drei Monate kannten, gingen wir eines Abends in ein Restaurant, um gemeinsam seinen Geburtstag zu feiern. Nach der zweiten Flasche Wein hatten wir keine Lust mehr auf kluge Gespräche. Er hüllte mich mit seinem leuchtenden, warmen Blick ein und sagte, er wolle mir einen Vorschlag machen: »Ich möchte deine Familie sein, wenn auch du meine Familie sein willst.«

»Was heißt das?«, fragte ich freudig.

»Nichts Besonderes«, lachte er, »außer dass wir laut hinausrufen: Wir sind eine Familie. Wir lieben uns und stehen zueinander.«

Vor Rührung küssten wir uns zum ersten und zugleich letzten Mal. Es war ein leidenschaftlicher Kuss auf den Mund, doch wir wussten, dass er nur unser Versprechen besiegelte.

»Letzter Aufruf für die Passagiere des El-Al-Flugs nach Wien«, verkündet die Stimme aus dem Lautsprecher. Ich eile zum Schalter, und die Stewardess nimmt mit tadelndem Blick mein Ticket entgegen. Der Flug ist unerträglich, meine Nerven sind zum Zerreißen gespannt. Die Begegnung mit Tibi verstärkt nicht nur meine Depression, sondern taucht auch mein Vorhaben mit dem Iren in ein peinliches Licht. In einem Anfall von Scham, der Egoisten überkommt, wenn sie ertappt werden, fällt mir die Premiere ein, die in vier Tagen stattfindet. Jetzt ist der ungünstigste Augenblick, um ihn mit privaten Problemen zu belästigen! Inzwischen müsste ich wissen, dass von einem Theaterstück mehr Leben abhängen als von einem bemannten Raumflug der NASA. Ich reise völlig umsonst nach Wien. Konnte ich nicht einige Tage warten und ihn in Frankfurt treffen? Warum habe ich die Premiere vergessen? »Nomi Keller handelte immer sofort und dachte auch später nicht nach«, sagte einmal ein Mädchen, als wir beim Jahrgangstreffen des Seminars für Literaturwissenschaft typische Geschichten über ehemalige Kommilitonen erzählen sollten.

Ich trinke zwei Becher Bier, doch das führt nur dazu, dass ich rauchen und auf die Toilette muss. Das grelle Licht in der Kabine stürzt mich in eine brackige Welle der Hoffnungslosigkeit. Meine Haut ist trocken, und ich habe dunkle Schatten um die Augen. Selbst mein volles blondes Haar, in das der Ire so vernarrt ist, erinnert an ein welkes Kornfeld. Was bringt mir diese überstürzte Reise außer Spott? Wie verzweifelt muss ich sein, um zu glauben, dass ein kalter Fisch plötzlich zum Warmblüter würde? Und wie ist es möglich, dass ich im Alter von siebenundvierzig Jahren über keine Widerstandskräfte verfüge, um die erbärmlichen Gefühle zu bekämpfen, die mich neuerdings heimsuchen?

Natürlich habe ich mir zu helfen versucht. Als ich bemerkte, dass sich meine Stimmungsschwankungen auch auf die Arbeit, meine einzige Sicherheit, auswirkten, ging ich zu einem Psychologen. Um die Behandlung abzukürzen, konzentrierte ich mich auf die relevanten Dinge, die mit der Krise mit Tibi und den Problemen mit dem Iren zusammenhingen. Doch zu meinem Ärger versuchte er hartnäckig, mich in die Vergangenheit zu ziehen, »zu den Wurzeln meines Gefühls der Verlassenheit«. Das sei vielleicht wieder aufgebrochen, weil ich meine Kindheit nie verarbeitet hätte, vermutete er. Ich erklärte ihm, ich sei nicht interessiert, über meine Familie zu sprechen, doch nicht aus Verdrängung, sondern aus praktischen Gründen – weder über meine Eltern, die mich in meiner Kindheit verließen und die ich nie wiedersah, noch über meine Großmutter, die Pionierin, die mich aufzog und starb, als ich ein junges Mädchen war. Aus Schmerz und Kummer, den die guten wie die schlechten Erinnerungen in mir wecken, hatte ich einen Schluss gezogen: Mit siebenundvierzig Jahren liegt der größte Teil meines Lebens hinter mir, und ich habe das Recht, Hindernissen, die mir schaden könnten, aus dem Weg zu gehen. Das Rühren in alten Wunden ruft nur neue Irritationen hervor, in meinem Alter sollte man seine schwindenden Kräfte für sinnvolle Projekte aufsparen. Es war meine freie Entscheidung, nie ihre Briefe zu lesen, ihre Fotos anzuschauen oder zu ihrem Geburtsort zu fahren. Meine Kindheitserinnerungen haben sich in einen stehenden Teich verwandelt, der langsam zuwuchert. Außer in den Träumen, die in manchen Nächten zweifelhafte Erinnerungen von seinem Grund aufwirbeln, erscheinen mir meine frühen Jahre wie ein fremdes Land, eine nicht fassbare Dimension meiner Biografie. Die Menschen, die es einst bewohnten und ihm Gültigkeit verleihen könnten, sind lange tot. Was bringt es, an sie zu denken? Ich ignorierte den väterlichen Blick, mit dem der Psychologe mich anschaute, und fuhr eigensinnig fort: Der Versuch, die Scherben der Kindheit zusammenzukleben, um sich ein klares Bild zu verschaffen, ist zum Scheitern verurteilt. Die Neigung des Menschen, die Dinge schönzureden, verhindert, dass wir jene Momente so begreifen, wie sie wirklich waren. Jede Rekonstruktion ergibt etwas Neues, das keine verlässlichen Anhaltspunkte bietet. »Und außerdem«, schloss ich, »ist die Rückkehr zu den eigenen Wurzeln offensichtlich eine Mode, der man zu viel Wichtigkeit beimisst. Das Mindeste, was ich dagegen tun kann, ist, sie mit ironischer Distanz zu betrachten.« Er schwieg, und ich überlegte, wie viel sein Schweigen mich kostete. Wütend sagte ich, ich hätte lieber zu Hause bleiben und mich mit meiner Katze unterhalten sollen, wenn ich eine hätte. Er lächelte traurig und entgegnete, ich sei offenbar noch nicht reif für eine Therapie, und da ich vor allem an schnellen Schlussfolgerungen interessiert sei, wolle er mir sagen, dass ich allem Anschein nach unter einem Synchronisationsproblem von Verstand und Gefühl leide und es für intelligente Menschen nichts Gefährlicheres gibt als eine verzerrte Selbstwahrnehmung. Dafür sei meine Weigerung, mich mit der Vergangenheit auseinanderzusetzen, ein klares

Indiz. Als ich seine Praxis verließ, knallte ich aufgebracht die Tür hinter mir zu. Da war es doch besser, sich etwas Schönes zum Anziehen zu kaufen!

Und wo bin ich jetzt? Auf dem Weg in die Vergangenheit. Die Passagiere werden gebeten, die Sicherheitsgurte zu schließen, da wir in wenigen Minuten in Wien landen ... Wien, die Geburtsstadt meiner Großmutter Ruth Stein, dem liebsten Menschen, den ich je hatte, und der Hauptperson dieses Buches.

Kapitel 2

Der erregendste Augenblick bei der Ankunft in Europa ist die Begegnung mit dem Wetter. Ob es regnet oder die Sonne scheint, der intensive, sinnliche Duft der Luft versetzt mich jedes Mal in Hochstimmung. Jetzt, in den ersten Frühlingstagen, ist die Stadt von einem klaren kalten Licht erfüllt. Ich atme die gesunde Luft tief ein und stecke mir eine Zigarette an.

»Das Leben ist nicht so mühsam, wie es scheint«, stand auf einem Bild über dem Bett meiner Großmutter in der Wohnung in der Balfourstraße. Bis ich sechzehn Jahre alt war, schlief ich neben ihr unter diesem Sinnspruch. Seltsam, seit Jahren habe ich nicht mehr daran gedacht. Das Bild mit dem Spruch schien so banal wie alles andere in der Wohnung, doch plötzlich taucht es aus der Vergangenheit auf, als erwache ein Teil meines Gehirns aus einem langen Schlaf.

In der Schlange am Taxistand denke ich zum ersten Mal darüber nach. Vielleicht sind die Dinge wirklich einfacher, als ich glaube. Ich bin gesund und erfolgreich, habe einen interessanten Lebenspartner und zudem das Gespräch, das ich unbedingt führen wollte, verschoben. Ich werde warten, bis wir in Frankfurt sind. Dorthin fliegen wir am Wochenende, damit er die Inszenierung fortsetzt, die er vor dem Stück in Wien begonnen hat. Danach fahren wir in eine Hütte in den österreichischen Alpen. Gibt es einen besseren Ort, um meinen Plan zu erläutern?

Frohgemut steige ich ins Taxi. An meine jähen Stimmungswechsel habe ich mich inzwischen gewöhnt. Wie immer ermahne ich mich, meine gute Laune zu genießen. Man weiß nie, wie lange sie anhält.

Der Taxifahrer fragt, ob ich zum ersten Mal in Wien sei – auf Deutsch, mit dem typischen Wiener Akzent, den ich von meiner Großmutter kenne.

»Ja«, erkläre ich, »aber meine Großmutter und meine Mutter wurden hier geboren.«

»Oh«, sagt er, als freue es ihn, dass die Töchter dieser Stadt ihren Ruhm in ferne Länder tragen. »Woher kommen Sie?«

»Aus Israel«, antworte ich zögernd. Das habe ich mir im Laufe der Jahre so angewöhnt.

»Aha«, sagt er in unbestimmtem Ton, schaltet das Radio ein und fragt, ob ich als Kind einer Wienerin Mozart möge.

»Mozart muss man einfach lieben«, erwidere ich freundlich und schaue aus dem Fenster. Wir fahren über den Ring, der sich um das älteste Viertel zieht, und ich blicke in die breiten Seitenstraßen. Wie Sandburgen an einem Strand sind die hellen Prunkbauten über die Innenstadt verstreut. Wovor hatte ich solche Angst?

Wegen meiner Ankunft hat der Ire die Proben früher beendet. Wir sind in der Hotelbar verabredet. Erschöpft, aber gut gelaunt empfängt er mich mit weit geöffneten Armen. Er ist groß und schlank wie ich. Sein blondes Haar ist schütter und mit grauen Strähnen durchsetzt. Er hat ein rötliches Gesicht, verschieden große tiefblaue Augen und eine gerade schmale

Nase. »Darling«, ruft er und lacht mich freundlich an. Zu meiner Überraschung hat er zugenommen. In den drei Monaten, die wir uns nicht gesehen haben, ist ihm ein kleiner Bauch gewachsen, der bei einem feingliedrigen Menschen wie ihm doppelt auffällt. Wir umarmen und küssen uns, aber nur kurz, denn ich bemerke den Blick eines jungen Mädchens, das uns angewidert zuschaut, als wären wir zu alt für Zärtlichkeiten.

Später, in einem Restaurant mit schummriger Beleuchtung, tauschen wir bei Wiener Schnitzel und Wein Neuigkeiten aus. »Wie laufen die Proben?«, frage ich. Er inszeniert »Anatol« von Arthur Schnitzler.

»Riskant, die Schauspieler sind unbeständig. An guten Tagen gelingt es ihnen, die Situation zu leben, dann hat die Aufführung Schärfe und Kraft. Aber an schlechten Tagen sagen sie den Text wie Automaten auf und versuchen den Mangel an Wahrhaftigkeit mit übertriebenen Gesten wettzumachen. So etwas Langweiliges habe ich seit Jahren nicht gesehen.«

»Und was sagen die Experten?«

»Es ist noch keiner aufgetaucht. Aber morgen um halb sechs lasse ich für dich das ganze Stück spielen. Du weißt, dass mir deine Meinung wichtig ist.«

Das sagt er immer und zwinkert mir ironisch zu. Wahrscheinlich schätzt er meine Meinung, weil ich sie stets mit der gebotenen Vorsicht äußere. Seine rebellische Phase war vor meiner Zeit, heute inszeniert er meist Klassiker, die er für meinen Geschmack nicht genügend aktualisiert. Nach Hamlet in Jeans und Ophelia im Tschador könne man getrost zu den ursprünglichen Formen zurückkehren, behauptet er.

»Wird es eine historisierende Aufführung?«, frage ich irritiert.

»Lassen wir das leidige Thema«, knurrt er. »Das neunzehnte Jahrhundert war für die Menschen damals genauso selbstverständlich wie das zwanzigste Jahrhundert für uns.«

»Das ist Theorie«, wende ich ein, »doch in der Praxis wirken historisierende Aufführungen oft starr.«

»Weil du aus dem Nahen Osten kommst und bei euch die Kulturgeschichte erst gestern begonnen hat! Aber lassen wir das jetzt. Wir unterhalten uns morgen nach der Probe weiter, obwohl ich schon ahne, dass von dir kein Lob zu erwarten ist.«

Ich lege die Hand auf seinen Arm und sage mit liebevollem Spott: »Du hast recht. Was verstehe ich davon? Ich bin nur eine primitive Eingeborene.« Insgeheim aber denke ich an den Grund meiner Reise. Wenn er wüsste, dass ich in diesem Augenblick um seine Hand anhalten wollte!

»Wie geht es deinen Eltern?«, frage ich stattdessen.

»Sie sind einsam und verloren wie eh und je«, entgegnet er und lächelt traurig. »Seltsam, wie lang ein Leben dauert, wenn man am liebsten sterben will.«

Die Kindheit des Iren war vom plötzlichen Tod seines großen Bruders überschattet. Seither wandelte sein Vater wie ein Gespenst durchs Haus, während die Mutter für das Überleben und den Zusammenhalt der Familie kämpfte, um weiteres Leid von ihnen abzuwenden. Von klein auf sah sich der Ire als natürlicher Nachfolger des bewunderten Bruders und schuf sich seine eigene Welt im Reich der Fantasie. Einige Monate nach dem Unglück baute er im Haus eine Bühne, die zu seinem Lebensmittelpunkt wurde. Die Mutter, die ihre eigene Verzweiflung verbarg und alles für das Glück der Familie tat, nähte aus den Wohnzimmergardinen einen Bühnenvorhang und diente ihrem Sohn als Hauptdarstellerin. Während der Vater ausdruckslos mit offenem Mund in einem Sessel saß, versuchte die Mutter dem Text, den sie in ihren Händen hielt, Leben einzuhauchen. Um der Sache Wichtigkeit zu verleihen, übertrieb sie ihr Spiel und stellte selbst traurige Prinzessinnen lustig dar, als wolle sie sagen: Kommt, lasst uns alle fröhlich sein! Jahre später inszenierte der Ire in London Becketts »Glückliche Tage«, ein Stück, in dem die weibliche Hauptfigur lange Monologe spricht. Zunächst ist sie bis zur Brust, später bis zum Hals in einen Sandhaufen eingegraben, doch verbreitet sie durch ihre fröhliche Art und einige Gesten, die sie ständig wiederholt, einen bestrickenden Optimismus. Der Ire sagt, erst durch seine Mutter habe er diese Figur verstanden.

Vielleicht ist der Alkohol oder die traurige Erinnerung schuld – wir halten einander die Hand, schauen uns zärtlich an und denken schweigend an all das Leid auf der Welt. Ist es nicht ungerecht? Der Mensch braucht so viel Kraft, um zu leben, und was er als Gegenleistung erhält, ist oft grausam. Plötzlich schüttelt der Ire die düsteren Gedanken ab und sagt: »Also erzähl mal. Wie kommt es, dass du die verbotene Stadt besuchst? Und behaupte nicht, es sei wegen deines Autors. Mit dem hättest du auch per E-Mail kommunizieren können.«

Seine Worte treffen mich unvorbereitet. Der Alkohol vernebelt meinen Verstand, und die Wahrheit scheint ferner denn je. Wollte ich Tel Aviv wirklich verlassen, um den Iren auf seiner Wanderschaft durch Europa zu begleiten? Was würde ich währenddessen tun?

»Warum antwortest du nicht, Darling?«

»Wie bitte?«, sage ich, um Zeit zu gewinnen.

»Warum hast du plötzlich beschlossen, nach Wien zu kommen?«

»Ich wollte sehen, wo meine Wurzeln sind.« Mir fällt keine bessere Ausrede ein.

»Wo deine Wurzeln sind?«

»Ja. Wundert dich das?«

Er schaut mich forschend an. »Und seit wann beschäftigen dich deine Wurzeln?«

»Keine Ahnung. Ich will mich nur ein bisschen umschauen. Übrigens – wie geht es deinem Knie?« Ich wechsle das Thema, um mich nicht in weitere Lügen zu verstricken. Der Ire wurde kürzlich am Meniskus operiert, doch mein plötzliches Interesse an Wien hat seine Neugier geweckt – oder sein Misstrauen.

»Kennst du die Adresse?«, fragt er.

»Welche Adresse?« Wieder versuche ich, Zeit zu gewinnen.

»Hast du die Adresse des Hauses, in dem deine Familie wohnte? Oder willst du nur Wiener Luft schnuppern?«

Plötzlich erinnere ich mich nicht nur an den Spruch über dem Bett meiner Großmutter, sondern auch an ein braunes Foto, das in der Balfourstraße gegenüber von meinem Platz am Esstisch hing. Der Sinnspruch und das Foto waren so alltäglich für mich, dass sie meiner aktiven Erinnerung für lange Zeit entglitten. »Tulpengasse 8, Wien« stand in schwarzer Tinte am unteren Rand des Fotos, auf dem mein Großvater Otto, meine Großmutter Ruth, ihre Tante Mirjam, ihr Bruder Ferdi und meine Mutter als kleines Mädchen abgebildet waren. Sie standen im Eingang eines Hauses und lächelten routiniert in die Kamera.

Liegt es am Alkohol oder der Freundlichkeit des Iren? Zum ersten Mal in meinem Leben stimmt mich die Erinnerung nicht traurig. »Ja, ich weiß die Adresse«, sage ich selbstbewusst, »Tulpengasse acht, Wien.«

»Fein, Darling«, sagt er. »Endlich werden wir herausfinden, wer du wirklich bist.«

»Du nimmst mich nicht ernst.«

»Doch, das tue ich. Wenn du das Thema nicht selbst angeschnitten hättest, hätte ich es nie gewagt, davon zu sprechen.«

»Wovon?«, frage ich verwirrt.

»Wo bist du mit deinen Gedanken?« Er schaut mich verwundert an. »Ich will mich nicht einmischen, aber da wir zum ersten Mal von deiner Familie sprechen, ohne dass du in Panik gerätst, muss ich gestehen, dass ich dein Verhältnis zur Vergangenheit immer mitleiderregend fand.«

»Deine Mutter ist mitleiderregend«, sage ich ärgerlich.

»Das ist sie, doch aus anderen Gründen«, erwidert er. »Verzeih mir, aber ich glaube, dass Menschen unseres Alters gelernt haben sollten, gelassen mit der Vergangenheit umzugehen.«

»Warum ist das wichtig?«

»Um auf dem letzten Weg frei zu sein, sonst wird alles noch schwerer, als es ohnehin ist.«

»Frei wovon?«

Er überlegt einen Augenblick. »Von den Giften, die aus einer verdrängten Vergangenheit austreten.«

»Was du nicht sagst.« Ich versuche das Thema zu beenden, doch er lässt es nicht zu.

»Sieh mal, Nomi« – wie üblich zieht er das o meines Namens übertrieben in die Länge – »findest du es normal, dass ich dich seit beinah fünfzehn Jahren kenne und fast nichts über deine Familie weiß?«

Ich zünde mir nervös eine Zigarette an. »Ich habe dir schon gesagt, dass ich sie selbst kaum kenne. Was ich weiß, habe ich dir erzählt. Sie zogen von Wien nach Heidelberg, wo mein Großvater Professor für Genetik war, und in den Dreißigerjahren wanderten sie nach Palästina aus. Eine ganz normale jüdische Geschichte.«

»Und deine Eltern? Warum weißt du fast nichts über sie?«

»Ich war klein, als sie verschwanden. Sie sind seit Jahrzehnten tot. Außerdem habe ich jetzt keine Lust auf das Thema.«

Er ignoriert meinen Protest. »Hat die mythische Großmutter nie von ihnen gesprochen?«

»Zwischen uns herrschte absolute Übereinstimmung: Sie wollte nichts erzählen, und ich wollte nichts hören.«

»Und nachdem sie gestorben war, wolltest du nie etwas herausbekommen? Suchtest du nicht Leute, die deine Eltern kannten?«

»Nein.«

»Warum nicht?«

»Wenn man anfängt, sich zu interessieren, ist keiner mehr da, den man fragen kann.« Ich mache dem Kellner ein Zeichen, die Rechnung zu bringen, aber der Ire gibt nicht auf: »Was erwartest du, in Wien zu finden?«

Ich könnte ihm den wahren Grund meiner Reise gestehen – ich mache sie seinetwegen und nicht wegen meiner Wurzeln, die sich heimlich zu regen beginnen. Doch ließe er sich davon beirren? Er krallt sich an meine Vergangenheit wie ein Kriminalist, der eine Spur entdeckt hat.

»Ich weiß nicht«, antworte ich ausweichend und versuche erneut, den Kellner herbeizuwinken.

»Vielleicht gibt es hier Archive mit Familienregistern, oder du findest alte Nachbarn –«

»Vielleicht«, sage ich vage.

»Hat der Onkel, von dem du den Verlag hast und der dir so nahestand, nie von ihnen erzählt? Wie hieß er eigentlich?«

Hansi Stein, der jüngere Bruder meines Großvaters, der einzige Verwandte, den ich nach dem Tod meiner Großmutter Ruth noch hatte, wanderte Anfang der Dreißigerjahre von Berlin nach Palästina aus, weil seine Eltern herausgefunden hatten, dass er sich mit Prostituierten und verheirateten Frauen abgab. Doch er besaß Geschäftssinn und einen scharfen Verstand und kam auch allein zurecht. Unterwegs studierte er die ökonomische Landkarte Palästinas und investierte das Geld, das ihm seine Eltern als Entschädigung für ihre Verachtung gegeben hatten, in Grundstücke an wichtigen Verbindungswegen. So kaufte er zu günstigen Konditionen fünf Dunam Land in dem unbedeutenden Dorf Schmarjahu Lewin nördlich von Tel Aviv. Er kam schnell zu Reichtum und gab sein Geld großzügig aus. Später erzählte er mir vergnügt von seinen Reisen nach Bangkok, auf denen er zwei Lastern gleichzeitig frönte: Tagsüber vertrieb er sich die Zeit mit Wetten und nachts mit Prostituierten. Die Liebe zur Literatur und sein Interesse an Schriftstellern veranlassten ihn, einen Verlag zu gründen – »schließlich musste ich etwas für mein Seelenheil tun«, sagte er. Ich begann nach dem Studium bei ihm zu arbeiten. Neun Jahre später bestellte er mich in seine verstaubte Wohnung in der Rothschildallee, holte eine Flasche Schnaps aus dem Arzneischrank und verkündete nach dem dritten Glas fröhlich, dass er unter einer Krankheit leide, die nicht gerade sympathisch sei.

Nach dem gründlichen Werk Hitlers und einer Reihe weiterer Schicksalsschläge habe er außer mir keine Angehörigen mehr, daher würde ich seine einzige Erbin sein. Mit dem stattlichen Vermögen, das trotz seiner Verschwendungssucht übrig sei, könne ich anstellen, was ich wolle; wenn ich Lust hätte, dürfte ich es sogar dem Schildkrötenzuchtverein spenden. Ich bräuchte ihn nicht zu bedauern, denn er fürchte den Tod nicht – mit dem seien schon Dümmere als er fertig geworden.

Beim Gedanken an Onkel Hansi seufzte ich. »Hansi hat mein heimliches Bitten erhört und ist friedlich eingeschlafen. Mit ihm führte ich den Verlag, wir hatten immer viel zu besprechen.«

»Dachtest du nie daran, dass dir keiner mehr von deinen Eltern erzählen kann, wenn Hansi tot ist? Bedauerst du das nicht?«

Die ungewohnte Anteilnahme des Iren lässt mich nachgeben. Zum ersten Mal klingen seine Worte weder ironisch noch distanzierend. Ist das aufrichtige Mitgefühl eines Gefährten nicht die höchste Gnade für uns? Ich beschließe, ihm von den Tagebüchern zu erzählen. »Bevor Hansi starb, gab er mir drei Kladden von meiner Großmutter. Sie hatte ihn gebeten, sie mir an meinem dreißigsten Geburtstag auszuhändigen –«

»Und du hast sie bis heute nicht gelesen?«

»Nein.«

»Warum nicht?« Er nimmt meine Hände und schaut mich zärtlich an. Wie ein Igel, der sich allmählich beruhigt, lege ich meine Stacheln an und antworte aufrichtig und ohne Umschweife. Die Worte kommen wie von selbst über meine Lippen. »Weil mir Dinge von Verstorbenen Angst machen. Ihr Besitz, ihre Fotos, die Orte, an denen sie lebten – all das weckt Kummer und Sorge in mir und beschwört die Erinnerung an großes Leid herauf. Ich verstehe nicht, wenn Leute, die keine Kinder haben, sich mit dem Besitz ihrer toten Angehörigen umgeben und von ihnen sprechen, als würden sie jeden Moment durch die Tür treten. Das ist mir unbegreiflich. Ich wäre nie auf die Idee gekommen, die Tagebücher anzurühren. Ich habe sie im Speicher verstaut, und als ich in Hansis Wohnung in der Rothschildallee zog, befahl ich dem Umzugsunternehmen, sie auch dort sofort hinaufzutragen.«

»Jeder Mensch, der keine Kinder hat, trauert auf seine Art«, sagt er sanft, »und ich verstehe, dass dies deine Art zu trauern ist. Ich begreife auch den Kummer, den die Tagebücher in dir wecken, doch erkläre mir, weshalb du dich fürchtest. Und wovor? Dass du Geheimnisse aufdeckst? Je weniger du weißt, umso mehr Macht haben die Tagebücher über dich. Unsere Fantasie neigt dazu, der Wirklichkeit eine dämonische Dimension zu geben. Wenn du die Aufzeichnungen deiner Großmutter liest, wirst du dich fragen, warum du es nicht schon früher getan hast.« Plötzlich schleicht sich ein drängender Ton in seine Worte.

»Eines Tages vielleicht«, entgegne ich ungeduldig.

»Du bist siebenundvierzig Jahre alt, die Zeit ist gekommen«, sagt er und blickt verstohlen auf seine Uhr.

Von einem Menschen, der rechnet, wie viel Schlaf ihm noch bleibt, kann ich keine Aufmerksamkeit mehr verlangen. Was er mir gegeben hat, ist mehr, als ich erwarten konnte. Tränen der Verzweiflung steigen mir in die Augen.

»Du wirst doch nicht weinen?«, fragt er besorgt.

»Nein, das hebe ich mir für später im Hotel auf.«

Der Abend endet mit Sex. An Einzelheiten können wir uns nicht mehr erinnern, als wir am nächsten Morgen mit schwerem Kopf und einem Gefühl der Übelkeit erwachen. Auf dem Weg zur Dusche schimpft er, ich hätte ihn verführt, vor einem Probentag zu viel zu trinken. »Jeder ist für sich selbst verantwortlich«, zitiere ich ihn. »Regeln gelten nicht nur, wenn es einem passt.«

Als er aus dem Bad kommt, mit der roten Haut eines alternden Säuglings, wirkt er entschlossen und konzentriert. Die erzwungene Pause ist vorbei, und er verwandelt sich vor meinen Augen in den Theaterregisseur zurück. Die Zwänge der Wirklichkeit sind nur unbedeutende Probleme, die man auf dem Weg zum wahren Ziel, der Verwandlung der Illusion in Realität, nebenbei löst.

Er küsst mich wie ein besorgter Vater und ermahnt mich, pünktlich ins Theater zu kommen – wir sind um vier Uhr zu einem verspäteten Mittagessen verabredet. Um halb sechs soll die Probe beginnen. »Unternimm nicht zu viel, ich brauche dich frisch und ausgeruht.«

Im Dampf der heißen Dusche taucht die Erinnerung an das Thema des vorigen Abends auf. Trotz der Nachwirkungen des Alkohols ist mein Kopf wieder klar, und ich sehe es unverhüllt in seiner ganzen Dringlichkeit. Durch den Spalt, den ich meiner Familie geöffnet habe, schlüpfen zufällige Bilder, noch ohne Ordnung, wie gehäckseltes Heu – ein glänzendes rotes Auto, Kartoffelteig in einer weißen Steingutschüssel, Gurkenscheiben auf Ruths Gesicht auf dem Balkon in der Balfourstraße, das Schwimmbad der Pension Volidor, die ekelerregenden Aussätzigen in »Ben Hur« im Kino Esther und plötzlich, als habe jemand auf Halt gedrückt, ein Bild, das ich klar und deutlich erkenne: Ruth und ich stehen an der Badezimmertür der Wohnung in der Balfourstraße; wir haben Handtücher wie Turbane um unsere Köpfe gewickelt. Allmählich beginnt sich das Bild zu bewegen, springt vor und zurück, und die Figuren fädeln sich in die Geschichte ein.

Ruth und ich kamen aus der Dusche, nach einem anstrengenden Tag am Meer. Meine Mutter stand mit glühenden Augen in der Tür und zischte, ich solle in mein Zimmer gehen. Wie üblich brach ich in Tränen aus, und Ruth nahm mich in die Arme und tröstete mich, sie müsse mit meiner Mutter allein sprechen, aber später werde sie mir alles erklären. Ich hatte meine Mutter noch nie so erregt gesehen bei einer Sache, die nichts mit mir zu tun hatte. Ich saß allein im Schlafzimmer und war zu gekränkt, um mich für das Gespräch im Wohnzimmer zu interessieren. Bestimmt ging es um Erwachsenendinge, hoffentlich hatte sich »der Zustand« nicht weiter verschlechtert. Als meine Mutter das letzte Mal so hereingestürmt war, hatte sie Ruth verboten, mir Spielsachen zu kaufen; nur Bücher waren noch erlaubt. Aber diesmal ging es um etwas Ernsteres, das wurde mir kurze Zeit später klar. Einige Tage nach dem Gespräch verschwand meine Mutter. Die offizielle Erklärung, mit der ich aufwuchs, lautete, sie sei nach Novosibirsk gefahren, um sich um arme Waisenkinder zu kümmern. Der wahre Grund steht vielleicht in den Tagebüchern.

Die Freude des vergangenen Abends, die den drei Kladden ihre Schwere nahm, ist verflogen. Sie haben wieder die alte beunruhigende Präsenz, die böse Geister wachruft. Ich zwinge mich, den Standpunkt des Iren einzunehmen und rational zu denken, denn worum geht es hier? Nur um alte Tagebücher, die Nachrichten von gestern enthalten. Ich sollte mich endlich von meiner Furcht befreien.

Kapitel 3

»Zur Stadtrundfahrt?«, fragt die freundliche Rezeptionistin, als ich ins Foyer des Hotels trete. Der Ire hat mir ein dickes Buch über Wien mitgebracht und empfohlen, ein Taxi zu nehmen, um die Stadt zu erkunden – Gruppenausflüge sind eine Beleidigung für seinen Individualismus. »Die Fahrt ist sehr zu empfehlen, vor allem wenn Sie zum ersten Mal in Wien sind«, wirbt dagegen die Hotelangestellte. »Drei Stunden in einem bequemen Reisebus, inklusive eines Besuchs von Schloss Schönbrunn.« Die Tatsache, dass sie wie Hanna Schygulla aussieht, verleiht ihr Glaubwürdigkeit. »Wenn Sie interessiert sind, müssen Sie sich jetzt entscheiden. In fünf Minuten kommt der Bus hier vorbei.« Die Dringlichkeit überzeugt mich. Ich bezahle und geselle mich zu einem japanischen Paar, das bereits vor dem Hotel wartet.

Eine trügerische Sonne schiebt sich durch die Wolken. Ich überlege, ob ich meine Jacke holen soll, doch im selben Moment fährt der Bus vor. Der Fahrer erklärt höflich, dass wir noch Gäste aus zwei weiteren Hotels aufnehmen müssen. Danach werde auch die Führerin zusteigen, und die Besichtigungstour könne offiziell beginnen.

Erst jetzt wird mir bewusst, dass es kalt ist. Sicher werde ich lustlos und frierend durch den Schlosspark gehen. Warum habe ich nicht auf den Iren gehört und ein Taxi genommen? Doch dann steigt eine etwa sechzigjährige Frau in den Bus, und meine schlechte Laune verfliegt. Es ist die Fremdenführerin. Ihre große schlanke Gestalt, die stahlgrauen Augen und das glatte aschblonde Haar erinnern mich an meine Großmutter. Auch ihre Redeweise ist ähnlich. Sie betont sorgfältig die Endsilben jedes Satzes: »Maria Theresia hatte sechzehn

Kin-der, und Sissi, die Frau von Franz-Josef, war die schönste Frau ihrer E-po-che.«

Doch sieht sie wirklich wie Ruth aus? Oder besteht nur eine gewisse Ähnlichkeit, die meiner Fantasie Flügel verleiht? Ein tiefer Seufzer entfährt meiner Brust. Die anderen Fahrgäste drehen sich zu mir um. Ich lächele verlegen und mache eine Handbewegung, um zu zeigen, dass alles in Ordnung ist.

»... und nun nähern wir uns Schloss Schönbrunn«, verkündet die Führerin am Ende ihres Vortrags über die Geschichte Wiens (die Dreißigerjahre lässt sie aus). »Sie haben fünfundvierzig Minuten, um auf eigene Faust die entzückenden Gärten zu erkunden. Danach treffen wir uns am Eingang des Schlosses und beginnen mit der Besichtigung.« Sie zieht gelbe Aufkleber mit dem Namen der Reisegesellschaft aus ihrer Tasche und bittet uns, sie an unsere Jacke zu heften. »Wir sind nicht die einzige Besuchergruppe und wollen doch nicht verloren gehen.« Der Aufkleber erinnert mich an den Judenstern der Nazis, doch das stört niemanden. Gehorsam befestige ich ihn am Kragen meiner Bluse und folge den anderen hinaus.

Plötzlich bricht die Sonne durch die Wolken und scheint alles zu entflammen. Wenn ich mich von meinen Gedanken befreien könnte, würde ich die überbordende Schönheit genießen: das warme Licht, die Luft, die historische Umgebung. Auf dem langen Kiesweg, der um das Schloss zum Park führt, überholt mich ein nachdenklicher Mann. In einer Hand hält er eine Zigarette, an der anderen ein reizendes kleines Mädchen, das sich bemüht, mit ihm Schritt zu halten. Auf das Geplapper des Kindes antwortet er mit einem lakonischen Ja oder Nein. Als die Kleine mich anschaut, lächele ich, und ihre blauen Knopfaugen beginnen zu leuchten. Naive Neugier breitet sich über ihr Gesicht. Sie lässt sich vom Vater weiterziehen, ohne den Blick von mir zu lösen. Als ich mir aber die Hand vor die Augen halte und kuckuck mache, lacht sie, lässt die Hand des

Vaters los und hält sich quietschend vor Freude auch die Augen zu. Ich schaue zum Vater, doch er ist mit seinen Gedanken woanders. Also führe ich das Kunststück mit dem Daumen vor, das ich von einem Hobbyzauberer gelernt habe. Neugierig kommt das Mädchen auf mich zu und nimmt meine Hand, um zu sehen, wohin der Daumen verschwunden ist. Ich führe das Kunststück erneut vor, aber diesmal alarmiert das Jauchzen der Kleinen den Vater. »Es ist alles in Ordnung«, sage ich, »wir haben nur gespielt.« Er schaut mich an, als hätte ich seiner Tochter einen vergifteten Bonbon geschenkt. Wortlos setzt er sie auf seine Schultern, dreht sich um und eilt davon.

Ich gehe weiter. Mein Bauch tut weh, und ich habe einen schalen Geschmack im Mund. Am Ende des Weges sehe ich den Park. Doch der blaue Teich und die saftigen Wiesen bringen weder Trost noch Erleichterung, sondern tragen nur stolz ihre abweisende Schönheit zur Schau. Ich setze mich auf eine Bank vor der Hinweistafel, schließe die Augen und murmele: »Das Leben ist nicht so mühsam, wie es scheint.« Ich wiederhole die Worte, bis sie ihre Bedeutung verlieren und mein Kopf leer ist. Fest entschlossen, den Tag zu genießen, öffne ich die Augen und versuche, den Park mit einem neuen, unbelasteten Blick zu sehen. Ist er nicht da, um von mir bewundert zu werden? Doch er liegt kalt und gleichgültig vor mir wie die Kulisse eines Historienfilms.

Ein Pfeil auf dem Schild zeigt nach rechts zu einem Labyrinth aus gestutzten Lebensbäumen. Ich kaufe eine Eintrittskarte und gehe hinein. Vor mir ist der Vater mit dem Mädchen. Diesmal wahre ich Abstand, damit er nicht glaubt, ich würde ihnen folgen. Er scheint immer noch in Gedanken versunken, doch hält er die Kleine fester als vorhin. Wie eine Handschelle liegen seine Finger um ihren Arm. So kann er ungestört seinen Sehnsüchten nachhängen, ohne sie zu verlieren. Zieht es ihn zu dem Ort, an dem seine Seele wohnt? Auch meine Eltern folgten ihren Träumen, statt sich um ihre rotznäsige Tochter zu kümmern. Kindlicher Trotz regt sich in mir. Meine Füße werden schwer, und ich setze mich auf die Bank an einem der blinden Ausgänge des Labyrinths.

Was ist los mit mir? Ist das alles nicht vierzig Jahre her?

Fröhliches Rufen dringt zu mir: Besucher, die sich verirrt haben. Ich stehe auf und will zum Ausgangspunkt zurückkehren, aber das Labyrinth ist tückischer, als ich dachte. Jede Biegung lässt mich glauben, dahinter liege eine Öffnung, doch stehe ich immer wieder vor einer Wand aus Laub. Ich beschließe, mich an jemanden zu halten, der solide wirkt und keine aufregenden Erlebnisse, sondern den Ausgang sucht.

Pünktlich zur verabredeten Zeit bin ich am Treffpunkt. Ich fühle Erleichterung, als wäre ich einem Unheil entronnen. Teilnahmslos folge ich der Führung. Statt zuzuhören und alles anzuschauen, lausche ich meiner zerrütteten Seele: Warum mute ich mir diese Reise zu? Man sollte nie mit alten Gewohnheiten brechen. Habe ich Wien nicht aus gutem Grund seit jeher gemieden? Was gäbe ich dafür, die Augen schließen und in meinem Bett in Tel Aviv aufwachen zu können, inmitten von Autobuslärm, stickiger Luft und nutzlosem Treiben.

Als wir das Schloss endlich verlassen, stelle ich enttäuscht fest, dass sich das Wetter von Grund auf geändert hat. Der Himmel ist grau und versiegelt, als hätten sich alle Wolken Wiens zu einem Noteinsatz versammelt. Mit finsterer Miene laufe ich zum Reisebus und setze mich in die hinterste Reihe.

»Gleich fahren wir an Schloss Belvédère vorbei«, erklärt die Fremdenführerin ernst, »dort, auf der rechten Seite. Belvédère wurde von Prinz Eugen errichtet, ein alter Junggeselle, der beeindruckende Siege gegen die Türken errang. Das Schloss, das er für sich allein baute, wäre selbst für eine kinderreiche Familie zu groß gewesen.«

Armer Prinz Eugen! Noch so ein einsamer Single. Habe nicht auch ich berufliche Siege gefeiert und mir in der Rothschildallee ein luxuriöses Zuhause geschaffen? Aber jetzt sinke ich immer tiefer und erinnere mich kaum noch, je Sitzungen geleitet, Anweisungen erteilt und Entscheidungen getroffen zu haben.

Ich schließe die Augen und versuche, mich auf meinen Atem zu konzentrieren. Nicht auf die tiefen, dramatischen Atemzüge, die durch den ganzen Körper gehen, sondern auf die leichten, natürlichen, die unser Leben ohne Wenn und Aber begleiten, und auf die seidige Luft, die wir einatmen, und jene, die in großen Mengen aus uns ausströmt.

»Endstation!«, ruft die Führerin und erlöst mich aus meiner Verzweiflung. »Ich wünsche Ihnen noch einen schönen Tag.«

Es ist kurz nach eins, noch drei Stunden bis zur Verabredung mit dem Iren. Das Wetter ist wieder auf meiner Seite. Kräftige Sonnenstrahlen nagen an der Wolkendecke und verleihen dem Grau einen gelblichen Glanz. Ich beschließe, wie eine Touristin durch die Stadt zu schlendern und an nichts anderes zu denken.

Rechts von mir ist das Burgtheater und links das Rathaus. Vertreter von Kultur und Establishment stehen sich in konträren Baustilen gegenüber. Jeder wirkt auf seine Art beeindruckend und würdevoll, als wetteiferten sie um die Gunst des Volkes. Das Theater gleicht einem Schloss mit einer ruhigen, strengen Fassade. Das Rathaus dagegen ist ein gotisches Ungeheuer voll Spitzen, die in den Himmel ragen, und Säulen wie in einer Tropfsteinhöhle.

So ist das, wenn man allein durch die Stadt geht und über die Dinge nachdenkt, die man sieht. Allmählich, fast gegen meinen Willen, nimmt mich der Zauber der Straßen gefangen. Ich bewundere die quadratischen grauen Steinplatten, die den

Boden der Plätze bedecken, und die üppigen Bäume, die wie geheimnisvolle Schildwachen dastehen. Schließlich gelange ich zu einem kleinen Café, das mitten auf einem Platz steht.

Von jeher haben mich Kaffeehäuser fasziniert. In Tel Aviv gingen meine Großmutter und ich von einem Café zum nächsten. Zwar verstand ich anfangs nicht, warum man sitzen bleibt, wenn man ausgetrunken hat, doch mit der Zeit begriff ich den Reiz dieser Orte. Ruth lehrte mich, dass es Spaß macht, die menschlichen Masken zu studieren. Einmal – ich war dreizehn oder vierzehn Jahre alt – beobachteten wir im Café Wered ein gut gekleidetes älteres Paar, das in einer Ecke saß und missmutig dreinschaute. Ich behauptete, der Mann sei böse und tyrannisch und sage grobe Dinge zu seiner Frau. Aber Ruth wies mich darauf hin, dass er oft zur Toilette ging. Daraus könne man schließen, dass seine Frau ein Drachen sei und ihm enge Grenzen setze. »Jetzt ist nicht der rechte Augenblick, um seine Persönlichkeit zu beurteilen.« Meine Großmutter hatte etwas Verschmitztes, daher verstand ich manche ihrer Andeutungen nicht und musste die Lücken mit meiner Fantasie füllen. Doch ihre Absicht war immer klar.

Zu meiner Überraschung reißt die Erinnerung keine neuen Wunden. Ruths Gestalt steht klar und leuchtend vor mir, und ich wundere mich, dass manche Dinge wie ein Chamäleon die Farbe wechseln und ständig andere Gefühle hervorrufen. Eben zogen sich beim Gedanken an früher noch meine Eingeweide zusammen, und nun schwelgt meine Fantasie furchtlos in alten Bildern und fügt Elemente hinzu, die ich vergessen habe. Ich setze mich unter eine Kastanie, schaue froh ins Sonnenlicht, das zwischen den Zweigen flimmert und Schatten aufs Pflaster zeichnet, und denke über das wunderbare Potenzial nach, das das Leben neben allen Versäumnissen enthält. Zunächst will ich nur Kaffee bestellen (der Ire ist ein unduldsamer Gegner von Naschereien), doch in einem rebellischen Anfall entscheide ich mich für Apfelkuchen mit Schlagsahne. Ich bin entschlossen, meinen unverhofften Optimismus auszukosten.

Denn auf einmal ist mir weder zu kalt noch zu warm, und ich bin weder deprimiert noch euphorisch. Ich esse auf und wandere erneut durch die schönen Straßen, bis ich an einen großen Platz komme: »Judenplatz« steht auf dem Schild. Ein blank geputztes Mahnmal erhebt sich in der Mitte der kahlen Fläche gegenüber dem Jüdischen Museum. Ein Anfall von schlechtem Gewissen zwingt mich, schnell weiterzugehen.

Am Ende einer Gasse stehen Kutschen. Ich beschließe, eine Rundfahrt zu machen. Zwar lassen die Pferde ihren Kot aufs Pflaster fallen, als gehöre das zum historischen Erbe der Stadt, doch das monotone Klappern der Hufe und das gemütliche Schaukeln der folkloristischen Fahrzeuge entschädigen mich für den Gestank. Ich zünde eine Zigarette an, sinke tief in den runden Sitz und genieße dankbar die Stille, die mich umfängt. Endlich lösen sich meine Glieder aus ihrer Verkrampfung, und ich wünschte, nie wieder aufzustehen.

»Judenplatz«, verkündet der Kutscher, der bisher geschwiegen hat. Ich wundere mich – sehe ich nicht aus wie eine typische Arierin? Doch ich nehme es als Wink des Schicksals und rufe: »Vielen Dank, hier steige ich aus.« Er hält die Kutsche an und erklärt, dass er trotz der kurzen Strecke den vollen Preis berechnen müsse. »Genau den wollte ich zahlen«, sage ich, denn ich bin nicht in der Stimmung zu streiten. Mit vorwurfsvollem Gesicht gibt er mir Wechselgeld heraus, als wäre ich Shylock und verlangte etwas Unerhörtes.

Vielleicht erwarte ich zu viel von den Menschen. Der Wiener mit dem Tirolerhut muss hart arbeiten und will die Fahrt schnell beenden, um den nächsten Kunden aufzunehmen, selbst wenn es ein Chinese mit zwei Köpfen wäre. Der Ire macht sich immer lustig, wenn ich versuche, die Gemütslage fremder Leute zu deuten. Er behauptet, ich würde vergessen, dass die meisten Menschen weder über sich selbst noch über andere nachdächten, sondern nur ihre Interessen im Kopf hätten und sich auf das Bier und das Fernsehen am Abend freuten. »Natürlich haben sie auch Empfindungen«, fügt er gönnerhaft hinzu, »aber sie sind nicht so reflektiert wie du.«

Das Museum ist leer. Am Eingang steht ein Mann mit grau meliertem Haar. Er hat die stattliche Figur eines Generaldirektors, doch gehört er zum Kassen- und Aufsichtspersonal. Er verkauft mir eine Eintrittskarte, reißt sie ab und fordert mich auf, ihm die Treppe hinunter zu folgen. Als wir zum Saal gelangen, erklärt er, die interaktive Ausstellung werde durch die elektrischen Ströme der Hand aktiviert. »Gut«, sage ich, »das Prinzip kenne ich.« Doch er bleibt in der Nähe und beobachtet mich. Sehe ich aus wie eine fanatische Christin, die den Tod Jesu rächen will? »Es ist gut«, wiederhole ich wie eine strenge Lehrerin. Das überzeugt ihn, und er lässt mich allein.

Der Kontrast zwischen der historischen Last des Ortes und der schicken New Yorker Ästhetik bereitet mir Unbehagen. Ich fühle ein Ziehen im Bauch, doch mein Gewissen verbietet mir, die Ausstellung sofort zu verlassen. So berühre ich eine Glasplatte und schalte den Ton ein. Ein unsichtbarer Sprecher beginnt einen Vortrag über das traurige Schicksal der Juden von Wien.

Es ist stickig wie in einem Keller. Ich sollte auf den Rundgang verzichten und an die frische Luft gehen, doch ich finde den Ausgang nicht. Stattdessen gerate ich in einen Raum mit drei blitzblanken Stahltüren, die an Safes erinnern. Ich öffne die erste – dahinter ist eine Wand aus Metall. Erst an der dritten Tür verstehe ich, dass es sich um Konzeptkunst handelt: eine Konkretisierung der Ausweglosigkeit der Gefangenen, die mit der Technologie des Jahres zweitausend umgesetzt wurde. Am Ende des Raums öffnet sich ein schmaler Aufzug, dessen Wände wie die drei Stahltüren glänzen. Doch ich traue mich nicht hinein, sondern gehe in den vorigen Raum zurück, wende mich nach links und gelange zu einer Tür, die in einen winzigen Kinosaal führt. Die elektrischen Impulse meines Körpers setzen ein verstecktes Vorführgerät in Betrieb: Auf der Leinwand beginnt zu furchterregenden Klängen der grausame Reigen des Holocausts. Fluchtartig verlasse ich den Raum und stehe wieder vor dem Aufzug und den Türen. »Entschuldigung, könnten Sie bitte kommen?«, flehe ich mit heiserer Stimme, doch von den Stahltüren kommt nur ein klägliches Echo zurück. Ich huste, als müsse ich ersticken, und suche Zuflucht in dem schmalen Aufzug. Es gibt keine Knöpfe, daher stütze ich mich an der glatten Wand ab und taste mit der Hand nach dem verborgenen Sensor. Plötzlich schließt sich die Tür mit einer lautlosen, präzisen Bewegung. Mir bleibt die Luft weg, und ich sinke zu Boden.

Als ich die Augen öffne, blicke ich in das besorgte Gesicht des Aufsehers, der meine Stirn mit einem Handtuch abtupft. Wir sind in seinem Büro. Er fragt mich, ob er einen Arzt rufen solle. Ich verneine, es sei alles in Ordnung, ich hätte nur niedrigen Blutdruck, und bitte ihn höflich, mich einen Augenblick allein zu lassen. Wie soll ich mich erholen, wenn ich gleichzeitig einen guten Eindruck machen muss? Als er hinausgeht, atme ich tief durch und versuche, mich nur auf meinen Körper zu konzentrieren. Doch schnürt sich mir abermals die Kehle zu. Verzweifelt versuche ich an etwas zu denken, das mich wachhält, und erinnere mich an die Verabredung mit dem Iren.

Die Zeit arbeitet für mich. Ich versuche aufzustehen, doch meine Beine sind zu schwach und geben nach. Ich halte mich an der Lehne des Sessels fest und will mich hochziehen, doch ich schwanke und sinke zurück. »Entschuldigen Sie«, rufe ich – niemand antwortet. Es ist totenstill im Museum.

Mir bleibt nichts anderes übrig, als über den glatten Betonboden zum leeren Foyer zu kriechen. Kurz vor dem Ziel rutsche ich aus und falle flach hin. Von der Schwelle zwischen Wachsein und Bewusstlosigkeit gleite ich zurück ins Dunkel.

Ich weiß nicht, wie viel Zeit seitdem vergangen ist, als ich in einem Bett mit weißem Gestänge erwache. Ich bin in der Notaufnahme eines Krankenhauses mit einem Infusionsschlauch im Arm. Mein Zittern hat aufgehört, und ich atme ohne Beschwerden. Beim Blick auf die Uhr bin ich erleichtert: erst fünfzehn Uhr einundvierzig. Vielleicht schaffe ich es noch zu meiner Verabredung. Für uns Jeckes ist es eine Katastrophe, nicht pünktlich zu sein.

»Entschuldigung«, rufe ich energisch. Hinter dem Vorhang lugt eine Krankenschwester hervor, deren Zöpfe mich an Heidi erinnern. Wie eine Vorgesetzte erkläre ich ihr, dass ich mich besser fühle und nur wegen meines niedrigen Blutdrucks in Ohnmacht gefallen bin.

»Sie können den Schlauch abnehmen, ich habe keinen Gehirntumor.« Doch das beeindruckt sie nicht. »Sie müssen auf den Arzt warten«, entgegnet sie freundlich.

»Aber es geht mir gut«, protestiere ich.

»Ja, weil wir Ihnen fünfzehn Milliliter Valium injiziert haben.«

»Hören Sie zu, Kindchen, in einer Viertelstunde habe ich eine Verabredung mit meinem Freund. Er wird sich Sorgen machen, wenn ich nicht komme. Ich nehme ein Taxi, und alles wird gut. Ich danke Ihnen wirklich, aber das passiert nicht zum ersten Mal.«

Sie lächelt und entblößt ihre großen weißen Zähne. »Es tut mir leid, aber wir haben unsere Vorschriften. Wenn jemand in die Notaufnahme eingeliefert wird, muss er von einem Arzt untersucht werden. Sie können Ihren Freund anrufen und ihn herbitten.«

»Dann machen Sie mich los, damit ich zum Telefon gehen kann.«

»Aber danach geht es sofort zurück ins Bett. Es ist den Patienten verboten herumzulaufen.«

»Natürlich«, sage ich artig, und sie löst die Infusionsnadel von meinem Arm. Als sie fort ist, stehe ich auf und steuere zielstrebig zum Ausgang, wie eine Ärztin, die zu einem Notfall eilt. Ich halte ein Taxi an und schaffe es, um kurz nach vier im Theater zu sein.

Der Pförtner erwartet mich schon und geleitet mich die kaiserliche Treppe hinauf. Auf der letzten Stufe fühle ich den unwiderstehlichen Drang, mich hinzulegen, als handle es sich um ein breites weiches Bett. Ich verliere abermals das Bewusstsein, doch nicht in Panik, sondern in großer Ruhe.

Ich erwache in den Armen des Iren.

»Nomi! My God! Was ist passiert?«

Wie durch dichten Nebel höre ich seine Stimme und versuche, in die Welt der Tatsachen zurückzukehren. Ich weiß, wo ich bin, aber der Schlaf ist zu verlockend, und jeder Widerstand wäre zwecklos.

»Wach auf, Darling, öffne die Augen! Hörst du mich, Schatz? – Ruft einen Krankenwagen!«

Das Wort wirkt wie ein Stromstoß. Ich öffne die Augen, richte mich auf und sage, ich bräuchte keinen Krankenwagen, sondern dringend einen starken Kaffee. Er legt den Arm um mich und hält meine Hand, während wir schwankend zur Cafeteria gehen. Der Raum ist schlicht und gewöhnlich, als sei dem Bauherrn das Geld ausgegangen. Das sage ich dem Iren, doch er erwidert: »Ist das alles, was dich jetzt interessiert?«

Nach zwei Gläsern Wasser und einem doppelten Espresso komme ich allmählich zu mir. Sein Blick verrät doppelte Sorge – um mich und um sich selbst. Zwei Tage vor einer Premiere hat er keine Zeit für Krankheiten und andere Banalitäten.

»Was ist los?«, fragt er.

»Nichts, mein Blutdruck ist abgesackt. Ich habe seit heute Morgen nichts gegessen, aus Angst vor deinem Spott.«

»Gut gemacht! Du wirst lieber ohnmächtig als zu essen.«

Erleichtert finden wir auf vertrautes Terrain zurück: zu unserem Humor und unserer Distanz zu den Dingen. Nichts ist wirklich wichtig, außer dass er um halb sechs eine Probe hat. Das wahre Leben findet im Theater statt, alles andere sind unbedeutende Erledigungen davor und danach.

»Geht es dir schon besser?«, fragt er ernsthaft beunruhigt. In einer Stunde beginnt die Probe, und er braucht mich als Zuschauerin.

»Es tut mir leid«, sage ich, »es hat keinen Sinn, wenn ich bleibe. Ich könnte vor den Augen der Schauspieler einschlafen, aber aus anderen Gründen, als sie annehmen würden. Ich bin furchtbar müde.«

Seine Besorgnis schließt diesmal auch mich ein. »Sollen wir dich nicht doch ins Krankenhaus bringen?«

»Nein, ich muss mich nur hinlegen.«

»Bist du sicher?«

Was meint er? Sicher, dass ich nicht ins Krankenhaus muss? Oder dass ich bei der Probe nicht dabeisein kann?

»Ganz sicher«, antworte ich. Erst als ich im Taxi sitze und kein Gespräch mehr möglich ist, fragt er mit in Falten gelegter Stirn: »Ist wirklich alles in Ordnung, Darling?« Der Taxifahrer trommelt nervös auf dem Lenkrad.

»Nein, Liebster, nichts ist in Ordnung«, sage ich und gebe dem Fahrer ein Zeichen.

Kapitel 4

Ich höre ein Klingeln und schrecke aus dem Schlaf.
»Habe ich dich geweckt?«, fragt der Ire.
»Nein«, murmele ich, »das war das Telefon.«
»Ich sehe, dass du wieder du selbst bist. Du hast mir einen Schrecken eingejagt, aber ich bin froh, dass jetzt alles im Lot ist.«
»Wer behauptet das?«
»Was?«, fragt er verwirrt.
Es hat keinen Sinn, ihn zu quälen, und ich wechsele das Thema: »Wie ist die Probe?«
»Eine Katastrophe.«
»Das tut mir leid. Hoffentlich wird es morgen besser.« Die Erschöpfung hat nur leere Floskeln in meinem Kopf übrig gelassen.
»Ich komme heute Abend spät zurück. Wenn du etwas brauchst, ruf mich an. Das Handy ist eingeschaltet, ich gebe es meinem Assistenten.«
»Danke, ich brauche nichts. Ciao.«

Als ich am nächsten Morgen erwache, ist er schon fort. Ich habe elf Stunden geschlafen. Die Panik, die mich im Museum heimsuchte, hallt wie ein fernes Echo nach. Sie existiert nur noch als Rekonstruktion und wird von meinem Körper nicht mehr physisch empfunden.
Doch wie kam es, dass mir plötzlich die Sinne schwanden? So etwas ist mir noch nie passiert. Lag es an der stickigen Luft und den Bildern des Holocausts? Oder ist mein niedriger Blutdruck schuld? Solche Dinge passieren halt, sagt meine innere Stimme. Meine alte Fähigkeit, Unangenehmes zu verdrängen,

wirkt auch jetzt. Gestern war gestern, und heute geht es mir wieder gut. Gibt es eine bessere Medizin als gesunden Schlaf?

Ich verbringe den Vormittag im Bett mit dem Hörbuch eines walisischen Schriftstellers, den ich vielleicht übersetzen lassen will. Mittags rufe ich Gustav Bechler an, den Grund meiner Reise, um ein Treffen für die Vertragsunterzeichnung zu vereinbaren. Ich zucke zusammen, als er »Hallo« sagt. Sein Ton wird nicht sanfter, als ich erkläre, dass ich seine Verlegerin bin.

Eine Kongressbekanntschaft warnte mich, Bechler sei ein Ausbund von Frustration und Hass. Er ist einer von achthundert Nachkommen der Habsburgerdynastie, die in aller Welt verstreut leben. Zwar verachtet er seine Familie genauso wie alles andere, doch das hindert ihn nicht, einige königliche Privilegien zu genießen, zum Beispiel eine bescheidene Pension. Weil das Geld nicht reicht, macht er Geschäfte mit einfältigen Amerikanern, die ihre Interessen über der aufregenden Tatsache vergessen, dass sie es mit einem echten Adligen zu tun haben. Sein erstes Buch schrieb er im Alter von zweiundfünfzig Jahren, vorher hatte er noch nie richtig gearbeitet. In Literatenkreisen wurde über ihn gespottet, und als das Buch erschien, schärften alle ihre Krallen, um ihn zu zerfleischen. Doch es stellte sich heraus, dass der Text selbst nach kritischer Lektüre nichts von seiner Größe verlor. Seine Sprache ist unbefangen, doch geschliffen, und die Handlung des Buches ist stark und voll überraschender Wendungen.

»Im Café Sacher um zwanzig Uhr«, bellt er, »ich habe eine halbe Stunde Zeit.«

»Ich werde Sie nicht aufhalten«, erwidere ich mit einer Freundlichkeit, die sich automatisch einstellt, wenn ich mit Menschen spreche, die ihre Schwächen nicht verbergen. Schon lange nehme ich Schriftsteller auf diesem Gebiet nicht mehr ernst. Ich arbeite seit fünfundzwanzig Jahren in diesem

Geschäft und habe verstanden, dass sie zu sehr mit sich selbst beschäftigt sind, um andere absichtlich zu kränken. »Einen Schriftsteller zu treffen«, zitierte Tibi Margaret Atwood, »ist, als treffe man die Gans, aus der man später Pâté macht.« Außerdem spricht die Tatsache, dass Bechler seinen Erstling mit zweiundfünfzig Jahren schrieb, für ihn und gibt mir Hoffnung. Nichts macht mir mehr Mut als spät gereifte Talente; vielleicht wird auch mein großer Tag dereinst noch kommen. Und so schlüpfe ich in meinen treuen Armani-Anzug und gehe zur Verabredung.

Mit einer halben Stunde Verspätung erscheint er, dünn und ein wenig gebückt, doch mit vor Selbstbewusstsein geschwellter Brust. Die riesige Nase ragt weit über sein fliehendes Kinn, und seine Haut erinnert an die Rinde eines Baumes. Er hat eine dicke schmale Stirn, unter der misstrauische Augen hervorlugen. Er entschuldigt sich nicht. Die unerhörten Gewinne, die er seiner Verlegerin garantiert, berechtigen ihn zu diesem Versäumnis.

Ich mache ihm ein Kompliment über sein Buch, aber er unterbricht mich: »Ich veröffentliche bei Ihnen, Sie brauchen sich nicht zu bemühen.« Er zieht den Vertrag aus der Tasche, wirft ihn auf den Tisch und ruft: »Bitte sehr! Ich habe unterschrieben, ohne ihn zu lesen.«

»Ich freue mich, dass Sie mir vertrauen«, sage ich mit einem Lächeln, das fast unverschämt ist.

»Obwohl Sie Jüdin sind«, lacht er und hustet. »Aber man muss Ihrer Rasse zugutehalten, dass auch Karl Kraus Jude war.«

So redet nur jemand, der nicht weiß, wer er ist, denke ich mit einem unguten Gefühl im Bauch. Doch weiß *ich*, wer ich bin?

»Der Name ist Ihnen sicher geläufig«, fährt er in bedrohlichem Ton fort. »Seit Karl Kraus tot ist, badet Wien immer in derselben abgestandenen Brühe. Schauen Sie, was im Theater gezeigt wird! Gehen Sie ins Theater?«

»Mein Freund inszeniert ›Anatol‹ an der Burg.«

Das hätte ich nicht sagen sollen. Seine Augen funkeln böse, seine Füße stampfen, und er holt zu einer hasserfüllten Tirade gegen Arthur Schnitzler aus. Wenn er damals gelebt hätte, hätte er sich freiwillig gemeldet, um ihm eine Kugel in den Kopf zu jagen.

»Sein Kadaver stinkt nach Scheinheiligkeit«, keucht er wütend, und ein Tropfen Spucke fliegt auf die rote Tischdecke. Er schlägt mit der Faust auf den Vertrag, dass die Gläser klirren. »Und an der Burg proben sie wieder den Anschluss. Die Deutschen haben Wien zum zweiten Mal besetzt, aber die treuen Staatsdiener klatschen Beifall. Man hat einen deutschen Intendanten geholt, deutsche Assistentinnen und führt antiösterreichische Stücke auf, und alle sagen Ja und Amen dazu. Thomas Bernhard, der Einpeitscher der Nation! Die Provinzialität und Verkommenheit der österreichischen Seele kennt keine Grenzen.«

Der Vertrag ist unterschrieben, und ich brauche mich nicht mehr zu bemühen. Ich winke der Kellnerin, damit sie die Rechnung bringt. Erst jetzt scheint Bechler meine Anwesenheit zu bemerken. »Wo wollen Sie hin?«, fragt er erstaunt.

»Zurück in meine Welt«, antworte ich unerschütterlich lächelnd. »Bruchstücke sind noch vorhanden, und ich versuche sie aufzulesen.«

Er schaut mich ernst an. »Wo haben Sie sie verloren?«

»Ich weiß es nicht.«

»Woher wissen Sie dann, wo Sie suchen müssen?«

»Darüber muss ich nachdenken. Auf Wiedersehen, Herr Bechler. Unser Gespräch war sehr anregend.«

Kapitel 5

»Tulpengasse acht«, sage ich zum Taxifahrer, und nach kurzer Fahrt setzt er mich in einer ruhigen Wohngegend ab. Auf einem Platz steht ein Springbrunnen aus Stein; zwei Gesichter mit afrikanischen Nasen speien Wasser in gemeißelte Becken. Ausgetretene Granitplatten führen am Zaun eines Rosengartens vorbei zu zwei mageren Bäumen, die sich über den Eingang des Hauses Nummer acht neigen.

Ich setze mich auf eine Holzbank und betrachte still die Fassade. Es handelt sich um ein renoviertes Gebäude mit mehreren Wohnungen.

Ungefähr so habe ich mir den Ort vorgestellt, doch erwacht nicht die alte Trauer in mir. Alles bleibt fremd und unwirklich. Ich kann meinen Gefühlen nichts befehlen, daher schaue ich zum Haus und warte auf ein Wunder. Figuren in historischen Filmen werden manchmal wieder lebendig und schütteln die Spinnweben der Vergangenheit ab. Doch hier geht es um keinen Film, sondern um meine Familie. Wie ist es möglich, dass ich nichts empfinde? Auf dieser Bank haben sie gesessen, über diesen Weg sind sie gegangen, und diesen Brunnen haben sie aus ihrem Fenster gesehen. Tausend Mal haben sie die Schwelle des Hauses überschritten.

Wenn ich aufstünde und zum Haus ginge, würden sich meine Spuren mit ihren mischen. Doch würde aus der Erinnerung dann Wirklichkeit? Was erwarte ich? Dass sie lebendig werden und wir noch einmal von vorn beginnen?

Wie ein träger Muskel, der langsam in Aktion tritt, regt sich meine Neugier, und ich beginne, über meine Familie nachzudenken, wie ich es noch nie getan habe. Zum ersten Mal frage ich mich, wer diese Menschen wirklich waren. Bisher schienen sie nur ein abstrakter Anhang meiner Person – wie kann ich hoffen, sie als reale Wesen zu sehen? Vielleicht hat mir meine Großmutter deshalb die Tagebücher hinterlassen. Was kommt der Realität näher als intime Aufzeichnungen, in denen die Dinge so ausgedrückt werden, wie sie sind und nicht wie sie der Welt präsentiert werden sollen? Ich habe mich der einzigen Bitte verweigert, die meine Großmutter in dreizehn Jahren an mich richtete. Die Tagebücher sind ihr Testament, und ich nahm es nicht an, obwohl sie der einzige Mensch war, der mich bedingungslos liebte.

Ich zünde mir eine Zigarette an und fühle, wie mein Herz pocht. Ich habe eine Idee, die ich sofort in die Tat umsetzen muss. Ich nehme das Handy und wähle die Nummer meiner Sekretärin in Israel, die ohnehin all meine Geheimnisse errät. »Entschuldigen Sie, wenn ich Sie überfalle«, sage ich, »aber ich muss Sie um etwas bitten.«

»Worum geht es?«, fragt sie sachlich, als wolle sie langen Erklärungen vorbeugen.

»Gehen Sie in meine Wohnung, wenn es nicht zu umständlich ist. Auf dem Speicher ist ein brauner Karton, auf dem ›Tagebücher‹ steht. Aber ziehen Sie Arbeitskleidung an, er verbirgt sich weit hinten. Im Karton sind drei Lederkladden. Wenn es Ihnen nichts ausmacht, schicken Sie sie mit FedEx ins Hotel nach Frankfurt. Ich werde in drei Tagen dort sein, und wenn mich die Kladden dort schon erwarten würden, wäre das wunderbar.«

Ein kurzes Schweigen. »Geht in Ordnung, ich habe verstanden.«

»Es sind die Tagebücher meiner Großmutter«, füge ich entschuldigend hinzu. »Ich habe das dringende Bedürfnis, sie zu lesen.«

»Dann ist es schade um jede Minute, die verloren geht.«

»Sie sind unvergleichlich!«, sage ich und will auflegen, doch meine Neugier hält mich zurück: »Schicken Sie das Buch von Tibi Wechsler mit.«

Wieder ein kurzes Schweigen. »Dann ist die Blockade aufgehoben?«

»Seit wann stellen Sie solche Fragen?«

»Es wird Zeit, dass der Spuk ein Ende hat.«

Armer Tibi!

In der Zwischenzeit hat die Welt ihr Gesicht verändert. Die Sonne ist verschwunden, und schwere dunkle Wolken fliegen über mich hinweg. Ein Gewitter bricht los, und es blitzt und kracht, als sei ein Krieg ausgebrochen. Wie Eltern, die ihr Kind versohlen, drischt der Regen auf mich ein. Ich laufe zur Hauptstraße und versuche, eins der vollen Taxis anzuhalten, doch sie fahren hupend weiter. Der Himmel scheint zu explodieren. Da ich keine Wahl habe, rufe ich den Iren an.

»Du hast mich aus der Probe geholt, damit ich dir ein Taxi bestelle?«, fragt er fassungslos. Ich lege auf und ergebe mich kampflos meinen alten Feinden, die nur auf einen schwachen Moment von mir gewartet haben. Als meine Einsamkeit und Furcht vor dieser kalten Welt am größten sind, höre ich eine vergessene Melodie: »Die Uhr dreht sich weiter, Nomilein, sie bleibt wegen uns nicht stehen«, sagte meine Großmutter, wenn ich ihr mein Leid klagte. Und so treffe ich eine Stunde später nass bis auf die Knochen im Hotel ein.

»Großer Gott, Darling, du siehst aus, als hätte man dich aus der Donau gefischt.« Der Ire liegt auf dem Bett und liest.

»Ich habe kein Taxi gefunden«, entgegne ich feindselig.

»Du brauchst sofort ein warmes Bad.«

»Was du nicht sagst.«

Ich gehe duschen, und der heiße Strahl versengt meine tauben Glieder, als taue jemand ein Hühnchen in kochendem

Wasser auf. Als ich aus dem Bad komme, liegt er quer auf dem Bett und schnarcht.

Am nächsten Morgen erwache ich mit Husten und Fieber. Der Ire läuft nervös durchs Zimmer und rasiert sich. »Wo warst du bei dem Regen?«

»In der Tulpengasse acht.«

»Wo?«, fragt er irritiert.

Ich erzähle ihm, was passiert ist, doch klingelt das Telefon. Er hebt ab, steckt sich eine Zigarette in den Mund und hört mit verärgerter Miene zu. »Dann soll ihm der Arzt eine Spritze geben«, zischt er in den Hörer. »Er hat einen entzündeten Hals und keinen Herzinfarkt!« Seine Geduld ist wie eine brennende Zündschnur, aus seiner Nase strömt Qualm und aus seinen Augen Gift. »Meinetwegen soll ihm ein Kräuterarzt die Spritze geben. Die Hauptsache ist, er kommt wieder auf die Beine. Obwohl seine Leistung auf der Bühne ihn nicht berechtigt, wählerisch zu sein.«

»Was ist los?«, frage ich, als er auflegt.

»Der Hauptdarsteller weigert sich, Chemikalien zu schlucken. Es interessiert ihn einen Dreck, dass die ganze Inszenierung von ihm abhängt. Aber okay, ich sehe, dass du heute auch nicht zur Probe kommst.«

»Du weißt, es ist nicht deinetwegen.«

»Ja, ich weiß«, entgegnet er kühl. »Ich muss los. Gute Besserung!«

Als er hinausgeht, telefoniert er mit dem kranken Schauspieler und redet freundlich auf ihn ein. »Die Leute irren sich, auch Kräuter können tödlich sein. Zwei oder drei Kortisonspritzen schaden nicht, im Gegenteil. Ein berühmter Mediziner hat mir das bestätigt.«

Ich verkrieche mich unter der Bettdecke. Die Muskelschmerzen und das Fieber machen meine Lider schwer.

Ich erwache vom Klingeln des Telefons.

»Was machen die Bruchstücke Ihrer Welt?«, fragt eine polternde Stimme.

»Guten Tag, Herr Bechler«, krächze ich.

»Haben Sie gefunden, was Sie suchen?«

»Ich bin auf dem besten Weg.«

»Mein Vater war Nazi«, sagt er unvermittelt. »Als ich neun Jahre alt war, nahm er sich das Leben, doch leider nicht aus Reue, sondern wegen eines seelischen Defekts. In unserer Familie war Selbstmord große Mode. Auch meine beiden Brüder haben sich umgebracht.« Er schweigt einen Moment. »Offenbar sind das, was viele Schriftsteller Schicksal nennen, nur schlechte Gene.«

»Wie bitte?«

»Hören Sie nicht gut?«

»Ich bin krank, meine Ohren sind verstopft.«

»Ich sagte«, schreit er in den Hörer, »offenbar sind das, was man Schicksal nennt, nur schlechte Gene.«

»Das tut mir leid.«

»Was tut Ihnen leid?«

»Das mit Ihrem —«

»Ich will, dass Sie es wissen.«

»Was?«

»Dass ich absichtlich so unfreundlich bin. Ich muss Gifte ablassen, um innerlich gesund zu bleiben. Arthur Schnitzler ist mir egal, obwohl ich von dem, was ich sagte, nichts zurücknehme. Hingegen haben *Sie* mir gefallen. Sie können mich immer anrufen, ich schlafe nie.« Er beendet das Gespräch so plötzlich, wie er es begonnen hat. Doch ich bin zu schwach, um über seinen merkwürdigen Charakter nachzudenken. Schwankend gehe ich ins Bad und stöbere in den Medikamenten des Iren. Mit rosa Neurofan und gelbem Valium kann ich mich einen weiteren Tag der Welt entziehen.

Kapitel 6

Eine kühle Hand berührt meine Stirn. Über mir schwebt das Gesicht des Iren und schaut mich besorgt an. »Du hast noch immer hohes Fieber«, sagt er streng.

Erschrocken richte ich mich auf. »Wie spät ist es?« Ich bin nass geschwitzt und glühe.

»Nach zwölf Uhr.«

»Nachts?«

»Ja.«

»Dann ist die Generalprobe schon vorbei?«

»Ja.«

»Wie ist es gelaufen?«

»Furchtbar. Soll ich einen Arzt rufen?«

»Nein, es ist nur eine Grippe. Was ist passiert?«

»Es war einfach schlecht.«

»Wenn die Generalprobe misslingt, wird die Premiere ein Erfolg«, sage ich, weil mir nichts Besseres einfällt.

»Gib dir keine Mühe«, knurrt er, als werfe er mir vor, mich für seine Arbeit nie zu begeistern und insgeheim wie seine Kritiker zu denken.

Er legt sich ins Bett und dreht sich zur Wand, während ich mich erneut dem Schlaf hingebe. Plötzlich weckt mich Licht.

»Hör zu«, sagt er, »ich kann nicht schlafen, wenn du hustest oder laut atmest. Du kannst nichts dafür, aber es macht mich verrückt.«

Benommen richte ich mich auf. »Entschuldige, wenn ich Luft hole.«

»Reiz mich nicht, ich habe jetzt keine Nerven dafür. Morgen ist ein anstrengender Tag, und ich muss mich ausruhen.«

»Ist die Lage so ernst?«, frage ich ein wenig sanfter. »So habe ich dich noch nie erlebt.«

»Und es wäre besser, wenn du mich auch jetzt nicht so erleben würdest.«

»Warum nicht?« Seine Worte rufen mich auf den Plan. Ist das der richtige Augenblick für ein Gespräch? Vielleicht kann ich ihn überzeugen, dass es nichts bringt, sich allein zu quälen.

»Ich habe genug Probleme, da sind Gewissensbisse hinderlich. Im normalen Leben müsste ich mich um dich kümmern, doch ich kann nicht, weil wir heute Abend Premiere haben.« Er geht ins Bad und kommt mit einem Glas Wasser und einer Tablette zurück, die er vor meinen Augen schluckt.

Doch ich empfinde kein Mitleid. Der Wunsch, mit ihm zu sprechen, verfliegt so schnell, wie er gekommen ist. »Ich kann dir nur eins raten«, sage ich in bittersüßem Ton, »drück mir das Kissen aufs Gesicht, wenn ich wieder huste.«

»Hör auf!«, raunzt er.

Ich knipse das Licht aus und drehe mich auf die Seite.

»Genau das meine ich«, zischt er.

»Was?«

»Du machst mir ein schlechtes Gewissen.«

»Ach, fick dich!«

Eine Zeit lang gelingt es mir, das Kratzen im Hals zu unterdrücken. Doch halte ich es nicht aus und beschließe, den Iren nicht länger zu schonen. Ein lautes Husten befreit mich von meiner Qual. Zornig springt er aus dem Bett, holt ein Glas Wasser und drückt es mir in die Hand. Es schwappt über und macht einen Fleck aufs Laken. Fluchend nimmt er ein Handtuch und breitet es über der nassen Stelle aus. Dann legt er sich wieder hin und dreht mir den Rücken zu.

Mein Versuch, den nächsten Hustenanfall einzudämmen, misslingt genauso. »Gut«, ruft er und setzt sich aufrecht hin, »so geht es nicht weiter. Ich besorge mir ein anderes Zimmer.«

»Warum regst du dich auf?«, frage ich wütend. »Die Tablette wirkt gleich, dann hörst du mich nicht mehr.«

Er kommt zurück ins Bett, und einen Moment scheint es, als hätten sich die Gemüter beruhigt. Doch plötzlich sagt er: »Hör zu. Ich muss in den nächsten Tagen allein sein. Diese Inszenierung raubt mir meine letzte Kraft. Es hat keinen Sinn, wenn es dir deshalb schlecht geht. Nach der Premiere fliege ich direkt nach Frankfurt, und du bleibst hier, bis du dich erholt hast und zu mir kommen kannst.«

Der Husten schüttelt mich erneut, und meine Gedanken sind wie gelähmt.

»Sprich jetzt nicht, du musst dich ausruhen.«

»Flieg, wohin du willst«, keuche ich mit letzter Kraft, »lass mir nur das Valium da.«

Immer wenn ich Tibi sagte, wie gern ich schlafe, meinte er: »Dann wird dir auch der Tod gefallen.«

Ach, Tibi …

Als ich am nächsten Morgen erwache, ist der Ire schon im Theater. Das Fieber ist nicht gesunken, und der Tag vergeht mit Wachträumen auf der Grenze zwischen Schlaf und Trunkenheit. Mein Bewusstsein ist vom Valium ausgelöscht. Sobald die Wirkung nachlässt, nehme ich eine weitere Tablette. Ich verstehe zum ersten Mal Drogenabhängige: keine Gedanken, die einem zusetzen – keine Erinnerungen, die an einem nagen. Weder Eile noch Stress. Das Gehirn arbeitet in einem langsameren, unbeschwerten Rhythmus, und nichts ist wirklich schlimm. Mit Tabletten kann man unendlich lange schlafen; so verbringe ich zwei Tage dösend unter meinem Daunenbett. Das Gehirn ist ausgeschaltet, als sei es zur Reparatur geschickt worden, und der Körper ist träge und zufrieden. Träume und Visionen werden meine neue Wirklichkeit. Ich schleiche ins Schlafzimmer der Wohnung in der Balfourstraße, krieche in den großen Wäschekorb und schließe den Deckel über mir. Neugierig schaue ich durch die Ritzen und warte. »Schalom, Spiegel. Schalom, Bett. Schalom, Korb«, sagt Ruth, als sie hereinkommt. »Jemand hat meine Prinzessin entführt. Wisst ihr, wo man sie gefangen hält?« Sie nähert sich dem Korb, und ich halte den Atem an. Mein Herz pocht, als ginge es um Leben und Tod. Als ich die Spannung nicht mehr aushalte, springe ich aus meinem Versteck und werfe mich jauchzend in ihre Arme. Wir halten uns wie Menschen, die nach einem gefährlichen Abenteuer wieder vereint sind, und schwören, uns nie mehr zu verlassen.

Ein tröstendes Gefühl der Sicherheit hüllt mich ein. Doch plötzlich begreife ich, dass ich nicht meine Großmutter umarme, sondern Tova, die Nachbarin. Wir stehen in einem großen kahlen Saal vor einem leeren Leichenwagen. Er verstehe das nicht, sagt der Rabbi und schüttelt den Kopf. Eben war hier noch ein Toter, und jetzt ist er fort. Ich traue mich nicht zu fragen, von wem er spricht, damit meine Befürchtungen nicht wahr werden. So etwas sei ihm noch nie passiert, brabbelt der Rabbi, doch auf einmal kommt Ruth herein, schön und lebendig, und ich bin erleichtert, dass ich nichts gesagt habe.

Ehe ich sie umarmen kann, um mich ihrer Existenz zu vergewissern, sagt sie traurig, sie sei nur gekommen, um sich zu verabschieden, denn sie müsse fortgehen. Ich halte sie mit aller Kraft fest, doch meine Finger gleiten von ihr ab wie die eines Ertrinkenden, der sich vergeblich an einen Felsen klammert.

Ich erwache und denke mit einer Mischung aus Erleichterung und Besorgnis, das war nur ein Traum, in Wirklichkeit lebt sie. Um sicherzugehen, laufe ich ins Schlafzimmer und sehe, dass sie ruhig schläft. Ich beuge mich über sie und höre ihren gleichmäßigen Atem, dann schlüpfe ich still in ihr Bett. Ohne zu erwachen, legt sie ihren Arm um mich, und ich schmiege mich an sie und schlafe ein.

Ich weiß nicht, wie viel Zeit vergangen ist, doch plötzlich gehe ich mit eiligen Schritten über die Jehoschua-Bin-Nun-Straße. Ich habe eine wichtige Verabredung mit einem Autor und bin schon zu spät. Als ich an einem Haus vorbeikomme, höre ich eine leise Stimme, die ruft: »Hallo, hallo!« Ich schaue zu der Stelle, von wo die Stimme kommt, und sehe eine alte Frau im Fenster des Erdgeschosses. Sie presst ihr Gesicht an die Gitterstäbe und sagt jämmerlich: »Hallo!« Als ich nähertrete, erklärt sie: »Alle sind fortgegangen, mein Vater, meine Mutter, meine Geschwister und mein Kind.«

»Soll ich jemanden rufen?«, frage ich, doch sie wiederholt nur: »Alle sind fort, der Vater, die Mutter, der Bruder, das Kind.«

Sie schaut mich nicht an, und ich überlege, ob sie blind ist. Ich frage sie, was ich tun soll. Es ist mir unangenehm zuzugeben, dass ich in Eile bin. Aber sie hört mich ohnehin nicht, sondern jammert immer das Gleiche, als stehe sie schon seit Jahren dort und habe sich mit ihrem Unglück abgefunden. Nur die Worte fließen weiter aus ihrem Mund, leer und ohne Hoffnung. Mein Handy klingelt, und ich drücke auf den Antwortknopf, aber es klingelt unerbittlich weiter.

»Wie geht es dir?«, fragt der Ire, als ich endlich erwache und den Telefonhörer abnehme.

»Wo bist du?«, entgegne ich benommen.

»In Frankfurt.«

»Welcher Wochentag ist heute?«

»Mittwoch.«

»Schon Mittwoch?«, frage ich verwundert.

»Wenn man Grippe hat, tut Schlaf gut. Leg dich noch ein bisschen hin, ich rufe später wieder an.«

»Nein«, sage ich unruhig, »ich will nicht mehr schlafen.«

»Ich wollte nur fragen, wie es dir geht. Ich bin mitten in der Probe.«

»Besser. Wie war die Premiere?«

»Vergiss es, jetzt zählt nur noch Frankfurt«, sagt er mit alter Zuversicht. »Wann kommst du?«

»Ich weiß noch nicht.«

»Gib mir Bescheid.«

»Ja«, entgegne ich und lege auf.

Alle sind fortgegangen, der Vater, die Mutter, der Bruder, das Kind.

Kapitel 7

Wenige Stunden vor dem Abflug nach Frankfurt stehe ich zum ersten Mal seit Tagen unter der Dusche. Mein Geist ist nicht mehr dem körperlichen Diktat unterworfen, alle Nebel lösen sich auf, und die Gefühle erwachen mit einer Heftigkeit, die der Situation angemessen scheint. Kirin ist ein alter Egoist! Während ich halb im Delirium lag, hatte er noch die Frechheit, sich über meinen Husten zu beschweren.

Die Wut und die Kränkung lassen mich nach schneller Rache sinnen. Wenn es mir Befriedigung verschaffen würde, dass seine Inszenierung ein Flop war, könnte ich jetzt lachen. Doch was bedeutet mir sein berufliches Scheitern? Die Strafe muss auf heimischem Terrain stattfinden!

Ich trockne mein Haar und betrachte mich im Spiegel. Die Niederlage und der Selbstekel haben meine Züge verhärtet. Meine Wangen sind eingefallen, die Augen wässrig, und die Haut ist von Falten übersät. Nur das Haar, das allmählich trocknet und heller wird, wirkt frisch und lebendig, als gehöre es zu einem anderen Kopf. Der Ire liebt mein Haar, es erinnert ihn an seine Jugendliebe Julie Christie.

Meine Rache ist lächerlich, doch sie entspringt einem inneren Drang, den ich nicht beherrschen kann. Wie so oft fasse ich übereilt einen Plan und setze ihn sofort in die Tat um. Mein Verstand fleht, ich solle mich zusammenreißen, doch am Ende siegt das wilde Verlangen, das sich um Konsequenzen nicht kümmert und nur nach Befriedigung lechzt. Vor meinem geistigen Auge sehe ich meine neue Frisur: Kurz und stufig wird mein Haar sein.

Ich angele die Nagelschere aus dem Beautycase und beginne wie besessen an den Haarspitzen herumzuschnippeln. Da der Spiegel beschlagen ist, kann ich kaum etwas sehen und schneide nach Gefühl. Plötzlich halte ich inne und denke, wie dumm die ganze Sache ist. Ich werfe die Schere ins Beautycase zurück, und so bleiben ein paar lange Strähnen verschont.

Ich traue mich nicht, den Spiegel trockenzuwischen, und begnüge mich mit meinem verschwommenen Konterfei. Mit ein bisschen gutem Willen geht mein neuer Haarschnitt sicher als Konzeptkunst durch.

»Entschuldigen Sie«, wende ich mich später an meine Sitznachbarin im Flugzeug, »wie finden Sie meinen Haarschnitt? Sagen Sie mir ehrlich, was Sie denken.« Einen Augenblick ist die freundliche ältere Dame erstaunt, dann betrachtet sie mich aufmerksam, und ich bereue schon, dass ich gefragt habe. Hat das erste Urteil nicht die mörderische Kraft einer Prophezeiung?

»Es sieht interessant aus«, sagt sie schließlich.

»So schrecklich?«

»Nein, wirklich interessant!« Das Wörtchen »wirklich« entlarvt sie als Lügnerin.

Zu meiner Überraschung erwartet mich der Ire am Flughafen. Natürlich erkennt er mich nicht. Ich stehe vor ihm und versuche, seine Aufmerksamkeit zu gewinnen, aber er hält Ausschau nach einer großen schlanken Frau mit Haaren wie Julie Christie.

Schließlich treffen sich unsere Blicke, doch er scheint mich nicht zu sehen. Sein Kopf dreht sich weiter, bis ein Zucken durch seine Schultern geht. Mit einem Ruck, der für seinen sensiblen Nacken fatal ist, hält er inne und wendet sich zu mir. Die Erkenntnis kommt mit dem Schmerz: »Fuck, fuck, fuck«, zischt er wütend. Eigentlich hatte ich mir seine Bestrafung anders vorgestellt.

»Tief einatmen«, sage ich wie eine Yogalehrerin, »die Luft anhalten ... entspannen ... ausatmen ... und wieder einatmen.« Mein autoritärer Ton lässt ihn zu einem gehorsamen Schüler schrumpfen. In Sekunden wird aus einem vor Lebenskraft strotzenden Mann ein demütiger Kranker.

Doch der Schaden ist nicht definitiv. Ich wickele ihm dreimal meinen langen grauen Schal um den Hals, und schon geht es ihm besser. »Die Konstruktion ist genial, nur das Material lässt zu wünschen übrig«, spottet er über sich selbst. Als wir ins Taxi steigen, hält er den Kopf gerade, als trage er eine zerbrechliche Last. »Mehr als eine Massage oder eine Kortisonspritze kann ich mir jetzt nicht leisten. Ich habe vier Tage, um ans Ziel zu kommen, und lasse mir meine Planung nicht von einem verrenkten Nacken kaputt machen.«

Trotz des Zwischenfalls ist er erstaunlich gut aufgelegt. »Du siehst aus wie Rod Stewart«, sagt er und schielt auf mein Haar. Er wirkt aufgekratzt, doch nicht meinetwegen. In dieser Stimmung muss er schon gewesen sein, bevor er zum Flughafen kam.

»Ich war beim angesagtesten Friseur von Wien«, entgegne ich.

Als sei er angeschraubt, dreht er seinen Kopf langsam in meine Richtung. »Darling, du kannst vor der Wahrheit nicht fliehen«, sagt er und zwinkert mir zu, »der Schnitt ist eine

Katastrophe. Es sieht aus, als hättest du dir das selbst zugefügt, mit zwei linken Händen. Am schlimmsten ist der Nacken. Ich schlage vor, du gehst zu einem Profi und lässt das Unglück korrigieren ... Und die gute Nachricht ist: Kurz steht dir.«

Das geschieht mir recht.

»Eine sterile Stadt«, kommentiert er, als wir uns dem Zentrum nähern. Es nieselt. Überall kalte, gleichgültige Fassaden in Metallgrau, als seien die Häuser aus einem Architekturkatalog ausgeschnitten.

Mit meinem Lieblingsschal erinnert er an eine kranke Sphinx. Seine steife Haltung steht in einem seltsamen Widerspruch zu seinem ungezwungenen Geplauder. Er schwärmt, wie inspirierend die Proben seien, ganz anders als in Wien. Noch nie sei er so zufrieden gewesen wie bei dieser Inszenierung von Tschechows »Möwe«. »Und damit du es weißt: Ich habe genug davon, ständig dem Realismus Tribut zu zollen. Diesmal besteht mein Wald nur aus Licht. Scheinwerfer sind die Kulissen unserer Zeit, und wenn die Leute selbst zu minimaler Abstraktion unfähig sind, sollen sie in die kommerziellen Theater gehen oder, besser noch, zu Hause bleiben und fernsehen ... Fahren Sie uns bitte zuerst ins Hotel, ja?«, wendet er sich an den Taxifahrer und nimmt seine Plauderei sofort wieder auf: »Wo war ich stehen geblieben? Egal, jedenfalls hat sie einen genialen Aufbau –«

»Wer?«

»Die Möwe. Pass auf: Medwedenko liebt Mascha, und Mascha liebt Kostja, während Kostja Nina liebt und Nina Trigorin. Der wiederum ist in Arkadina vernarrt, die aber nur sich selbst liebt. Die Menschen hängen sich gern an jemanden, der ihre Gefühle nicht erwidert. Das Ganze ist sehr speziell.« Er hasst Dinge, die nicht speziell sind. »Warum schaust du so?«

»Ich frage mich, was du genommen hast. Vielleicht kannst du mir etwas abgeben.«

»Wovon redest du?«

»Von deiner guten Laune.«

»Nach dem Albtraum von Wien genieße ich die Arbeit hier. Was soll der kritische Ton? Gefiel ich dir neulich besser? Es tut mir übrigens leid, wenn ich mich schlecht benommen habe«, sagt er und tut so, als wäre die Sache damit vergessen und vergeben.

»Apropos Wien – wie geht es Tibi? Wir haben neulich nicht von ihm gesprochen.«

»Dazu besteht auch in Frankfurt kein Anlass.«

»Das bedaure ich, Darling.«

Tibi und er mochten sich gern. Vor dem Zerwürfnis trafen wir uns oft zu dritt, manchmal fuhr Tibi sogar mit uns in Urlaub. In einer Bar in Edinburgh waren Tibi und ich einmal so betrunken, dass wir Hebräisch sprachen. Plötzlich unterbrach uns der Ire und fragte, ob ich nicht heiraten wolle. Ich schaute ihn überrascht an und fragte, ob das ein Antrag sei. »Nein«, antwortete er trocken, »ich meinte Tibi und dich.« Und damit es nicht aussah, als sei er eifersüchtig, legte er den Arm um Tibis Schulter und fügte hinzu: »Oder sollen lieber *wir* heiraten?«

»Deine Verbitterung wundert mich«, sagt er in väterlichem Ton.

»Du kennst mich eben nicht«, erwidere ich.

»Ich glaube doch.«

»*Was* glaubst du?«

Er wechselt das Thema. »Im Hotel ist ein Paket für dich angekommen.«

»Ach? ...«

»Wie bitte?«

»Ich sagte: ach.«

»Was ist in dem Paket?«

»Die Tagebücher meiner Großmutter.«

Jetzt dreht er nicht nur den Kopf, sondern den ganzen

Oberkörper zu mir. Seine Augen funkeln vor Neugier. »Du hast sie dir schicken lassen?«

»Nein, sie spürten, dass ich sie lesen will, und flogen von selbst nach Frankfurt.«

Er überhört meine dumme Antwort. »Ich meinte: Was ist geschehen, dass du dich plötzlich für sie interessierst?«

»Nichts.«

Wir kommen am Hotel an, und er entschuldigt sich, mir nicht länger zuhören zu können. »Ich muss ins Theater, aber wie wäre es, wenn wir uns um halb fünf dort treffen.« Er will mir das Bühnenbild zeigen und danach essen gehen, dann könne ich ihm alles in Ruhe erzählen. Doch wolle er mir schon jetzt sagen, wie sehr es ihn freue, dass ich die Aufzeichnungen meiner Großmutter endlich lese. »Das ist doch das Mindeste für eine Frau, die sich beruflich mit Literatur befasst. Es muss interessant für dich sein, was einen Menschen erwartet, der nichts über seine Herkunft weiß. Selbst wenn die Wurzeln faulig sind, verbinden sie uns mit einem konkreten Ort.« Mühsam beugt er sich vor, gibt mir einen orthopädischen Kuss und sagt: »Bis später.«

Was ist los mit ihm?, frage ich mich, während ich zu meinem Zimmer hinauffahre. Was verbirgt sich hinter seiner plötzlichen Munterkeit? Seine Entschuldigung war beiläufig und so beleidigend wie sein Benehmen in Wien. Wenn ich recht darüber nachdenke, war ich nicht über seine mangelnde Anteilnahme empört, sondern über die Distanz, die er zwischen uns aufbaute. Schon bei meiner Ankunft in Wien benahm er sich wie ein Fremder, und selbst als er mich über meine Vergangenheit ausfragte, war er nicht wirklich bei mir. Es fehlte die Intimität, die uns sonst verband. Ahnten seine Sinne den wahren Grund meiner Reise und wollten sich schützen? Oder werde ich langsam paranoid und übertrage meine Ängste auf ihn? Vielleicht hat er nur zu viel um die Ohren. Das wäre die einfachste Erklärung bei einem Mann, der von einem Theater zum nächsten hastet.

Als ich das Hotelzimmer betrete, fällt mein Blick auf das Paket. Es ist kleiner, als ich vermutete, fast bescheiden und harmlos. Auch in diesem Punkt hat meine Fantasie übertrieben. Ich nähere mich, um es zu öffnen, doch sehe ich mich plötzlich im Spiegel. Auf diesen Schock war ich nicht vorbereitet – der Ire und die Frau im Flugzeug wollten mich offenbar schonen.

Ich sehe aus, als sei ich mit den Fingern in eine Steckdose geraten! Ich werfe den Tagebüchern einen entschuldigenden Blick zu und eile hinaus, um einen Friseur zu suchen.

Der Tag hat schlecht angefangen, aber er ist noch nicht zu Ende. Der Regen hat aufgehört, und alles blinkt wie nach einer gründlichen Wäsche. Im Licht der Abendsonne färben sich die metallenen Fassaden blutrot. Ein heimliches Versprechen scheint in der Luft zu liegen, eine Stimmung froher Erwartung. Von fern zwinkern mir die Tagebücher zu, und ich erinnere mich kaum noch, wie kompliziert unser Verhältnis immer gewesen ist. Vielleicht war ich nur eifersüchtig. Wenn ich als kleines Mädchen sah, dass sich Ruth ihren Aufzeichnungen widmete, empfand ich die Tagebücher als Konkurrenten. Manchmal erwachte ich nachts, wenn sie mit einer Hingabe schrieb, die ich für mich allein beanspruchte. Ihr Gesicht wirkte dann fremd und spiegelte eine ferne Welt. Sofort begann ich zu weinen, um ihre Aufmerksamkeit zurückzugewinnen, und beobachtete zufrieden, dass sie die Kladde zuschlug und sich wieder in meine Königin verwandelte.

Als ich an einem Reisebüro vorbeikomme, sehe ich in der Schaufensterscheibe meinen Kopf. Hätte ich mein Werk wie geplant zu Ende geführt, wären die Rod-Stuart-Fransen längst abgeschnitten. Ich trete in den Laden und will nach einem Friseur fragen, doch mein Blick bleibt an einem großen Plakat hängen. »Welcome to Heidelberg«, steht darauf.

In meiner Kindheit war dieser Name so präsent wie der Wiens. Bevor meine Trauer alle Erinnerung befleckte, war er wie jeder Name, der in Gesprächen oft vorkommt und nichts Besonderes mehr darstellt. Er schien nur ein Klang, der meine Tage begleitete. Erst vor dem Plakat mit dem berühmten Schloss befreit sich die Stadt von ihm, und ich fasse einen spontanen Entschluss. Der Friseur ist vergessen, nur auf die Vergangenheit kommt es jetzt an.

Kapitel 8

Fünfzehn Jahre und Dutzende Inszenierungen, die ich aus der Nähe miterlebte, haben nichts daran geändert: Immer wenn ich ein Bühnenhaus betrete, fürchte ich, mitten in eine Aufführung zu geraten und wie ein Tier im Scheinwerferlicht gefangen zu sein. Auch jetzt öffne ich zögerlich die schwere Tür und taste mich vor, trete auf Kabel und Seile, stoße an Kisten und Stative und wage erst, den Blick zu heben, als ich mich an die Dunkelheit und den Hall der Stimmen gewöhnt habe. Der Ire sitzt an einem Pult in der Mitte des Saals; sein Hals ist von einem riesigen Verband umschlossen. Über ein Mikrofon dirigiert er den Beleuchter, der wie ein Affe an der Scheinwerferbrücke herumturnt.

Plötzlich wird mein Albtraum wahr. Auf dem Weg zur Treppe, die von der Bühne hinunterführt, holt mich ein Lichtkegel ein, als sei ich ein entlaufener Sträfling.

»Hi, Darling!«, ruft der Ire. »Du warst noch nicht beim Friseur!«

Ich ducke mich und versuche, dem Scheinwerfer zu entkommen, doch der Ire treibt seinen Spaß mit mir. Der gleißende Strahl verfolgt mich und macht jedes Entrinnen unmöglich.

»Furchtbar komisch«, schimpfe ich leise, um nicht den Spott seiner Mitarbeiter zu wecken. Er drückt auf einen Knopf, und trübes Probenlicht erhellt die Bühne.

Sein schalkhaftes Benehmen irritiert mich. Normalerweise ist er vor Premieren angespannt und auf sein Ziel konzentriert wie ein startbereites Projektil. Diesmal aber scheint er fröhlich, als sei ihm der Erfolg schon sicher.

»Komm, setz dich zu mir. Ich zeige dir den Wald, von dem ich im Taxi erzählt habe.«

Auf einen Knopfdruck erstrahlt die kahle, abgewetzte Bühne in satten Grüntönen. Blätter aus Licht tanzen auf den dunklen Wänden und greifen wie Spinnweben nach dem Boden. Und die Gartenstühle, die eben noch zum schäbigen Inventar gehörten, verwandeln sich in schicke Möbel. »Fantastisch«, sage ich und lächele, um meinem banalen Kommentar Glaubwürdigkeit zu verleihen.

Unterdessen schwebt ein bildschönes Mädchen mit nussbraunem Haar herein. Es hat kirschrote Lippen und trägt ein dünnes weißes Hemd. »Ich bin so glücklich«, zwitschert die Kleine und drückt dem Iren aufgeregt einen Kuss auf die Halskrause. »Wie gut, dass wir das Kostüm getauscht haben! Das Alte wirkte viel zu brav und passt nicht zur Figur, die wir konstruiert haben. Findest du den Lippenstift übertrieben?«

»Ja«, entgegnet er trocken und stellt mir das Mädchen vor. »Das ist Thea. Sie spielt die Nina.« Höflich lächelnd geben wir uns die Hand. Ihre Sinnlichkeit und ihr verwöhnter Mund verderben mir die Laune. »Sie sehen gut aus«, sage ich, um mir nichts anmerken zu lassen.

»Sie sehen auch nicht übel aus«, erwidert sie freundlich. »Ihr Haar ist einfach umwerfend. Wo haben Sie es schneiden lassen?«

»Hör nicht auf sie«, mischt sich der Ire ein, »sie ist ein bisschen naiv. Gehen wir essen?«

»Eigentlich wollte ich nur Bescheid sagen, dass ich ein paar Tage nach Heidelberg fahre, um in den Kladden meiner Großmutter zu lesen«, flüstere ich, um keine Aufmerksamkeit zu erregen.

Seine Augen beginnen zu leuchten. »Kompliment, Darling!«, lobt er mich wie ein Lehrer, dessen Sorgenkind eine gute Note geschrieben hat. »Du musst unbedingt im Hotel Zum Ritter absteigen. Es liegt direkt in der Altstadt am Platz gegenüber der Kirche und ist genau das Richtige für dich. Seit den Dreißigerjahren hat es sich nicht verändert.«

Als er mich hinausbegleitet, legt er vorsichtig den Arm um meine Schulter. »Liest du mir aus den Tagebüchern vor, wenn wir in die Berge fahren? Ich bin wirklich gespannt.«

»Worauf?«

»Auf ein Zeugnis aus erster Hand über die dramatischsten Jahre des Jahrhunderts. Ich kann mir nichts Interessanteres vorstellen, natürlich auch weil es um dich geht. Ich bin sicher, dass mir manches klarer werden wird. Und ich entschuldige mich nochmals für Wien. Ich habe mich wie ein Tier benommen.«

»Ja, das hast du.«

»Aber ich will es wiedergutmachen.« Zum ersten Mal ist sein Blick warm und offen. Hoffnung beschleicht meine geschundene Seele. »Kirin —«, sage ich und verstumme.

»Was ist?« Er schaut mich verwundert an.

Ich bin nicht gekommen, um meine Wurzeln zu suchen, sondern deine Liebe, Kirin, denn außer dir habe ich niemanden mehr auf der Welt, und allein schaffe ich es nicht. Wie gern würde ich die Last teilen und nicht ständig aufpassen müssen, dass mein Körper mich nicht verrät, dass ich nicht schwach werde und mich zu lange über ein vergossenes Glas Milch beklage. Die Fassung wahren, Kirin, immer die verdammte Fassung! Auf Dauer wird es uns nicht gelingen, denk nur an Wien. Und wozu das alles? Lass auch du los, es wird uns beiden guttun. Wir könnten von vorn beginnen, offen und unverhüllt, ohne Masken und Verkleidungen. »Wir können nur in Freiheit leben, wenn wir unsere wahre Natur annehmen«, sagte einmal ein weiser Mann. Lass es uns wagen, erst dann werden wir wirklich frei sein.

»Was hast du, Darling?«, fragt er abermals.

»Jetzt ist nicht der richtige Augenblick, es zu erklären«, erwidere ich sanft. »Wenn wir in die Berge fahren, können wir reden.«

»Du hast recht«, sagt er und küsst mich behutsam, »wir haben viel zu besprechen.«

Neben mir taucht die bezaubernde Nina auf. Wir lächeln uns zu. Sie ist blutjung und weiß noch nicht, was einen im Leben alles erwartet.

Der Zug rauscht durch die grüne Winterlandschaft Europas. Die Felder fliegen davon, als brächten sie sich vor uns in Sicherheit. Im Karton neben mir schlummern die Tagebücher still wie ein gehorsames Kind. Hoffnung wärmt meine Glieder, und ich freue mich auf Heidelberg wie vorhin im Reisebüro, in dem ich zufällig das Plakat der Stadt entdeckte.

Doch was erwarte ich? Welches Rätsel soll in Heidelberg gelöst werden? Gibt es wirklich etwas zu entdecken? Selbst wenn ich herausfinde, aus welchen unschuldigen oder düsteren Motiven meine Eltern mich verließen, gibt mir niemand meine Kindheit zurück. Meine Identität bleibt dieselbe, oder würde ich plötzlich ein anderer Mensch und könnte mich mit meinem Schicksal versöhnen?

Ein Schwarm junger Mädchen reißt mich aus meinen Gedanken. Das Abteil verwandelt sich in einen summenden Bienenstock. Unklare Identitäten mit rebellischen Hormonen,

Köpfe, die das Haar nach rechts und links schwenken, junge Menschen auf der Suche nach dem verlorenen Weg. Ich denke an ihre Familien und wundere mich über ihre Unschuld. Die Unbefangenheit, mit der sie heute leben, lässt meine Vorbehalte lächerlich erscheinen. War Deutschland zu sehr mit dem Wiederaufbau beschäftigt, um eine kollektive Erinnerung zu entwickeln? Seine Bürger gehen nicht gebeugt und sind sich der Vergangenheit nur am Rande bewusst. Die Geschichte hat keine Furchen in die frischen Gesichter der Mädchen gegraben. Doch was verlange ich? Habe nicht auch ich meine Vergangenheit ausradiert?

»Hotel Zum Ritter«, sage ich zum Taxifahrer. Draußen leuchten die Vororte im Abendlicht.

Nach kurzer Fahrt biegen wir in die Gassen der Altstadt ein.

Hier also lebte meine Familie nach dem Umzug aus Wien – doch wann war das genau? Ich weiß nur, dass meine Mutter ihre Kindheit in Heidelberg verbrachte und fünf oder sechs Jahre alt war, als ihre Familie nach Palästina ging. Das war in den Dreißigerjahren.

Was für ein Unterschied es ist, ob man in einer dunklen, von der Geschichte gezeichneten Stadt aufwächst oder in einer hellen Umgebung wie Tel Aviv? Wie schwer muss der Wechsel gewesen sein! »Kinder des Schnees, die in der Wüste verdorrten«, schrieb Tibi. An diesen Aspekt hatte ich nie gedacht. Ich sah sie nicht als Emigranten, denn als ich geboren wurde, waren alle schon in Palästina. Ihre Vergangenheit hat mich nie interessiert, weil ich kein Teil davon war. Und Ruth erschien mir auch nie wie eine typische Jecke, dafür war sie zu frei und gefühlsbetont. Trotz ihres ausgeprägten Akzents sprach sie fließend Hebräisch und sehnte sich nicht nach ihrer alten Heimat, die sie nie wieder besuchte. Doch wenn wirklich alles so glatt gelaufen war, warum ergriff mich dann immer Panik, wenn das Gespräch auf Heidelberg kam?

»Da sind wir«, sagt der Taxifahrer, »das Hotel Zum Ritter ist ein Haus mit Tradition.« Ich blicke auf und sehe ein Gebäude von klassischer Eleganz. Auch die dunklen Möbel in seinem Innern duften intensiv nach Vergangenheit.

»Was kann ich für Sie tun?«, fragt mich die freundliche junge Frau an der Rezeption und verzieht ihren schmalen Mund zu einem breiten Lächeln. Ihre Lippen erinnern an eine platzende Naht.

»Ich möchte ein Zimmer für zwei Nächte und, wenn es möglich ist, einen Privatführer, der sich mit dem Heidelberg der Dreißigerjahre auskennt.« Dieser Gedanke kommt mir spontan, während ich mit ihr spreche.

»Es tut mir leid«, entgegnet sie, »wir veranstalten keine Führungen zu einzelnen Epochen. Aber hier haben Sie einen Prospekt mit einem historischen Überblick. Vielleicht hilft Ihnen das weiter.«

Der Prospekt erzählt chronologisch, was seit Beginn des Jahrhunderts in Heidelberg geschehen ist. Ich springe zu den Dreißigerjahren, doch gibt er keine Auskunft darüber.

»Finden Sie es nicht seltsam, dass hier in den Dreißigerjahren nichts passiert ist?«, frage ich. Leider habe sie keinen Einfluss auf die Redaktion des Prospekts, erklärt die Angestellte freundlich und empfiehlt mir, mich ans Tourismusbüro der Stadt zu wenden. »Frühstück gibt es von sieben bis zehn Uhr«, fügt sie hinzu und wünscht mir einen angenehmen Aufenthalt.

Mein Zimmer ist groß und dunkel, doch angenehm möbliert. Das dicke weiche Bett scheint ideal für lange Ruhepausen. Nachdem ich geduscht und etwas beim Zimmerkellner bestellt habe, nehme ich den Karton mit den Tagebüchern. Mir ist beklommen zumute wie beim Besuch eines alten Bekannten.

Mit nervösen Fingern löse ich die Verpackung, als lugte ich unter das Leichenhemd eines Toten. Vom Schildchen auf der obersten Kladde blickt mich die sorgfältige Handschrift meiner Großmutter an: »Erster Band. Heidelberg 1934–1936.« Ich schaue auf die beiden anderen Kladden: »Palästina 1936–1948« und »Tel Aviv 1948–1966«.

Mein Aufenthalt in Heidelberg liegt nun drei Jahre zurück. Bald werden die Träume verblassen und in den großen Teich unserer Versäumnisse münden. Zu meiner Trägheit und Furcht könnten andere Hindernisse kommen, die mich für immer vom Schreiben abhalten. Im Alter von fünfzig Jahren beschließe ich, mir die Aufzeichnungen meiner Großmutter zunutze zu machen und die Geschichte meiner Familie in einen Roman zu verwandeln – in unseren Familienroman.

Teil II

Heidelberg, dreißiger Jahre

Kapitel 1

»Lass uns zusammenleben«, sagte Robert leise, während Ruth am Fenster stand und ins melancholische Licht eines verregneten Oktobertages schaute. Seine Worte klangen beiläufig, als biete er ihr eine Zigarette an, doch streckte er wie ein Bettler die rechte Hand aus. Ein dummer Reflex, dachte er, zog die Hand schnell zurück und wartete mit gespannten Lippen auf Ruths Reaktion.

Ruth sagte nichts, sondern stand starr und teilnahmslos da. Zumindest schien es Robert so, dem vor Reue die Ohren glühten, weil er nicht wirklich mit ihr zusammenleben wollte. Die Langeweile, die schon den ganzen Tag anhielt, ohne Sex, ohne Drogen und mit Ruths trauriger Tochter im Nebenzimmer, hatte sein Bedürfnis nach einem dramatischen Höhepunkt geweckt. Jedenfalls versuchte er so, sich den Antrag, den er ihr gemacht hatte, zu erklären. Die Niederlage, die Ruths Gleichgültigkeit ihm bereitete, zwang ihn zum Gegenangriff.

Zwar müsste Ruth nach dem Schlachtplan ihrer Beziehung nicht dankbar vor ihm niederknien, doch könnte sie sich wenigstens umdrehen und mit aufgerissenen Augen fragen, ob er seinen sensationellen Vorschlag ernst meinte. Stattdessen schaute sie aus dem Fenster wie eine Sphinx, die sich von den Banalitäten der Welt nicht beeindrucken lässt. Seine Reue schlug in Feindseligkeit um. Er überlegte, wie er Ruth verletzen konnte, und suchte einen kalten, unfreundlichen Satz, der seinen Stolz wiederherstellte und ihn für seine Bettlerpose entschädigte.

»Du bist dicker geworden.«

Ruth fuhr herum, als hätte sie etwas gestochen.

»Wo?«, fragte sie, doch war an ihrem Ton keinerlei Gemütsregung zu erkennen.

»Überall«, sagte er böse, »aber das musst du relativ sehen. Es gibt Schlimmeres auf der Welt. Ein Blick in die Zeitung genügt.«

Ruth hatte seinen Antrag, den sie seit zweieinhalb Jahren ängstlich erwartete, nicht gehört. Sie sorgte sich um ihre Tochter, die im Nebenzimmer schlief. Erst die Behauptung, sie sei dicker geworden, ließ sie erwachen. Seine Stichelei passte zu diesem dekadenten Nachmittag. Jetzt zahlte sie den Preis für die absurde Idee, die Kleine mitzunehmen, um keine Minute seiner quälenden Liebe zu versäumen. Deren Nachteile wurden ihr ohne Alkohol und Drogen mit bitterer Nüchternheit bewusst. Wie so oft hätte sie längst aufstehen und gehen sollen, aber je schlimmer die Situation wurde, desto inniger hoffte sie, sie korrigieren zu können.

Sie suchte nach einer gemeinen Antwort, die ihr Befriedigung verschaffte, doch fiel ihr nichts ein. Daher spielte sie die Gleichgültige, gähnte gekünstelt und sagte, sie gehe Tee machen.

Aus ihrer Sicht war es ein Versuch, zur Normalität zurückzukehren. Doch damit verletzte sie ihn mehr als mit ihrer vermeintlichen Verweigerung. Aus Protest gähnte er laut und gab vor, todmüde zu sein. »Achte darauf, dass die Tür schließt«, sagte er, als sei nichts geschehen. »Du musst an der Klinke ziehen, sonst rastet das Schloss nicht ein ... Wie ich mich jetzt aufs Bett freue! Nichts auf der Welt tue ich lieber als schlafen.« Dann streifte er die Stiefel ab und legte sich hin.

Die Kälte, die ihr entgegenschlug, ließ sie erstarren. Sie

schloss die Augen und überließ sich der Leere, die sie wie einen lästigen Verwandten ertrug. Auf einmal schien ihr die Zukunft wie ein bedrohlicher schwarzer Berg. Als sie zurückschaute, sah sie, dass Robert einschlief. Die Leere füllte sich mit Wut, doch sie nahm sich zusammen. Sie musste den Kampf vorsichtig führen.

»Weißt du«, sagte sie mit trauriger Stimme, »es gibt etwas, das ich dir schon den ganzen Tag sagen muss. Aber ich liebe dich und wollte dein schönes Weltbild nicht zerstören.«

»Dann sei still«, murmelte er, als platze sie in einen Moment größter Entspannung.

»Gut, ich sage nichts.«

Er öffnete die Augen. »Was ist los?«

»Das ist nicht einfach zu erklären.«

»Red schon!«

Endlich war er wach und hörte zu.

»Es fällt mir wirklich nicht leicht«, beteuerte sie scheinheilig.

Sein langer, hagerer Körper fuhr hoch, und der Aschenbecher fiel auf den Boden. Fluchend sammelte er die Zigarettenstummel vom Teppich. »Was willst du?«, schrie er und verrieb die Asche zu einem großen Fleck.

Mit pochendem Herzen beobachtete sie, wie er die Beherrschung verlor. Wutausbrüche waren bei ihm so selten wie Liebeserklärungen.

»Wenn du etwas mitzuteilen hast, tu es!«

»Lass gut sein. Du wirst es früh genug erfahren.«

»Willst du mich wütend machen?«

Ja, das will ich, dachte sie, aber sie hütete sich, es zu sagen.

»Was ist los, Ruth?« Ein flehender Ton schlich sich in seine Stimme.

»Man munkelt, dass im nächsten Semester dein Vertrag nicht verlängert wird.«

»Wie bitte?«

»Es heißt, sie wollen dich ... entlassen.«

»Wer behauptet das?«

»Die Leute reden, Robert. Es sind schwere Zeiten.«

Die Adern an seinem Hals schwollen an. Blut schoss ihm ins Gesicht. Unter der bröckelnden Maske kam eine panische Fratze zum Vorschein. Doch fasste er sich schnell und suchte Schuldige. »Ich kann mir vorstellen, wer solche Gerüchte verbreitet. Die blasierten Reaktionäre, eine senile Bande, die neben sich keinen selbstständig denkenden jungen Menschen ertragen kann.«

»Sie entlassen die Juden, Robert. Es geht nicht um deine Person.«

»Und warum freust du dich?« Er hob die Hand, und sie schwebte einen Augenblick drohend über ihr.

»Du müsstest dich sehen«, lachte Ruth. »Ich hätte nicht gedacht, dass du es so schwernimmst. Ich glaubte sogar, du wärst erleichtert. Sagtest du nicht, die Beschäftigung mit Kernphysik korrumpiere dein Wertesystem?«

Er dachte nach, schnürte seine Stiefel und ging eilig zur Tür. Doch Ruth rief: »Ich habe das nur so gesagt. Du wirst nicht entlassen!«

Er schaute sie verblüfft an und versuchte, das Ganze zu verstehen. Sie stand mit dem Rücken zum Fenster. Ihre Hände waren gefaltet, und ein dünnes Lächeln lag auf ihrem Gesicht. »Ich hatte das Bedürfnis, den Mann, den ich liebe, besser kennenzulernen – so wie alle anderen. Jetzt weiß ich, dass ein nervöses hässliches Tier in dir wohnt. Nach dieser Szene ist meine Liebe nicht mehr so groß wie vorher.«

Langsam zog er die Stiefel aus und legte sich wieder hin. Sie würde ihre Strafe bekommen!

»Es tut mir leid«, sagte Ruth, die jetzt von ihrem Gewissen geplagt wurde. War die Strafe, die sie ihm auferlegte, seiner Schuld angemessen? Was hatte er ihr getan? Es waren nicht seine Worte, die sie kränkten, sondern sein Verhalten bei ihrer Ankunft mit der Kleinen. Als er ihnen die Tür geöffnet hatte, war er zurückgewichen, als überbringe sie eine schlechte Nachricht. Doch ging es Ruth nicht um ihre Tochter, sondern darum, dass er sich vor ihrer Mutterschaft ekelte, vor dem Teil ihres Lebens, das nichts mit ihm zu tun hatte. Das Kind war ein Ausdruck jener unsinnigen Existenz, die sie an das Bett ihres Mannes band.

»Sei mir nicht böse, Robert, es tut mir so leid«, sagte sie abermals. »Wir haben schon grausamere Spiele gespielt.«

Er schwieg und hielt die Augen geschlossen.

»Sprich mit mir, Robert, ich entschuldige mich.«

»Mir ist langweilig«, sagte er. »Das ist alles. Ich langweile mich und habe Hunger.«

»Was langweilt dich?«

»Wahrscheinlich du. Geh jetzt, Ruth, ich will schlafen.«

»Robert«, flüsterte sie, »was ist mit uns geschehen?« Ihre Stimme klang wie das verzweifelte Piepsen eines Reanimationsgeräts.

»Nichts«, antwortete er kühl. »Wir sind nur Verdammte.«

Kapitel 2

Vor zweieinhalb Jahren, kurz bevor sich das Gesicht Deutschlands änderte, hatte sie ihn zum ersten Mal gesehen. Sein lässiges Auftreten, die Blässe seiner Haut, das volle Haar und die violett-grünen Feigenaugen, die immer ironisch funkelten, beeindruckten sie. Doch wusste sie sofort, dass dieser junge Mann, ein vielversprechender Doktorand der Physik, ein hartes Stück Arbeit sein würde. Sascha, ihre Freundin, kannte ihn näher und informierte sie über seine vielfältigen Qualitäten. Im Gegensatz zu den meisten Männern, sagte sie, sei er intellektuell und erotisch zugleich – eine wahre Romanfigur, das würde Ruth, die Literatin, schnell merken.

Für Sascha war es selbstverständlich, ihn ihrer Freundin vorzustellen. Schließlich war sie über Ruths familiäre und psychische Situation besser informiert als alle anderen. Eine leidenschaftliche Affäre half zu vergessen und bewirkte mehr als Beruhigungstropfen.

Robert lehnte am Eingang der Garderobe des Stadttheaters und wartete, bis Sascha mit dem Umkleiden fertig war. Sie spielte das Fräulein Julie in der Inszenierung eines Berliner Ensembles.

Plötzlich spürte er einen Blick in seinem Rücken, drehte sich um und sah eine hochgewachsene Frau mit reiner Haut und zitronengelbem Haar, die ihn mit ihren kühlen, metallgrauen Augen musterte. Er wusste sofort, dass sie zu den Frauen gehörte, deren Schönheit niemand in Zweifel zog. Sie wirkte kalt und perfekt wie die Skulptur eines unerfahrenen Künstlers, der es versäumt hatte, ihre Vollkommenheit durch eine Unregelmäßigkeit zu betonen. Also das war Ruth Stein, von der Sascha behauptete, er müsse sie unbedingt kennenlernen. »Zwischen euch werden die Funken fliegen«, hatte sie gesagt. »Außerdem ist sie verheiratet, genau wie du es magst.«

Langsam trat Ruth näher und lehnte sich an den Türpfosten ihm gegenüber.

Wie elektrisiert schauten sie sich an, schweigend, als warteten sie auf den Funken, der alles entflammte. Plötzlich flog die Tür von Saschas Garderobe auf, und mit wehender roter Mähne trat ihre gemeinsame Freundin heraus: »Ich habe furchtbare Kopfschmerzen, meine Lieben. Am besten lasst ihr ein paar Komplimente da und versucht danach, ohne mich zurechtzukommen.«

Auf das künftige Paar wartete eine Nacht voll Poesie. Sie lehnten am Geländer des Flussufers und betrachteten die Schönheit der Natur, die zu ihren Ehren besonders feierlich wirkte. Alles war still. Kein Wind wehte. Wattiger Schnee sank vom Himmel und tauchte die Dunkelheit in ein sanftes Weiß. Jeder hüllte sich in das Schweigen des anderen. Sie wagten nicht, den Zauber des Augenblicks mit Worten zu zerstören, und wussten am Ende des Abends nicht mehr voneinander, als ihre Freundin erzählt hatte.

Am nächsten Morgen stürmte Ruth in Saschas Hotelzimmer und wollte noch einmal in allen Einzelheiten die Geschichte des wunderbaren Mannes hören, den sie schon ein Leben lang zu kennen glaubte, obwohl sie kaum ein Wort gewechselt hatten. Mit einer Tasse Kaffee thronte Sascha auf ihrem Bett und lächelte stolz wie eine Königin. Doch dann passierte fast eine Katastrophe. Wie in einem Reflex wollte Ruth, die pedantische Jecke, den Puder wegwischen, der aus unerklärlichem Grund den Glastisch verunreinigte. Sascha fuhr hoch wie eine Löwin, die ihr Junges verteidigt.

»Um Gottes willen, was ist das?«, fragte Ruth erschrocken.

»Medizin für die Seele«, entgegnete Sascha, »mein neuer Geliebter.«

Mit einem winzigen Silberlöffel nahm sie von dem weißen Pulver, führte ihn an die Nase und schnupfte ihn. »Greif zu, Ruthilein, eine kleine Portion Glück. Auch wenn Herr Freud behauptet, dass Glück in unserem Gesundheitsprogramm nicht vorkommt.«

Ruth überlegte nicht zweimal. Das jähe Gefühl des Genusses, das sie bis in die Gliederspitzen durchdrang, ließ Robert in hellstem Licht erstrahlen. »Erzähl mir alles, Saschinka, Wichtiges und Nebensächliches, lass kein Detail aus.«

»Er stammt aus einer jüdischen Industriellenfamilie«, begann Sascha, »und weil er Einzelkind war, wurden ihm von klein auf alle Launen verziehen.« So kümmerte er sich auch nicht um den Wunsch des Vaters, ins elterliche Stahlwerk einzutreten. Denn nachdem er eine kurze Zeit mit den Anarchisten liebäugelt hatte, verachtete er die materialistische Lebensführung seiner Familie. Und wenn ihn der Vater daran erinnerte, dass ihm bei seiner Verschwendungssucht Materialismus nicht fremd sein konnte, schlug er laut die Tür zu. Für seine Mutter waren diese Szenen wie die Qualen des Jüngsten Gerichts. Zum Physikstudium hatte sich Robert nicht nur wegen seiner Begabung zum abstrakten Denken entschlossen, sondern auch, wie er sagte, »um die Gesetze des Lebens zu erkunden und seinen Sinn zu verstehen«. Wie bei vielen Intellektuellen wohnten zwei Seelen in seiner Brust, und er fühlte sich von »Künstlerkreisen« angezogen. Dort lernte er die reiche, autarke Welt der Drogen kennen. Erschöpft vom Studium und seinen Ambitionen, tauchte er am Wochenende in die Welt des Opiums ein. »Ruhe gefällt ihm besser als die ständige Hektik«, schloss Sascha, »jeder braucht die Droge, die zu ihm passt.«

Das Telefon klingelte, und als sei es ein Zeichen, war Robert in der Leitung. Sascha winkte Ruth zu sich, damit sie ihr Ohr an den Hörer hielt. Dann fragte sie Robert, was er von ihrer Freundin halte.

»Ich habe die Frau meines Lebens gefunden«, rief er. »Vom Gesetz schon vergeben, aber in ihrem Herzen frei.«

»Nimm dich in Acht«, sagte Sascha, um die Glut anzufachen, »mit einer Frau wie ihr hattest du noch nie zu tun.«

»Umso größer ist die Herausforderung. Hast du mit ihr gesprochen?«

»Ja.«

»Was sagt sie über mich?«

Die beiden Frauen verständigten sich mit Blicken. »Sie hat nichts erzählt, aber das heißt nichts.«

Er erschrak, doch dann nahm er den Kampf auf. »Sag ihr, sie soll mich dringend anrufen. Ich habe etwas bei ihr verloren.«

»Was denn?«, sprach Sascha die Frage, die sie in Ruths erstaunten Augen las, aus.

»Das«, entgegnete er amüsiert, »muss ich persönlich mit ihr besprechen.«

Tags darauf rief Ruth ihn mit klopfendem Herzen an. Nach kurzem Schweigen erklärte er, er fahre nach Berlin, um Vorbereitungen für seinen Umzug nach Heidelberg zu treffen, aber er sei in zwei Tagen wieder da. Vorher wolle er sein Herz zurück, und daher müsse er sie unbedingt treffen. Er erwarte sie am nächsten Morgen um neun Uhr am Eingang des Hotels Reiter.

An diesem Abend ging sie um elf Uhr ins Bett. Doch dachte sie an ihre Verabredung und konnte nicht einschlafen. Eine Tablette kam nicht in Frage, weil man am nächsten Morgen wie zerschlagen erwachte und die Gesichtsmuskeln zu allem Überfluss schlaff waren. Sie konzentrierte sich aufs Atmen und wartete geduldig; das war ein altes Familienrezept. Doch genau in dem Moment, in dem sich erste Anzeichen von Müdigkeit zeigten, trat ihr Mann ins Zimmer und legte sich neben sie. Die Vorboten der ersehnten Ruhe verflüchtigten sich. »Schläfst du?«, fragte er leise. Normalerweise verhielt sie sich still und bemühte sich, regelmäßig zu atmen. Doch da sie ohnehin wach lag, überlegte sie, was nützlicher war. Die Viertelstunde, die sie an ihren Mann verlor, gewann sie in ihrer persönlichen Bilanz von Schuld und Sühne zurück. Daher berührte sie sanft seine Wange und flüsterte: »Nein, Otto, ich habe auf dich gewartet.« Sie streichelte ihn, und er geriet schnell in Erregung, doch schob sie ihn von sich, damit er sich selbst befriedigte. Derweil schloss sie die Augen und dachte an Robert. Noch nie hatte ein Mann ihr solch ein Glücksgefühl geschenkt. Schon die

Erinnerung genügte, um es wachzurufen. Sie wälzte sich hin und her, und ihre Bewegungen wurden aus einer tiefen, unberührten Quelle gespeist, als habe sich in ihrem Innern eine geheime Kammer geöffnet. Sie stieß einen lustvollen Seufzer aus, doch zu ihrer Erleichterung schrieb Otto ihn ihren sexuellen Launen zu und nicht der Erregung, die der Gedanke an ihren heimlichen Schwarm hervorrief. Erschöpft und zufrieden schlief er ein, während sich Ruth von ihm weg drehte und aufs Atmen konzentrierte. Roberts Bild weigerte sich zu verschwinden. Der Gedanke an ihr Aussehen am nächsten Morgen mischte einen bitteren Geschmack in die süße Erinnerung, von der plötzlich Gefahr ausging, als flackere in einer abstrakten Zukunft ein schreckliches Licht. Sie stand auf und nahm eine Tablette. Die Konsequenzen waren ihr egal. Endlich glitt sie in einen kurzen unruhigen Schlaf, aus dem sie angespannt wie eine Metallfeder erwachte.

Zumindest das morgendliche Licht stellte sie zufrieden. Die Sonne verbarg sich hinter einer dicken Wolkenwand, die sich düster und fest dem Tag entgegenstemmte. Der graue Schimmer, der wie ein verblichener Brautschleier über der Stadt hing, war die ideale Beleuchtung, um kleinste Makel einer müden Haut zu verstecken.

Kurz vor neun Uhr nahm sie ihren Hut und ging durch die leere Hauptstraße. Ihre Absätze klapperten auf dem Pflaster. Der Wind ließ die Augen und das wild pochende Herz tränen. Mit geröteten Wangen warf sie sich in die geöffneten Arme, die sie am Hoteleingang empfingen.

Er hatte ein Champagner-Frühstück und einen Spaziergang geplant. Erst wenn alle Befangenheit überwunden wäre, wollte er ins Hotel zurückkehren und mit ihr zusammen sein.

Doch das Leben folgt eigenen Gesetzen, und so standen sie an der Rezeption und warteten, dass die Hotelangestellte Zeit für sie hatte. Was als heimliche Berührung, als scheinbar zufälliges Streicheln der Hand, des Halses und des ausgestreckten Beins begann, entlud sich wie elektrische Stöße. Ihnen beiden war klar, dass jetzt weder ein Frühstück noch ein Spaziergang infrage kam. »Entschuldigen Sie bitte«, drängte Robert, »wir haben es sehr eilig.«

Wahrscheinlich hatte die Angestellte im Laufe der Zeit gelernt, die Bedürfnisse unverheirateter Paare zu erkennen. »Es tut mir leid«, sagte sie teilnahmsvoll, »das Zimmer ist noch nicht gemacht, und wir haben sonst nichts frei.«

Die frische Luft kühlte die Leidenschaft des jungen Paares nicht ab. Schweigend ging es durch die Straße und suchte einen Ort für eine flüchtige Berührung, den Startschuss für sein sittenloses Vorhaben. Robert drängte Ruth in eine Gasse. Dort gaben sie sich den ersten Kuss, der die Welt für Stunden anhalten ließ. Erst ein Kinderpaar, das aus der Gasse auftauchte, zwang sie weiterzugehen.

In dieser schläfrigen Vormittagsstunde schien die katholische Kirche in der Häusserstraße der geeignete Ort, um moralische Schranken zu durchbrechen. Sie gingen die steinerne Treppe hinauf und traten in den menschenleeren Raum. Aufgeregt steuerten sie einen Beichtstuhl an, der am Ende des Kirchenschiffs aufgestellt war, und verschwanden hinter dem schweren Vorhang. Ihre Hände glitten über den Körper des anderen wie die eines Pianisten über eine Tastatur. Doch als sie begannen, Knöpfe und Reißverschlüsse zu öffnen, wurde der Vorhang aufgerissen, und ein großer Priester mit einer Brille stand vor ihnen.

Obwohl ihre jüdische Abstammung nur ein lästiges Detail für sie war, erwachte in ihnen eine uralte Furcht. Schuldbewusst schauten sie zum Priester auf.

»Bitte folgen Sie mir zur Polizeiwache«, sagte er und unterdrückte seinen Zorn.

Der Schrecken weckte Ruths Überlebenswillen. Sie begann

herzerweichend zu weinen. »Hochwürden, ich bin sicher, dass Jesus, unser Herr, uns verstehen würde. Seit fünfzehn Jahren werde ich nicht schwanger, und ich war bei den besten Ärzten, aber keiner konnte mir helfen. Daher ging ich zu einer Wahrsagerin – sehen Sie, wie verzweifelt ich war? Die Wahrsagerin prophezeite mir, wenn mein Mann und ich es hier täten ...« Sie hielt inne, hob flehend die Hand und berührte den Priester fast. »... hier im Beichtstuhl, dann würde ich in neun Monaten einen Sohn zur Welt bringen. Sie müssen mich verstehen, Hochwürden, nichts auf der Welt wünsche ich mir so sehr wie ein Kind. Dafür bin ich sogar bereit, ins Gefängnis zu gehen. Wenn Sie uns für Verbrecher halten, rufen Sie die Polizei!« Ihr Körper zitterte vor Schmerz. »Können Sie sich vorstellen, Hochwürden, dass ein Mensch so weit sinken kann und grundlos eine Kirche entweiht?« Ruth spielte so überzeugend, dass man beinah Verdacht schöpfen musste.

Der Priester erblasste, doch Robert hoffte, dass Ruths Beteuerungen und Schwüre seinen männlichen Beschützerinstinkt weckten und er bereit wäre, eine schöne Frau aus der Not zu retten. Einen Augenblick stand der Geistliche ratlos da. Robert nutzte die Situation, packte Ruths Arm und zog sie aus dem Beichtstuhl. Dabei warf er dem Priester einen selbstbewussten Blick zu und sagte: »Die Taufe werden wir in Ihrer heiligen Kirche abhalten. Ich hoffe, dass Sie unser Kind taufen werden.«

Fluchtartig verließen sie das Gebäude und liefen laut lachend zum Fluss. Als sie an der Carl-Theodor-Brücke ankamen, blieben sie stehen und umarmten sich glücklich wie Kinder, die einem Erwachsenen einen Streich gespielt haben. »Schau die Brücke an«, sagte Robert, »sie ist angefressen und grün vom Moos. Und schau zu den alten Lampen und dem Schloss –«

»Was ist damit?«, fragte Ruth verwundert.

»Nichts«, antwortete Robert, »aber für mich sind sie etwas Besonderes. Ich bin verliebt, deshalb scheinen sie mir wie Skulpturen voller Reichtum und Poesie. Stell dir vor, wie viel Schönes wir versäumen, wenn wir nicht verliebt sind.«

Kapitel 3

Ein Rabe setzte sich aufs Geländer des geöffneten französischen Fensters und schielte nach Anuschkas gewölbtem Erdbeermund. Da sie die Augen geschlossen hielt, bemerkte sie den Vogel nicht. »Anuschka Anuschka Anuschka ...«, flüsterte sie, bis ihr Name nur noch ein Zischen war, »...schkaschkaschka.« Danach versuchte sie dasselbe mit Robert, dem Namen des Bekannten ihrer Mutter. Doch das war nicht so einfach, er war zu sperrig in ihrem Mund.

Wenn es von ihr abhinge, wäre sie jetzt mit Ferdi, ihrem Lieblingsonkel, und Tante Mirjam im Altenheim bei Tante Esther. Aber Mirjam wollte sie nicht mitnehmen, und so war sie bei ihrer Mutter geblieben, die versprochen hatte, mit ihr zum Spielplatz zu gehen. Also machten sie sich hübsch zurecht, doch als sie das Haus verließen, sagte die Mutter, sie müsse zuvor einen Bekannten besuchen. Und nun zogen sich die Minuten unendlich in die Länge! Da Anuschka nicht stören durfte, saß sie am Fenster, kniff die Augen zu und hoffte, die goldenen Kreise zu sehen, die sich langsam auflösten, wenn man die Lider wieder öffnete. Zu ihrer Enttäuschung blieben die strahlenden Kringel diesmal aus. Als sie die Augen wieder aufmachte, sah sie einen großen schwarzen Vogel, der sie böse anschaute. Anuschka begann zu weinen. Sie wollte weglaufen, doch war sie wie erstarrt.

Robert lag auf dem Bett und schaute zur Decke. Er beobachtete die feuchten Flecken, die sich langsam aufeinander zu bewegten. Wenn das Regenwetter anhielt, würden sie noch vor seinen Augen ineinanderlaufen. Ruth stand am Fenster und schwieg. Aus dem Nebenzimmer hörte sie ein Wimmern.

»Deine Tochter ruft dich«, sagte Robert und schloss die Augen. »Kümmere dich um sie.«

»Was hast du?«, rief Ruth laut.

»Hier ist etwas«, schluchzte das Mädchen.

»*Was* ist da?«

»Komm her«, flehte die Kleine.

»Kannst du nicht warten?«

»Mach schnell, bitte!«

»Ich komme gleich, hab ein bisschen Geduld!«

Anuschka erschrak, weil ihre Mutter so schrie. Und auf einmal schien der Rabe zu wachsen. Wie schwarze Zelte breitete er die Flügel aus und reckte seinen Hals, als wolle er sie fressen.

»Mama!«, kreischte Anuschka entsetzt.

Der schrille Klang ihrer Stimme schlug den Vogel in die Flucht, doch Ruth und Robert holte er in die Realität zurück. Sie eilten ins Nebenzimmer und fanden Anuschka kreidebleich und mit zitternder Hand aufs Fenster zeigend.

»Was ist passiert?«, riefen beide im Chor.

Statt zu antworten, brach Anuschka in Tränen aus – sicher würden ihr die Erwachsenen kein Wort glauben.

»Erzähl schon, was ist los?«, drängten Ruth und Robert.

»Der Vogel ...«, brachte Anuschka schluchzend hervor.

»Was für ein Vogel? Hier ist kein Vogel.«

Da das Mädchen nicht zu weinen aufhörte, schüttelte Ruth es und sagte: »Entweder bist du jetzt still oder erklärst mir, was geschehen ist.«

»Der Vogel«, wiederholte Anuschka verzweifelt.

Ruth hob das Kinn der Kleinen und sah in ihren Augen eine Furcht, die sie selbst manchmal fühlte, wenn sie von schrecklichen Fantasien gequält wurde. Liebevoll umarmte sie ihre Tochter, und ihr anfänglicher Zorn schlug in Mitleid und Schuldbewusstsein um. »Anuschka, mein Schatz ...« Tränen rannen über ihre Wangen und verklebten ihre blonden Strähnen. »... alles wird gut, meine Süße, Mama ist jetzt bei dir.« Sie betrachtete das unschuldige Kindergesicht, den Erdbeermund, die großen blauen Augen, die seidige Haut und die süße Knopfnase, auf die Ferdi manchmal drückte, wobei er lachend rief: »Ist jemand zu Hause?« Ab morgen würde sie sich mehr Zeit für ihre Kleine nehmen – das schwor sie sich.

Robert beobachtete die Szene wie ein Student eine Obduktion im Anatomiesaal. Seit zweieinhalb Jahren war er mit Ruth zusammen und hatte schon einiges über die Geheimnisse der Seele gelernt. Doch waren Gefühlsausbrüche immer noch rätselhafte Sphären, die er nur aus Büchern kannte. Diese Hysterie, die aus dem Nichts zu kommen schien, machte ihn verlegen. Gleichzeitig rührte ihn die Verletzlichkeit von Mutter und Tochter, die auf dem Sofa saßen und sich gegenseitig wiegten. Er wollte ihnen helfen und schlug vor, ein Glas Wasser zu holen, doch plötzlich, majestätisch still, landete der Rabe auf dem Geländer vorm Fenster und schaute mit seinen dunklen Augen hinein.

»Er ist wieder da«, rief Anuschka. In Ruths Schläfen strömte frisches Blut. Hier ging es weder um Hysterie noch um kranke Fantasie, vielmehr hatte ihre empfindsame Tochter zum ersten Mal im Leben einen Raben aus der Nähe gesehen.

»Siehst du«, sagte Ruth zu Robert. Er setzte sich zu ihnen, und alle drei betrachteten nachdenklich das schwarze Tier. Wenn wir wieder zu Hause sind, nähe ich das Auge des Teddys an, dachte Ruth. Anuschka bettelt schon die ganze Woche darum.

Der Gedanke an das Stofftier weckte zärtliche Gefühle. Plötzlich verstand sie, dass es eine Möglichkeit gab, die sie nie ausprobiert hatte. Demjenigen, der große Emotionen sucht, scheinen alle anderen Wege trist und grau. Aber auch dort kann ich glücklich sein, überlegte Ruth. Jeder Augenblick lohnt sich, denn er offenbart eine ganze Welt. Staunend dachte sie an die kleinen, wunderbaren Ströme, die in der wilden Flut der Illusion untergehen. Könnte nicht auch sie unbeschwert mit ihrer Tochter zusammen sein, ohne ständig auf eine dramatische Wende zu hoffen? Sie müsste ihren Mann wirklich anschauen und auf ihren Bruder und die strenge Tante hören, ihre Herzlichkeit aufsaugen und akzeptieren, dass die Welt der Ruth Stein aus diesen Menschen bestand. Wenn sie ihnen mit Entschlossenheit die Hand reichte, könnte sie sich ein Leben aufbauen, das in der Familie Erfüllung fand.

Anuschka war eingeschlafen.

Um Ruths Make-up nicht zu beschädigen, strich Robert vorsichtig eine feuchte Strähne aus ihrem Gesicht. Plötzlich fragte er sich, ob sie seinen Antrag wirklich gehört hatte. War ihr Streit nur ein Dialog zwischen Tauben?

Sein forschender Blick flößte Ruth Unbehagen ein. Sie ärgerte sich, dass sie sich eine Blöße gegeben hatte. Wer weiß, welche Folgen ihre Tränen noch hätten? Nicht umsonst verbarg sie vor Robert den Kern ihres Wesens, der sie vor siebzehn Jahren in ein Wiener Sanatorium gebracht hatte. Zwar hatte der Arzt ihr versichert, ihre Neurose sei nicht pathologisch, doch sollte Robert nie erfahren, dass die schöne Verpackung ein zerbrochenes Geschenk enthielt. Es war anstrengend, das Geheimnis zu bewahren, aber Ruth profitierte davon. Es glich einer Waffe, in die selbst klarsichtige Männer wie Robert blindlings hineinliefen.

»Ruth«, flüsterte er, »warum hast du mir vorhin nicht geantwortet?«

»Worauf?«

»Auf meinen Vorschlag.«

»Auf welchen Vorschlag?« Aus schmalen stahlgrauen Augen schaute sie ihn an. Trotz der geschwollenen Lider war ihr Blick wachsam und spöttisch.

»Welchen Vorschlag meinst du?«, fragte sie noch einmal.

Er kratzte sich am Kinn. Wusste sie wirklich nicht, wovon er sprach? »Dass du Otto verlassen und zu mir ziehen sollst«, antwortete er und versuchte, sich seine Gefühle nicht anmerken zu lassen.

Der einäugige Teddy löste sich in Luft auf und mit ihm der Traum vom bescheidenen Glück. »Meinst du das ehrlich?«, flüsterte Ruth aufgeregt.

»Ja, ich meine es ehrlich«, entgegnete Robert, doch sein müder, beiläufiger Ton verlieh den Worten weder Kraft noch Realität.

»Es ist also wahr?«, vergewisserte sich Ruth.

»Ja«, sagte er und verdrängte den Zweifel, der sich am Rande seines Bewusstseins regte.

»Du willst mit mir leben, mich ernähren und immer um dich haben – aber was ist mit Anuschka und meinem Bruder?«

»Dein Bruder ist ein erwachsener Mann. Wenn du es zulässt, kommt er allein zurecht. Und mit Anuschka habe ich kein Problem. Sie ist ein zauberhaftes Mädchen.«

»Mit ihr zu leben, ist nicht dasselbe, wie sie zehn Minuten auf dem Arm zu tragen.«

»Ich weiß.«

»Außerdem will ich meinem Bruder nicht die Verantwortung für unsere Tante aufbürden. Ich liebe ihn und lasse ihn nicht im Stich.«

»Guter Gott, Ruth, er ist dreißig Jahre alt!«

»Aber in emotionaler Hinsicht ist er ein Kind.«

»Vielleicht habt ihr ihm nie erlaubt, erwachsen zu werden.

Ihr behandelt ihn, als sei er beschränkt. Endlich bekommt er die Chance, ins Leben zu treten.«

»Ich will nur sicher sein, dass du dir nichts vormachst«, sagte Ruth ernst.

»Ich möchte wirklich mit dir leben, Ruth. Die Frage ist, ob auch du es willst.« Die Verletzlichkeit, die sich in Roberts Blick spiegelte, verlieh seiner Beteuerung Glaubwürdigkeit. Plötzlich nahm das Gespräch einen kräftigen, realen Ton an. Ruth schaute in das Gesicht ihrer Tochter, um zu sehen, ob sie schlief. Dann setzte sie sich auf Roberts Schoß und blickte ihm tief in die Augen. »Ja, ich wünsche es von ganzem Herzen. Vielleicht habe ich mir nie etwas sehnlicher gewünscht als das.«

Ihr Freude spülte alle Sorgen fort. Die Welt außerhalb der Wohnung verlor ihre Bedeutung. Otto war ein Narr, den sie mit ein paar freundlichen Worten um den kleinen Finger wickeln konnte. Atemlos vor Glück gab sie sich dem höchsten aller Gefühle hin – einem fantastischen Traum, der Wirklichkeit wird.

Kapitel 4

Als Anuschka die Augen öffnete, sah sie, dass Robert wie ein kleiner Hund auf dem Schoß ihrer Mutter lag. Sie schloss die Augen und hoffte, dass sich die ersehnten goldenen Kringel zeigten. Um das Gekicher der Erwachsenen nicht zu hören, klopfte sie sich mit den Fingerspitzen auf die Ohren. Als sie sich traute, abermals die Augen zu öffnen, traf sie den Blick ihrer Mutter, die zusammenfuhr, als würde sie beim Stehlen erwischt.

»Bist du schon lange wach?«

»Ich bin gerade erst aufgewacht«, antwortete Anuschka instinktiv das Richtige. »Wann gehen wir?«

»Hast du gut geschlafen, Anuschka?«, fragte Robert in kindischem Ton. Sie nickte und begann laut von eins bis zehn zu zählen, um die unangenehme Stille zu füllen und so zu tun, als wäre alles wie immer.

»Du kannst aber schön zählen«, sagte Robert verlegen.

»Onkel Ferdi hat ihr schon beigebracht, wie man bis dreißig zählt«, erklärte Ruth und übernahm unwillkürlich seinen lächerlichen Tonfall.

Obwohl ihre Sinne noch ungeübt waren, spürte Anuschka das schlechte Gewissen der Mutter. Sie schöpfte Mut und sagte: »Ich will nach Hause!«

Aber Ruth hörte sie nicht. Die Wolke, die Roberts dramatischen Antrag umhüllte, war noch nicht verflogen. Sie konnte die Wohnung nicht verlassen, bevor nicht eine richtige Absprache erzielt war. Andererseits untergrub die überraschende Aggressivität der Kleinen ihre natürliche Autorität als Mutter: Sie wagte nicht, Anuschka ins Nebenzimmer zu schicken, damit sie noch ein bisschen malte. Stattdessen tat sie etwas, was sie noch nie getan hatte. Sie zog ihrer Tochter den Mantel an, knöpfte ihn eilig zu und befahl ihr, unten im Flur einen Augenblick zu warten.

Jetzt musste es schnell gehen. Ruth suchte nach konkreten Worten – wann und wo würden Robert und sie sich treffen? Doch riskierte sie damit, den fragilen Charakter seines Antrags zu zerstören.

Statt sich auf ein Gespräch einzulassen, nutzte Robert die kostbaren Augenblicke, um Ruth an sich zu ziehen und ihren widerspenstigen Rock hochzuschieben.

»Nein, Robert, nicht jetzt«, flüsterte Ruth. »Unten wartet Anuschka, und wir müssen uns unterhalten.« Doch mit einer

Brutalität, die sie von ihm nicht kannte, riss er ihren Schlüpfer herunter. Der Gedanke an ihre Tochter verhallte, und sie wurde von einer Lust verschlungen, die alles andere weit zurückließ.

Kapitel 5

Zum ersten Mal stand Anuschka allein auf einer fremden Straße. Der Wind führte das Regiment über die Menschen. Mit eingezogenen Schultern eilten sie vorüber und hielten ihre Mäntel fest. Auf der anderen Straßenseite schäumte der Fluss, und die Bäume schwenkten ihre Häupter wie unruhige Kinder. Nur die Dinge aus Stein, der Bürgersteig und die Häuser, ließen sich vom Wind nicht beeinflussen. Wenn Anuschka jetzt hinausginge, flöge sie davon.

Doch die Minuten verrannen, und sie begann sich zu langweilen. Schließlich betrat sie zögernd den Bürgersteig.

Der Wind pfiff und freute sich über das Leichtgewicht, das ihm in die Hände fiel. Anuschka glaubte, sie habe einen neuen Freund, mit dem sie Fangen spielte. Sie rannte vor dem Wind her und ließ sich von ihm einholen. Nach einer Weile wurde ihr warm, und sie streifte ihre Jacke ab und warf sie fort. Die Kühle verstärkte das Gefühl, frei zu sein. Anuschka lief nah an die Bordsteinkante. »Jetzt entscheide ich allein«, dachte sie und schaute auf die vorbeifahrenden Autos. »Ich kann über die Straße gehen, wann ich will.«

Zwei Mädchen kamen auf sie zu. Eins war dunkelhäutig, hatte glühende Augen und blaue Lippen, als habe es Tinte getrunken. Das andere war kleiner, hatte rotes Haar und Sommersprossen. Sie blieben vor Anuschka stehen und schauten sie an. »Komm mit, wir werfen Steine in den Fluss«, sagte die Dunkle. Der Plan gefiel Anuschka, doch sie erklärte, sie warte auf ihre Mutter. »Das macht nichts«, behauptete die Große. »Solange sie nicht da ist, kannst du mit uns spielen.« Ihre Entschlossenheit überzeugte Anuschka. Sie gab der Kleineren die Hand und folgte ihr auf die Fahrbahn. Das Mädchen beobachtete die Autos, und als es »Jetzt« rief, rannten sie gemeinsam los. Glücklich erreichten sie die andere Straßenseite. Anuschka drehte sich um und schaute auf den Verkehr – zum ersten Mal in ihrem Leben hatte sie eine Straße allein überquert. In ihrer Aufregung vergaß sie nicht nur ihre Mutter, sondern alles, was sie bisher erlebt hatte. Übermütig wie der Wind lief sie die Treppe zum Fluss hinab. Als sie unten ankam, rief sie: »Wo sind die Steine?« – »Dort«, entgegneten die Mädchen und forderten sie mit einem Zeichen der Hand auf, ihnen zu folgen. Beim Gehen schloss Anuschka die Augen. Ihr Herz pochte vor Freude, als sie den nassen Boden unter ihren Füßen spürte.

»Bist du verrückt? Pass auf!«, schrie das große Mädchen und zog sie vom Wasser fort. »Weißt du nicht, dass man nicht so nah am Rand gehen darf?« Anuschka entschuldigte sich kleinlaut. Sobald jemand Befehle erteilte, gehorchte sie.

»Da sind wir«, sagte die Große schließlich, und Anuschka staunte, wie geschickt beide Mädchen waren. Fünf Mal hüpfte jeder Stein übers Wasser, bevor er versank.

»Jetzt versuch du es«, sagte die Große. Aber Anuschka schämte sich, weil sie noch nie Steine geworfen hatte und ihr der erste Versuch eine bittere Niederlage einbrachte.

»Du kannst es gar nicht«, zwitscherte die Kleine schadenfroh.

»Sei still«, fuhr die Große sie an. »*Du* kannst es nicht.«

Dann wandte sie sich Anuschka zu und erklärte ihr, sie müsse regelmäßig trainieren. Sie selbst gehe jeden Tag zum Fluss.

Man müsse nur aufpassen und nicht zu nah an den Rand des Wassers kommen, sonst rutsche man aus und falle hinein.

Wenn sie wieder zu Hause wäre, beschloss Anuschka, würde sie Onkel Ferdi von ihren Abenteuern erzählen – von der aufregenden Überquerung der Straße und dem Steinewerfen am Fluss. Sie würde ihn bitten, mit ihr jeden Tag ans Ufer zu gehen, um zu üben. Vielleicht würden die Passanten auch ihr eines Tages so fasziniert zuschauen wie sie dem dunklen Mädchen.

Kapitel 6

Als das hastige Liebesspiel beendet war, erwachte Ruths Sorge um ihre Tochter. Sie ließ Robert mit heruntergelassenen Hosen zurück und eilte ins Bad. Als sie wieder ins Zimmer trat, lehnte er am Türrahmen und sagte zärtlich: »Entschuldige, ich habe nur an mich gedacht.« Doch seine bettelnden Worte erreichten sie nicht. Ruth fühlte sich wie in einem Albtraum – was konnte inzwischen nicht alles passiert sein!

Selbst in ruhigeren Zeiten hätte sie ihre Tochter nicht allein auf die Straße geschickt. Das gutgläubige Kind lief jedem Bonbon, mit dem man es lockte, hinterher.

Doch hinter ihrer Sorge schimmerte wie ein Edelstein die Erinnerung an Roberts Antrag. Ruth hauchte ihrem Geliebten einen Kuss auf die Wange und verkündete mit funkelndem Blick, Otto noch am selben Abend zu sagen, dass sie ihn verlassen werde. »Treffen wir uns am Donnerstag um elf Uhr im Café Knösel?«

»Ich werde da sein«, versprach Robert und fiel erschöpft aufs Bett, als sich die Tür hinter seiner Freundin schloss. Er sank in einen Schlaf, aus dem er glücklich und stark zu erwachen hoffte.

Noch bevor sie unten ankam, sah Ruth die rote Jacke, die wie zum Beweis eines Unglücks auf dem gepflasterten Gehsteig lag. Sie stürzte auf die Straße und rief verzweifelt ihre Tochter. An der Ecke tauchten zwei Männer in schwarzen Uniformen auf. In diesem verlorenen Augenblick schienen sie wie Engel. »Meine Tochter ist verschwunden, helfen Sie mir!«, rief Ruth und winkte mit der roten Jacke. Als ahnten sie, was geschehen war, liefen die Polizisten zur Treppe am Fluss. Eine alte Furcht ergriff Ruth. Wie in einem Film sah sie die Katastrophe, für die es keinen Trost gab: Ihre Tochter lag tot auf dem Grund des Neckars. Sie befreite sich aus ihrer Erstarrung und rannte den Polizisten hinterher, als wolle sie sich selbst in den Fluss stürzen. Doch als sie zur Treppe gelangte, sah sie ein Bild, das schöner war als alles, was sie kannte. Umrahmt von ihren Rettern, stieg Anuschka gesund und munter die Stufen hinauf. Ruth schloss sie in die Arme und gab sich dem höchsten Glück auf Erden hin – mit einem Schlag verwandelte sich die Hölle in den Garten Eden.

Die Männer in den schwarzen Uniformen waren sichtlich zufrieden über den Ausgang des Dramas, das ihnen die Gelegenheit geboten hatte, eine so schöne Frau glücklich zu machen. Der Größere sagte, die Natur lasse es nicht zu, dass einer arischen Familie Böses zustößt. Anuschka wusste, dass ihre Mutter nicht widersprechen würde, und hörte traurig zu. »Die jüdischen Mädchen, die unseren blonden Engel zum Fluss lockten, werden ihre Strafe erhalten«, fügte der Polizist hinzu.

»Aber sie haben nichts Böses getan«, protestierte Anuschka vorsichtig, »wir haben nur Steine in den Fluss geworfen.« Die Mädchen standen abseits und schauten verängstigt zu. »Sie haben mir wirklich nichts getan«, flehte Anuschka.

»Wenn sie nichts getan haben, werden sie auch nicht bestraft, nicht wahr?«, fragte Ruth und schaute den Polizisten herausfordernd an.

»Wir verfolgen keine Unschuldigen«, versicherte er, und es klang, als meine er es wirklich.

»Siehst du, Anuschka?«, sagte Ruth, dankte ihren Rettern und lobte sie für ihren Einsatz. Dabei hielt sie die Hand ihrer Tochter, als könne das Unglück, dem sie entronnen war, doch noch geschehen.

Anuschkas Hand schmerzte, doch sie sagte nichts. Sie fürchtete, dass ihre Mutter später mit ihr schimpfen würde. Sie wusste nie, was Ruths hasserfüllten Ausbrüche hervorrief, und es schien ihr ratsam, sich an allen Fronten abzusichern. Aber diesmal wurde ihre Mutter nicht wütend. Sie gingen Hand in Hand nach Hause, und Ruth redete beinah wollüstig über ihre Erleichterung und die ungewohnte Freundlichkeit der Polizisten, als stünde sie unter einem seltsamen Zwang. Wollte sie ihre Sorge um die jüdischen Mädchen zerstreuen? Seit sie den panischen Blick der Dunkelhaarigen gesehen hatte, fürchtete sie um das Schicksal der fremden Kinder. Und da ihr eigenes Kind gerettet war, steigerte sich ihre Furcht zu Schuldgefühlen. Später würde sie Anuschka fragen, was geschehen war; auf das Versprechen der Polizisten war kein Verlass. Aus dem Dunkel ihrer Fantasie tauchte eine schreckliche Vision auf: Junge Frauen wurden an ihren Haaren am Fluss entlang geschleift. Das tuschelten die Bewohner der Stadt, und obwohl Gerüchte immer übertreiben, ließ sie das grausame Bild nicht mehr los. Ekel kroch in ihrer Kehle hoch, ihre Gedanken tanzten durcheinander. Sie durfte nicht mehr zu ihm gehen, Anuschka könnte ihre Abstammung ausplaudern. Wie hätten die Polizisten sich gerächt, wenn die Begeisterung über ihr arisches Aussehen enttäuscht worden wäre? Immerhin hatte Anuschka zweimal gesagt, die Mädchen hätten nichts getan, und sie selbst hatte es bekräftigt. Auch schienen die Polizisten Mitleid zu haben, und nichts Böses war geschehen. Sicher wurde den Mädchen nur eine Rüge erteilt, dann bekamen sie einen Klaps auf den Po und durften gehen.

Die Augen der Dunkelhaarigen verfolgten Ruth. Sie wollte umkehren, doch sie erinnerte sich, dass sie in schweren Zeiten lebten. Ihr blieb nichts übrig, als das Beste zu hoffen und schnell nach Hause zu gehen.

Plötzlich sah sie ein Schaufenster. Wie in der Vitrine eines Museums waren wunderschöne Schuhe ausgestellt, elfenbeinfarben und mit gebogenen Absätzen. Vergangenheit und Zukunft verstummten. Ruth dachte nur noch an den Augenblick und entschädigte sich für den Albtraum, den sie überstanden hatte. »Diese Schuhe muss ich anprobieren«, murmelte sie. »Es dauert nicht lange, meine Süße.«

»Ich will nach Hause«, seufzte Anuschka. Doch sie wusste, dass sie gegen die Kauflust ihrer Mutter nicht ankam. Wie ein schlaffes Anhängsel folgte sie ihr in den Laden und dachte an die Abenteuer, die sie an diesem Tag erlebt hatte und unbedingt Onkel Ferdi erzählen musste.

Der junge Verkäufer errötete, als er die Schönheit seiner Kundin sah. »Womit kann ich Ihnen dienen?«, fragte er, und Ruth zeigte auf die hellen Schuhe im Schaufenster.

»Eine schöne Frau mit gutem Geschmack«, sagte er. Ruth nahm erwartungsvoll Platz und beruhigte Anuschka, dass es wirklich nicht lange dauern werde.

Als der Verkäufer mit den Schuhen zurückkam, verblasste ihr Glanz auf unerklärliche Weise. Enttäuscht probierte Ruth sie an. Das elfenbeinfarbene Leder schien jetzt gelb wie die Haut eines Kranken. Die anfängliche Begeisterung hinterließ einen schalen Geschmack in ihrem Mund. Ruth wollte aufstehen und gehen, doch waren neue Zeiten angebrochen, und man musste die offiziellen Hausherren des Landes zufriedenstellen. Sie wagte nicht, die Erwartungen des Verkäufers zu enttäuschen. Außerdem stellte sie fest, dass sie sich nicht in der Form, sondern nur in der Farbe des Schuhs geirrt hatte. Daher bat sie um das gleiche Modell in Schwarz, »der ewigen Farbe junger Mädchen«. Der Verkäufer errötete und erklärte, in Schwarz sei das Modell leider ausverkauft. Plötzlich war Ruth von der Idee, schwarze Schuhe zu kaufen, wie besessen. Sie sah sich darin am Donnerstag beschwingt das Café betreten – kein anderer Schuh passte besser zu ihrem silbernen Anzug! Sie berührte vorsichtig den Arm des Verkäufers und sagte mit einem Augenzwinkern: »Sie müssen mir unbedingt diese Schuhe in Schwarz holen, mein Lieber, mein ganzes Glück hängt davon ab. Das verstehen Sie doch, nicht wahr?«

»Natürlich verstehe ich Sie«, stammelte der Verkäufer, um nicht gefühllos zu erscheinen.

»Dann schauen Sie bitte noch einmal nach.«

Über die Geschichte mit den Schuhen hatte Ruth sogar Roberts Antrag vergessen. Aber nun kehrten die süßen Worte frei und unbeschwert zu ihr zurück: »Komm, lass uns zusammenleben.« Einen Moment schalt sie sich, weil ihr die schwarzen Schuhe so wichtig waren. Doch mit der Logik einer begeisterten Konsumentin glaubte sie, dass sie sie gerade jetzt brauche. Angesichts der Umwälzungen, die ihr bevorstanden, hätte sie später keine Zeit mehr für Dinge, die zu Recht als Nebensächlichkeiten bezeichnet wurden.

»Da bringt er sie schon«, sagte sie zu Anuschka, und als sie das traurige Gesicht ihrer Tochter sah, fügte sie aufmunternd hinzu: »Soll ich dir nachher ein Eis kaufen?«

Anuschka schaute sie überrascht an. Ein Eis mitten im Winter? Das hatte es noch nie gegeben. Sie nickte erfreut, doch musste sie zunächst die Langeweile im Schuhgeschäft ertragen. Sie lehnte sich zurück und betrachtete die Kundin, die ihnen gegenübersaß. An ihrer Nasenspitze hing etwas, das wie ein

Tropfen aussah. Erst nach einer Weile erkannte Anuschka, dass es ein Stück Haut war.

Mit bedauernder Miene erklärte der Verkäufer, auch die schwarzen Schuhe seien ausverkauft. Aber er habe ein anderes schwarzes Paar gefunden, »zwar ohne geschwungenen Absatz, doch von klassischer Eleganz wie die werte Dame«. Wieder wollte Ruth aufstehen und gehen, allerdings glaubte sie diesmal, Aggressivität in seiner Stimme zu hören. Er setzte sich vor sie, nahm energisch ihren Fuß und zog ihr den Schuh aus. Obwohl sie Seidenstrümpfe trug, kam sie sich nackt vor und schämte sich, weil sie keine Pediküre gemacht hatte. Ihre Fußpflegerin war aus Heidelberg weggezogen – Mirjam behauptete sogar, sie habe Deutschland für immer verlassen. Und das sagte sie in einem Ton, in dem sie nur über politische Dinge sprach, und fügte noch hinzu, auch sie täten gut daran fortzugehen, statt den Kopf in den Sand zu stecken. Ruth dachte an das erschrockene Gesicht des dunkelhaarigen Mädchens, und ihr wurde ganz heiß. »Entschuldigen Sie, mir ist etwas eingefallen«, murmelte sie, nahm Anuschkas Hand und eilte aus dem Laden.

Kapitel 7

Ferdi schaute auf ein graues Haar, das vom Kinn seiner alten Tante abstand. Am liebsten hätte er die Hand ausgestreckt und es ausgerissen, doch wie immer hielt er sich zurück und unterdrückte seine Triebe. Er brauchte nur daran zu denken, dass auch dieser Besuch vorüberging und die Zeit nicht seinetwegen stillstand.

»Wo ist der Kaffee? Ich will Kaffee«, krähte Tante Esther. Sofort sprang er auf, um die zuständige Schwester zu suchen.

»Setz dich, Ferdi!«, befahl Mirjam. »Kaffee gibt es um vier Uhr. Wir werden warten, wie es sich gehört.«

»Ich bin aber durstig«, rief Esther, die alle Regeln vergessen hatte. »Und Hunger habe ich auch. Ich kriege nichts zu essen!«

Im Heim hatte sich Esthers Zustand verschlechtert, dachte Mirjam traurig. Seit ihre Schwester offiziell für altersschwach erklärt worden war, hatte sie alle Würde verloren und war nackt wie ein Tier. »Der Kaffee kommt gleich«, sagte Mirjam, um sie zu beruhigen, doch klang ihre Stimme ungeduldig und barsch. Ferdi schaute auf die Uhr. Auch er konnte es kaum erwarten, dass die Schwester mit dem Kaffee kam.

»Schau nicht ständig auf die Uhr«, ermahnte ihn Mirjam, »erzähl Tante Esther etwas.«

»Ich habe eine neue Schülerin«, begann Ferdi, »sie heißt Helgi und ist sehr begabt, aber faul.« Mehr fiel ihm nicht ein, denn er sah, dass Esthers Blick abschweifte. »Wozu soll ich etwas erzählen, wenn sie es nicht hören will?«, murmelte er verärgert.

»Um ihr die Zeit zu vertreiben«, sagte Mirjam.

Endlich kam die Schwester. »Was möchten wir heute, Fräulein Esther?«, fragte sie, als spreche sie mit einem Kind. »Mohnkuchen oder Käsekuchen?«

»Mohn *und* Käse!«, rief Esther.

»Das geht nicht, Esther«, sagte Mirjam, »dann bleibt nichts für die anderen übrig.«

»Ist schon in Ordnung«, erwiderte die Schwester in süßlichem Ton und stellte eine Tasse Milchkaffee und zwei Stücke Kuchen auf den Tisch. Esther stürzte sich darauf wie ein hungriger Hund. Als Ferdi sah, dass Krümel aus ihrem Mund fielen, konnte er seinen Ekel nicht länger unterdrücken. Er müsse zur Toilette, stammelte er und rannte hinaus.

Wenn er bestimmen dürfte, wäre er zu Hause geblieben, um

mit Anuschka zu spielen. Aber Mirjam bestand darauf, dass er keinen der wöchentlichen Besuche im Altenheim versäumte. Dabei ging es ihr nicht nur um Tante Esther, sondern auch um ihn. Für seine Nerven gebe es nichts Besseres als Routine, behauptete sie. Er sei alt genug und müsse das verstehen, schließlich wolle er nicht wieder »Zustände« bekommen – so nannte sie seine Anfälle, die manchmal mit einem unkontrollierbaren Zittern der Arme und Beine einhergingen. Da er das Haus nur in Begleitung verließ, hatte er solche Situationen glücklicherweise nie allein durchstehen müssen. Zu Hause war oft nur die kleine Anuschka bei ihm, doch in ihrer Gesellschaft fühlte er sich sicher. Zwar spürte er manchmal ein Summen im Bauch, wenn ein Gedanke in seinem Kopf kreiste wie ein Adler über einer Beute, doch wusste er sich zu helfen und wählte aus Ottos Plattensammlung ein sehnsüchtiges Stück aus, das sein Herz beschwichtigte und ihn in körperlose Sphären trug. Er setzte Anuschka neben sich, und gemeinsam lauschten sie der grenzenlosen Schönheit der Musik. Seit das Gesetz über die Überfüllung von Kindergärten und Schulen erlassen worden war, konnten sie schon morgens zusammen lesen, spielen, malen, Musik hören und sich ihre Sorgen erzählen. Anuschka war sein Liebling, seine Verbündete und die Einzige, die ihn wirklich akzeptierte. Das bedeutet viel für einen Menschen, der in den Augen der anderen stets die eigene Unzulänglichkeit erkennt.

Auch den Cellounterricht, den er dreimal in der Woche gab, genoss er. Obwohl seine Schüler erst acht oder neun Jahre alt waren, versuchte er ihnen die Augen für den Trost der Musik zu öffnen. Als er in ihrem Alter war, wusste er bereits, was Schmerz ist, und wenn es ihm gelang, ihre Herzen zu erweichen, würde die Musik auch sie durchdringen und die Trauer erleuchten, die in jedem jungen Menschen wohnt.

Aber am allermeisten hing Ferdi an seiner Schwester. Er

sehnte sich nach den wundervollen Jahren seiner Kindheit zurück, in denen Ruth den Platz ihrer Mutter einnahm. Zwar versprach sie oft, ihn nie zu verlassen, doch seit sie Robert kannte, war er fast jeden Tag allein. Natürlich beklagte er sich nicht, denn er war seiner Familie dankbar.

Auf dem Weg zur Toilette hörte er eine weinerliche Stimme, die aus einem Nebenzimmer drang: »Komm her, komm her.« Als er nähertrat, sah er eine verschrumpelte Greisin. »Bitte, mein Kind«, flehte sie und winkte mit ihrer geäderten Hand. Er zwang sich, seinen Ekel hinter einem Lächeln zu verbergen, doch die Frau kümmerte sich nicht um seinen Betrug. »Bitte, bitte«, jammerte sie mit von Schmerz und Alter verzerrtem Ausdruck und griff gierig seinen Arm. Ihre Wangen hingen wie schlaffe Säcke, Tränen rannen durch die trockenen Furchen. Sie erinnerte Ferdi an einen hilflosen Welpen. »Ist ja gut«, sagte er und streichelte angewidert ihre Hand.

Er musste dieses Totenhaus verlassen, sonst erlitt er wieder einen Anfall! Mirjam würde schon sehen, was sie davon hatte. Doch lohnte es, Qualen zu leiden, um sich an ihr zu rächen? Er löste sich vom Griff der alten Frau und schlich hinaus. Am Eingang des Altenheims hielt er inne und atmete tief durch. Die frische Luft roch nach Freiheit.

Kapitel 8

Sie betraten die dunkle, leere Wohnung. »Wann kommt Onkel Ferdi?«, fragte Anuschka enttäuscht. »Wenn du gebadet hast«, erklärte Ruth. »Aber jetzt geh in dein Zimmer. Wenn die Wanne voll ist, rufe ich dich.« Ruth ließ Badewasser ein und plante nervös den Ablauf des Abends. Um sieben Uhr kam Otto nach

Hause, anschließend aß er, und wenn Ferdi die Kleine ins Bett brachte, würde sie in Ottos Arbeitszimmer treten und ihm in ruhigem Ton erklären, dass es für beide Seiten besser wäre, sich nicht länger zu quälen. Sie versuchte einen Eröffnungssatz zu finden, der freundlich und entschlossen zugleich klang. Ihre Entscheidung war endgültig, doch sollte Otto nicht glauben, sie richte sich gegen ihn. Das Eingeständnis beiderseitigen Versagens schien ein guter Kompromiss. Vielleicht sollte sie so beginnen: Otto, findest du nicht auch, dass wir mit unserer Ehe kein Glück haben? Doch sie verwarf den Satz, als sie sich die Reaktion ihres Mannes vorstellte, der strenger blicken konnte als ein Priester. Auf seine überlegene Art, mit der er seit jeher ihre Wünsche im Keim erstickte, würde er von seinen Papieren aufschauen und sagen: Wenn du über unsere Ehe diskutieren willst, dann gestatte, dass ich weiterarbeite. Ich tue Dinge, die auch anderen Menschen nützen, und denke nicht den ganzen Tag an mich … Welchen Sinn hatte es, die Situation zweimal durchzumachen, fragte Ruth resigniert. Sie würde später in sein Zimmer gehen und sagen, was sie zu sagen hatte, dann nähme die Geschichte ihren unvermeidlichen Lauf.

Doch als sie sich auf den Rand der Badewanne setzte und den zerbrechlichen Körper ihrer Tochter sah, verstand sie, dass sie mit ihrem Plan riskierte, ein junges Leben zu zerstören. Auch mit Anuschka musste sie sprechen, nicht nur mit Otto, Mirjam und Ferdi.

»Du magst Robert, nicht wahr?«, fragte sie vorsichtig.

»Ja, aber ich will nicht mehr zu ihm gehen«, entgegnete Anuschka.

Eine Wolke verdunkelte Ruths Himmel. »Warum nicht? Er hat gesagt, dass du ein bezauberndes kleines Mädchen bist und dass er dich sehr mag.«

»Wann kommt Onkel Ferdi endlich?«

»Warum antwortest du nicht?«

Das Klappern einer Tür befreite Anuschka aus ihrer misslichen Lage. »Onkel Ferdi?«, rief sie, doch statt der sanften, nasalen Stimme des Onkels vernahm sie den rauen, sachlichen Ton ihres Vaters, der kurz darauf in der Badezimmertür erschien: »Nein, Anuschka, ich bin es.«

Obwohl er verschlossen wirkte wie immer, erkannte Ruth in seinem Blick einen Hauch von Trauer oder Hoffnungslosigkeit, den sie nicht verstand. Plötzlich nahm Anuschka ihre Hand und zog sie und Otto ins Kinderzimmer, als seien sie eine glückliche Familie.

Ruth streifte ihr das Nachthemd über und fragte, ob sie bis zum Abendessen mit ihrem Vater spielen wolle. Doch dann fiel ihr ein, dass Otto die Kleine fragen könnte, wo sie den Tag verbracht hätten, und sie fügte mit verlockender Stimme hinzu: »... oder willst du mir beim Kochen helfen?«

»Nein, ich bin nicht hungrig«, rief Anuschka. »Ich will in meinem Zimmer spielen, darauf habe ich mich den ganzen Tag gefreut.«

»Otto, kommst *du* mit mir«, fragte Ruth, als warte in der Küche eine Überraschung. Sie war sicher, dass er nachgab, denn Kinderspiele langweilten ihn. »In Ordnung«, knurrte er und folgte ihr.

Eine deprimierende Stille hing in der Luft und weckte Ruths Sehnsucht nach Robert. Sie betrachtete den stillen, griesgrämigen Mann, der vor ihr saß: seine krumme Nase, den schmalen Mund und die Wangenknochen, die sie an graue Austern erinnerten. Und auf einmal war Roberts Vorschlag keine Option mehr, sondern Verpflichtung. Nur weniger Sätze bedurfte es, um ihr Leben auf den Kopf zu stellen, um es lohnend und begeisternd erscheinen zu lassen. Die entsprechenden Worte lagen ihr auf der Zunge, doch welchen Sinn hatte ein Gespräch, das durch Mirjams und Ferdis Rückkehr abrupt unterbrochen würde? Sie musste warten, bis der geeignete Moment gekommen war. Sie pickte einen Happen von ihrem Teller und überlegte, was die Schatten auf Ottos Gesicht zu bedeuten hatten.

»Kann ich das Salz haben?«, fragte er, und sein geduldiger Ton überraschte sie. Ruth reichte ihm den Streuer, doch statt ihn zu nehmen, schaute er sie an, als wolle er etwas sagen.

Sie setzte sich kerzengerade. »Was ist, Otto?«

»Lass uns später reden«, entgegnete er.

»Worüber?«

»Ich sagte doch: später.«

Sicher war er entlassen worden. Darum ging es! So schnell kam die Strafe für den Streit mit Robert. »Sie haben dir gekündigt ...«, flüsterte sie.

»Gekündigt?«

»An der Universität ...«

Seine Züge wurden weicher. »Nein, wie kommst du darauf?«

Ruth war erleichtert, doch ihre Anspannung blieb. »Was ist dann, Otto?«

»Nachher, Ruth.« Sie glaubte, in seiner Stimme Resignation zu hören. Plötzlich war alles klar: Er musste krank sein. Warum hatte sie nicht früher daran gedacht? Hatte sie nicht gesehen, wie fahl sein Gesicht war?

Wenn sie ihn nur einmal anschauen würde! »Robert«, flüsterte sie aufgeregt und erschrak. Doch Otto war in sein Geheimnis vertieft und bemerkte ihren Fehler nicht. »Seit wann weißt du es?«, fragte sie etwas lauter.

»Seit wann weiß ich *was?*«

»Dass du krank bist.«

Er sah sie an und entgegnete kühl: »Nein, Ruth, ich bin nicht krank. Du brauchst dir keine Sorgen zu machen.«

Ihr Mitleid verflüchtigte sich. Warum schwieg er und quälte sie? Mit ihrem Zorn kehrte die Hoffnung auf ein neues Leben zurück. Sie hatte sich nichts vorzuwerfen, denn nur um ihn war es ihr gegangen, aber er verspottete sie. Otto war weder krank noch entlassen – was verpflichtete sie, bei ihm zu bleiben?

Das bedrückende Schweigen wurde vom Klappern der Tür unterbrochen. »Onkel Ferdi?«, rief Anuschka und rannte aus ihrem Zimmer. Als sie sah, dass nur Mirjam gekommen war, begann sie zu weinen.

»Ist Ferdi noch nicht da?«, fragte Mirjam entsetzt und vergaß den Ärger, der sie auf dem Heimweg begleitet hatte. »Er hat das Altenheim vor Stunden verlassen.«

»Wollte er nicht nach Hause gehen?«, fragte Ruth mit bebender Stimme.

»Ich weiß nicht, er ist einfach verschwunden.«

Ruth rang nach Atem. »Wo kann er sein? Er geht nie allein aus.«

»Reg dich nicht auf«, sagte Otto, »er kommt gleich zurück.«

Aber Ruth witterte ein Unglück und rief verzweifelt: »Ihm ist etwas zugestoßen, das wisst ihr genau!«

Anuschka ließ sich von der Katastrophenstimmung ihrer Mutter anstecken und suchte Schutz in ihren zitternden Armen. »Was ist mit Onkel Ferdi?«

»Reiß dich zusammen, Ruth«, zischte Otto. »Wir müssen abwarten.«

Ruth befreite sich aus der Umarmung ihrer Tochter. »Worauf sollen wir warten, Otto? Worauf?«

»Otto hat recht«, sagte Mirjam nachdenklich, doch Ruth lief zur Tür und rief: »Ich werde nicht dasitzen und nichts tun.« Otto hielt sie zurück.

»Du bleibst hier! Denk zur Abwechslung an das Kind.«

»Aber wir müssen etwas unternehmen!«

»Willst du zur Polizei gehen und einen Juden als vermisst melden?«

»Es bleibt uns nichts übrig als abzuwarten und zu hoffen«, bestätigte Mirjam, und ihre Worte hatten für Ruth einen entsetzlichen Klang. Als bliebe ihnen nur noch das leere Wort »Hoffnung«.

»Ich kann nicht«, seufzte sie und sank erschöpft auf den Sessel.

Kapitel 9

Als Ferdi bemerkte, dass er seinen Hut im Altenheim vergessen hatte, fuhr er zusammen. Doch dann fragte er sich, ob er die Kopfbedeckung wirklich brauchte. Fesselte sie ihn nicht an ein früheres Leben, dem er glücklich entronnen war? Ob Mirjam sein Verschwinden schon entdeckt hatte? »Sie wird ganz schön erschrecken«, dachte er, »aber das soll ihr eine Lehre sein.« Schließlich war er kein Korken, der auf dem Wasser treibt und sich von den Strömungen leiten lässt.

Schon auf eine Karriere als Zirkusclown hatte er wegen Mirjam verzichtet, doch ab sofort weigerte er sich, nach ihrer Pfeife zu tanzen und ihre tadelnden Blicke still zu erdulden. Gab es einen Grund, alles hinzunehmen? Wut und Leichtsinn trugen ihn wie eine Welle, und er begann zu laufen, ohne zu wissen, wohin. Der Duft der Freiheit war wunderbar, doch seine Lungen rasselten und pfiffen. Als er die Stiche in seiner Brust nicht mehr aushielt, blieb er stehen und stellte verwundert fest, dass er zu Hause angekommen war – wie ein Pferd ohne Reiter.

Feindselig schaute er zur Wohnung empor und schwor, nicht wie ein Hund mit eingezogenem Schwanz hinaufzugehen. Wäre dann nicht alles umsonst? Welchen Sinn hatte es, aus einem Gefängnis zu fliehen, um in ein anderes zurückzukehren? Zwar hatte Ruth Mirjam gebeten, nicht auf dem Besuch im Altenheim zu bestehen (er sollte Anuschka hüten, weil Ruth angeblich eine kranke Freundin besuchte), aber Mirjam war standhaft wie ein General. Natürlich wäre Ferdi lieber bei Anuschka geblieben, doch da er wusste, dass Ruth nicht zu ihrer Freundin, sondern zu diesem Robert ging, hatte er geschwiegen. Sicher, er hatte Ruth schon öfter als rettender Engel und Alibi gedient, doch manchmal vergaß sie, dass er auch nur ein Mensch war und sich nicht ständig nach ihr richten konnte. Er musste ihr Grenzen setzen, damit sie sich erinnerte, dass ihr Bruder sie brauchte. Sagten nicht alle Ärzte, die sie konsultierten, er benötige Aufmerksamkeit wie ein Sterbender Morphium?

»Guten Tag, Herr Lipmann.« Eine bekannte Stimme drang an sein Ohr. Er öffnete die Augen und sah, dass Franz, sein Lieblingsschüler, vor ihm stand. »Ich bin auf dem Weg zu Ihnen. Meine Mutter schickt das Geld für die vorige Stunde.«

Ferdis Schläfen pochten.

»Warum siezt du mich?«, fragte er und suchte am schlanken Arm des Jungen Halt. »Ich bin kein Herr, sondern ein einfacher Mann, der nicht weiß, wo ihm der Kopf steht. Übst du fleißig, Franz? Ich will dich nicht bedrängen, aber eines Tages wirst du verstehen, dass uns die Musik Kraft gibt und deshalb so wichtig ist. Der Wandergesell oder das Adagio aus Mozarts A-Dur-Konzert lässt unser Herz schneller schlagen. Mozart, lieber Franz, ist das größte musikalische Genie aller Zeiten. Jeder Ton sitzt an der richtigen Stelle, alles ist perfekt gelöst –«

»Ich muss gehen«, unterbrach ihn der Junge, drückte ihm einen Umschlag in die Hand und lief fort, ohne sich zum Abschied zu verbeugen.

Doch Ferdi war nicht gekränkt, im Gegenteil, die Situation stärkte sein Selbstvertrauen. Der Junge hatte keine Rücksicht genommen, als sei Ferdi sein eigener Herr und könne ausgehen, wann er wolle. Das brachte ihn auf eine Idee, die wie eine Droge von seinem Körper Besitz ergriff: Er wollte Sascha besuchen und nochmals »Hedda Gabler« sehen. Er war Sascha, die er grenzenlos bewunderte, für ihre Großzügigkeit dankbar. Sie war die berühmteste Person, die er kannte, und wurde von bedeutenden Männern verehrt, doch wenn sie mit der Berliner Volksbühne in Heidelberg gastierte, lud sie Ferdi immer zur Premiere ein. Er schaute sich all ihre Stücke zwei- oder dreimal an, und wenn es nach ihm ginge, säße er jeden Abend im Parkett des Theaters. Doch war er wie immer von Ruth abhängig. Nach der Vorstellung gingen sie hinter die Kulissen, und er beobachtete aufgeregt, wie sich die Figuren, die ihn auf der Bühne tief bewegt hatten, in Menschen verwandelten, die über alltägliche Dinge sprachen.

Es war noch zu früh. Sascha kam erst um sechs Uhr zum Schminken ins Theater. So steckte Ferdi seine Hände in die Manteltaschen und ging langsam weiter. Nur der Anblick des Bettlers verdarb ihm die Laune. Der einbeinige Mann saß immer noch an der Stelle, an der Mirjam und er ihm auf dem Weg zum Altenheim begegnet waren. Sie hatten ihm schon etwas gegeben, doch das konnten die Menschen auf der Straße nicht wissen. Was würden sie denken, wenn Ferdi in seinen feinen Kleidern vorüberging und den Bettler übersah? Doch Ferdi war nicht Rothschild, sondern lebte selbst von der Großzügigkeit anderer. Er wechselte die Straßenseite und entfernte sich schnell.

Nach einigen Metern fühlten seine Finger den knisternden Umschlag in der Manteltasche. Das brachte ihn auf eine neue Idee: Er würde sich in ein Café setzen und Leckereien bestellen, die ihm sonst versagt blieben. Er wusste, dass er seinen Appetit zügeln musste; selbst Anuschka sagte schon, er sei ein dicker Brummbär. Doch an einem Tag, an dem alle Regeln außer Kraft waren, galten auch keine Verbote mehr. Er ging ins Café neben dem Theater und suchte sich einen Fensterplatz mit Blick auf den Künstlereingang.

Sobald er saß, kam der Kellner und fragte in forderndem Ton, was er wünsche.

»Eine heiße Schokolade ...«, stotterte Ferdi, »und Sachertorte mit einer doppelten Portion Sahne. Kann ich sofort bezahlen?«

Im Café herrschte Hochbetrieb. Zwei uniformierte junge Männer traten ein. Ferdi lächelte ihnen zu, um zu zeigen, dass er ein reines Gewissen hatte. Sie antworteten mit dem Hitlergruß. Er hob ebenfalls die Hand und hoffte, dass sie ihr Zittern auf seinen Mangel an Sportlichkeit zurückführten und nicht auf seine Furcht vor Polizisten. Inzwischen brachte der Kellner den Kuchen, und wie ein Zauberstab verschluckte der Sahneberg, der sich darauf türmte, Ferdis Angst. Die Welt schien zu versinken. Er schloss die Augen und schob sich hingebungsvoll einen süßen Bissen in den Mund.

So dauerte es einen Moment, bis er die Szene bemerkte, die sich am Nebentisch abspielte.

Höflich aber bestimmt forderten die Polizisten zwei alte Juden auf, ihren Platz zu räumen. Das Paar erhob sich und ging schweigend hinaus. »Verstehen diese Leute nicht, dass man sie hier nicht will?«, fragte einer der Uniformierten. Ferdis Magen zog sich zusammen, sein Gesicht glühte, doch sein Überlebenstrieb half ihm zu lächeln. »Diese Leute verstehen gar nichts«, entgegnete er und nahm schnell ein bisschen Torte. Plötzlich sah er Sascha, die auf den Künstlereingang des Theaters zulief. Wie eine Peitsche schlug ihr roter Pferdeschwanz auf ihren Rücken. »Da kommt eine Freundin von mir«, rief er erleichtert, doch brachte er es nicht übers Herz, den Rest vom Kuchen übrig zu lassen. Er häufte erneut Teig und Sahne auf die Gabel und steckte sie in seinen Mund. »Das ist Sascha

Herst«, erklärte er nuschelnd, »Sie haben sicher schon von ihr gehört.«

»Wir gehen nicht ins Theater«, erwiderte der Polizist mit dem runden Gesicht. »Wir haben Wichtigeres zu tun.«

»Selbstverständlich ... Sie bewachen unser Deutschland.« Ferdi verschluckte sich und begann zu husten. Ein mit Sahne überzogenes Stück Teig flog aus seinem Mund und landete auf dem Arm des Polizisten. »Verzeihen Sie«, jammerte Ferdi und beugte sich vor, um die Uniform zu säubern. Doch als er den angewiderten Blick des Polizisten sah, stammelte er eine Entschuldigung und eilte aus dem Café.

Sekunden später betrat er das Theater.

»Unbefugte haben keinen Zutritt«, rief der Wächter in einem Ton, der keinen Widerspruch duldete. Auch seine Uniform schüchterte Ferdi ein.

»Ich bin ein Freund von Sascha Herst«, stammelte er, »sie spielt die Hedda.« Er nannte nur den Vornamen, um seine Vertrautheit mit der Welt des Theater zu beweisen. Aber der Wächter ließ sich nicht beeindrucken und erklärte schadenfroh, Fräulein Herst dürfe nicht gestört werden.

»Natürlich, ich verstehe«, sagte Ferdi, doch in dem Moment tauchte Sascha am Ende des Ganges auf, und er begrüßte sie freudig.

»Ferdilein! Was tust du hier? Ist Ruth nicht mitgekommen?«

»Nein«, antwortete er mit einer Mischung aus schlechtem Gewissen und Stolz. »Ich war auch allein im Café!«

»Weiß Mirjam das?«

Er zögerte, dann sagte er leise: »Ja.«

»Wirklich?« Sascha schien beeindruckt.

»Ich dachte, ich könnte das Stück noch einmal sehen ...«

»Noch einmal, Ferdi?«, lachte sie und nahm seine Hand.

Er warf dem Wächter einen entschuldigenden, doch zugleich triumphierenden Blick zu und folgte seiner Freundin.

»Ich muss mich beeilen«, sagte Sascha. »Geh in die Cafeteria und trink etwas auf meine Rechnung. Ich lasse dir einen Platz für heute Abend reservieren.«

In der Cafeteria saßen Schauspieler und Bühnenarbeiter und vertrieben sich die Zeit bis zur Vorstellung. Ferdi setzte sich still in eine Ecke.

Der Darsteller des Lövborg hatte sich in Fahrt geredet. »Georg Müllers Zeit geht zu Ende«, rief er und gestikulierte mit seiner Zigarre, »nicht nur weil er Jude ist, sondern weil seine Stücke von einer altmodischen Todessehnsucht triefen.« Mit dem Instinkt des Bühnenstars spürte er, dass er in Ferdi einen neuen Zuhörer gefunden hatte, und wandte sich an ihn: »Kunst muss politisch sein, sonst ist sie nur bürgerliches Dekor. Glauben Sie das nicht auch?«

Ferdi nickte, obwohl er den Standpunkt des jungen Schauspielers nicht teilte. Er war zu aufgeregt, um zu diskutieren, und wollte niemanden, der ihn um Rat bat, enttäuschen.

»Unsinn«, polterte der Darsteller des Tesman, »das ist die Aufgabe der Presse! Die Realität darf die Kunst nicht beschmutzen.« Er war aufgesprungen und schaute nun ebenfalls zu Ferdi. »Ein Dichter soll nicht richten, sondern die Psyche des Menschen festigen und schützen. Letztlich sind alle Grenzen zwischen Völkern und Religionen schädlich für die Psyche.«

Seine Worte gefielen Ferdi, und er schüttelte verwirrt den Kopf, da er schon dem vorigen Redner zugestimmt hatte. Zum Glück waren alle in die Diskussion vertieft, und keiner erwartete eine Antwort von ihm.

»Die Psyche ist eine Erfindung von Freud, eine jüdische Krankheit, die unsere Jugend verdirbt«, rief der Darsteller des Lövborg. »Nur alte Menschen leiden heute noch an Zucker.« Dann lachte er heiser, zog an seiner Zigarre und fügte düster hinzu: »Ein großer Krieg wird die Welt von der Fäulnis befreien.«

Ein junger Mann stürzte herein. »Frank Schuler ist nicht gekommen«, rief er und löste einen Tumult aus. Ferdi versuchte zu verstehen, was geschehen war. Erst von Sascha, die im Kostüm der Hedda Gabler erschien, erfuhr er, dass es um den Pianisten ging. »Was fangen wir ohne ihn an?«, jammerte die Spielleiterin. »Wie geht es jetzt weiter? Was sollen wir tun?«, respondierten die anderen wie der Chor in einer griechischen Tragödie. Politik und Kriege waren vergessen.

»Seid still und lasst mich nachdenken«, befahl Sascha, und sofort kehrte Ruhe ein. Jeder schien froh, dass sie die Verantwortung übernahm.

Ferdi, der sich voll und ganz mit der Situation identifizierte, sah seine Freundin aufmunternd an. Sascha schaute ihn ebenfalls an, und er wunderte sich, dass sie Zeit für ihn hatte. Er glaubte, ihr Blick hafte zufällig an ihm, doch dann sagte sie: »Statt Frank Schuler spielst heute du, Ferdi.« Hätte er nicht gesessen, wäre er vor Schreck in Ohnmacht gefallen. »Du bist unsere Rettung, mein Lieber! Die Theatergöttin verbietet es, Vorstellungen ausfallen zu lassen. Du spielst mühelos Klavier und hast das Stück schon zweimal gesehen!«

Alle drehten sich zu Ferdi, der sich unter der Last der Blicke duckte. Er wusste nicht, was er tun sollte, doch sein Bauch summte wie in dem Moment, als er seine Unabhängigkeit erklärt hatte und aus dem Altenheim geflohen war. »Was soll ich spielen?«, fragte er mit geröteten Wangen.

»Improvisiere«, schlug Sascha vor. »Du kennst den Geist der Inszenierung, und die Spielleiterin wird dir erklären, was du zu tun hast.« Dann huschte sie zu ihm und flüsterte in sein Ohr: »Du hast allein im Café gesessen, also schaffst du auch das!«

Ehe er die Tragweite seiner Aufgabe verstand, nahm ihn die Spielleiterin an die Hand und führte ihn hinter die Kulissen. Er lauschte ihren flinken Anweisungen und versuchte, seinen Magen zu beruhigen. »Machen Sie sich keine Sorgen«, sagte sie, »Maria von der Requisite wird Ihnen helfen. Zwischen dem ersten und dem zweiten Akt schieben Sie gemeinsam das Klavier von der unbeleuchteten Bühne. Dann haben Sie eine Stunde Pause, und wenn Hedda zu Beginn des vierten Akts abtritt, spielen Sie hinter dem Vorhang einige Akkorde.«

»Welche Akkorde?«, fragte er erschrocken.

»Möglichst traurige ... und am Ende des Stückes, steht in Ibsens Regieanweisung, setzt sich Hedda ans Klavier und spielt einen wilden Tanz. Maria wird Ihnen sagen, wann Sie einsetzen müssen. Frank Schuler spielte eine eigene Komposition, aber das macht nichts – Sie haben genug Zeit, etwas Passendes zu finden. Spielen Sie ein bestehendes Werk oder denken Sie sich etwas aus – wir können jetzt nicht wählerisch sein.« Dann wünschte sie ihm Glück und ließ ihn allein.

Ferdis Knie zitterten. Er setzte sich und versuchte sich an die Musik zu erinnern, die Frank Schuler gespielt hatte, doch in seinem Kopf waren nur Chaos und Furcht. Am liebsten wäre er zusammengebrochen und erst im Krankenhaus wieder erwacht.

»Guten Abend«, begrüßte ihn eine große blonde Frau, die wie ein Engel aus der Dunkelheit trat. »Ich bin Maria und werde Ihnen sagen, wann Sie spielen müssen.«

»Wenn ich wüsste, *was* ich spielen soll ...«

»Sie beginnen mit etwas Wütendem.«

»Mit etwas Wütendem? Die Spielleiterin sprach von traurigen Akkorden!« Ferdi fühlte, wie der Boden unter seinen Füßen nachgab.

»Wut und Trauer sind verwandt«, erklärte Maria und tätschelte beruhigend seinen Arm. Dann verschwand sie, und er war wieder allein in den dämmrigen Kulissen.

In seinem Kopf probte er getragene Akkorde, doch plötzlich dachte er an den wilden Tanz. Am Ende der Aufführung sollte er ein ganzes Stück spielen, und er wusste absolut nicht, welches! In seiner Verzweiflung lief er zu Maria, die letzte Vorbereitungen auf der Bühne traf.

»Verzeihen Sie«, sagte er, »können Sie mir einen Rat geben?«

»Natürlich«, entgegnete Maria freundlich, »worum geht es denn?«

»Um den Tanz am Ende des Stückes«, sagte Ferdi bekümmert. Doch bevor sie antworten konnte, öffnete sich wie durch ein Wunder eine Tür in seinem Kopf, und er hörte eine schwungvolle Melodie. »Was halten Sie von einem neapolitanischen Tanz?«, fragte er aufgeregt. »Im ›Puppenheim‹ tanzt Nora eine Tarantella. Würde das zu Hedda passen?«

»Spielen Sie, was Sie wollen, mein Lieber«, erwiderte Maria und gähnte, »ich kann mich nicht mit allem auskennen. Aber bedenken Sie, dass sich Hedda danach erschießt. Genau genommen schießt nicht sie, sondern ich hinter der Bühne. Daher erschrecken Sie nicht, wenn es einen lauten Knall gibt.«

Ferdi war erleichtert, dass sie die Tarantella nicht verwarf. Da dieses Problem gelöst war, versuchte er sich an die Akkorde zu erinnern, die er wegen des Tanzes vergessen hatte. Ihm schauderte bei der Vorstellung, am Klavier zu sitzen und keinen Ton hervorzubringen. Aber dann wuchsen aus seiner Verzweiflung wunderbare Klänge, und um sie nicht zu vergessen, notierte er sie auf einer Straßenbahnfahrkarte. Kaum hatte er sich beruhigt, ertönte die Stimme der Spielleiterin und verkündete wie ein Richter seine Strafe: »Drittes Klingeln! Alle auf die Bühne!«

Mit pochendem Herzen stand er mitten unter den Darstellern und wartete, dass sich der Vorhang hob. Neben ihm war die alte Schauspielerin, die die Tante Juliane spielte und fast genauso verehrt wurde wie Sascha. Sie machte Atemübungen, und Ferdi, der ihr viel frische Luft lassen wollte, atmete langsamer. »Viel Glück am Klavier!«, sagte die alte Dame plötzlich. »Ich habe gehört, dass Sie Frank Schuler ersetzen.« Dann betrat sie die Bühne und sprach Tante Julianes ersten Satz. Staunend beobachtete Ferdi das Wunder, das vor seinen Augen geschah: den Moment, in dem ein Mensch die Identität wechselt, als sei es die natürlichste Sache der Welt. Aber er hatte keine Zeit zum Philosophieren, schloss die Lider und summte die Tarantella und fünf Akkorde, von denen er hoffte, dass sie traurig genug waren. So dauerte es eine Weile, bis er bemerkte, dass jemand mit ihm sprach.

»Wie geht es Ruth?«, flüsterte Sascha.

»Danke, gut«, antwortete er einsilbig, doch sie zwinkerte ihm zu und fragte: »Und unserem schönen Robert?«

Da er nicht wollte, dass sie ihren Auftritt verpasste, lächelte Ferdi und schwieg. Auf seinen schmalen Schultern lastete schon genug Verantwortung! Sascha hauchte ihm einen Kuss zu, trat ins Rampenlicht und verwandelte sich in Hedda Gabler. Kaum zu glauben, dass sie eben mit ihm gesprochen hatte …

»Gleich ist der erste Akt zu Ende«, flüsterte Maria. »Sobald das Licht erlischt, laufen wir auf die Bühne und schieben das Klavier hinaus. Aber nicht zu heftig, es hat Rollen! Noch eine Sekunde … jetzt!«

Er lief los, stolperte über einen Stuhl und fiel hin. Ein stechender Schmerz fuhr in seinen Knöchel, doch Ferdi richtete sich auf und humpelte zum Klavier.

»Alles in Ordnung?«, flüsterte Maria.

»Ja, verzeihen Sie«, entgegnete er und führte seine Aufgabe ohne weitere Pannen zu Ende. Dann gingen die Scheinwerfer an, und die Vorstellung wurde fortgesetzt.

»Jetzt können Sie sich ausruhen«, sagte Maria. »Haben Sie sich wehgetan?«

Sein Knöchel schmerzte. Doch Ferdi schämte sich, nach seinem verantwortungslosen Fehler Selbstmitleid zu zeigen. »Nicht der Rede wert«, sagte er und schaute zur Bühne.

Hedda Gabler war eine Furcht einflößende, doch mitreißende Persönlichkeit. Ihre stürmische Ungeduld und ihr Schwanken zwischen Ohnmacht und Dominanz erinnerten ihn an Ruth. Er, der kleine Ferdi Lipmann, war mit einer Frau verwandt, die der legendären Hedda Gabler glich! Das Mitleid, das Hedda in ihm weckte, half ihm, seine Schwester zu verstehen. Ihr Stolz, ihre seelische Zerrissenheit und Langeweile waren nur eine zerbrechliche Hülle. Darin flatterte ein unschuldiges Küken, das unter der Gemeinheit der Welt furchtbar litt. Mit verletzten Seelen kannte sich Ferdi aus. Ein Gefühl des Glücks und der Milde erfüllte seine Brust und ließ ihn Ruths Reaktion auf seine Abenteuer in positivem Licht erscheinen. Sie würde stolz auf ihn sein. Statt nur zu klagen, hatte endlich auch er etwas Interessantes zu erzählen. Niemand liebte aufregende Geschichten so sehr wie Ruth.

»Nur ein Frauenhasser konnte Hedda Gabler schreiben«, zischte Maria. »Schauen Sie, wie böse, gleichgültig und egoistisch sie ist! Ich verstehe nicht, warum man eine solche Kreatur auf die Bühne bringt. Ich könnte kotzen! Doch wahrscheinlich bin ich zu gut für diese Welt.«

Marias Bemerkung traf Ferdi bis ins Mark. Er wollte Hedda und seine Schwester verteidigen – und damit indirekt sich selbst, doch erinnerte ihn Maria, dass er zum Arbeiten da war: »Machen Sie sich bereit! Gleich verbrennt sie Lövborgs Brief ... das ist genauso ein Parasit wie Hedda Gabler.«

Ferdi lief zum Klavier und legte zitternd die Fahrkarte mit den Akkorden auf den Notenblatthalter. Auf der Bühne warf Hedda Lövborgs Manuskript ins Feuer und rief: »Jetzt verbrenne ich euer Kind!«

»Spielen Sie«, sagte Maria. Ferdi gehorchte, doch klangen

seine Akkorde kraftlos und matt. Weder Verzweiflung noch Nervosität lag darin. »Gut gemacht«, lobte ihn Maria, doch wollte er sich am liebsten verkriechen. Mit Raubtierschritten nahte nun die Tarantella. Wie ein Profi musste er nach vorn schauen und seinen Misserfolg vergessen, um für den letzten Akt gerüstet zu sein. Hätte er sich auf das Stück konzentriert statt auf seine Verwandtschaft mit Hedda Gabler, hätten sich seine Akkorde mit Emotionen aufgeladen. Daher versuchte er, jetzt nur an die Handlung zu denken, er ließ sich von der Schmach der wunderbaren Hedda mitreißen, die ohnmächtig zusieht, wie sich graue Mittelmäßigkeit ausbreitet, die am Ende belohnt wird.

»Sind Sie bereit?«, flüsterte Maria. Doch die Frage war überflüssig, denn diesmal fühlte er sich stark. Auch sein Knöchel schmerzte nicht mehr. Hedda verließ die Bühne und blieb neben ihm stehen – das war das Zeichen, doch er intonierte nicht die Tarantella, sondern ein anderes Stück. Ob es seinem oder Heddas gebrochenem Herzen entsprang, konnte niemand sagen. Die Melodie sang von Höllenqualen und war ein Plädoyer für die Besiegten, deren Seelen jedoch in die reinen Weiten der Zeit eingehen.

Mitten im Crescendo unterbrach er sein Spiel und lauschte dem Echo im Zuschauerraum, in das sich Tesmans Stimme mischte: »Aber meine liebste Hedda, du kannst doch heute Abend nicht zum Tanz aufspielen!« Später sagte der Darsteller, erst durch Ferdis Musik sei aus diesem Satz ein Schrei der Verzweiflung und Trauer geworden.

»Achtung, gleich schieße ich«, sagte Maria ruhig, doch auch sie schien gerührt.

»Lass mich das tun«, flüsterte Sascha und nahm die Pistole. »Nicht wahr, Herr Brack, das wollen Sie doch bleiben – der Hahn im Korb«, rief sie zur Bühne hin und schoss.

Sogar der Darsteller des Brack, der als Zyniker und Hedonist galt, ließ sich von der ungewöhnlichen Atmosphäre anstecken. »Aber, um Gottes willen, so etwas tut man doch nicht!«, sprach er erschüttert den letzten Satz des Stückes.

Als die Scheinwerfer erloschen, brach stürmischer Beifall los. Wie benommen saß Ferdi am Klavier, während die Schauspieler auf die Bühne liefen und sich verneigten. Als Sascha zurückkam, ihn an die Hand nahm und mitzog, verstand er nicht, was sie wollte. Die Scheinwerfer blendeten ihn, und vor seinen Füßen tat sich ein bebendes schwarzes Loch auf. Mit trockenem Mund und starrem Gesicht blieb er stehen, als richte eine Kompanie ihre Gewehre auf ihn. »Ferdi, wach auf«, sagte Sascha, »es ist *dein* Applaus.«

Endlich schaute er in den Saal und genoss den Augenblick seines Triumphes. Er bemerkte nicht, dass Sascha und ihre Kollegen schon abtraten. Plötzlich schlug der Applaus in Schmährufe um. Er fühlte einen stechenden Schmerz im Fuß und floh humpelnd von der Bühne. Zum Glück war das Ensemble schon in den Garderoben verschwunden, und nur Maria wurde Zeugin seiner Niederlage. Auf seine alten Maße geschrumpft, stammelte er, das grelle Licht habe ihn gehindert, von der Bühne abzutreten. Doch statt zu lachen, umarmte ihn Maria. »Sei nicht traurig, Ferdilein, du hast es verdient, dort zu stehen. Dir verdanken wir die beste Vorstellung, die wir je hatten. Zum ersten Mal sah ich in Hedda Gabler den Menschen und bin bereit, meine Meinung von Ibsen zu revidieren.«

»Ferdi, wo bist du?«, drang Saschas Stimme wie durch Nebel. »Ich möchte dir jemanden vorstellen.«

Er trat auf den Gang hinaus und sah Sascha mit einem älteren Herrn, der graues Haar und einen kindlichen Mund hatte.

»Das ist Herr Schellendorf, unser neuer Direktor. Ich erzählte ihm, dass du uns gerettet hast.«

Ferdi lächelte verlegen.

»Glückwunsch!«, rief der Direktor in schneidendem Ton.

»Ich wollte fragen, ob Sie Schuler auf Dauer ersetzen können. Leute wie ihn brauchen wir nicht mehr.«

Seine Anwesenheit machte die Schauspieler nervös. Sie scharten sich um Ferdi und überhäuften ihn mit Komplimenten, die die anerkennenden Worte ihres neuen Chefs noch übertrafen: Er habe ein Wunder vollbracht, einfach ein Wunder!

»Ich lade alle ins Gasthaus ein«, sagte Schellendorf. »Wir wollen anstoßen und uns kennenlernen.«

Er bot Sascha seinen Arm an, und beide zusammen führten die Karawane ins Restaurant.

Ferdi war nicht sicher, ob die Einladung auch für ihn galt. Doch wollte er die Gelegenheit, einen Abend mit Bohemiens zu verbringen, nicht verpassen. Vergeblich wartete er, dass einer zu ihm sagte: »Komm, Ferdi, du gehörst zur Familie.« Wahrscheinlich verstand es sich von selbst, dass er mitging – er hatte nicht nur die Vorstellung gerettet, sondern ein Wunder vollbracht!

Er gesellte sich zu Maria und begann ein Gespräch, in dem er ihre Tüchtigkeit lobte. Maria schien sich über seine Anwesenheit nicht zu wundern. Sie hakte sich bei ihm ein und verriet ihm, was sie über den neuen Direktor erfahren hatte: »Er wurde aus politischen Gründen ernannt, vom Theater versteht er so viel wie ich von Geologie. Und glauben Sie nicht, Frank Schuler wäre freiwillig gegangen. Er ist auf dem Weg nach Dachau. Trotzdem waren *Sie* fantastisch!«

Als sie das Gasthaus betraten, begegnete er Sascha. »Ferdi, du bist hier?«, fragte sie überrascht. Da sie ihn nicht »Ferdilein« nannte, glaubte er, sie sei böse, dass er mitgekommen war. Doch dann sagte sie: »Wie schön!«, drehte sich um und folgte dem Direktor an einen langen Tisch. Auf halbem Weg hielt sie inne und kam zu Ferdi zurück. »Schellendorf weiß nicht, dass du Jude bist«, tuschelte sie, »und er braucht es jetzt auch nicht zu erfahren.« Ferdi schaute sie verdutzt an. Er käme nie auf die Idee, seine Herkunft zu verraten! Plötzlich lag ein Schatten auf dem schönen Abend, und er setzte sich still an eine Ecke des Tisches.

Der Direktor schlug mit dem Messer an sein Bierglas und rief: »Trinken wir auf unsere Wiedergeburt! Heil Hitler!« Sie nahmen die Gläser, und einige trommelten begeistert mit ihren Messern auf den Tisch. Die übrigen, darunter auch Ferdi, nahmen schnell einen Schluck Wein, als seien sie zu durstig, um in den Jubel einzustimmen.

Er komme geradewegs aus Berlin, erzählte der Direktor, dort habe er an einer Versammlung des Theaterverbandes teilgenommen. »Sie können sich nicht vorstellen, wie schwer es war, das Problem mit Händels Oratorien zu lösen. Natürlich wollen wir auf Händel nicht verzichten, andererseits ist es undenkbar, Stücke zu spielen, die von jüdischer Geschichte handeln. Daher beschlossen wir, aus Judas Makkabäus den Feldmarschall Wilhelm von Nassau zu machen.« Er führte das Glas an den Mund und trank mit der Selbstverständlichkeit dessen, der sich lange Pausen erlauben kann. »Auf einer anderen Sitzung ging es um Mozart. Wussten Sie, dass Lorenzo da Ponte, der Kerl, der die Librettos für ›Don Giovanni‹, ›Die Hochzeit des Figaro‹ und ›Cosi fan tutte‹ schrieb, jüdische Vorfahren hatte?« Jemand seufzte. Der Direktor nickte und fuhr fort: »Jetzt werden die Opern neu übersetzt. Künftig wird nur noch der Name des Übersetzers genannt.« Dann hob er erneut sein Glas und rief feierlich: »Haben wir den Mut, es laut auszusprechen: Es ist an der Zeit, die Herrschaft der Juden über die deutsche Kultur zu brechen!« Um die Atmosphäre ein wenig aufzulockern, erzählte er einen Witz: »Protestanten und Katholiken schießen aufeinander, und ein Jude schreibt darüber eine Oper ...«

Doch Ferdi hörte nicht mehr zu. Er konzentrierte sich auf

einen Speichelfaden an Schellendorfs Mund. Mit jeder Bewegung seiner Lippen wurde er länger und schrumpfte, bis er schließlich zerriss. Ferdi erinnerte sich an das graue Haar am Kinn von Tante Esther und dachte an seine Familie, die sich sicher schon Sorgen machte. »Ich muss gehen«, sagte er und sprang auf. Dadurch stand er plötzlich wieder im Mittelpunkt, und die Theaterleute, die schon einiges getrunken hatten, bedachten ihn mit euphorischem Lob. Doch für Komplimente war er jetzt nicht mehr empfänglich. Er dachte nur noch an seine Familie, die er in Angst und Schrecken versetzte. Als er auf der Straße einen Bettler sah, schwor er, ihm am nächsten Tag zehn Pfennig zu geben. Doch er erschrak angesichts des hohen Betrages und halbierte ihn rasch. Als er aber die hell erleuchteten Fenster seines Hauses erblickte, erhöhte er ihn wieder auf zehn, und beim Wiedersehen mit der Familie gelobte er, dem armen Mann sogar zwanzig Pfennige zu schenken. »Entschuldigt, ich kann alles erklären«, sagte er in jämmerlichem Ton zu den drei Erwachsenen und dem Kind, denen die Angst noch ins Gesicht geschrieben stand.

Kapitel 10

Einer der wenigen Momente, die Ruth wirklich genoss, war die Erleichterung nach einer Katastrophe, die verhindert worden war – dieses starke, runde Gefühl, das einen Albtraum in Glück verwandelt und süßer ist als jede Droge. Ruth empfand Ferdis Heimkehr als seine Wiedergeburt, und statt ihn zu tadeln, umarmte sie ihn. Gab es einen besseren Zeitpunkt, um ihm das Neueste von Robert zu erzählen? Er war in der Position des Schuldigen und würde es nicht wagen, sie zu verraten.

Wie in ihrer Kindheit zwinkerte sie ihm verschwörerisch zu, und er erwiderte ihr Zeichen, denn auch er wollte ihr etwas Wichtiges erzählen. »Du belohnst ihn?«, fragte Otto verächtlich. »Hat er nicht Prügel verdient?«

»Nein, das ist nicht wahr«, rief Anuschka und schlang ihre Arme um die Hüften ihres Onkels. Ferdi schloss die Augen und schwieg. »Mach die Augen wieder auf«, befahl ihm Mirjam. »Sie zuzumachen, ist keine Lösung.«

Um sich überflüssige Diskussionen zu ersparen, stimmte Ruth in den Chor der Schmäher ein. Denn Nachsicht hätte Mirjams und Ottos Zorn nur gesteigert. Er solle sich schämen, sagte sie wie eine strenge Lehrerin.

»Es tut mir leid«, erwiderte Ferdi in jämmerlichem Ton und senkte seinen Blick.

Da scheinbar alle gegen ihren Onkel waren, drückte sich Anuschka fest an ihn und beteuerte: »Ich verzeihe dir.«

»Wenn das Theater vorbei ist, komm bitte in mein Arbeitszimmer, Ruth«, sagte Otto. Ruth nickte nervös. Sein verdrossener Ton kündigte eine Moralpredigt an. Am liebsten wäre sie hinter ihm hergelaufen und hätte ihm nachgerufen: »Spar dir deine Worte, ich verlasse dich!«

Mirjam blickte verärgert auf ihren Neffen und ihre Nichte. Auch wenn sie sich exzentrisch gebärdeten, hatte sie immer versucht, duldsam zu sein, nun aber lagen ihre Nerven blank wie das Gedärm eines aufgerissenen Leibes. Ruths und Ferdis Kindheit war von den Sanatoriumsaufenthalten der Mutter überschattet gewesen, die nach der Geburt ihres Sohnes an einem hormonell bedingten Nervenleiden erkrankt war. Ruth war damals acht Jahre alt. Bis dahin war ihre Mutter eine elegante Frau gewesen, und der Vater, der aus einer einfachen Familie im Norden Österreichs stammte, hatte sich wegen ihrer feinen Art in sie verliebt. Als sie krank wurde, pflegte er sie mit unendlicher Hingabe und hatte für seine Kinder kaum Zeit.

Um das Puppenhaus seiner Prinzessin zu erhalten, arbeitete er als Installateur und erwies dem Engel, der in sein raues Leben getreten war, Dankbarkeit. Die Ärzte und Krankenschwestern waren gerührt von seiner unbeholfenen, aufopfernden Art und gestatteten ihm, auf einer Matratze zu Füßen seiner Frau zu übernachten.

Eigentlich hatte Ruth zwei Mütter. Zunächst eine große schlanke Fee, die freundlich lächelnd durchs Haus ging und ihre Tochter wie eine Puppe kleidete, als wohne sie fern der bösen Welt in einem Märchenland. Und später, nach ihrer Rückkehr aus dem Sanatorium, eine gebeugte, freudlose Frau, die auf den Erdbeerbaum vor dem Fenster starrte und furchterregende Wutanfälle erlitt. So war es Ruth, die Ferdi aufzog. Durch die Veränderung ihrer Mutter nahm sie selbst eine neue Persönlichkeit an. Aus der verhätschelten Puppe wurde ein widerborstiges Mädchen, das die Bilderbücher wegwarf und Ferdi die grausamen Märchen der Brüder Grimm vorlas. Wenn er vor Angst weinte und bettelte, sie solle aufhören, erklärte Ruth altklug, sie müsse ihn abhärten, denn im wahren Leben gebe es keine Zauberer und Feen, sondern nur böse Menschen. Sie lehrte ihn auch, sich mit den Fingern auf die Ohren zu klopfen, wenn die Mutter im Nachbarzimmer schrie. So richtete Ferdi all seine kindlichen Instinkte auf seine Schwester und schlief an der mageren Brust einer Achtjährigen ein. Eines Tages, kurz nach seinem siebten Geburtstag, schlich er ins Zimmer der Mutter. Erschreckend still hing ihr lebloser Körper von der Decke herab, und ihre Augen, die wie platzende Korken hervortraten, sahen ihn an.

Der Tod der Mutter befreite die Kinder von der täglichen Angst vor ihren Anfällen. Doch der Vater ließ sich nicht trösten. Er zog sich zurück und gab sich der Erinnerung an seine engelhafte Frau hin. In Ferdi sah er den Hauptschuldigen an ihrem Tod, und Ruth war ihr lebendes Abbild, das an ihrer

Stelle und auf ihre Kosten weiter existierte. Er versuchte möglichst wenig mit den Kindern zu tun zu haben. Mirjam, die ältere Schwester seiner Frau, beobachtete all das aus der Ferne. Sie und ihr Mann lebten in Brennem, doch nach einem verzweifelten Brief von Ruth verstand sie, dass sie die Kinder nicht dem Vater überlassen durfte. Gegen den Willen ihres Mannes fuhr sie nach Wien, um ihrem Schwager die Augen zu öffnen. Doch nutzte dieser die Gelegenheit, um sich von der Verantwortung für seine sensiblen Kinder zu befreien. Er kehrte zu seiner Familie in den Norden zurück und erleichterte sein Gewissen, indem er jeden Monat eine großzügige Summe nach Wien schickte.

Im Haus kehrten neue Sitten ein, und die Situation verbesserte sich. Ruth kam in der Schule gut voran und begeisterte sich für Literatur, während Ferdi Trost in der Musik fand und von einer Zirkuskarriere träumte.

Neben seinem Cellostudium übte er Zauberkunststücke. Man weiß ja, dass die besten Clowns unglückliche Menschen sind. Bald schien es Mirjam, als sei der große Sturm vorbei, doch eines Morgens steigerte sich ein Gefühlsausbruch Ruths zu Symptomen, die auf einen Herzinfarkt hindeuteten, begleitet von epileptischen Krämpfen und Atemnot. Sie wurde in dasselbe Sanatorium gebracht wie einst ihre Mutter, an deren zerbrechliche Gestalt sich einer der Ärzte erinnerte. Traurig betrachtete er das schöne Mädchen, das treu den Pfaden der Mutter folgte, und erlaubte, dass Ferdi während Ruths zweimonatigen Aufenthalts auf einer Matratze zu ihren Füßen schlief.

Mit neuen Kräften kehrte Ruth aus dem Sanatorium zurück. Nach der Erholungspause, in der Ferdi lernen musste, seine Ansprüche zu zügeln, verkündete sie, sie werde es nicht zulassen, dass sich ihre Krise zu einer chronischen Erkrankung ausweite, und sei entschlossen, als gesunder Mensch durchs

Leben zu gehen. Mirjam, deren Mann ein Ultimatum gestellt hatte, könne endlich nach Brennem zurückfahren, sie werde sich allein um ihren Bruder kümmern – schließlich sei sie siebzehn Jahre alt und kein Kind mehr. Doch wusste Mirjam längst, dass Ruths und Ferdis pathetische Versprechen niemals in Erfüllung gehen würden. Daher blieb sie in Wien, und als sich Otto der Familie anschloss, zog sie mit nach Heidelberg.

»Bringt Anuschka ins Bett«, sagte sie. »Das Mädchen ist todmüde.«

»Ich bin noch nicht müde«, widersprach Anuschka, »und nur Onkel Ferdi darf mich ins Bett bringen! Ich habe ihn den ganzen Tag nicht gesehen und will ihm etwas erzählen.«

»In Ordnung«, sagte Ruth. »Ich nehme ein Bad, aber wenn ich wiederkomme, gehst du brav ins Bett.« Da Ferdi nichts zugestoßen und Otto nicht krank war, wartete sie ungeduldig auf eine Gelegenheit, von Robert zu erzählen, um ihre Gefühle in Worte zu kleiden und ihren sensationellen Neuigkeiten dadurch Gewicht zu verleihen.

»Ja«, sagte Anuschka, und als sich ihre Mutter entfernte, stürmte sie in Ferdis Arme und erzählte ihm alles, was sie erlebt hatte. Ferdi konnte sich kaum zurückhalten, selbst von seinen Abenteuern zu erzählen, die ihm so viel größer und aufregender schienen als die der kleinen Anuschka. Doch erinnerte er sich an Ruths mahnende Worte: »Das Mädchen ist erst fünf Jahre alt, und du bist ein erwachsener Mann.«

Unter dem beruhigenden Strahl der Dusche plante Ruth den Ablauf des Abends. Noch in dieser Nacht würde sie mit Ferdi und Otto sprechen, während sie Mirjam erst am nächsten Tag informieren wollte. Sie durfte Ferdi die Neuigkeiten nicht zu dramatisch schildern, sonst könnte er erschrecken. Besonnenheit war jetzt das Maß aller Dinge. Einerseits musste sie ruhig sprechen und zuhören, andererseits durfte sie ihre

Entschlossenheit nicht verlieren. Es ging nicht um Optionen, sondern um vollendete Tatsachen. Am liebsten hätte sie sofort mit Ferdi gesprochen, doch sie zwang sich, an Anuschka zu denken. Die Kleine sollte die Gelegenheit erhalten, erst ihre Geschichten zu erzählen. Eine Stunde ging Ruth im Schlafzimmer auf und ab, ehe sie an Anuschkas Tür klopfte, um Ferdi zu sich zu rufen. Doch er war ins Wohnzimmer gegangen, und als sie ihn dort fand, vergaß sie all ihre Vorsätze, und die Worte brachen aus ihr heraus: »Stell dir vor, Ferdi, er will mit mir leben –«

»Wer?«, fragte Ferdi verwirrt.

»Robert! Wo bist du mit deinen Gedanken?« Erst jetzt verstand sie, dass er mit Anuschka Verstecken spielte, doch konnte sie sich nicht länger beherrschen. »Noch heute Abend rede ich mit Otto«, flüsterte sie aufgeregt.

»Robert ...?«, wiederholte Ferdi. »Was hat das zu bedeuten?«

»Er hat mich gebeten, mit ihm zusammenzuleben.«

Doch an diesem Tag hatte Ferdi Selbstvertrauen gewonnen. »Du willst mich und Anuschka verlassen?«, protestierte er.

»Nein«, rief Ruth, »er würde nie verlangen, dass ich euch verlasse. Du kennst ihn nicht, doch vertrau mir. Natürlich wirst du bei uns wohnen. Das hat er versprochen.«

»Wirklich?« Ferdi sah sie zweifelnd an.

»Aber ja! Und nicht nur, weil ich dich nie verlassen würde. Robert ist ein großartiger Mensch!«

Sie hatte ihn fast überzeugt, doch im selben Moment hörte sie Anuschka: »Onkel Ferdi, du kannst mich jetzt suchen!«

Ruth wollte das Thema nicht fallen lassen und fuhr unbeirrt fort: »Am Donnerstag treffen wir uns, um die nächsten Schritte zu planen. Und jetzt gehe ich zu Otto und sage es ihm.«

»Onkel Ferdi, komm doch!«, quengelte Anuschka.

»Gleich, meine Süße«, rief Ferdi, schaute Ruth an und

sagte: »Geht das alles nicht viel zu schnell, Titi? Solche Entscheidungen wollen wohlüberlegt sein.«

»Für manche Dinge ist es irgendwann zu spät«, erwiderte sie und blickte ihm fest in die Augen.

»Ich habe jetzt keine Zeit, Ruth«, sagte Ferdi ärgerlich und wandte sich wieder dem Spiel zu. »Guten Tag, Sofa. Guten Tag, Sessel. Guten Tag, Vase. Ich suche meine Prinzessin, sie wurde entführt. Wisst ihr, wo man sie versteckt hat?« Aber Ruth ließ nicht locker und folgte ihm. »Auch du wirst ein schöneres Leben haben, Ferdilein, das verspreche ich dir. Wir können nicht ewig in diesem Haus wohnen, mit dem Gemecker und der Rechthaberei von Otto und Mirjam. Haben wir nicht Besseres verdient?«

»Ist die Prinzessin vielleicht im Schrank? Oder unter dem Bett? Oder hinter der Gardine? ...«

Plötzlich lief Anuschka aus der Waschküche und schlug jauchzend mit den Händen an die Wand. »Eins, zwei, drei«, rief sie, doch alle Freude wich aus ihrem Gesicht, als sie ihre Mutter sah. Sie spürte, dass etwas Gefährliches im Gange war. »Ich spiele allein mit Onkel Ferdi«, rief sie trotzig, und Ferdi pflichtete ihr bei: »Anuschka hat recht, wir sind mitten im Spiel.«

»Ich habe mich entschieden«, zischte Ruth böse. »Hörst du, Ferdi? *Ich* habe entschieden!«

»Du störst, Mama!« Anuschkas Wangen glühten vor Zorn, aber Ruth wollte ein Ergebnis. Ferdis Mangel an Begeisterung warf einen Schatten auf ihre Freude. »Jetzt versteckt sich Onkel Ferdi«, rief Ruth, »und Anuschka zählt!«

Die Kleine gehorchte. Sie hielt sich die Augen zu und zählte.

»Sie will, dass ich mit ihr allein spiele, siehst du das nicht?«, sagte Ferdi und zwängte sich in die Speisekammer. Ruth folgte ihm in den winzigen Raum. »Du wirst frei und glücklich sein,

Ferdi! Endlich kannst du tun, was du willst. Robert verurteilt niemanden, das ist gegen seine Prinzipien.«

Ihre Nasen berührten sich fast, so dicht standen sie sich gegenüber.

»Du hast nicht einmal gefragt, wo ich heute war«, sagte Ferdi. »Ich habe dir ein Zeichen gegeben, aber du redest nur von dir. Damit du es weißt: Auch in meinem kleinen Leben geschehen wichtige Dinge.«

»Seit deiner Rückkehr spüre ich, dass etwas passiert ist«, sagte Ruth und schaute ihn sanft an. »Aber ich kann erst darüber nachdenken, wenn ich dich davon überzeugt habe, was für ein Glück uns beiden widerfährt. Verstehst du, Ferdi, unser Leben wird künftig –« Sie stockte und suchte vergeblich ein passendes Adjektiv.

»Ich liebe ihn«, fuhr sie schließlich fort, »solch eine Chance kommt nie wieder. Die Zeit fliegt dahin, Ferdi, und unversehens ist unser Leben vorbei.« Dann rief sie: »Zähl bis hundert, Anuschka, Onkel Ferdi hat noch kein Versteck gefunden!«

»Und was ist mit Mirjam? Sie ist unsere Tante und kann nicht bei Otto bleiben.«

»Mirjam ist froh, wenn sie uns los ist. Wir sind eine Last für sie.«

»Wir sind keine Last für sie«, erwiderte Ferdi gekränkt. »Sie liebt uns und hat sich wegen uns von ihrem Mann getrennt.«

Ruth schaute ihn erschüttert an. »Ich soll meine letzte Chance verpassen?«

»Hör auf, Titi! Wir müssen klug sein. Man kann nicht –«

»In welcher Welt leben wir? Ist es moralisch, unglücklich zu sein, und ist Glück eine Sünde?«, fragte Ruth und befreite sich aus der Speisekammer. »Du hast recht, ich verdiene nicht, glücklich zu sein. Ich habe eine Tante, einen Bruder und eine Tochter und darf mich nicht so wichtig nehmen. Morgen gehe ich zu Robert und sage ihm, dass es unmöglich ist.«

»Nein!« Da das Glück seiner Schwester auf dem Spiel stand, nahm der Kampf eine Wende. »Es war nicht so gemeint, Titi«, flehte Ferdi und hielt sie am Arm fest. »Ich habe nur an mich gedacht, natürlich sollst du zu ihm gehen.«

Ruths Begeisterung entflammte von Neuem. »*Wir* werden gehen, Ferdi, ich verlasse dich nicht ... Lächle, Ferdi, denn das Glück erwartet uns.«

Ferdi akzeptierte das Urteil, so wie er immer alles hinnahm. »Hat er wirklich gesagt, dass ich mitkommen darf?«

»Natürlich, Ferdi«, sagte Ruth und wich seinem Blick aus.

»Hat er ein großes Haus? Meinst du, er ist einverstanden, wenn ich —«

»Er ist mit allem einverstanden«, unterbrach sie ihn. Die Sache mit dem Haus stimmte sie nachdenklich. »Ich werde euch alle glücklich machen. Weißt du, wie stark ich mich fühle, wenn ich glücklich bin?«

»Eckstein, Eckstein, alles muss versteckt sein! Ich komme!« Wie ein Schlussakkord drang Anuschkas Stimme zu ihnen. Mit einem Freudenschrei lief die Kleine zur Speisekammer, doch als sie Ruth sah, sagte sie böse: »Ich spiele nur mit Ferdi.«

»Verzeih mir, meine Liebste«, sagte Ruth, hob die Kleine hoch und küsste sie. Dann wandte sie sich der letzten Aufgabe zu, die sie sich für diesen Abend vorgenommen hatte.

Kapitel 11

Otto war in einen Aufsatz vertieft, den er noch in dieser Nacht fertigstellen musste, ob ein Drama bevorstand oder nicht. Er gehörte nicht zu den Männern, die sich aus der Ruhe bringen lassen. Zwar machte ihn der Gedanke an das Gespräch mit seiner Frau nervös, doch ließ er nicht zu, dass sein Beruf darunter litt. Als Ruth sein Arbeitszimmer betrat, schaute er nicht auf, sondern bat sie zu warten, bis er den Absatz beendet hatte.

Schweigend nahm sie Platz. Zum ersten Mal seit Langem saß sie in seinem Büro und sah ihm bei der Arbeit zu. Wegen seiner spröden Art brachte er sich nicht auf Festen und Empfängen ins Gespräch, sondern konzentrierte sich zielstrebig auf seine Forschung – es gab keinen Grund, ihn deshalb zu verspotten. Otto war Wissenschaftler und seine Zeit kostbar. Er war keine unbedeutende Hausfrau wie sie.

Alle Eigenschaften, die Ruth an ihm sonst nicht ertrug, sein Ernst, seine Bedächtigkeit und seine Kühle, hatten hier, in seinem Reich, ihre Berechtigung.

Der Respekt vor seiner Arbeit machte sie wankelmütig. Aber war sie gekommen, um Otto zu bewundern? Sie kämpfte für ein gerechtes Anliegen und musste versuchen, ihre Angriffslust zu steigern. Doch je länger sie nach Erinnerungen suchte, die sie gegen ihn aufbringen würden, umso großartiger schien er ihr und umso kleiner fühlte sie sich selbst.

Sie, eine unwichtige Person, brachte das Leben eines Forschers durcheinander, dessen Begabung seine ganze Persönlichkeit ausfüllte und keinen Raum für ein Privatleben ließ. Aber auch das stimmte nicht wirklich. Am Ende eines Streits hatte er gesagt, die Tatsache, dass er keine Gefühle zeige, bedeute nicht, dass er nichts empfinde. Die Erinnerung an diese Worte öffnete Ruths Herz und weckte ihr Mitgefühl. Die bittern Furchen in seinem Gesicht schienen plötzlich Kummerfalten, und sie sah wieder den kleinen Mann mit den schmalen Schultern, der im Sommer vor vierzehn Jahren in ihr Zugabteil getreten war.

Damals fuhr sie mit Sascha von Budapest nach Wien. Um die schlafenden Schönen nicht zu stören, setzte sich Otto still hin und verschonte sie sogar mit dem Rascheln seiner Zeitung.

Obwohl er sich dessen schämte, konnte er seinen Blick von der zerbrechlichen Frau mit dem schneeweißen Gesicht nicht lösen. Ihr leises Schnarchen rührte ihn. Sie war unerreichbar, doch ein Mensch aus Fleisch und Blut. Als sie seinen Blick spürte, öffnete sie die Augen, und schon nach einem kurzen Gespräch fühlte sie, dass ihr dieser Mann, der Aufrichtigkeit und Autorität ausstrahlte, Sicherheit geben konnte, jene Sicherheit, die sie wie die Luft zum Atmen brauchte.

Sascha teilte ihren Enthusiasmus. Zwar fand sie Otto nicht attraktiv, doch sie wusste, wie schwer es für Ruth war, einen Ehemann zu finden, der sie ökonomisch und psychisch unterstützte. Mit Witz und Übermut spannen sie unsichtbare Fäden, von denen sich Otto bereitwillig einfangen ließ. Bei der Ankunft in Wien wusste auch er, dass er mit dieser wunderbaren Frau sein Leben verbringen wollte. Später erfuhr er, dass Ruths Mutter aus Osteuropa stammte, und setzte sich über die Einwände seines Vaters gegen eine »Mischehe« hinweg. Seltsamerweise hatte Ottos Vater, ein »Deutscher mosaischen Glaubens«, in fortgeschrittenem Alter eine Ostjüdin geheiratet, doch wurde über die Gründe nie gesprochen. Sie hatte ihr östliches Erbe abgelegt und war die vorbildliche Gattin eines einflussreichen Journalisten geworden, der nur zufällig Jude war. Sie lernte die Berliner Mundart, kleidete sich vornehm und unterdrückte ihre natürliche Spontaneität. Auch ihre Söhne erzog sie in diesem Geist. Nur Hansi, der Jüngste, war ein bedauerliches Missgeschick. Sie wurde mit ihm schwanger, als man sie gerade in die Kreise ihres Mannes aufnahm und sie von Frauenorganisationen zu Bällen und Wohltätigkeitsbasaren eingeladen wurde. Hansi war dunkel und entwickelte sich zu einem ungeduldigen dicken Jungen. Entsetzt sahen die Eltern, dass in ihrem Haus ein Ostjude heranwuchs, als rächten sich die unterdrückten Gene der Mutter. Dieser Sohn und das Judentum waren die einzigen dunklen Flecken im erfolgreichen Leben von Vater Stein, und er versuchte sie rücksichtslos zu entfernen. So nutzte er die erste Gelegenheit, um Hansi nach Palästina abzuschieben, und griff in seinen Artikeln immer wieder seine Glaubensbrüder aus dem Osten an: wegen ihrer lächerlichen Kleider, die sie als Fremde stigmatisierten, ihrer unverständlichen Sprache, der etwas Verschwörerisches anhaftete, und ihrer primitiven Umgangsformen, die sie den legitimen Herren des Landes zumuteten – und dann beschwerten sie sich auch noch, dass sie keiner mochte. Er predigte wie ein Prophet und ignorierte die jüdische Kritik, die ihn als Mann ohne Gewissen und Sprachrohr der Antisemiten betrachtete, während er selbst sich für einen Ausbund an Moral und Zivilcourage hielt.

»Bring mir eine Tasse Tee«, sagte Otto, ohne von seinem Artikel aufzuschauen. Ruth erwachte. Sein herrischer Ton ließ ihn auf seine üblichen Maße schrumpfen. Der Zauber war gebrochen. Schweigend ging sie in die Küche und überlegte, wie sie das Gespräch eröffnen sollte. Der erste Satz musste lakonisch und kalt klingen wie Otto selbst. »Ich gehe fort, Otto« – das wäre schlicht und eindeutig. Die Erinnerung an Robert wärmte ihren Körper und verlieh ihr Kraft. Auch andere Menschen standen auf und gingen fort. Sie war nicht die Einzige, die sich Routine und Mittelmäßigkeit nicht beugte. Wenn sie an einem solchen Leben Gefallen fände ... aber es schien ihr erbärmlich, und nun gab es eine Gelegenheit, das Missliche in Gutes zu verwandeln. Sie durfte nicht länger zögern!

Sie stellte die Tasse vor ihn und setzte sich. Um sich seiner Ausstrahlung zu erwehren, schloss sie die Augen und dachte an Robert. Doch als sie Ottos Blick spürte, zuckte sie zusammen. Sein Ausdruck war undefinierbar. Es lag eine Mischung aus Wut und Flehen darin.

»Worüber wolltest du sprechen, Otto?«

Er zündete sich eine Zigarette an und schwieg.

»Was ist?« Ruths Furcht, die sich für kurze Zeit beruhigt hatte, erwachte von Neuem.

»Schon lange will ich mit dir reden«, sagte er schließlich, »aber du siehst nicht, was in mir vorgeht.«

»Wovon redest du, Otto?«

»Kennst du mich überhaupt, Ruth? Weißt du, wer ich bin, was ich will und was mich schmerzt?«

Sie sah ihn verdutzt an.

»Deinen Egoismus, deinen Hochmut, deine Hysterie und deine Manipulationen – all das ertrage ich nicht mehr. Schau nicht so, manchmal müssen sich sogar Eheleute unterhalten. Wie oft habe ich versucht, mit dir zu sprechen, aber es interessierte dich nicht. Auch vorhin, als du gehört hast, dass ich weder krank noch entlassen bin, hast du sofort das Interesse verloren. Worüber kann ich mit dir reden? Über meine Kollegen? Über meinen Kummer? Kummer hast immer nur du! Ich bin lediglich ein Objekt, das dir Unterhalt und Ansehen verschafft.« Sie hatte sich wieder gefangen und wollte protestieren, doch Otto schien unerreichbar, als befände er sich im Auge eines Orkans. »Und die Kraft, die übrig bleibt, nachdem du ununterbrochen von dir gesprochen hast, reservierst du für deinen Bruder –«

»Otto!«

»Er braucht dich, ich weiß, fang nicht wieder davon an. Nichts geht dich etwas an. Du schwankst zwischen Gleichgültigkeit und Aggressivität und lässt dich zu Freudenausbrüchen hinreißen, bei denen es immer nur um dich geht. Dabei bist du keine Künstlerin, sondern ein normaler Mensch wie Mirjam und ich. Eigentlich steht dir nur das zu, was uns allen zusteht. Deine Schönheit hat mich um den Verstand gebracht, aber das ist lange vorbei.«

Schweigend hörte sie zu, als spreche ein Schauspieler einen

Monolog. Otto, der sonst mit Worten und Gefühlen geizte, offenbarte ohne Scham und Selbstmitleid Einsichten in ihr Seelenleben. In all den Jahren, in denen sie verheiratet waren, war sie nie auf die Idee gekommen, dass er über solche Dinge nachdachte.

»*Das* wolltest du mir mitteilen?«, fragte sie unsicher. Doch Otto schaute sie mit sanften Augen an, als bitte er um Verzeihung. »Otto, was willst du mir wirklich sagen?«

»Dass es eine andere Frau gibt ...«

Gedanken wirbelten durch ihren Kopf, doch dann verstand sie: Otto wollte sie verlassen.

Wie in einem Theaterstück platzte Mirjam ins Zimmer.

»Die Kleine hat sich erkältet«, rief sie aufgeregt. »Es würde mich nicht wundern, wenn sie eine Lungenentzündung hätte. Warum lässt du sie allein am Fluss spielen? Müsst ihr bei diesem Wetter aus dem Haus gehen?«

»Wir wollten etwas unternehmen«, erwiderte Ruth matt.

»Wenn es dir wirklich um sie ginge, würdest du hier mit ihr spielen.«

»Nicht jetzt, Mirjam«, herrschte Otto sie an. »Wir sind mitten im Gespräch.«

»Im Gespräch?«

»Stell dir vor.«

»Dafür war es höchste Zeit«, sagte Mirjam und verließ das Zimmer.

»Wer ist es?«, fragte Ruth, als die Tür geschlossen war.

»Ein Mensch, der zu mir passt.«

»Wie alt ist sie?«

»Einundvierzig Jahre. Sie ist Professorin für Physik an der Berliner Universität und eine stille, kluge Frau. Ich habe sie auf einem Kongress in Prag kennengelernt.« Er betrachtete sie, als prüfe er, wie viel er ihr zumuten könne. »Vielleicht klingt es seltsam, aber ich möchte endlich auch ein bisschen Glück haben, das ist alles. Ich will mit einem Menschen zusammenleben, der nicht durch mich hindurchschaut.«

Ihr Mund war trocken, und sie trank den bitteren Satz des Tees. Ihr Gehirn sandte Signale aus, die Kopfschmerzen von der übelsten Art verhießen, solche, die ihren Willen bezwangen und ihr jedes Ziel verekelten. Flüsternd bat sie um Wasser.

»Fühlst du dich nicht gut?«

»Bring mir Esthers Kelch mit zwei Tabletten. Sie sind in der Küche neben dem Kaffee.« Sie erhob sich und begann im Zimmer auf und ab zu gehen.

»Du solltest dich wieder setzen«, sagte Otto.

»Ich bat um Wasser, nicht um gute Ratschläge.«

»Ich meinte nur, dass du dich schneller erholst, wenn du sitzt.«

Als er hinausging, fühlte sie Stiche in den Schläfen. Vielleicht konnte das Wasser die Migräne noch verhindern. Ruth stellte sich vor, wie die kühle Flüssigkeit den Druck und die Verkrampfung lösen würde. Sie musste nachdenken und brauchte einen klaren Kopf. Gierig ergriff sie den Kelch, den Otto brachte.

»Trink nicht alles auf einmal«, sagte er, und sein Ton, der sie sonst zum Widerspruch reizte, erschien ihr plötzlich in einem anderen Licht. Hatte sie seine Zurechtweisungen und Befehle immer falsch verstanden? Entsprangen sie keiner Herrschsucht, sondern echter Sorge? Als habe sie eine Vision, verstand sie, dass nur er sich wirklich um sie kümmerte. Ihr Kopfschmerz war das Zeichen einer Zukunft, die aus Krankheit, Qual und Verlusten bestand. Daran musste sie denken, wenn sie überlegte, was sie tun sollte! Woher nahm sie den Hochmut zu glauben, nur Robert kenne den Weg zu jenem winzigen Stück vom Glück, das uns das Leben schenkt? Denn was passierte wirklich an all den bitteren, kranken Tagen? Immer wenn sich in ihrem

Herzen ein Riss auftat, schien Robert zur Stelle, um ihn zu stopfen. Doch jetzt erkannte sie, wie egoistisch er war, und jeder Versuch, ihn zu verteidigen, war hoffnungslos. Warum hatte sie die Gefahr, die von seiner finsteren Seite ausging, nie gesehen? Hatte er je den nackten Alltag mit ihr erlebt? Nur einmal hatten sie sechs Tage in Prag verbracht, doch waren sie die meiste Zeit betrunken gewesen. Wie konnte sie ihre zerbrechliche Seele in die Hände dieses Mannes legen? Vielleicht hatte er ihr nur zum Zeitvertreib einen Antrag gemacht. Er war ein attraktiver junger Wissenschaftler, schön und unabhängig; sie hingegen war eine alte Frau von fünfunddreißig Jahren mit einem kranken Bruder und einem schwierigen Kind. Robert würde das nicht lange aushalten, und Otto erschien ihr plötzlich als strahlender Held. Seine Unerreichbarkeit wirkte Wunder, und die stille kluge Frau verlieh ihm neuen Glanz.

»Sprich mit mir«, sagte Otto, doch Ruth entgegnete so lakonisch, wie sie ihm hatte mitteilen wollen, dass sie fortgeht: »Ich nehme das nicht hin, Otto.«

Er empfand ihren Ton als Provokation. »Du wirst schon einen finden, der sich umgarnen lässt. Dein Typ hat Konjunktur.«

»Otto ...« Da die Sätze, die sie sprechen wollte, ihre Form noch nicht gefunden hatten, konzentrierte sie sich auf ihren Gesichtsausdruck. Sie wollte sich nicht nur erbärmlich fühlen, sondern auch so aussehen, um wenigstens ein bisschen Mitleid zu erregen. Wie tapfere Soldaten rannen Tränen über ihre Wangen. Otto fand die Szene vulgär: »Tränen passen nur zu treuen Ehefrauen.«

»Was willst du damit sagen?«, fragte Ruth alarmiert.

»Ich habe nie gefragt, was du immer im Café treibst.«

Plötzlich war sie in der Defensive. Sie beugte sich über den Tisch, schaute ihn aus schmalen Augen an und fasste seine Hand. »Nichts, Otto, nichts.«

Die Berührung war ihm unangenehm. Er schüttelte sie ab. »Hältst du mich für dumm?«

»Ich habe dich nie betrogen, Otto, doch wenn ich frische Luft brauche, weil ich die Gleichförmigkeit und Schwermut des Alltags nicht mehr ertrage, ziehe ich schöne Kleider an und suche die Gesellschaft von Menschen. Das ist alles.«

»Und welche Rolle spiele ich?«

»Du hast das Talent, glücklich zu sein, aber ich bin krank und trauere. Vielleicht klingt es überspannt, doch ich bezahle einen hohen Preis für meine Überheblichkeit.«

Sie fühlte, dass sein Blick weicher wurde.

»Es tut mir leid«, sagte er. »Ich weiß, dass du im Grunde deines Wesens gut und liebenswert bist, aber ich kann nicht mehr danach suchen.«

»Du brichst mir das Herz«, sagte Ruth und klang zum ersten Mal aufrichtig. »Ich wusste nicht, dass du leidest und ich schuld daran bin. Die Menschen glauben, sich zu kennen, aber in Wahrheit wissen sie nicht, wer sie sind. Sie schauen in den Spiegel und sehen sich nicht. Ich hätte nie gedacht … du warst immer so …«

»… selbstverständlich da?«

»Ich behaupte nicht, dass ich mich ändern werde, und will nichts versprechen, was ich am Ende nicht halten kann. Doch wie konnte ich zulassen, dass du aufhörtest, mich zu lieben? Was muss ich tun, damit du mir verzeihst?«

»Mich gehen lassen.«

»Das kann ich nicht, Otto. Zu so viel Großzügigkeit bin ich noch nicht imstande. Ich beginne erst zu verstehen, als habe sich eine verschlossene Tür geöffnet, und plötzlich fällt helles Licht ein.« Sie ging um den Tisch und kniete nieder. »Du bist ein guter Mensch, Otto, anständig und klug −«

»Hör auf, Ruth. Es ist ein Albtraum, und ich muss fort.«

»Das ist unmöglich!«

»Um Gottes willen, Ruth, verstehst du nicht? Ich liebe dich nicht mehr!«

»Unsere Liebe hat nur Rost angesetzt, ich werde sie säubern. Ich habe mich nie für deine Karriere interessiert, aber jetzt will ich —«

Otto war fassungslos. Sie benahm sich wie eine Krämerin, die verfaulte Ware anpries. Er fasste sie an den Schultern und rief: »Hörst du nicht, was ich sage? Ich verlasse dich!«

Nun gab es keinen Platz mehr für Großmut und noble Gesten. Im Kampf um Leben und Tod zückte Ruth eine Waffe, der kein Mann widerstehen kann: »Du musst die Verantwortung für deine Tochter tragen, ich lasse dich nicht gehen.«

»Was willst du tun?«

Sie wandte sich ab und schaute aus dem Fenster. »Du weißt, in meiner Familie bringen sich die Menschen um. Mit siebzehn Jahren habe ich meine Mutter vom Strick genommen. Solche Dinge sind erblich, aber du kennst dich mit Genetik besser aus als ich.«

Wäre sie als junges Mädchen nicht im Sanatorium gewesen, hätte er ihre Worte für eine leere Drohung gehalten. Doch er vertraute der Wissenschaft — wenn sie damals eingewiesen wurde, war sie so krank wie ihre Mutter. »Ich bleibe bei dir«, sagte er, »aber in Zukunft gibt es keine Vergünstigungen mehr. Du wirst deine Pflichten erfüllen, vor allem als Mutter. Auf deine Gefälligkeiten verzichte ich — ich schlafe ab heute im Arbeitszimmer. Und jetzt geh, denn ich habe zu tun.«

Sie verließ den Raum als Siegerin und Besiegte. Auf dem Weg ins Bad dachte sie an Anuschka, und wie in einer schwindelerregenden Vision gewann das Selbstverständliche seine anfängliche Bedeutung zurück: Dieses unschuldige Mädchen war der wahre Sinn ihres Lebens; von nun an zählte nur noch ihr Kind. Gleich morgen würde sie beginnen, Anuschka eine gute Mutter zu sein. Der Entschluss weckte ein fiebriges Verlangen.

Sie eilte ins Kinderzimmer und betrachtete das blasse Gesicht, das auf dem Kissen schlief. Sie beugte sich über sie, um sie mit ihrer neuen, unbeugsamen Kraft zu umarmen, und flüsterte: »Meine Süße, ich liebe nur dich. Du bist mein Schatz.«

Das Mädchen fuhr aus dem Schlaf auf und begann laut zu weinen, sodass Ferdi und Mirjam herbeiliefen. Erschöpft brach Ruth unter der Last ihrer Vorsätze zusammen und heulte los wie ein Kind.

»Was geht hier vor?«, fragte Mirjam streng.

»Nichts«, schluchzte Ruth, »ich fühle mich so erbärmlich.«

»Wie kannst du dich vor dem Kind gehen lassen? Du bist sechsunddreißig Jahre alt!«

»Fünfunddreißigeinhalb«, stöhnte Ruth.

Ferdi lachte nervös. Mirjam warf ihm einen glühenden Blick zu, doch er setzte sich neben seine Schwester und flüsterte: »Ich habe nichts Schlimmes getan ... Wie war es bei Otto?«

»Jetzt nicht!«, fuhr Ruth ihn an. »Gute Nacht, Anuschka. Es tut mir leid, dass ich dich geweckt habe.«

»Onkel Ferdi soll bei mir schlafen.«

»Das kommt nicht infrage«, sagte Mirjam. »Ferdi geht in sein Zimmer.«

»Aber ich will, dass er bleibt!«

»Warum kann er nicht bei ihr schlafen?«, fragte Ruth. Das Einzige, das jetzt noch zählte, war, dass die Nacht schnell vorüberging.

»Wozu?«, empörte sich Mirjam.

»Weil ich es will!«, rief Anuschka störrisch.

»Er darf an deinem Bett sitzen, bis du eingeschlafen bist«, entschied Mirjam und wünschte ihr eine gute Nacht. Ruth küsste die Kleine und folgte ihrer Tante hinaus.

»Also gehen wir?«, rief Ferdi im Flüsterton.

»Nein«, sagte Ruth, ohne sich umzudrehen, »wir bleiben hier.«

Als sie die Küche betrat, stand dort Mirjam mit sorgenvollem Gesicht. »Sie dürfen nicht in einem Bett schlafen. Das ist nicht gut.«

»Denk nicht schlecht über Ferdi, er tut niemandem etwas zuleide. Wenigstens heute Abend, Tante Mirjam, tust du mir diesen Gefallen?«

»Was ist los mit dir?«

»Ich möchte sterben.«

»Still, Ruthilein, komm zu Tante Mirjam.«

»Ich kann mich selbst nicht mehr ertragen.« Ruth sank in Mirjams Arme und drückte den Kopf an ihre mächtige Brust. »Am liebsten wäre ich tot.«

Zärtlich streichelte Mirjam ihr Haar. »Das darfst du nicht, du hast eine Tochter.«

»Auch Mama hatte eine Tochter.«

Kapitel 12

Sie schlief wie ausgelöscht und erwachte mit Kopfschmerzen. Noch bevor sie sich an die Ereignisse des Abends erinnerte, kam Ferdi ins Zimmer, ohne anzuklopfen. »Jetzt frage ich nicht mehr, wann du die Güte hast zuzuhören, sondern erzähle, ob es dich interessiert oder nicht. Man hat mir Arbeit angeboten, und ich will sie annehmen.«

Ruth blinzelte. »Wovon sprichst du?«

Ferdi setzte sich auf ihr Bett und erzählte atemlos, was er erlebt hatte. »Ferdilein«, unterbrach Ruth, »ich habe gerade die Augen aufgemacht und das Gefühl, als platze mein Schädel. Sei so lieb und hol mir die Tabletten von der Kommode.«

Um ihr keine Gelegenheit zu geben, das Thema zu wechseln, diskutierte er nicht, sondern holte das Medikament und sprach weiter. Er erzählte nicht chronologisch, sondern das, was ihm einfiel, aneinandergereihte Assoziationen, die einer eigenen Logik folgten. Dabei ließ er sich von einer Welle des Glücks tragen und beschrieb alles in blühendsten Farben. Doch seine Sinne sagten ihm, dass er die Geduld seiner Schwester, die in vielem Hedda Gabler glich, nicht überstrapazieren durfte. Daher beeilte er sich, von dem Wunder zu sprechen, das im Theater geschehen war. Sie könne Sascha fragen und jeden, der dabei gewesen sei, sogar den neuen Direktor, »am Ende hat er mir vorgeschlagen, Frank Schuler, den Musiker, auf Dauer zu ersetzen«. Dann verstummte er und lauschte dem Echo seines dramatischen Berichts.

»Das ist wunderbar, Ferdi, einfach wunderbar. Mirjam ist manchmal ungerecht.«

Die Erwähnung seiner Tante ließ Ferdis Mut sinken. »Mirjam hat nichts damit zu tun«, sagte er wütend.

»Genau.«

»Freust du dich nicht? Ich hätte mich für dich gefreut. Es ist nicht meine Schuld, wenn die Sache mit Robert nicht klappt.«

»Natürlich freue ich mich.«

»Und was hältst du von dem Angebot?«

»Du weißt, dass du es nicht annehmen kannst«, antwortete Ruth traurig.

»Weshalb nicht? Ich erkläre dir gerade, dass sich mein Leben ändert. Weißt du, was mir klar geworden ist? Dass ich mich vor allen fürchtete. Aber jetzt kann ich allein aus dem Haus gehen – warum sollte ich die Arbeit ablehnen?«

»Weil du Jude bist.«

Seine Freude fiel in sich zusammen. Aber er war auch erleichtert.

»Das Wichtigste ist, dass du eine Veränderung feststellst,

Ferdilein. Manche Menschen entdecken ein Leben lang nicht die Freiheit, die du mit so poetischen Worten beschreibst. Gib dich damit zufrieden. Man darf nicht zu viel verlangen.«

Ihre Geduld war erschöpft. Seit dem Abend trug sie eine Last, über die sie nachdenken musste. »Jetzt schau nach, ob Anuschka wach ist. Ich komme gleich.«

»Was ist bei deinem Gespräch mit Otto herausgekommen?«

»Nicht jetzt, Ferdi. Geh und sag Anuschka guten Morgen von mir.«

Als sie allein war, kehrten die Stimmen des Abends zurück. Ottos Geständnis hatte sie unvorbereitet getroffen, und sie hatte wie ein naives Mädchen reagiert. Statt zu überlegen, bevor sie handelte, hatte sie sich auf abstoßende Art und Weise erniedrigt. War sie nicht zu ihm gegangen, um sich zu trennen? Aus verletztem Stolz hatte sie die kostbare Chance vertan, Otto loszuwerden und die Früchte seiner Schuld zu kosten. Hätte sie den Blick gesenkt und gesagt: »Geh, Lieber, nutze die Gelegenheit«, hätte sie nicht nur ihre eigene Großzügigkeit genossen, sondern auch Ottos Wohlwollen wiedererlangt. Er war ein aufrechter Mann, der es verdient hatte, glücklich zu sein. Nicht ihr, sondern ihm gebührten alle Gaben, mit denen das Leben Menschlichkeit belohnt.

Da die Bedrohung, verlassen zu werden, aufgehoben war, schrumpfte die stille Professorin auf realistische Maße, und in der Frische des Morgens dachte Ruth an Robert und sein Versprechen. Welches Leben erwartete sie ohne ihn? Wäre die Leere größer und bedrückender als zuvor? Und würde sie das Gefühl, etwas verpasst zu haben, bis ans Ende ihrer Tage begleiten? Sie musste zugeben, dass die Begeisterung für ihre Familie ein Strohfeuer war.

Ihr Herz füllte sich mit Sehnsucht und dem Wunsch, die Scherben des Traums vom neuen Leben zusammenzufügen. Doch als sie eine Zigarette anzündete, um den Augenblick festzuhalten, flog die Tür auf, und Ferdi und Anuschka verkündeten, sie hätten eine Operette für Ferdis Geburtstag geschrieben, und Ruth müsse unbedingt die Proben sehen. Sie schickte die beiden hinaus und versprach, gleich zu kommen. Als sie das Zimmer verließen, versank sie erneut in Gedanken. Der einäugige Teddy, den die Kleine im Arm hielt, erinnerte sie an die Vision von der glücklichen Mutterschaft. Einen Augenblick versuchte sie das Bild mit Leben zu füllen, aber Roberts Versprechen überstrahlte alles. Schließlich sagte sie sich, dass es auch für Ferdi und Anuschka besser wäre, wenn sie sich von Otto trennte. Wie konnten sie glücklich werden, wenn sie immer traurig war? Um sich Gewissheit zu verschaffen, suchte sie Beweise für Roberts Liebe. Erst vor wenigen Tagen hatte ihr Sascha von einem Gespräch erzählt, in dessen Verlauf er gesagt hatte, er hätte noch nie eine Frau wie Ruth geliebt. Seit er sie kenne, langweilten ihn andere Frauen. Außerdem hätte er ihr nicht vorgeschlagen zusammenzuziehen, wenn er es nicht wirklich wollte. Niemand bittet einen anderen Menschen zum Zeitvertreib, das eigene Leben umzustülpen. Ihre Zweifel entsprangen ihrer verunsicherten Seele. Würde sie an Gott glauben, so wäre sie überzeugt, er hätte sich persönlich für sie eingesetzt. Die Selbstständigkeit, die Ferdi erlangt hatte, war ein Zeichen für den Wandel an ihr selbst. Manchmal begreift man erst später, wie einfach es ist, den entscheidenden Schritt zu tun. Sie musste nur geduldig sein, nicht impulsiv wie beim Gespräch mit Otto. Jede Einzelheit musste gründlich abgewogen werden. Über Details hatte sie bisher nicht nachgedacht, um sich die Freude nicht zu verderben, trotzdem war es ratsam, beim Treffen mit Robert einen konkreten Plan zu haben. Wahrscheinlich waren die Dinge einfacher, als sie schienen, und sie konnte nach und nach mit ihm zusammenziehen. Natürlich brauchten sie eine neue Wohnung, und für Ferdi würde sie eine kleine Wohnung in ihrer Nähe mieten. Während sie ihm half, sich an die Freiheit zu gewöhnen, konnte Anuschka zwischen beiden Haushalten pendeln. Ganz zu schweigen davon, dass Ruth auch die Abende mit Robert verbringen würde – das war ein Herzenswunsch, der sich bisher selten erfüllt hatte. Einen Augenblick machte sie sich wegen des Unterhalts Sorgen, aber dann erinnerte sie sich, dass Roberts Eltern ihn gern unterstützten. Und sie selbst konnte sich auf Hansi verlassen, das erfolgreiche schwarze Schaf der Familie in Palästina. In seinen Briefen hatte er sie immer wieder gedrängt, sich heimlich von ihm helfen zu lassen.

Wäre Otto nicht weggefahren, wäre sie zu ihm gegangen, um freundlich anzukündigen, dass sie ihn freigab. Ist nicht jeder dankbar, wenn Zweifel aus der Welt geschafft werden?

Den Rest des Tages verbrachte sie mit den Proben für die Operette, die Ferdi und Anuschka komponiert hatten. Obwohl sie sich langweilte, versicherte sie den beiden, dass ihr die Arbeit mit ihnen großen Spaß mache.

Kapitel 13

Strahlend und mit geröteten Wangen betrat sie das Café. Sie hatte sich verspätet, doch Robert war nirgends zu sehen.

»Frau Stein?« Eine Kellnerin näherte sich mit einem Tablett, auf dem ein weißer Umschlag lag. »Für Sie wurde ein Brief abgegeben.«

13. 9. 35

Geliebte Ruth,
Du weißt, ich kann Dich nicht zu Hause besuchen, und
unsere gemeinsame Freundin ist bereits nach Berlin abgereist.

So war ich gezwungen, Dir meinen Brief im Café zu hinterlassen. Verzeih mir.

Ich bin sicher, wenn Du zu unserer Verabredung kommst, dann nur, um mir zu sagen, dass Du Deinen Mann nicht verlassen kannst. Ich kenne Dich. Dich plagen Schuldgefühle und verhindern, dass Du handelst. Aber wenn das Unvorstellbare geschehen ist und Du ihn verlassen hast, bin ich sicher, dass Du ihn zurückbekommst, wenn Du es willst. Ich rate Dir, überlege es Dir zweimal.

Ich schreibe diesen Brief nach vier Tagen, die ich ohne Drogen und Alkohol in einem Zustand erbarmungsloser Klarheit in meiner Wohnung verbracht habe und in denen ich versuchte, unsere Beziehung so zu sehen, wie sie ist. Bis ins Detail rekonstruierte ich unsere letzte Begegnung und verstand plötzlich, dass Dein Spiel viel böser war als meines. Nur scheinbar hattest Du recht, als Du sagtest, wir hätten einander schon Schlimmeres zugefügt. Doch Deine Worte über meine Entlassung haben den Bogen überspannt. Da sie glaubwürdig klangen, waren sie besonders grausam. Werden jetzt nicht täglich Juden entlassen?

Zweieinhalb Jahre lang, die schönsten meines Lebens, war ich ein Sklave Deiner knapp bemessenen Zeit. Die Gleichheit, die wir beschworen, war Illusion. Immer war ich in der Position dessen, der verfügbar sein musste. Ich beschuldige Dich nicht, und vielleicht wäre ich bereit gewesen, so weiterzumachen und den Preis für meinen verletzten Stolz zu bezahlen. Doch in diesen vier Tagen, in denen ich versuchte, Dich als Lebensgefährtin, nicht als Geliebte zu sehen, verstand ich, dass eine solche Verbindung unmöglich ist. Für Frauen wie Dich verliert ein Liebhaber, der zum Ehemann wird, seinen Reiz. Sagtest Du nicht, Du schöpfst Deine Lebenskraft aus Deinen Geliebten, nicht aus einer festen Beziehung? Ich kann Dich verstehen. Den Geliebten erlebt man in Hochform, voller

Poesie und Inspiration. Er verbirgt seinen Charakter hinter seinen Talenten und beißt die Zähne zusammen, um die unappetitlichen Aspekte seiner Körperlichkeit nicht zu zeigen. Würdest Du es hinnehmen, wenn sich die goldene Karosse als Kürbis mit faulen Stellen entpuppt? Du kennst mich nur als Produkt Deiner Fantasie, als unterhaltsamen Freund, der von der Gewöhnlichkeit der Welt unberührt ist. Ich trinke immer Champagner, verderbe mir nicht den Magen und habe weder Blähungen noch Sodbrennen. Der Unterschied zwischen einem Geliebten und einem Lebensgefährten ist die Tatsache, dass der Geliebte heimlich tut, was sich der Lebensgefährte offen traut. Der einzige Vorteil, den der Geliebte hat, ist, dass er im besten Fall nicht betrogen wird. Aber was erwartet den Geliebten, wenn er zum Lebensgefährten wird?

Grünäugige Eifersucht verwandelt das Paradies in eine Hölle, Ruth. Heute weiß ich: Wenn ich ständig mit Dir zusammen wäre, hätte meine Eifersucht nichts Erregendes mehr wie damals, als ich der Assistent Deines Mannes war und er mit dem Blick des Siegers auf mich herabschaute. Vielleicht hast Du mich immer belogen. Erinnerst Du Dich an den Kunststudenten? Eines Tages beichtetest Du, Du hättest einen Kunststudenten geküsst, aber eine Woche später schienst Du die Sache zu bereuen und behauptetest, Du hättest mich nur ärgern wollen, und in Wirklichkeit sei überhaupt nichts geschehen. Es verging eine weitere Woche, und plötzlich sagtest Du, Du hättest den Studenten nicht nur geküsst, sondern auch mit ihm geschlafen, und zwar an dem Tag, an dem Du mir hattest ausrichten lassen, wir könnten uns wegen einer Familienangelegenheit nicht sehen. Eine Woche später besannst Du Dich und schworst, die ganze Geschichte sei erfunden, Du hättest nie etwas mit einem Kunststudenten gehabt. Die Wahrheit werde ich nie erfahren – nicht weil ich Dich jetzt verlasse, sondern weil hinter Deinen aufrichtigen Blicken immer ein manipulativer Geist flackert. Bei Dir ist alles dop-

pelbödig und mit unterschwelligen Absichten durchsetzt. Lass es mich deutlich sagen, Ruth: Du bist die größte Liebe meines Lebens, aber ich habe kein Vertrauen zu Dir. Und Vertrauen ist die Grundlage jeder Gemeinschaft. Wenn Du nun einwendest, Du könntest das Gleiche von mir sagen, widerspreche ich nicht – Du hast das Recht, so zu denken.

Der ewige Kampf hat mich erschöpft – die Furcht, bei einer Schwäche ertappt zu werden, und die ängstliche Erwartung, dass der heilige Proporz zerbricht. Keiner wollte auf den Sieg verzichten und sein Herz in die Hände des anderen legen. Aus gutem Grund.

Wenn ich von Dir gesunden will, brauche ich eine dramatische Veränderung – eine Veränderung auf Deinem Niveau. Vielleicht ist es Ironie, dass mir das traurige Geschehen in Deutschland hilft. Herrschten andere Zeiten und drohte mir keine Entlassung, hätte ich vielleicht nicht die Kraft, diesen Schritt zu tun. Ist es nicht seltsam, dass wir in zweieinhalb Jahren nie über unsere jüdische Herkunft gesprochen haben? War sie selbstverständlich oder zu schwierig für uns? ... Ich werde mich nach Palästina einschiffen. Ich habe jemanden getroffen, der von dort kam und mir Dinge erzählte, über die ich kaum etwas wusste. Dort soll ein Staat entstehen. Europa ist alt und müde, aber in Palästina herrscht die Euphorie des Neubeginns; Hässlichkeit und Ekel sind noch nicht erwacht. Bei null anfangen – ist das nicht der Traum jedes Wissenschaftlers? Und ist es nicht ein Privileg, an der Geburt einer neuen Gesellschaft beteiligt zu sein?

Es tut mir leid, wenn Dich mein überstürzter Aufbruch verletzt. Doch täusche ich mich, wenn ich behaupte, dass Du auch Erleichterung fühlst?

PS: Wirf diesen Umschlag nicht fort. Er enthält ein weißes Geschenk. Ich glaube, dass ich es nicht mehr brauche.

Mit glühendem Gesicht lief sie zu seinem Haus. Robert, dummer Robert, du hast nichts verstanden. Wir begehen einen unverzeihlichen Fehler. Unsere Streiterei hat unsere Beziehung verdorben, mit unseren eigenen Händen haben wir unsere Chancen zerstört. Gegen wen versündigen wir uns, wenn nicht gegen uns selbst? Mein Spiel war böser als deines, weil ich auf deine Attacken reagierte. Ich hätte längst damit aufgehört, wenn ich nicht gefürchtet hätte, mich in Gefahr zu bringen. Unser Stolz wies uns die falsche Fährte, zu Recht hast du von all dem genug. Vielleicht haben wir uns an der Versöhnung berauscht, die uns ebenso faszinierte wie der Kampf. Wie gern würde ich mich zeigen, wie ich bin und nicht wie ich glaubte, für dich sein zu müssen! Du bist der einzige Mensch, der mir wichtig ist. Ich schürte deine Eifersucht, um dich zu behalten. Ich wollte verhindern, dass die Spannung verfliegt und du Ersatz suchst. Hättest du mit mir gesprochen! Warum warst du nicht offen zu mir? Nichts täte ich lieber, als dich in Momenten der Schwäche zu stützen, und ein verdorbener Magen stört mich nicht – ich bin bei einer kranken Mutter aufgewachsen. Meine Liebe kann alles ertragen, doch ich flehe zu Gott, dass du jetzt zu Hause bist ...

»Er ist gestern Abend ausgezogen«, sagte die Hauswirtin schadenfroh. »Und wenn ich gewusst hätte, dass er Jude ist, wäre er schon früher verschwunden.«

Kapitel 14

Mit Tränen in den Augen schaute er auf Peters schlanken Arm, der den Bogen hielt, und beobachtete das Flattern seiner Muskeln. Peter spielte Elgars Cellokonzert, und die mechanischen

Klänge, die er erzeugte, stimmten Ferdi traurig. Er bemühte sich, seinen Blick nicht auf die blassen Schenkel gleiten zu lassen, die den Bauch des Cellos umschlossen. Mit aller Macht verbot er sich, das Engelsgesicht mit den trotzigen roten Lippen zu betrachten, und konzentrierte sich auf die Berührung von Bogen und Saiten. Um den Aufruhr seiner Sinne in zulässige Bahnen zu lenken, stand er auf und schnaufte wie ein strenger Maestro. »Hör zu, Peter. Das Stück ist eine Elegie über die Vergänglichkeit der Schönheit, es handelt von der Liebe des Menschen zum Leben. Nach dem Schmerzensschrei kommt der Zorn, das Forte, und das ganze Orchester stimmt ein. Doch wird die Verzweiflung nur angedeutet, du darfst nicht sentimental werden. Genau das ist das Problem – wir lassen uns gern von Gefühlen mitreißen.« Er schaute in Peters Gesicht, doch der Junge saß wie erstarrt da. »Denkst du nicht auch so, Peter?«, fragte Ferdi mit rauer, unerbittlicher Stimme.

»Ja«, antwortete der Junge zaghaft.

»Was heißt *ja?*«, rief Ferdi berauscht von der Macht, die ihm ausnahmsweise zufiel. Das Wunder der Schöpfung lag in seiner Hand und sträubte sich.

»Was Sie gesagt haben ...«

Ferdi fuhr zusammen. »Verzeih, Peter! Ich wollte dich nicht erschrecken. Du bist ein feiner Kerl. Entschuldige, dass ich dich mit meinen Theorien langweile und dass ich –«

»Ich glaube, die Stunde ist zu Ende«, stammelte der Junge, doch Ferdi konnte ihn nicht gehen lassen, ehe die Situation nicht bereinigt war. »Warte und hör mir zu. Wusstest du, dass ich fast zum Zirkus gegangen wäre? Ich kann auf den Händen gehen.«

Er holte aus, schwang sich auf seine Hände und wankte kopfüber durchs Zimmer. Seine dünnen Arme trugen ihn nur mit Mühe, sein Gesicht lief rot an, und die Adern seiner Stirn quollen hervor. Doch Ferdi gab nicht auf und steuerte direkt auf den Jungen zu, der erschrocken in Mirjams Arme flüchtete. Mirjam stand in der Tür und schaute der Szene mit hochgezogenen Brauen zu. Ferdi bemerkte sie nicht und bellte wie ein junger Hund. Als Mirjam seinen Namen rief, verlor er das Gleichgewicht und fiel zu Boden. Der Junge verbeugte sich flüchtig und rannte aus der Wohnung.

»Es tut so weh«, jammerte Ferdi, um Mirjams Zorn abzulenken. »Ich kann nicht aufstehen, mein Fuß ist gebrochen.«

»Was geht hier vor, Ferdi?«, fragte Mirjam unbeirrt.

»Es war nur ein Spiel. Ich habe ihn mit Musiktheorie gelangweilt, aber er ist noch zu jung dafür. Daher wollte ich ihn ein wenig unterhalten.«

»Weshalb ist er vor dir geflohen?«

Ruth kam ins Zimmer, und Ferdi lief zu ihr, um ihr seine Version des Vorfalls zu erzählen. Mirjam sah ihn böse an. »Geh in dein Zimmer, Ferdi. Ich möchte mit Ruth allein sprechen.«

»Aber ich will nicht, dass du über mich Dinge erzählst, die nicht wahr sind.«

»Geh bitte in dein Zimmer!«

Knurrend verließ er den Raum und schlug die Tür zu.

»Ich schicke ihn in die Klinik von Doktor Stern«, sagte Mirjam entschlossen.

»In die Irrenanstalt?«, rief Ruth entsetzt. »Man wird ihn dort festbinden.«

»Er ist krank und braucht Pflege.«

»Er ist nicht krank, sondern kindisch. Was ist schon passiert?«

»Peter ist vor ihm geflohen!«

»Der ist dumm wie seine Mutter.«

»Du verteidigst Ferdi, um das Problem beiseitezuschieben. Du weigerst dich, dich damit zu befassen, weil es nicht um dich geht.«

»Das ist nicht wahr«, sagte Ruth gekränkt.

Mirjam schaute sie an. »Weißt du, was die Strafe für deine Blindheit ist, Ruth? Ein grausames Erwachen.«

Wie ein gehetztes Tier stand Ferdi im Korridor und wartete auf seine Schwester. Er wollte ihr alles erklären, aber sie beachtete ihn nicht.

»Titi«, rief er.
»Ich habe Kopfschmerzen und muss an die frische Luft.«
»Darf ich dich begleiten?«
»Nein.«
»Warum nicht?«
»Ich will allein sein.«
»Titi«, jammerte Ferdi, als sich die Tür hinter ihr schloss.

Ein launischer Herbstwind wehte in den Straßen. In goldbraunen Schwärmen fielen die Blätter. Ruth hatte keinen Mantel mitgenommen und versuchte, an etwas zu denken, das sie ablenkte. Doch eine düstere Last blockierte nicht nur ihre Fantasie, sondern auch ihre Tränen. So lehnte sie sich an das Brückengeländer und gab sich dem Wind hin, der sie einlud, mit ihm zu spielen. Mirjams Worte hatten den letzten Anstoß gegeben – all das war nicht länger zu ertragen! An allen Fronten wurde ihre Schwäche ausgenutzt. Otto gab sich mürrisch und streng; alle Versuche, das alte Leben wiederherzustellen, scheiterten an seinem Unwillen. Und Anuschka, das eigentliche Opfer, reizte sie ununterbrochen mit ihrer Aufsässigkeit. Ganz zu schweigen von Ferdi … Sie betrachtete den schäumenden Fluss, der sie boshaft angrinste, und ärgerte sich, weil sie wieder einmal unfähig war, einen Plan in die Tat umzusetzen.

Wie viel Opium bräuchte sie, um all dem zu entfliehen und zu dem sterilen Feld zu gelangen, auf dem leuchtende Bilder sprossen? Wenn sie bloß wüsste, wo sie die rettende Droge bekam. Sascha und Robert waren ihre einzige Verbindung zum Drogenmilieu. Sie selbst kannte sich nicht aus und war wie immer auf die Hilfe Fremder angewiesen.

Schließlich fiel ihr eine kleine Bar auf der anderen Seite des Flusses ein, zu der sie Robert manchmal begleitet hatte. Der Wind blies in ihr Gesicht, als wolle er sie vor einem Fehler bewahren, doch das dringende Verlangen verlieh ihr Kraft, und sie überquerte die Brücke. Plötzlich drehte der Wind und schloss sich dem Abenteuer an. Als sie sich der Bar näherten, pfiff er wie eine Lokomotive, die glücklich ihr Ziel erreicht.

Mit zerzaustem Haar und unordentlicher Kleidung betrat sie den schummrigen Raum. Im rötlichen Licht saßen Männer, die lange Schatten an die Wände warfen. Als sie Ruth sahen, verstummten sie. Sie blieb im Eingang stehen, doch Dutzende Blicke forderten sie heraus. Sie wollte umkehren, aber die Situation erregte sie, und ihre Neugier besiegte die Furcht. Aufrecht und mit langsamen Schritten ging sie zum Tresen. In der bedrohlichen Stille war nur das Rascheln ihres Satinrocks zu hören. Sie setzte sich auf einen Hocker und schlug ihre langen Beine übereinander. »Einen doppelten Wodka«, sagte sie zum Barmann und nahm eine Zigarette. Es war totenstill, nur hin und wieder knarrte ein Stuhl. Die Luft schien zum Schneiden. Ihre Seidenbluse, die der Wind geöffnet hatte, entblößte ihre elfenbeinfarbene Haut. Sie war wie das Gold, das Bergleute in einer dunklen Mine entdecken. Schweiß trat auf raue Stirnen, und Finger lösten nervös den oberen Hemdknopf. Mit fliegendem Haar, das Gold versprühte, drehte sie sich um und sagte: »Guten Abend allerseits.«

Ein junger Mann mit einem Schmiss auf der rechten Wange kam an den Tresen und fragte, ob er sich zu ihr setzen dürfe. Seine Stimme war überraschend hoch und passte nicht zu seinem Auftreten. »Bitte«, antwortete Ruth. Er zündete sich eine

Zigarette an und fragte: »Was sucht eine vornehme Frau wie Sie in diesem Lokal?« Sein Akzent verriet, dass er aus Bayern war.

»Opium«, flüsterte sie, ohne den Blick von ihm zu wenden.

Er schien ihre Antwort verdauen zu müssen. »... und was sind Sie bereit zu geben?«

»Geld.«

Er nahm einen kräftigen Schluck aus seinem Bierkrug. »Vielleicht gibt es noch andere Spiele, die Sie ausprobieren wollen.«

»Welche?«

Er legte zögernd die Hand auf ihren Schenkel. Da sie ihn nicht zurückwies, schlüpften seine kurzen Finger unter den Rock und strichen über ihren Strumpf.

»Erst das Opium«, sagte Ruth. Er lächelte und presste seine Finger in ihr Fleisch, als sei das Geschäft besiegelt.

Der Schmerz ließ sie erwachen. »Ich muss gehen«, sagte sie heiser und stand auf.

»Wollen Sie nicht spielen?«, fragte der Bayer und fasste ihren Arm.

»Ich muss gehen«, wiederholte sie erschrocken.

»Erlauben Sie, dass ich Sie hinausbegleite?« Ohne seinen Griff zu lockern, schob er sie zum Ausgang und warf einen triumphierenden Blick in die Runde. Da er einen Moment abgelenkt war, befreite sich Ruth und floh. Auf der Straße empfing sie der Wind wie ein treuer Begleiter. Doch konnte er gegen den Bayern nichts ausrichten. Der verzichtete nicht auf das Festmahl und griff brutal ihren Arm. Er schien es zu genießen, sich an der Angehörigen einer höheren Klasse zu rächen.

Wütend stieß er sie gegen eine Mauer und keuchte in ihr Ohr: »Warum läufst du weg? Willst du nicht mehr mit mir spielen?«

Die Furcht verlieh Ruth ungeahnte Kräfte. Sie trat zwischen seine Beine, und er sank jaulend auf den Bürgersteig. Wie ein Pfeil überließ sie sich dem Wind und gelangte zur Brücke. Doch als sie mitten über dem Fluss war, hörte sie Schritte, die sich von hinten näherten. Gleich würde er sie fangen und sich doppelt rächen! Die Panik lähmte ihre Glieder, ihre Füße trugen sie nicht mehr. Der Kampf war verloren, und Ruth ergab sich.

Noch im Schlaf hörte sie Ottos und Mirjams Stimme. Um Zeit zu gewinnen, öffnete sie die Augen nur einen Spalt und sah die versteinerten Gesichter ihrer Angehörigen, die den Polizisten fragten, was sie nachts auf der Brücke getan habe. Er könne es nicht sagen, erklärte der Beamte, es sei nicht seine Aufgabe, dem nachzugehen. Auf seinem nächtlichen Rundgang habe er eine junge Frau gesehen, die zum Fluss lief. Da er glaubte, sie würde sich von der Brücke stürzen, sei er ihr gefolgt, aber plötzlich sei sie zusammengebrochen. Dann habe er ein Auto angehalten und sie ins Krankenhaus gebracht. »Machen Sie sich keine Sorgen«, fügte die Schwester hinzu, »die Patientin ist nur leicht verletzt.« Am wichtigsten sei es, dass sie ihr Bewusstsein wiedererlangt habe und schlafe.

Hinter geschlossenen Lidern versuchte Ruth eine Geschichte zu erfinden, die glaubwürdig klang und ihr ein wenig Mitleid einbrachte. Doch Ottos durchdringender Blick störte sie.

»Lassen Sie sie ruhen«, sagte die Schwester, »es gibt kein besseres Mittel als Schlaf.«

Als Otto und Mirjam hinausgingen, bat Ruth die Schwester, ihr einen Spiegel zu bringen. Beim Anblick der zerkratzten Haut und der aufgerissenen Lippe heulte sie nicht allein über ihren Zustand, sondern auch über ihre Taten. Wie Zeugen in einem Prozess lebten die Bilder des vergangenen Abends von Neuem auf. Die Erinnerung an den Mann aus der Bar verlieh ihrem Kummer einen dunklen, atemlosen Ton. »Sie brauchen sich keine Sorgen zu machen, es bleiben keine Narben zurück«, sagte die Schwester, die glaubte, ihre schöne Patientin weine um die verlorene Quelle ihrer Kraft.

Die freundlichen Worte machten Ruth noch verzweifelter. Schluchzend erklärte sie ihrer Retterin, ihr stehe kein Mitgefühl zu, denn sie sei ein verdorbenes Wesen, das nicht einmal das Licht des Tages verdient habe. »Still, Frau Stein, es wird alles gut. Sie werden sehen, in einer Woche sind Sie so schön wie eh und je.«

Ruths Tränen riefen den Arzt herbei. Er setzte sich neben sie und fragte sanft: »Wie kann ich Ihnen helfen, Frau Stein?«

Plötzlich verstand sie, dass sie sich im Krankenhaus befand, einer Hochburg der Drogen. Vielleicht war die schreckliche Nacht nicht umsonst gewesen. Sie schluckte ihre Tränen herunter, tastete nach der Hand des Arztes und hauchte: »Doktor, ich habe furchtbare Schmerzen. Können Sie mir Opium oder Morphium geben?«

Bevor Ruth in den ersehnten Zustand des Vergessens eintauchte, nahm die Geschichte Gestalt an, die sie tags darauf ihrer Familie erzählen würde – ein weiteres Märchen im Lügenschatz, der das Fundament ihrer Existenz bildete. Mörderische Kopfschmerzen hätten sie zu dem unverantwortlichen nächtlichen Ausflug getrieben. Sie habe nicht darauf geachtet, wohin ihre Füße sie trugen, und als sie plötzlich Schritte hörte, sei sie gestolpert und aufs Pflaster geschlagen. Natürlich bedaure sie den Kummer, den sie ihnen bereitet habe.

Doch wahrscheinlich hätte niemand Mitleid mit ihr.

Kapitel 15

Vergeblich drückte Anuschka ihre Lider zu und versuchte, die Fäden des Schlafs nicht zerreißen zu lassen. Als sie die Augen öffnete, hoffte sie, dass es schon hell wäre, aber die Nacht schien auf dem Höhepunkt angelangt. Es dauerte eine Weile, bis sie begriff, dass sie aus einem verspäteten Nachmittagsschlaf erwacht war. Sie stand auf und lugte in den Flur – das Wohnzimmer lag still und dunkel. »Ferdi. Mirjam. Mama. Papa«, rief Anuschka, doch nur ihr einsames Echo schallte zurück. Sie lief ins Schlafzimmer ihrer Eltern, das einer finsteren Höhle glich, und näherte sich dem Bett des Vaters. Ihre Mutter durfte sie nur im Notfall stören, denn wenn sie erwachte, konnte sie nicht wieder einschlafen. Da das Bett der Eltern leer war, lief sie ins Dachgeschoss zu Onkel Ferdis Zimmer, doch auch dort war keiner. Selbst Tante Mirjam war verschwunden. Ein kaltes, boshaftes Schweigen erfüllte das Haus.

Plötzlich erstrahlte festliches Licht. Der grüne Vorhang des Esszimmers flog auf, und mit Luftschlangen und bunten Hüten stürzte ihre Familie auf sie zu und gratulierte ihr zum Geburtstag.

Vor Schrecken begann Anuschka zu weinen, nicht einmal Ferdi konnte sie beruhigen. Unter den Erwachsenen entbrannte ein Streit um die »alberne Überraschung«, die sich Ruth und Ferdi ausgedacht hatten.

Anuschka fühlte sich schuldig – als wäre sie ein Baby, das bei jedem Anlass heult. »Bitte, hör auf zu weinen«, flehten die Erwachsenen und führten sie zu den Geschenken, um den Zwischenfall schnell zu beenden. Beim Anblick der vielen bunten Schachteln vergaß Anuschka ihre Tränen. Als sie alle Geschenke ausgepackt hatte, eilte Ferdi zum Sofa und holte einen großen Karton hervor. »Das ist von Onkel Ferdi für die süßeste Nichte aller sieben Galaxien.«

Sie öffneten den Karton, und ein seltsames Gefährt mit nur einem Rad kam zum Vorschein. Anuschka glaubte, das Geschenk sei beschädigt, doch ihre Mutter rief lachend: »Sieh nur, ein Einrad!« Anuschka stieß einen Freudenschrei aus, aber wie üblich verdarb Tante Mirjam die gute Laune: »Es sollte ein Geschenk für Anuschka sein, nicht für dich, Ferdi.«

»Es *ist* für Anuschka«, entgegnete er.

»Aber sie braucht kein Einrad«, wandte Mirjam ein.

»Doch, das brauche ich!«, rief Anuschka, um ihren Onkel zu unterstützen. Aber Mirjam duldete keinen Widerspruch und entschied: »Niemand braucht so ein Ding.«

»Auch du solltest es mal probieren«, murmelte Ferdi, und Anuschka lachte, als sie sich Tante Mirjam auf dem seltsamen Rad vorstellte.

Mirjam schaute ihren Neffen an. In ihrem Blick lag jene Mischung aus Strenge und Nachsicht, mit der sie stets auf seine zweifelhaften Einfälle reagierte. »Wenn du wirklich das Talent zum Akrobaten hättest, hätten wir dich gefördert –«

»Ich habe Talent«, rief er, »ohne dich wäre ich längst ein berühmter Clown.«

»Du bist Lehrer, kein Clown, Ferdi. Jeder sollte das tun, was er am besten kann.«

»Genug!«, unterbrach Ruth den alten Streit und rief aufgeregt wie vor einer Premiere: »Jetzt beginnt der künstlerische Teil des Abends.« Ferdi ging zum Zauberkasten, dessen Inhalt seit Langem nicht erneuert worden war, setzte die rote Pappnase und den Zylinder auf und zog abgewetzte Spielkarten hervor. Anuschka stieß einen Freudenschrei aus. Mit einer Hand fächerte Ferdi die Karten auf, mit der anderen hielt er den Zauberstab und gab Anuschka das Zeichen, die magische Formel zu sprechen: »Abrakadabra, ich rate, was geschieht.

Abrakadabra, die Karten fangen an zu brennen.« Mit einem Jauchzer begrüßte das Mädchen die winzige Flamme, die der Onkel entfachte. Zum Zeichen der Versöhnung entzündete Mirjam eine Zigarette daran.

Nach einem weiteren Glas Wein und zwei Zugaben endete das Programm, und Ferdi legte eine Schallplatte auf. Ruth nahm seine Hand, und sie tanzten Charleston. Otto und Mirjam schauten wohlwollend zu. Anuschka ahmte die Bewegungen der Tänzer nach, und statt zu schimpfen, erklärte ihr ihre Mutter die Schritte. Je ausgelassener die Stimmung wurde, umso sehnlicher wünschte sich Anuschka, die feindlichen Lager zu versöhnen. Sie legte die Hände ihres Vaters auf die Hüften ihrer Mutter und führte Tante Mirjam zu Onkel Ferdi. Und alle ließen sie freudig gewähren. Otto watschelte wie eine Ente, und Mirjam stampfte wie ein Elefant. Anuschka lachte und lachte, bis ihr Tränen in die Augen stiegen.

Sie bedauerte nur, dass sie Ferdi später nicht erzählen konnte, wie schön der Abend gewesen war, denn er nahm selbst daran teil. Ihr Vater wirbelte ihre Mutter durch die Luft, und sie schrie vor Freude und nicht vor Wut. Um den harmonischen Augenblick einzufangen, lief Anuschka zu ihnen, und sie nahmen sie in die Arme und drückten sie fest. Endlich waren sie vereint! Zum Abschluss des Abends bildeten die Erwachsenen einen Kreis, als spielten sie Sonne und Planeten. Die Erwachsenen tanzten einen Reigen und sangen, und Anuschka drehte sich in ihrer Mitte. Als das Lied zu Ende war, warfen sie Anuschka in die Luft. »Wenn die Welt jetzt stehen bleibt …«, dachte die Kleine verzückt.

Wieder war es Mirjam, die die Freude zerstörte. »Ich muss euch etwas mitteilen«, sagte sie und schaltete die Musik aus.

»Aber nichts Böses«, bat Ruth und blickte zu ihrer Tochter.

»Selbstverständlich«, entgegnete Mirjam kühl, »in diesem Haus wird nie von dem gesprochen, was draußen vor sich geht. Doch ich nehme an, das geschieht aus Unwissenheit und nicht aus Dummheit, denn gegen Unwissenheit kann man etwas unternehmen, gegen Dummheit nicht. Es wird Zeit, dass euch jemand die Augen öffnet und auf die drohende Katastrophe hinweist. Das Privileg zu sagen: ›Später, Mirjam‹, gibt es nicht mehr ... Du bleibst hier!«, rief sie, als sie sah, dass sich Ferdi davonstahl. Widerwillig kehrte er um und beschloss, ihr nicht zuzuhören.

»Mirjam, du übertreibst«, sagte Otto, »wir sind weder unwissend noch dumm. Das Wort Katastrophe passt besser zu Astrophysikern und Theaterleuten.«

»Hast du nicht angedeutet, dass die Nazis euch Forschungsergebnisse vorschreiben, um ihre Rassentheorie zu begründen? Wenn das keine Katastrophe ist!«

»Was willst du uns sagen, Mirjam?«, fragte Ruth eindringlich.

»Ich weiß nicht, wie ich mich ausdrücken soll«, antwortete Mirjam und setzte sich. »Ich habe vier Visa für Palästina, und nächsten Mittwochabend geht ein Schiff von Triest.«

Als Erster überwand Ferdi seine Sprachlosigkeit. »Ich fahre nirgendwohin, schon gar nicht nach Palästina.«

»Ach, du fährst, wohin man dir sagt.«

»Nein!«, schrie er und stampfte mit dem Fuß auf. Er wollte nicht länger feige und schwach sein. »Hör auf mit deinem ewigen ›ach‹. Ich akzeptiere nicht —«

Mit einer Handbewegung gebot ihm Otto zu schweigen. »Das ist absurd, Mirjam. Weshalb hast du nicht mit mir gesprochen?«

»Ich habe es versucht, aber du wolltest nicht hören. Weißt du, was ich stattdessen tat? Ich schrieb an deinen Vater, der antwortete, selbst er könne dich bei der nächsten Entlassungswelle nicht schützen. Nur seine Krankheit hält ihn noch hier.«

»Das hat er geschrieben?« Die Erwähnung seines Vaters tat

ihre Wirkung. Er zog die Mundwinkel herab, und seine Wangen wölbten sich wie graue Austern.

»Frag ihn selbst, wenn du mir nicht glaubst«, sagte Mirjam.

»Aber warum nach Palästina? In meiner Position finde ich an jeder europäischen Hochschule einen Posten.«

»Weil sich alle Länder abschotten und nur Palästina bleibt. Und auch dort wollen die Briten die Grenzen schließen.«

Ruth hörte nicht mehr zu. Palästina war ein Synonym für Robert, ein Arkadien inmitten der Wüste, ein Himmel auf Erden, obwohl sie keine Zionistin war.

Im Gegensatz zu den anderen begrüßte sie Mirjams Plan. Endlich ging der alte Kampf um ein neues Leben weiter.

Seit Roberts Bekenntnis vor Sascha las sie wie ein Archivar die Splitter der vom Stolz zerstörten Vergangenheit auf und fügte sie in einem Tagebuch zusammen. Jedes Mal nahm sie sich ein anderes Bruchstück vor und betrachtete es von allen Seiten. Die Erinnerung zeigte sich gnädig und leuchtete in tausend Facetten, die sie für die Realität entschädigten.

Und plötzlich, auf dem Höhepunkt der Feier, bei der sie eine ganze Flasche Wein trank, um Fröhlichkeit vorzutäuschen, baumelte ein rettender Strick über ihr. Er stammte nicht aus ihrer Fantasie, sondern aus der feindlichen Wirklichkeit, und sie brauchte kein schlechtes Gewissen zu haben, denn diesmal führte keine Intrige die Wende herbei.

Sie setzte sich auf die Lehne des Sessels und streichelte Ottos Nacken. »Mirjam hat recht, Ottolein. Früher oder später müssen wir gehen.«

»Nicht nach Palästina!«

»Was ist schlecht daran?«

»Palästina widerspricht meinen Grundsätzen.«

»Inwiefern?«, fragte sie und stellte sich auf einen langen Vortrag ein.

»Die Idee vom Judenstaat passt nicht in unsere Zeit. Der

Zionismus gehört zur kolonialistischen Gedankenwelt des neunzehnten Jahrhunderts. Indem man die Juden in Quarantäne schickt, trägt man zur Verbreitung der Seuche bei. Man isoliert den Kranken, aber der Erreger wird nicht bekämpft. Die einzige Therapie wäre, hier zu bleiben und zu gesunden.«

»Europa ist ausgelaugt und müde, aber dort findet ein Neubeginn statt. Aus nichts entsteht etwas – ist es nicht der Traum eines jeden Wissenschaftlers, bei so etwas dabei zu sein? Schau, wie viele berühmte Professoren bereits dort sind. Palästina ist ein Treibhaus für Intellektuelle. Du kannst an der Hochschule eine neue Abteilung aufbauen, du musst nur flexibel sein. Ich weiß, wie schwer dir das fällt, doch verschanze dich nicht, Ottolein, öffne dich. Wäre ein Neuanfang nicht für uns alle das Beste?«

»Was ist los? Warum bist du plötzlich Feuer und Flamme?«

»Begreifen und Entscheiden sind Dinge, die bei mir gleichzeitig geschehen«, erklärte Ruth und ignorierte Ferdis Stirnrunzeln. »Ich weiß, dass wir fortgehen, also denke ich an die Vorteile, die uns das bringt.«

Ihr Bruder schnaubte verächtlich.

»Nehmen wir an, wir fahren wirklich …«, begann Otto zögernd. »Wovon sollen wir leben?«

Alle schwiegen, nur Mirjams Blick verriet das Komplott.

»Glaubt nicht, ich nehme von Hansi Geld an«, rief Otto. »Lieber arbeite ich als Straßenfeger.«

»Es ist ein Kredit, kein Geschenk, Otto. Wenn sich die Situation entspannt hat, zahlst du ihm alles zurück. Er hat euch eine Wohnung in Tel Aviv beschafft, in einem Haus, das er selbst gebaut hat. Es kostet fast nichts. Wenn du ihn nicht sehen willst, werdet ihr euch nicht begegnen, denn er wohnt in einem anderen Haus und erfüllt nur seine familiäre Pflicht.«

»Wer Geld annimmt, ist nicht frei. Hansi weiß das. Bei ihm ist alles Berechnung, so war er schon immer.«

Ruth fürchtete, dass sie zum Ausgangspunkt zurückkehrten. Wenn es um seinen Bruder ging, erwachte in Otto eine alte Wut, in die sich Verachtung, Eifersucht und Geiz mischten, jene schlechten Gefühle, die vor der Tür aller kranken Familien lauern. Eigentlich müsste nicht Otto, sondern Hansi so empfinden, dachte Ruth zornig. Der Hochmut ihres Mannes verletzte ihren schwach entwickelten Gerechtigkeitssinn. Es war höchste Zeit, dass jemand seinen Widerwillen brach, nicht mit Schmeichelei, sondern mit einem gnadenlosen Angriff.

»Schämst du dich nicht, Otto? Siehst du nicht, dass du undankbar bist?«

»Ich will über meinen Bruder nicht sprechen, das weißt du genau.«

»Welches Verbrechen hat er begangen, dass du bei der Erwähnung seines Namens allen Anstand vergisst? Vielleicht stört er das Bild eurer Familie und wird euren moralischen Ansprüchen nicht gerecht, aber rechtfertigte das, ihn zu verraten und auf die Straße zu setzen?«

»Niemand hat ihn auf die Straße gesetzt.«

»Wie Müll habt ihr ihn weggeworfen, Otto. Er missfiel euch, und ihr wolltet ihn loswerden. Du als Anhänger der Vernunft gestattest deinen Trieben, Macht über dich zu gewinnen? Bist du wie ich? Forsche nach den Gründen für deinen Hass. In deinem Elternhaus gibt es ein Geheimnis, das ich nicht kenne.«

»Nein«, sagte Otto leise, »nur seine Art ist mir unangenehm.«

»Du solltest dich schämen.«

Er legte die Hände ineinander und blickte betroffen zu Boden.

»Verzeiht, dass ich auch noch da bin«, platzte Ferdi in das Schweigen hinein. »Ich nehme nicht hin, dass mir nie jemand zuhört.«

»Was ist, Ferdi?«, fragte Ruth sanft, doch plötzlich erinnerte sie sich, dass Mirjam nur vier Visa erwähnte. »Warum vier und nicht sechs?«, fragte sie und schaute ihre Tante an.

»Ihr fahrt voraus«, entgegnete Mirjam still.

Ferdi sprang auf. »Weshalb darfst *du* bleiben?«

»Weil ich meine Schwester nicht allein lassen kann.«

»Kann Tante Esther nicht mitkommen?«, fragte Ruth.

»Es gibt keine Visa für Menschen über siebzig.«

»Wie ist das möglich?«

»Nicht alle können gerettet werden, und es ist logisch, dass die Jungen wichtiger sind. Doch jetzt sind wir müde, lasst uns ein andermal weitersprechen. Die Kleine ist schon eingeschlafen, bring sie ins Bett, Ruth.«

»Ich schlafe nicht«, sagte Anuschka und richtete sich auf. »Ich habe nur gewartet, dass ihr aufhört zu schreien.« Die Augenblicke des Glücks waren unwiederbringlich verloren. Während die Erwachsenen stritten, hatte sie den Namen des Landes in vier Silben zerteilt: Pa – läs – ti – na.

»Komm auf meinen Schoß, Mädchen«, sagte Mirjam.

Anuschka kletterte auf die dicken Schenkel ihrer Tante und fragte: »Fahren wir nach Palästina oder nicht?«

»Wir fahren nicht«, antwortete Ferdi grimmig.

»O doch, das werdet ihr«, sagte Mirjam feierlich. »Palästina wird dir gefallen, liebe Anuschka. Du kannst dir nicht vorstellen, wie schön es dort ist. Palästina ähnelt einem riesigen Sandkasten.«

Teil III

Palästina, dreißiger Jahre

Kapitel 16

Atemlos und mit trockenem Mund lief sie übers Feld und wollte ihm erklären, dass er vor der falschen Frau floh. In den albernen Schuhen aus Heidelberg kam sie kaum voran. »Robert«, rief sie und fiel auf den dornigen Boden, »ich bin es – Ruth.« Doch er entfernte sich und hörte sie nicht mehr.

Otto hingegen hörte jedes Wort.
»Wer ist Robert?«
Er band seine Krawatte und warf ihr einen bösen Blick zu.
»Ich weiß nicht«, sagte sie benommen.
Weißt du es wirklich nicht?, dachte er, doch Ruth wechselte das Thema.
»Wohin gehst du so früh?«
»Ich fahre nach Jerusalem.«
»Nach Jerusalem?«
»Ja, zum Kongress.«
Er hatte nicht erwartet, dass sie sich erinnerte. Trotzdem ärgerte er sich.
»Verzeih«, sagte sie heiser, »ich bin noch nicht wach.«
»Und wann erwachst du?«
Er stand vor dem Spiegel und kämmte grimmig sein dünnes Haar.
»Ich bin spät ins Bett gegangen.«
»Aber nicht, weil du gearbeitet, sondern weil du Tagebuch geschrieben hast.«

Sein Vorwurf verletzte sie. Hatte sie kein Recht auf Freizeit? Früher hatte Mirjam den Haushalt geführt, doch nun kümmerte sich Ruth um alles – mit unbestreitbarem Erfolg. Das Haus blitzte vor Sauberkeit, und die Wäsche lag gebügelt und gefaltet im Schrank. Ganz zu schweigen von den Einkäufen, die sie ebenfalls allein erledigte. »Ich tue alles für die Familie«, rief sie. »Ferdi bringt nicht einmal das Eis. Ich möchte dich sehen, wenn du den Viertelblock heraufschleppst!« Zwar wurde das Eis von einem jungen Mann mit schönen Augen gebracht, doch ohne seine Hilfe hätte Ruth es tragen müssen. »Es scheint, als erledigten sich die Dinge von selbst. Doch damit es so aussieht, muss ich mich doppelt anstrengen.«

»Du hast aber nicht von morgens bis abends zu tun. Sicher lässt du kein Café in Tel Aviv aus.«

»Jede Tasse Kaffee, die ich mir ausnahmsweise gönne, habe ich mit Arbeit verdient.«

»Dann bitte ich um Verzeihung, Ruth.«

Die Entschuldigung weckte ihren Wunsch, sich zu versöhnen. »Anuschka hat schon Ferien. Sollen wir dich begleiten?«

»Was wollt ihr in Jerusalem?«, fragte er misstrauisch.

»Wir könnten uns die Stadt anschauen.«

»Macht euch keine Umstände.«

Ruth war erleichtert, denn eine Busfahrt im Sommer war wie ein Ausflug in die Hölle. Trotzdem hatte sie plötzlich Lust, Otto zu reizen.

»Willst du Frühstück?«, fragte sie, obwohl sie wusste, dass er schon gegessen hatte.

»Nein«, entgegnete er.

»Wirklich nicht?«

»Nein«, schrie er, »ich will nichts!«

Müde schloss sie die Augen. »Du bist ausstehlich, Otto, weißt du das?«

Er wusste es, doch er hatte keine Kraft, darüber nachzudenken. Seit ihrer Ankunft in diesem hitzigen Land missbrauchte er seine Frau, um sich abzureagieren. Die Trennung von seiner stillen, klugen Professorin machte ihn aggressiv, vor allem seit klar war, dass ihm beruflich kaum eine Chance blieb. Zwar hatte er eine halbe Stelle an der Hebräischen Universität, doch man warf ihm vor, ein Sektierer zu sein. Niemand respektierte seine Fähigkeiten wie in Heidelberg. Als hätte sein Antizionismus einen Einfluss auf den Aufbau von Hämoglobin! Die letzten Tage waren besonders qualvoll gewesen, da der Kongress, an dessen Organisation er beteiligt war, mit einer Panne begann, für die er keine Verantwortung trug. Die Sekretärin, die fast so dumm wie der Dekan war, hatte die Daten verwechselt; so erschienen die Engländer nicht zur Eröffnung. Die Deutschen nahmen ohnehin nicht teil, und der Kongress verwandelte sich in eine unbedeutende, provinzielle Veranstaltung.

»Wo ist mein Hut?«
»Auf deinem Kopf. Viel Glück, Otto!«

Er verabschiedete sich gereizt und ging. Ruth atmete auf und wandte sich dem neuen Tag zu. Er würde anstrengend und öde sein, doch das war besser, als die saure Miene ihres Mannes zu ertragen. Von fern hörte sie die Melodie, die sie morgens weckte und nachts in den Schlaf sang – die Hoffnung, dass der anbrechende Tag sie endlich zu Robert führen würde.

Kapitel 17

2. Oktober 1936

Liebste Tante Mirjam,
alles entwickelt sich langsam, hier genau wie draußen in der Welt. Palästina ist nicht minder verrückt als Europa. Die Juden sind arrogant und pathetisch und benehmen sich, als gälten nur ihre Belange. Und die Araber sind wie Ferdi: in ihrem Stolz verletzt und nie zum Nachgeben bereit. Sie lehnen jede Lösung ab, um die Quelle ihrer Macht nicht zu verlieren – das Gefühl der Benachteiligung schürt ihren Zorn. Die Briten wiederum ähneln einer Kindergärtnerin, die den Überblick verloren hat. Jeden Tag erfinden sie neue Regeln, die ihre streitlustigen Kinder noch aufsässiger machen. Falls Du Dich wunderst, woher meine Kenntnisse über Politik rühren: Ich habe nicht begonnen, Zeitung zu lesen. Hier wird überall diskutiert, als wäre jeder Premierminister, und du wirst hineingezogen, ob du willst oder nicht.

Ich werde nicht wieder mit meinen Erfolgen im Haushalt prahlen, was Du mir zu Recht auf Deine typische Art vorwarfst (»man braucht nicht Shakespeare zu sein, um eine gute Hausfrau zu werden«). Ich will Dir nur sagen, dass sich Deine Theorie von der Arbeit als Therapie für die schwache Seele als falsch erwiesen hat. Zumindest in meinem Fall. Keine Sekunde lassen mich die Pflichten im Haus meine Sorgen vergessen. Diese quälen mich, auch wenn ich die Toilette scheuere, Gulasch koche (übrigens hast Du vergessen, das Rezept aufzuschreiben) oder im Laden Labane kaufe (ein Milchprodukt mit interessantem Geschmack). Vor allem um Ferdi mache ich mir Sorgen. Tagelang kommt er nicht aus seinem Zimmer. In letzter Zeit weigert er sich sogar, Musik zu hören. Er sagt, sie verspreche Dinge, die sie nicht halte. Stattdessen liegt er im Bett und verklärt die Vergangenheit. Wien, sogar Heidelberg sind das verlorene Paradies, das er verlassen musste, und Palästina und ich sind an allem schuld. Dabei bemühe ich mich wirklich, ihm zu helfen, obwohl Du sagen würdest, was ich als Mühe bezeichne, gilt anderen als Faulheit.

Seit wir in Palästina sind (stell Dir vor, manche sprechen nicht von Auswanderung, sondern von »Aufstieg«, als wäre die Ankunft hier nicht in jeder Beziehung das Gegenteil), gebärdet sich Anuschka eigensinnig und widerborstig, als habe sie schon die hiesige Raubeinigkeit gelernt. Und der arme Otto fühlt sich wie ein Fisch, den es ans Festland verschlagen hat. Seit unserer Ankunft läuft er mit sauertöpfischer Miene herum und versprüht überall seine schlechte Laune. Sein angeborenes Misstrauen ist noch schlimmer geworden. Er sagt, die Herzlichkeit der Leute sei Lug und Trug und ihre Offenheit vulgär. Alles regt ihn auf. Selbst der Professor, der auf dem Platz Würstchen verkauft, ist ihm zu freundlich. Ich versuche ihm zu erklären, dass seine Steifheit und sein Groll nicht zum Klima in Palästina passen; er müsse weicher werden, liebenswürdiger auftreten und vor wichtigen Terminen ein Gläschen trinken. Aber wie üblich beweisen meine Vorschläge nur, dass ich es mir leicht machen will. In solchen Momenten bete ich wie Jesus: Verzeih ihnen, denn sie wissen nicht, was sie tun. Doch habe ich mit dem Beten kein Glück, bei mir wirkt es nicht.

Du erwähnst nicht, wie es Euch in Deutschland geht. Ich hoffe, dass es nichts zu berichten gibt. No news is good news. Mir scheint, die Schwarzmalerei mancher Leute erklärt sich aus ihrem Charakter. Diejenigen, die im Grunde ihres Herzens verbittert und deprimiert sind, finden im Unglück anderer Trost. Stell Dir vor, hier explodieren Granaten, und ein Ausflug nach

Jerusalem ist wie ein Frontbesuch – im Vergleich dazu geht es Euch gut. Es heißt, bald werde eine Kommission aus England eintreffen, um Ordnung zu schaffen. Aber die, die das sagen, behaupten auch, dass es keine Aussicht auf eine Lösung gibt, weil der Kampf zwischen Juden und Arabern ewig währt wie die Thora. Von der wirtschaftlichen Lage will ich gar nicht erst anfangen, jeder Zweite ist arbeitslos. Ohne Hansi müssten wir allein von Ottos halber Stelle an der Hochschule leben.

Hansi ist mein einziger Trost, meine Klagemauer. Noch nie hatte ich einen Freund wie ihn. Er ist das Gegenteil von Otto. Kaum zu glauben, dass sie Brüder sind! Er gehört zu den Menschen, die durch Kummer wachsen. Stell Dir vor, seine Mutter sagte ihm, er sei nicht ihr Kind, man habe ihn als Baby im Krankenhaus vertauscht. Nur Otto sei ihr richtiger Sohn. Wie kann man mit so etwas leben? Trotzdem ist er nicht nachtragend. Mir ist noch nie so ein feinfühliger und weiser Mensch begegnet. Er versteht alles und hat immer Mitleid. Alle müssten so sein wie er. Allerdings nehme ich an, dass Du seine Lebensfreude unanständig fändest. Doch für mich ist er die Rettung.

Gib Tante Esther einen Kuss von mir.

In Liebe
Deine Ruth

22. Oktober 1936

Liebe Ruth,
auf keinen Fall darfst Du zulassen, dass Ferdi in seinem Unglück versinkt. Hier geht es nicht um Mitleid, sondern um eine Frage von Leben und Tod. Ich weiß, wie schwer Du es hast, doch das Wichtigste ist, dass Ferdi behandelt wird. Er ist krank, Ruth, wann siehst Du das endlich ein? …

Ruth las nicht weiter. Plötzlich wurde alles klar, und das Selbstverständliche strahlte in seinem ursprünglichen Licht. Sie musste ihre Einstellung zu Ferdi von Grund auf ändern und ihm die Aufmerksamkeit schenken, die man einem Kranken, nicht einem Gesunden zuteilwerden lässt. All ihre Versuche, ihn ins Leben zurückzuführen, waren nur halbherzig gewesen. Es reichte nicht aus, ab und zu in sein Zimmer zu schauen und zu fragen, ob er mit ihr ins Café gehe. Armer Ferdi! Wahrscheinlich war ihre Erleichterung über seine Weigerung immer spürbar gewesen.

Sie lief in sein Zimmer und wollte ihn überzeugen, heute mitzukommen. Dabei glaubte sie, ihm ein Opfer zu bringen, denn schon den ganzen Morgen hatte sie das Gefühl, sie würde an diesem Tag endlich Robert begegnen. Mit glühenden Wangen vertrieb sie den Gedanken und erinnerte sich an Mirjams Brief: Es ging um Leben und Tod, nicht um romantische Gefühle! Sie setzte sich aufs Bett ihres Bruders und strich ihm zärtlich über die Stirn. Ferdi schnaufte zornig, doch auch überrascht.

»Es tut mir leid, wenn ich keine Geduld mit dir hatte, Ferdilein. Wie immer dachte ich nur an mich«, sagte Ruth, denn sie wusste, dass nichts versöhnlicher wirkt als das Geständnis der eigenen Schuld. »Ich liebe dich und hoffe, dass du das auch in schweren Stunden nicht vergisst.« Wie in ihrer Kindheit drückte sie ihm einen beruhigenden Kuss auf die Stirn.

Selbstmitleid und der seltene Liebesbeweis seiner Schwester überschwemmten seine Augen mit Tränen.

»Ferdi, mein Liebling«, hauchte sie in sein Ohr. Er legte den Kopf an ihre Brust. Wie in fernen Tagen, deren Dunkelheit sich mit der Süße ihres schützendes Körpers verflocht, umfing ihn ein Gefühl fast vergessener Gnade. Um den Zauber nicht zu zerstören, bat er sie flüsternd, ihm wie damals den Rücken zu kraulen. Und wäre nicht Anuschka ins Zimmer gekommen, hätte der wunderbare Augenblick ewig gedauert.

»Onkel Ferdi, du hast gesagt, dass wir heute vielleicht ans Meer gehen.«

»Onkel Ferdi geht mit uns ins Café«, erwiderte Ruth in kindlichem Tonfall.

»Ich will nicht ins Café, ich will an den Strand!«

»Wohin möchtest *du*, Ferdilein?«, fragte Ruth und streichelte verführerisch seine Wange.

»Ans Meer«, rief Anuschka und übersäte seine andere Wange mit Küssen.

Ihm schwindelte von so viel Aufmerksamkeit, und um niemanden zu verletzen, sagte er: »Erst trinken wir alle Kaffee, und dann gehen du und ich an den Strand, Anuschka.«

»Einverstanden«, sagte Ruth. Zumindest wussten die anderen, dass sie nicht bereit war, am Strand zu sitzen. Sie war fern vom Meer aufgewachsen und sehnte sich nicht danach. Für sie bestand es aus klebrigem Sand, der vulgären Darbietung behaarter Körper und einem Licht, das alles versengte wie ein Vergrößerungsglas. Der Kult, den die jüdische Bevölkerung in Palästina um die Sonne trieb, schien ein weiteres Symptom für den dummen Lokalpatriotismus, der jeden Defekt in einen Affekt verwandelte. War der Mensch dazu geschaffen, sich wie ein Spiegelei braten zu lassen?

»Macht schnell«, rief sie mit gespielter Fröhlichkeit, »wir ziehen uns um und gehen!«

Als Ferdi mit dem Safarianzug und dem breiten Hut, ein Mitbringsel Hansis aus Afrika, ins Wohnzimmer trat, verschluckte sie ihre Scham und verlangte nicht, dass er sich nochmals umzog. Da sie ein Wiedersehen mit Robert nicht ausschloss, war sie wie immer makellos gekleidet. Neben ihr würde Ferdis lächerliche Erscheinung nicht auffallen.

Arm in Arm schritten sie zur Promenade. Es war ein sonnenüberfluteter Oktobertag, und nur die Menschen, die an die Launen des hiesigen Herbstes gewöhnt waren, wussten, was die angenehme trockene Wärme des Morgens verhieß. Die Neuankömmlinge hingegen ahnten nicht, dass sich Tel Aviv in einen Glutofen verwandeln würde.

Wie erwartet konzentrierten sich die Blicke der Kaffeehausbesucher auf die junge Frau, die wie ein Mannequin aussah, das mit den Jahren noch schöner geworden war, und nicht auf den dicken krebsroten Mann, unter dessen albernem Hut Haarsträhnen hervorbaumelten und der unsicher in alle Richtungen lächelte. Ruth schlang den Arm um Ferdis Schulter und zeigte ihren Bewunderern, dass er trotz allem einen untrennbaren Teil ihres Lebens darstellte. »Komm, wir setzen uns«, sagte sie, und nach Landessitte bahnten sie sich einen Weg zu einem freien Tisch. »Es ist nett hier, nicht wahr, Ferdi?«

»Sehr nett«, sagte er und sank mit einem schrillen Schrei auf die Stuhlkante.

»Ferdilein!« Sie beugte sich zu ihm. »Hast du dich gestoßen?«

»Und wie!«, ächzte er. Anuschka versuchte ihn zu küssen, aber er stieß sie weg, in seinem Schmerz gefangen und unfähig, Mitgefühl zu ertragen.

»Es geht gleich vorbei«, beruhigte ihn Ruth, »du musst tief durchatmen.«

Seine Arme baumelten, und er schnaubte wie ein Walfisch, der an Land gespült wurde. »Nimm dich zusammen, wir sind nicht allein«, flüsterte Ruth erschrocken und registrierte die verstohlenen Blicke der anderen Gäste.

»Ich kann nichts dafür, es tut so weh!«, jammerte Ferdi, der nicht die Kraft hatte, an ihr Erscheinungsbild in der Öffentlichkeit zu denken. Erst als der Schmerz nachließ, schaute er sich entschuldigend um und sagte: »Oh, das war übel!«

Anuschka wippte mit dem Fuß, um seine Aufmerksamkeit zu gewinnen. Onkel Ferdi hatte nicht einmal bemerkt, dass er ihr wehgetan hatte!

»Was ist, kleine Anuschka?«, fragte er.

»Nichts«, antwortete sie zornig, »ich bin müde.« Sie wollte, dass er nochmals fragte, doch mischte sich ihre Mutter ein. »Kaum siehst du ein Café, schon bist du müde. So langweilig kann es doch gar nicht sein. Versuche es zu genießen!«

»Was denn?«, fragte die Kleine mürrisch.

»Alles, was da ist«, entgegnete Ruth gereizt und schaute flehend zu Ferdi. Er klatschte in die Hände und fragte: »Welches Eis bestellen wir, Anuschka?«

»Ich will kein Eis.«

»Was willst du dann, mein Honigkuchen?«

»Ans Meer!«, rief sie bockig.

Er schaute sie überrascht an. »Bist du böse auf mich?«

Na endlich, dachte sie. »Ja, das bin ich.«

»Du musst mir sofort sagen, warum!«

»Ich wollte dir einen Kuss geben auf die Stelle, an der du dir wehgetan hast, aber du hast mich weggeschubst.«

»Bitte verzeih. Ich hatte solche Schmerzen, dass ich nicht wusste, was ich tat. Trotzdem bist du meine geliebte Prinzessin von Palästina, das weißt du doch.«

»Gut, dann verzeihe ich dir«, sagte Anuschka und gab sich mit seiner Erklärung zufrieden.

Ferdi stand auf und hob sie vor aller Augen in die Luft. Traurig beobachtete Ruth, wie natürlich sie miteinander umgingen. Besäße auch sie die aufrichtige Ungezwungenheit dieser Glückskinder, deren Heil in der Familie lag! Von ihr verlangte jede familiäre Handlung eine Anstrengung, die den künstlichen Geschmack des Betrugs hinterließ.

Auch jetzt bemühte sie sich, am Gespräch teilzunehmen, doch ihr Unvermögen machte sie nervös. Insgeheim wünschte sie, dass die beiden ihr Eis aufessen und endlich zum Strand gehen würden. Als Anuschka rief: »Jetzt aber los, Onkel Ferdi!«, unternahm sie einen schwachen Versuch, sie zurückzuhalten.

Er solle nicht vergessen, Anuschka einzucremen, ermahnte sie ihren Bruder; die Sonne Palästinas sei lebensgefährlich für Bleichgesichter aus Wien.

»Ich vergesse es nicht«, antwortete Ferdi gereizt. Anuschka stampfte ungeduldig mit dem Fuß.

»Ich wollte euch nicht auf die Nerven fallen, meine Süße«, sagte Ruth traurig, doch Anuschka war schon auf dem Weg nach draußen. Nur Ferdi stand neben ihr und betrachtete sie. »Geh schnell, Ferdi, damit sie nicht allein auf der Straße ist.« Ein Stich in ihrem Schädel kündigte Kopfschmerzen an.

»Es hat mir nur mit Anuschka Spaß gemacht«, sagte Ferdi zum Abschied, »nicht mit dir.«

Als er endlich gegangen war, rief Ruth die Kellnerin zu sich und erklärte in langsamem Hebräisch, sie suche einen Verwandten aus Deutschland, dessen Spuren sich in Tel Aviv verloren hätten. Da er Kaffeehäuser liebte, sei sie ihm womöglich begegnet. Es handele sich um einen großen Mann mit elegantem, ein wenig nachlässigem Kleidungsstil, in der Mitte gescheiteltem längerem Haar und einer kühnen Stirn. Sein Teint sei blass, doch nicht kränklich, und er habe schmale aufrechte Schultern und kluge Augen, deren Farbton an Feigen erinnere.

»Solche Männer gibt es nicht«, antwortete die Kellnerin. »Und wenn ich ihn gesehen hätte, würde ich mich sicher erinnern.«

Auch an zuverlässigeren Orten hatte ihn Ruth gesucht. Sie hatte an die Hebräische Universität und das Technikum geschrieben, doch beide Briefe waren mit der gleichen höflichen Antwort zurückgekommen: Es tut uns leid, wir kennen ihn nicht. Der Verein deutscher Einwanderer teilte ihr mit, sein Name sei zwar registriert, doch habe man seit seiner Ankunft nichts von ihm gehört. Auch sei die Adresse auf dem Anmeldeformular nicht entzifferbar; aufgrund eines bedauerlichen Fehlers werde sie von einem Stempel mit der Aufschrift

»Verzogen« überdeckt. Da von seinen Eltern keine Hilfe zu erwarten war (Ruths Brief kam mit dem Vermerk »Adressat unbekannt« zurück) und auch Sascha keine Nachricht von ihm hatte, blieb ihr nichts übrig, als in alle Cafés zu gehen und die Kellnerinnen zu fragen. Tel Aviv war nicht groß, und man sagte, in dieser Stadt kenne jeder jeden.

Nach dem missratenen Kaffeehausbesuch redete sie sich ein, dass sie Robert nicht nur um ihrer selbst willen suchte; auch ihre Familie würde davon profitieren. Sie hatte eine medizinische Legitimation: Um das Verhältnis zu ihren Angehörigen zu verbessern, brauchte sie Kraft – Roberts Kraft. Wenn sie etwas ändern wollte, musste sie der Wahrheit ins Gesicht schauen.

In ihrem letzten Brief gab ihr Sascha den Rat, sich einen neuen Mann zu suchen, doch ihre Umgebung schien trostlos. Die Bewohner des Landes waren braunhäutig und unkultiviert, und die Europäer wirkten unterwürfig und schwach. Und alle waren zu leicht durchschaubar. Ruths Schicksal war es, dass sie für Männer ohne Geheimnis nichts empfand. Es fehlte der Reiz, sie zu entziffern. »Möchten Sie noch etwas?«, fragte die Kellnerin. »Eine Flasche Weißwein«, antwortete Ruth, und mit dem Alkohol breitete sich der Gedanke an Robert in ihrem ganzen Körper aus wie brennende Sehnsucht, und die Kopfschmerzen und Schuldgefühle wegen Ferdi und Anuschka verstummten. Sie schloss die Augen und blätterte im Archiv ihrer Erinnerung, suchte ein abgenutztes, doch wohlgehütetes Geheimnis von Genuss und Gefahr, um die Wehmut dieses Nachmittags zu vergessen.

Einige Monate nach ihrem Kennenlernen waren Robert und sie heimlich nach Prag gereist. Otto und Mirjam hatte sie erzählt, sie fahre mit Sascha nach Baden-Baden, um einen Hautausschlag zu kurieren. Am letzten Abend gingen sie in ein feines Restaurant. Kaum saßen sie, flüsterte Ruth: »Dreh dich nicht um! Ein Kollege von Otto hat das Lokal betreten und steuert auf einen Platz hinter dir zu.« Ohne seine Antwort abzuwarten, versteckte sie sich unter dem Tisch, und Robert stand auf und setzte sich auf ihren Stuhl. Nachdem er sich unauffällig umgeschaut hatte, sagte er leise, dass niemand ihr Verschwinden bemerkt habe, auch Professor von Krause, Ottos Kollege nicht; er kenne ihn von der Hochschule. »Jetzt hat er mich gesehen, und ich winke ihm. Vielleicht sollten wir ihn zu uns bitten, er wirkt einsam neben seiner Frau.« Als der Kellner kam, erklärte Robert, seine Freundin sei zur Toilette gegangen, aber er bestelle für sie beide.

Derweil kauerte Ruth unterm Tisch und tröstete sich mit dem Gedanken, das Richtige zu tun. Robert war auf dem Heidelberger Campus berüchtigt. Wenn sie der Professor zusammen sah, würde er es für seine Pflicht halten, Otto zu informieren. Ganz zu schweigen von seiner Frau, die die Geschichte in der ganzen Universität verbreiten würde. »Merkwürdig«, sagte Robert, als der Kellner die Speisen brachte, »sie ist schon eine halbe Stunde fort. Glauben Sie, sie hat die Gelegenheit genutzt, um vor mir zu fliehen?«

»Hör auf mit dem Unsinn und unternimm etwas«, flüsterte Ruth, als sich der Kellner entfernte.

»Nichts zu machen, Liebling. Wir müssen uns gedulden, sie sind erst beim Hauptgang. Soll ich dich so lange füttern?«

»Das zahl ich dir heim«, zischte sie und biss ihn ins Knie.

»Weiter so«, seufzte Robert. Doch Ruth fand die Situation nicht komisch: »Sag dem Kellner, er soll die Rechnung und meinen Mantel bringen.«

»Bist du sicher? Alle Tische sind besetzt.«

»Tu, was ich dir sage«, befahl sie und verfiel in ihren heimischen Tonfall.

Als der Kellner den Mantel brachte, ließ Robert ihn unbemerkt auf den Boden gleiten, beglich die Rechnung und hinterließ ein großzügiges Trinkgeld. Zum Erstaunen der Gäste kroch eine vermummte Frau auf hochhackigen Schuhen unter seinem Tisch hervor.

»Sieh einer an, sie war die ganze Zeit hier«, sagte Robert zum Kellner. »Manchmal ist man wirklich blind.« Er legte den Arm um Ruth, führte sie zum Ausgang und genoss die neugierigen Blicke, die sie unverhohlen ansahen. Als sie am Tisch des Professors vorbeigingen, grüßte er freundlich und sagte: »Die Ursachen eines Problems sind stets einfacher, als man denkt.«

Draußen brach Ruth in Tränen aus. Robert schaute sie verdutzt an. »Liebling, es ist vorbei«, flüsterte er und umarmte sie zärtlich. »Verzeih, wenn ich mich auf deine Kosten amüsiert habe. Ich glaubte, du genießt es wie ich. Dabei müsste *ich* vor dir auf dem Boden kriechen, denn ich liebe dich.« Er küsste ihre Stirn, ihre Augen und Wangen, ihren Hals und ihr Haar und schüttete alle Gefühle aus, die sonst sein Stolz zurückhielt. Ruth hörte auf zu weinen und schaute ihn nachdenklich an. »Du liebst mich wirklich, nicht wahr?«

»Ich liebe dich mehr als mich selbst«, sagte er. »Ich hätte nie geglaubt, dass ich das kann.« Sein Blick war rein und gütig. Er klagte weder an noch spottete er, als wage seine verborgene Seele, sich zu zeigen. Zwar schrumpfte ihrer beider Persönlichkeit rasch auf ihr übliches Format, doch wurde jener Augenblick des Glücks eins der liebsten Bilder in Ruths Erinnerung. Seit wie vielen Tagen schon trug sie es in sich mit einer Energie, die sie ihrer Familie vorenthielt? Es schien greifbar und real, und wenn sie suchend durch die Straßen ging, war es so lebendig, dass sie glaubte, Robert würde jeden Moment aus einer Gasse auf sie zukommen – groß, blass und funkelnd, in seinem mondfarbenen Sommeranzug, den sie in Frankfurt gekauft hatten. Sie stieß einen langen Seufzer aus, der die Kellnerin herbeirief. »Alles in Ordnung?«, fragte sie besorgt.

»Ich habe mich nur erinnert.«

»An den Mann mit den Feigenaugen?«

»Ja«, sagte Ruth zerstreut und verlangte hastig die Rechnung. Um nicht arrogant zu wirken, gab sie ein großes Trinkgeld und verließ eilig das Café.

Allmählich verstand Ruth, dass sie nicht ewig in der Parallelwelt ihrer Fantasie Halt finden würde. Die Gesetze des Verfalls, die in der realen Welt regierten, wirkten sich auch dort aus. Die Erinnerungen erschöpften sich und erschienen nur noch, als müssten sie eine lästige Pflicht erfüllen. Manchmal konnte sie sich Roberts Gesicht nicht vorstellen und fühlte sich, als habe sie die Kontrolle über einen wichtigen Teil ihres Körpers verloren. Wenn sie die Augen schloss, sah sie nur gelbe Schatten, an deren Rändern ihre Familie tanzte, unglücklich und fordernd zugleich. Sie fand in der Fantasie keinen Trost mehr und musste die Suche nach Robert konkreter gestalten. Dabei war sie auf Hansis Hilfe angewiesen. Aus einer vagen moralischen Zurückhaltung hatte sie ihm nie von ihrem Liebesleben erzählt, aber jetzt schien es ihr lebensnotwendig, genau das zu tun.

Kapitel 18

»Die Garbo, die Dietrich und die Rainer in einer Person!«, rief er, und sein dicker Bauch bebte. Sie saßen unter einem Sonnenschirm auf der Terrasse des Kasinocafés und tranken Weißwein. Jedes Mal wenn er seine Schwägerin traf, staunte Hansi über ihre sternengleiche Schönheit und suchte neue Worte, um seiner Bewunderung Ausdruck zu verleihen. »Du bist wie ein seltenes Kunstwerk, Ruthilein, einfach unbezahlbar.«

»Es gibt auch niemanden, der mich kaufen will«, erwiderte sie und fügte seufzend hinzu: »Könnten wir uns doch so sehen, wie die anderen es tun!«

Er lachte und küsste ihre Hand. »Ich bin froh, dass du allein gekommen bist. Natürlich sind dein Bruder und deine Tochter kostbare Juwele, doch weshalb soll ich es verhehlen – ich treffe dich lieber ohne sie. Ruthilein, ist es nicht unglaublich, dass ein primitiver Typ, der so breit wie hoch ist und wie ein abgenutzter Fußball durch die Welt rollt, neben einer Göttin des Olymps sitzt? Ich muss es mir in meinem vorigen Leben verdient haben.«

»Deine Fantasie spielt dir einen Streich, Hansilein. Ich bin eine alternde Ehefrau, während du ein umschwärmter Junggeselle bist.«

»Man umschwärmt mich, wenn ich zahle.«

Ihre metallischen Augen lächelten boshaft. »Meine ledigen Nachbarinnen würden sich mit Wonne über dich hermachen.«

»Haben sie große Brüste? Auch hässliche Männer sind wählerisch.«

»Spielst du auf meinen kleinen Busen an?«

»Dein Busen ist doch nicht klein«, rief er empört. »Und wenn du etwas nicht hast, dann nur, weil du es nicht brauchst.«

»Vielleicht hast du recht ...«

»Wie geht es Otto? Oder verdirbt dir das Thema die gute Laune?«

Seit dem Zwischenfall am Hafen in der Nacht ihrer Ankunft stagnierten die Beziehungen der beiden Brüder. Otto war erschöpft von der langen Reise gewesen und hatte sich geweigert, Hansi zu umarmen. Zwar stammelte er Dankesworte, als ihn Ruth ermahnend anschaute, doch von da an bestrafte er Hansi für jeden Gefallen, den er ihnen tat. Und Hansi nahm freudig Rache, indem er den Einladungen seiner Schwägerin zum Schabbatessen folgte. Dann saß er vor seinem Bruder und rühmte sich seines unmoralischen Lebenswandels, als wolle er beweisen, dass es richtig gewesen war, ihn ins Heilige Land abzuschieben. Jedes Mal erzählte er von einer anderen »Dame, die zurzeit in meinem Bett tätig ist«.

»Ach, Otto ...« Ruths Brust entfuhr ein tiefer Seufzer.

»Ist es so schlimm?«, fragte Hansi bekümmert.

»Er ist so gefühllos! Oder bin ich es, die unerträglich ist?«

»Ich will kein schlechtes Wort über dich hören! Du bist eine Heilige! Es liegt an ihm – das weiß ich, denn ich bin mit ihm aufgewachsen. Von unseren Eltern wissen wir nicht viel, von unseren Geschwistern dagegen alles. Ich bin dumm und ungebildet, aber ich möchte verstehen, warum du bei ihm bleibst. Behaupte nicht, er sei dein wirtschaftliches Rückgrat. Mein Rücken ist breiter als seiner! Und sag nicht wieder, du und ich könnten nur Freunde sein. Was bindet dich an ihn?«

»Vielleicht das Gefühl, immer bedroht zu sein.«

»Und er rettet dich?«

»Es ist nicht rational. Aber lassen wir das, darüber kann man nicht diskutieren.«

»Wie geht es Anuschka, dem süßen Fratz?«

Sie seufzte abermals.

»Erzähl, Ruthilein.«

»Nein, Hansi, vielleicht später.« Sie hatten Dringenderes zu besprechen.

»Erzähl trotzdem von ihr.«

»Alles, was sie tut, regt mich auf«, sagte Ruth ungeduldig. »Ich bin froh, dass sie sich in diesem dummen Land integriert, doch der Preis, den sie bezahlt, ist schändlich. Sie sieht nicht, dass ihre Kameraden sie auslachen. Vor einer Woche gaben wir eine Party für ihre Schulklasse – du kannst dir nicht vorstellen, was für eine Katastrophe das war! Dreißig Hunnen fielen in mein Wohnzimmer ein, aber damit wurde ich fertig. Was ich nicht ertrug, war Anuschkas Benehmen. Wie sie ihr Verhalten und ihre Ausdrucksweise nachahmt und wie sie sich erniedrigt, um ihnen zu gefallen! Natürlich trug auch Ferdi sein Scherflein bei. Wie ein ungezogener Zehnjähriger lief er den Kindern hinterher und versuchte sie mit aller Macht zu unterhalten. Beide waren erbärmlich, Hansi. Dabei weiß ich, dass sie keine Schuld trifft und ich Geduld haben muss. Manchmal fühle ich, dass meine Liebe gegen meine Wut nicht ankommt. Ich verliere die Kontrolle und werfe ihnen schlimme Worte an den Kopf.«

»Was macht dich wütend, Ruthilein?«

»Ihr Versagen«, sagte sie und verstummte, »... und mein eigenes. Doch lohnt es nicht, davon zu sprechen. Das führt nur zu Schuldgefühlen und leeren Vorsätzen. Wenn mich mein Gewissen quält, schwöre ich, ab sofort geduldig und mitfühlend zu sein. Aber dann ertappe ich die beiden bei einer jämmerlichen Tat, und die alte Wut erwacht von Neuem. Das zermürbt mich ... doch genug davon, jetzt erzähl von dir! Wie laufen die Geschäfte?«

»Gepriesen sei die Peel-Kommission! Solange sie da ist und über die Landkarte der Region berät, herrscht Ruhe in Jaffa, und man kann Waren aus Syrien einführen. Übrigens habe ich Bücher für dich. Komm gelegentlich vorbei, dann gebe ich sie dir.«

»Woher soll ich die Zeit zum Lesen nehmen? Ich habe immer zu tun.«

»Erlaube mir, dir eine Putzfrau zu suchen. Es ist eine Schande, dass eine nordische Prinzessin mit Händen wie Perlen die Toilette putzt. Hat man je von einer solchen Ungerechtigkeit gehört?«

»Was soll ich Otto sagen? Dass die Putzfrau für die Prinzessin kostenlos arbeitet? Du tust schon genug für uns, Hansi.«

»Ich wünschte, du ließest mich wirklich etwas für dich tun.«

»Es gibt etwas«, sagte Ruth zögerlich, »aber das ist eine lange Geschichte.«

Sie erzählte ihm von Robert und davon, dass er wie vom Erdboden verschwunden war. Zunächst behauptete sie, sie müsse ihn finden, weil das Glück ihrer Familie davon abhing. Doch dann gestand sie, dass sie ohne ihn nicht leben konnte.

Sofort war Hansi bereit, ihr zu helfen. Er schimpfte, dass sie nicht schon früher mit ihm gesprochen hatte. Wie konnte sie glauben, er werde um Ottos willen gekränkt sein? »Wenn du und mein Bruder in einen Fluss fallt, wen würde ich zuerst retten?« Natürlich hatte sie ein Recht, glücklich zu sein! Niemand verdiente es wie Ruth, die der Welt so viel Glanz verlieh. »Mach dir keine Sorgen, Ruthilein, ich habe ausgezeichnete Kontakte zum Innenministerium. Schreib mir die Daten unseres lieben Robert auf und komm nächsten Mittwoch in mein Büro. Ich bin sicher, dass ich seine Anschrift herausfinde. Dann nimmst du ein Taxi und fährst zu ihm, wo immer er ist. Schau mich nicht so an! Für mich ist dein Glück so notwendig wie der Sauerstoff zum Atmen.«

»Wie kann ich dir jemals danken?«

»Indem du mir erlaubst, dir eine Putzfrau zu schicken.«

In den folgenden Tagen ersparte sie ihrer Familie übertriebene Liebesbeweise, die schon von Weitem nach Schuld rochen. Als sie am Mittwochmorgen für Anuschka ein Brot bestrich und für Ferdi ein üppiges Frühstück bereitete (je deprimierter er war, desto größer wurde sein Appetit), setzte sie ein ernstes Gesicht auf, das zur düsteren Atmosphäre des Hauses passte. Das fiel ihr nicht schwer, denn sie war es gewohnt, Gefühle vor ihrer Familie zu verbergen. Ferdi war in sich gekehrt und unfähig, den Sturm in ihrem Innern zu bemerken. Daher erzählte sie ihm nichts vom erwarteten Wiedersehen mit Robert. Er würde ihre Freude ohnehin nicht teilen.

Mit Anuschka war es genauso anstrengend. Tags zuvor hatte Ruth ihre Schulaufführung vergessen. Als sie verspätet in die Aula eilte, zog sie die tadelnden Blicke der braven Eltern auf sich, allen voran die von Otto und Ferdi, die wie Heilige dasaßen. Otto zischte Verwünschungen, während Ruth demütig Platz nahm, um der lächerlichen Aufführung zuzuschauen. Anuschka versuchte ihrer winzigen Rolle Leben einzuhauchen, indem sie übertriebene Bewegungen machte. Als das Stück zu Ende war, ging Ruth zu ihr, lobte sie halbherzig und eilte nach Hause.

Sie habe mehrere Vorstellungsgespräche und wisse nicht, wie lange sie fortbleibe, erklärte sie an diesem Mittwochmorgen. »Das Essen steht im Kühlschrank. Ihr müsst es nur aufwärmen.« Kurz vor zehn Uhr schlich sie aus dem Haus, geputzt wie ein Edelstein. Auf der Straße dachte sie, dass sie sich womöglich zu früh freute; sie musste auf eine Enttäuschung gefasst sein. Doch als ihr Hansi mit traurigem Gesicht erklärte, dass dies kein Glückstag sei, trafen sie seine Worte wie ein Schlag. Mit versteinerter Miene hörte sie zu. Zwar war Robert tatsächlich in Palästina gewesen, doch war er aus unbekannten Gründen vor vier Monaten nach Deutschland zurückgereist.

Kapitel 19

21. 4. 37

Liebste Tante Mirjam,
die Lage in Palästina ist unerträglich; an allen Fronten bröckelt es. Doch will ich Dich nicht mit unserem Elend langweilen, sondern gleich zum Wesentlichen kommen: Der Versuch, hier

zu leben, ist gescheitert, und es wird Zeit, das einzusehen. Ich denke öfters an eine Rückkehr nach Deutschland, auch wenn Dir das seltsam erscheint. In einem Café sprach ich mit einer Frau, deren Schwägerin zurückgegangen ist. Auch bei Euch ist das Leben schwer, doch behauptet sie zu Recht, es sei besser, an einem Ort unglücklich zu sein, an dem man sich auskennt. Seien wir ehrlich: Wie lange kann die lächerliche Situation bei Euch andauern? Entweder begreift diese pathetische Figur namens Hitler von selbst, dass er mit dem Unsinn aufhören muss, oder die Welt wird es ihm erklären.

In Liebe und in der Hoffnung, Dich bald zu Hause wiederzusehen

Deine Ruth

PS: Da ich jetzt selber Hausfrau bin, sehe ich, wie vermessen es war, das Essen, das Du für uns kochtest, als selbstverständlich anzusehen. Heute beginne ich zu verstehen, wie viel Mühe Du Dir gemacht hast, und schätze noch im Nachhinein jedes Deiner Gerichte.

10. 5. 37

Liebe Ruth,
es dauerte einen Moment, bis ich begriff, dass Du es ernst meinst. So viel Zuversicht mutet merkwürdig an bei einer Pessimistin wie Dir. Du solltest nichts über das Deutsche Reich und seine Führung schreiben, denn es kann sein, dass ich nicht die Einzige bin, die Deine Briefe liest. Wie blind kann ein Mensch sein?

Während Du davon träumst zurückzukehren, denke ich an eine Möglichkeit, Deutschland zu verlassen. Seit Esthers Tod spüre ich eine Lebenslust, die mich selbst überrascht. Die Ausreise ist kein Problem. Die Behörden ermutigen Juden weg-

zugehen, doch braucht man das Visum eines Aufnahmelandes. Natürlich weiß ich von der Schwierigkeit, eine britische Einreisegenehmigung zu erhalten, doch hörte ich, dass es dennoch möglich ist. Bitte geh zur Jewish Agency und erkundige Dich, wie die Chancen stehen ...

Sie ließ den Brief fallen und sank auf den Sessel, glühend vor Scham und Sorge. Wie konnte sie so dumm sein? In Deutschland herrschte Zensur, und vielleicht schadeten ihre Kommentare Mirjam.

»Morgen früh gehst du zur Jewish Agency«, befahl Otto in vorwurfsvollem Ton.

»Ich habe dir von Tante Mirjams Brief erzählt, um Dich teilhaben zu lassen, aber nicht damit du kommandierst.«

»Ich kenne dich. Solange die Jewish Agency kein Café ist, gehst du nicht freiwillig hin.«

»Weißt du, lieber Otto, vielleicht stehe ich auf der untersten Stufe der Leiter, doch in mancherlei Hinsicht stehe ich weit über dir, auch wenn du das nicht glauben willst. Ich quäle mich selbst, doch du quälst nur andere.«

»Mag sein, dass du recht hast, aber ich lasse meine Familie nicht im Stich. Wenn ich noch Eltern hätte, würde ich alles unternehmen, um sie aus Deutschland herauszuholen.«

»Ich konnte nichts tun. Solange Esther lebte, weigerte sich Mirjam fortzugehen.«

»Esther ist seit einem halben Jahr tot, aber du wolltest nicht hören. Ich habe immer wieder von Mirjam gesprochen.«

Der Streit war überflüssig. Ruth hatte ohnehin vor, zur Jewish Agency zu gehen. Sie hatte gehört, dass es ausreichte, das Tel Aviver Büro aufzusuchen, statt zur Zentrale nach Jerusalem zu fahren.

»Gute Nacht«, sagte sie kühl, drehte sich zur Wand und hoffte, eine süße Erinnerung werde sie in den Schlaf entführen. Doch seit sie wusste, dass ihr Traum nicht in Erfüllung gehen konnte, streikte ihre Fantasie und rief nur böse Bilder herbei.

Kapitel 20

»Wir stehen alle an«, sagte sie zu einer dicken Frau, die sich in die Warteschlange drängte.

»Ich muss nur etwas fragen.«

»Das muss ich auch.«

»Aber es ist dringend, es geht um meine Schwester«, schluchzte die Frau und stellte sich widerwillig hinten an.

Wenn jemand seine Selbstachtung verliert, sollten die, die stärker sind als er, Mitleid mit ihm haben, dachte Ruth. Doch als sie sich umschaute, verstand sie, dass keiner der Anwesenden Geduld für ihre Weisheiten hatte. Sie sah die verzweifelten Blicke von Menschen, die um ihre Familien bangten, und fühlte sich elend in Anbetracht ihrer Selbstlosigkeit. Sie hatte ihre Tante im Stich gelassen, obwohl sie wie eine Mutter für sie war. Otto behielt wie immer recht. Zwar dachte sie an Mirjam, wenn sie in der Zeitung über Deutschland las, doch verdrängte sie die bösen Ahnungen sofort wieder.

Jetzt hingegen lauschte sie den leisen Gesprächen, die erneut begannen, als sich der Unmut über die dicke Frau legte. Vor Ruth stand ein alter Mann, der die Beschränkungen aufzählte, die im Reich für Juden galten: Es war untersagt, die städtischen Bäder zu besuchen, jüdische und arische Kranke wurden getrennt, Christen durften nicht in jüdischen Geschäften einkaufen, und Juden wurden vom Handel ausgeschlossen. Besonders schmerzlich schien es Ruth, dass die Rassengesetze auch für Freizeiteinrichtungen galten – nicht weil sie sich selbst gern amüsierte, sondern weil Mirjam gern nach Bad Kissingen fuhr –, das war das einzige Vergnügen, das sie sich gönnte. Ruth schwor, das Gebäude der Jewish Agency erst zu verlassen, wenn sie eine konkrete Zusage bekommen hatte.

Doch geriet sie an eine Funktionärin, deren einzige gute Eigenschaft ihr perfektes Deutsch war. »In der momentanen Situation können wir alten Menschen kein Visum vermitteln, Kinder und Jugendliche werden bevorzugt«, erklärte sie.

»Hinterlassen Sie Ihre Adresse, dann informieren wir Sie, falls sich etwas ändert.«

»Haben Sie kein Herz?«, rief Ruth entsetzt.

»Es tut mir leid, Frau Stein, aber ich habe die Gesetze nicht erfunden.«

»Ist die Jewish Agency nicht dazu da, Juden zu retten?«

»Wenn es uns nicht gäbe, käme kein einziger Jude nach Palästina.«

»Ich werde das nicht hinnehmen!«

»Sie können sich beschweren, aber jetzt muss ich Sie auffordern zu gehen. Sie sind nicht die Einzige hier.«

Der Abteilungsleiter staunte über die blonde Schönheit, die, ohne anzuklopfen, in sein Zimmer eindrang und sich entschuldigte, dass sie keinen Termin vereinbart habe. Als er ihr eilig einen Stuhl hinschob, stieß er sich vor Aufregung an der Kante des Schreibtischs. Mit Befriedigung dachte Ruth an ihre Garderobe. Ihr graues Kleid wirkte seriös, doch bestand es aus einem leichten fließenden Stoff, der ihre Figur betonte.

In schmeichelndem Ton brachte sie ihr Anliegen vor. Sie sprach eine Mischung aus Englisch und Hebräisch. »Meine Tante ist im Herzen der Finsternis allein. Der Herr Direktor weiß, was das bedeutet ...« Sie redete ihn absichtlich mit einem höheren Dienstgrad an, und er korrigierte sie nicht. »Da meine Tante eine alleinstehende alte Frau ist, müssen Sie sie sofort aus Deutschland herausholen. Und falls nur Mütter Visa erhalten, darf ich Ihnen versichern, dass ich bei meiner Tante aufgewachsen bin. Meine Mutter beging Selbstmord, als ich ein kleines Mädchen war. Ich habe sie mit meinen eigenen Händen vom Strick genommen und könnte mit dem Kummer nicht leben, wenn ich noch meine Tante verlöre.«

Er hörte ihr aufmerksam zu, sein Blick war erfüllt von Bewunderung und Mitleid. Ruth glaubte, ihren Griff lockern zu können, und sah das Visum schon vor sich. Doch sie freute sich zu früh.

»Es tut mir leid, Frau Stein, aber die Entscheidung liegt nicht bei mir. Die Jewish Agency würde gern alle retten, aber die Zahl der Visa ist begrenzt. Die Behörden gewähren nur einen Bruchteil der Quote, die wir fordern. Solange die Verhandlungen mit dem Hochkommissar nicht abgeschlossen sind, richtet sich die Zuteilung nach einem Schlüssel, auf den sich alle Beteiligten geeinigt haben.«

»Alle Beteiligten?« Die Selbstverständlichkeit, mit der er die diskriminierende Praxis rechtfertigte, empörte sie. »*Wer* hat das beschlossen?«

»Ben Gurion, aber es ist nicht seine Schuld.«

»Dann will ich von Ben Gurion hören, dass er meine Tante ihrem Schicksal überlässt!«

Ruth brach in Tränen aus. Der Abteilungsleiter legte seinen Arm um sie und sagte: »Liebe Frau Stein, Ihre Not rührt mich zutiefst. Ich versichere Ihnen, dass ich mich für Ihren Fall einsetzen werde.«

Seine Worte beruhigten sie. Sie dankte ihm und berührte ihn mit ihrer glühenden Hand, damit er sein Versprechen nicht vergaß.

»Warst du bei der Jewish Agency?«, fragte Otto, als sie nach Hause kam.

»Ja.«

»Wie ist es gelaufen?«

»Sie geben nur jungen Leuten Visa, Ben Gurion interessiert sich nicht für Alte. Angeblich hat er einen Fonds gegründet, um den Rücktransport unheilbar Kranker nach Europa zu finanzieren. Doch der Büroleiter versprach, sich für meinen Fall einzusetzen. Gleich morgen spricht er bei seinem Chef vor, der die höchste Instanz ist.«

Wie erwartet war Otto nicht zufrieden. »Ich rate dir, jeden Tag hinzugehen. Nur wer immer wieder nachfragt, erreicht, was er will. So funktioniert das hier. Sie hören nur denen zu, die Lärm schlagen.«

»Wer ständig nachfragt, macht sich unbeliebt«, wandte Ruth ein. Sie wusste, dass es Otto nicht um Mirjam ging, sondern darum, sie zu kritisieren. Doch plötzlich begann er zu weinen. Sie legte den Arm um seine schlaffen Schultern und fragte sanft: »Was ist geschehen, Otto?«

Er zog einen Brief aus seiner Jackentasche. Obwohl seine Entlassung nicht überraschend kam und sie die dargelegten Gründe verstand, hatte sie Mitleid mit ihm. »Diese Banausen! Wie können sie es wagen? So klug wie du ist keiner dort. Was heißt ›Kommunikationsprobleme mit den Studenten‹? Meinen sie dein Hebräisch oder finden sie Krawatten lächerlich?« Trotzdem hoffte sie, ihm behutsam erklären zu können, dass er seine Schwächen im Umgang mit anderen Menschen einsehen und ernsthaft bekämpfen musste. Auch ums Hebräische kam er nicht herum. Zwar war er nicht sprachbegabt, doch durfte er den Mut nicht sinken lassen. Außerdem musste er seinen Stolz überwinden und Hansis Hilfe anerkennen. Es war absurd, die Geldquellen, von denen sie lebten, zu verhöhnen. »Aber gemeinsam stehen wir das durch, Otto. Hier sind Leute aus Heidelberg, die dich kennen. Lass uns mit ihnen sprechen.«

So schnell er zusammengebrochen war, so schnell fasste er sich. »Such dir eine andere Aufgabe, um deine Langeweile zu bekämpfen. Ich wollte dir lediglich mitteilen, dass unser Lebensstandard sinken wird. Keine Einkaufsbummel und keine Geschenke für Anuschka und Ferdi mehr! Ich werde am Gymnasium unterrichten, und wir müssen mit dem Gehalt eines Lehrers auskommen.«

»Am Gymnasium? Ein Professor in deiner Position?«

»Ich brauche zwei bis drei gute Schüler, um eine junge Garde zu gründen, eine neue Generation von Genetikern mit europäischer Orientierung. Demütig und bescheiden beginne ich von vorn, bis sie mich zurückrufen. Momentan bin ich nur ein stammelnder Hanswurst für sie.«

»In Ordnung, Otto, ich habe keine Angst davor. Ich bin ein praktischer Mensch, selbst wenn es nicht so scheint. Morgen suche ich mir Arbeit. Vielleicht braucht der Geheimdienst Dolmetscher für Englisch und Deutsch.«

»Mata Hari!«, höhnte er. »Sorgst du dich um Anuschka und Ferdi oder machst du wieder Pläne, die sich dann in Luft auflösen? Hör auf, dich in Trance zu reden! Ich bin es leid. Ich habe genug auf dem Buckel und keine Lust, die Folgen deiner Schwärmerei zu tragen.«

Sie schaute ihn traurig an. »Alles, was ich sage oder tue, ist falsch. Weißt du, wie schwer das für mich ist?«

»Ich wollte gehen, aber du ließt mich nicht.«

»Jetzt erlaube ich es dir.«

»Zu spät! Es gibt keinen Ort mehr für mich, ich habe alles verloren. Anuschka zuliebe werden wir zusammenbleiben.«

Sie wartete eine Woche, doch es kam keine Nachricht. Also ging Ruth erneut zur Jewish Agency. Als sie ins Zimmer des

Büroleiters schlüpfte, ertappte sie die herzlose Funktionärin und erklärte wütend, ihr Chef sei nicht da. Ohnehin liefen alle Anträge über ihren Schreibtisch, und der Büroleiter werde daran nichts ändern. »Zwar hat sich der Direktor mit Ihrem Anliegen noch nicht beschäftigt, aber machen Sie sich keine falschen Hoffnungen. Ich weiß nicht, was mein Chef Ihnen versprochen hat, doch Sie sind nicht die Einzige, und es besteht kein Grund, Sie anderen vorzuziehen.«

Voll Mitleid sah Hansi ihre Tränen, als sie ihm von der schlechten Behandlung bei der Jewish Agency erzählte. Doch ihre Worte überraschten ihn nicht.
»Ruthilein, das ist kein Zynismus, sondern Realpolitik. Auch wenn es schwerfällt, musst du die Logik, die dahintersteckt, verstehen.«
»Welche Logik fordert, alte Menschen auszuliefern?«
»Auch moralische Entscheidungen sind logisch begründet. Wenn nicht genug Visa da sind, gibt man sie nicht jedem, sondern nur denen, die nützlich sind. Die Jewish Agency handelt nicht unabhängig. Ihr sitzen die Briten im Nacken, und die müssen die Araber bei Laune halten, die nicht verstehen, weshalb sie die Juden aufnehmen sollen. Die Engländer taktieren und erteilen so lange Visa, bis die Araber wieder rebellieren und Attentate begehen. Dann senken die Engländer die Quote, bis die Juden aufbegehren und das Spiel von vorn beginnt.«
»Würden sich Ben Gurion und seine Freunde zum Empire bekennen, wären die Briten großzügiger. Weißt du, was Ben Gurion gesagt hat? Wenn er die Wahl hätte, alle Kinder aus Deutschland durch die Überführung nach England zu retten oder nur die Hälfte von ihnen durch die Überführung nach Palästina, entschiede er sich für die zweite Möglichkeit. Und weshalb? Weil es nicht allein eine Entscheidung zugunsten der

Kinder sei, sondern eine historische Entscheidung zugunsten des ganzen jüdischen Volkes.«

Hansi seufzte. »Ich gebe zu, das ist grausam.«

»Was rätst du mir? Soll ich mich damit abfinden, dass Mirjam Deutschland nicht verlassen kann?« Sie schaute ihn herausfordernd an, und er nahm ihre Hand.

»Gib mir ein paar Tage Zeit. Ich werde sehen, was ich tun kann.«

»Ich will nur einen Termin beim Direktor der Einwanderungsbehörde«, entgegnete sie mit flehender Stimme.

Kapitel 21

Die Tage verstrichen. Wenn Hansi sagte, er habe noch keinen Termin bekommen, tröstete sie sich, dass die Rettung dennoch möglich sei. Jeden Abend fragte sie sich, wie sie den zurückliegenden Tag überstanden hatte. Nur ihr Körper schien anwesend und erledigte wie ein Roboter die häuslichen Pflichten; sie selbst schwebte auf einer Wolke aus Unlust und Gleichgültigkeit. Nichts hatte Bestand vor ihr, und in ihrer Erinnerung hallte kein Echo vergangener Freuden. Ihr Gedächtnis streikte. Doch als sie sich mit dem trägen Lauf der Tage abfand, das Leben sinnlos und der Tod kein Verlust mehr schien, erhielt sie Hilfe von unerwarteter Seite.

Als sie an einem dampfenden Nachmittag aus dem Lebensmittelladen kam, traf sie die sechzigjährige Sabre aus der Wohnung gegenüber. Sie saß auf der Bank vorm Haus und hielt Ausschau nach einem Opfer.

»Kommen Sie und ruhen Sie sich aus«, rief sie wie ein Feldwebel. »Drinnen erstickt man, aber hier weht ein Windchen.«

»Ja, leider nur ein Windchen«, antwortete Ruth, setzte sich erschöpft hin und nahm die Untergrundzeitung, die neben der Frau auf der Bank lag, um sich Luft zuzufächeln.

Wie alle Menschen in diesem Land hatte die Nachbarin klare politische Ansichten. Das meistdiskutierte Thema jener Tage waren die Erfolgsaussichten der Peel-Kommission. Ihre Vertreter waren von Großbritannien nach Palästina geschickt worden, um die Unruhen, die seit einem Jahr zwischen Juden und Arabern tobten, zu beenden und einen Kompromiss zu finden, den beide Seiten akzeptierten.

»Daraus wird nichts«, entschied die Nachbarin. »Die Kommission begreift nicht, dass sie es mit Arabern und nicht mit Schweizern zu tun hat. Jabotinsky sagt, wir bräuchten eine eiserne Mauer, an der sich die Araber die Zähne ausbeißen. Und dann ...« – sie plusterte sich wie ein Staatsmann auf – »... dann bin ich vielleicht bereit, mit ihnen zu reden.«

»Wie schön«, erwiderte Ruth, doch die Nachbarin verstand ihre Ironie nicht und fügte eifernd hinzu: »Natürlich nur zu meinen Bedingungen, aus einer Position der Stärke! Wenn wir in Zukunft eine Lösung wollen, müssen wir in der Gegenwart alle Lösungsversuche vermeiden, sagt Jabotinsky. Vergessen Sie nicht, dass es sich um Moslems handelt, die uns kulturell unterlegen sind. Sie sind fatalistisch und träge, neigen zu Willkür und Korruption und unterdrücken ihre Frauen. Jetzt erheben sie ihr Haupt und verfolgen uns, aber nur wegen Brit Schalom und den anderen linken Defätisten. Sie feiern die Pogrome der Araber als Aufstand und geben den Gojim recht. Aber schauen Sie mal in den Koran –«

»Haben Sie den Koran gelesen?«

Die Nachbarin stutzte. »Sie sind unsere Feinde, ob ich ihn gelesen habe oder nicht.«

»Ich habe immer positive Erfahrungen mit Arabern gemacht«, sagte Ruth, obwohl sie seit ihrer Ankunft nur einem begegnet war. Sie liebte die Juden nicht genug, um die Araber zu hassen. Außerdem weckte das zionistische Pathos, mit dem die Nachbarin ihren Standpunkt verteidigte, ihren Widerspruchsgeist, und eine Diskussion war immerhin ein Zeitvertreib.

»Haben Sie einmal versucht, ihre Situation nicht von außen zu sehen?«

»Was hat das damit zu tun?«

»Sehr viel. Solange man nicht versucht, sie mit ihren eigenen Augen zu sehen und ihre guten Eigenschaften zu erkennen, kann man kein Mitleid haben, und ohne Mitleid gibt es keine Versöhnung.«

»Mitleid mit wem?«

»Mit den Arabern.«

»Nennen Sie mir eine positive Eigenschaft, die sie haben!«

»Sie leben mit der Natur und nicht gegen sie. Sie sind ihr verbunden.«

»Für euch in Europa ist der Orient wie Tausendundeine Nacht. Im Kino mag das gehen, aber wir leben in der Wirklichkeit. Wenn wir nicht durchgreifen, sind die Araber bald in der Mehrheit.«

»Ja, und?«

»Verstehen Sie nicht? Wenn wir weniger sind als sie, haben wir keine Aussicht auf einen eigenen Staat!«

»Wer sagt, dass wir einen Staat brauchen? Was ist schlecht daran, eine britische Kolonie zu sein und ruhig zu schlafen?«

Die Nachbarin schäumte vor Wut. »Bei einer arabischen Mehrheit werden wir wie die Affen auf Bäumen leben. Die wissen nicht, was Arbeit ist, und kennen nur Kaffeehäuser und Haschisch!«

Es war wie das Läuten der Rettungsglocke. Ruth hatte Haschisch nie probiert, doch behauptete Sascha, es wirke wie

Opium. Plötzlich schien ihr nichts nützlicher an diesen sinnlosen Tagen.

»Woher beziehen es die Araber?«, fragte sie, als wäre sie Ethnologin.

»Was weiß ich?«, rief die Nachbarin, die sich über die Wende des Gesprächs ärgerte. »In Akko oder Jaffa? Hoffentlich ersticken sie daran!«

Kapitel 22

Sie musste unbedingt nach Jaffa. In zwei Tagen würde die Peel-Kommission ihren Bericht vorlegen, und die Araber drohten mit dem Ende der Feuerpause, die sie als Zeichen ihres guten Willens betrachteten. Wenn ihnen die Empfehlungen der Briten nicht zusagten, würden die Unruhen wieder aufflammen.

Der Himmel war grau und leer. Dunst lag über der Stadt wie eine modrige Decke. Ihr vager Plan und der Lohn, den sie sich erhoffte, gaben ihr Kraft; zuversichtlich verließ sie das Haus. Sie trug das sandfarbene Seidenkostüm, das Hansi in Paris gekauft hatte. Da sie nicht wusste, was auf sie zukam, hatte sie sich für einen klassischen Kleidungsstil entschieden.

Als sie sich Jaffa näherte, löste sich der Dunst auf.

Ihr Chinaschirm war zerschlissen; sie hätte den schwarzen Regenschirm mitnehmen sollen. Zwar war er geschmacklos, doch schützte er gegen die brütende Sonne.

Auf dem Platz mit dem Uhrturm stand ein arabischer Polizist – groß, kräftig und mit dichtem pechschwarzem Haar. Er staunte, als eine schlanke blonde Frau um die Straßenecke bog. Sie sah aus wie ein Filmstar, doch wirkte sie hilflos und verloren. Er eilte zu ihr und fragte auf Englisch: »Kann ich Ihnen helfen?«

Sein Blick war freundlich und weckte ihr Vertrauen.

»Ich will nach Jaffa«, sagte sie und lächelte vorsichtig.

»Dies *ist* Jaffa in seiner ganzen Pracht. Wohin wollen Sie, Mylady?«

»Ich bin keine Lady, sondern Ruth Stein aus Wien«, erklärte sie und reichte ihm die Hand.

»Samir Awada aus Jaffa«, sagte er verlegen. »Womit kann ich Ihnen dienen?«

»Es ist mir peinlich, darüber zu sprechen«, antwortete sie und schlug die Augen nieder.

»Sie können mir alles sagen. Es ist mein Beruf, den Menschen zu helfen.«

»Vielleicht würden Sie es falsch verstehen.«

»Ich verspreche Ihnen, Sie nicht zu enttäuschen.«

»Haben Sie eine Zigarette?«

Er zurrte ein flaches Päckchen aus seiner Tasche, zog eine Zigarette heraus und reichte sie ihr. Fürchtete er, sie würde zwei nehmen, fragte sie sich ärgerlich und steckte sich die Zigarette mit einer eleganten Bewegung zwischen die Lippen. Er verbrauchte drei Streichhölzer, bis es ihm gelang, ihr Feuer zu geben.

Ruth nahm einen tiefen Zug und begann: »Ich bin gegen meinen Willen in Ihr Land gekommen. Das heißt nicht, dass es ein schlechtes Land wäre, doch wie jedes Land ist es nur gut für den, der dort geboren ist. Ich finde mich in diesem Land nicht zurecht.« Seine Aufmerksamkeit rührte sie. Um die Schwere ihres Betrugs zu mindern, bemühte sie sich, aufrichtig zu sein, soweit es ihr Plan zuließ. »Vielleicht halten Sie mich für eine verwöhnte Frau, Herr Wachtmeister, aber Sie wissen, dass seelisches Leid manchmal schlimmer ist als physisches, selbst wenn man es nicht sieht.«

»Was kann ich für Sie tun?«

Sie berührte sanft seinen Arm. »Ich brauche eine winzige Menge Haschisch. Natürlich bezahle ich dafür«, fügte sie schnell hinzu, damit er nicht dachte, sie nutze ihn aus.

Er schaute sie verwundert an.

»Sind Sie schockiert? Ich glaube, in Ihrem Blick Verständnis zu erkennen, aber ich habe mich wohl getäuscht.«

»Nein, ich verstehe Sie«, versicherte er in warmem Ton. Sie sollte nicht denken, die Seelennöte seiner Mitmenschen interessierten ihn nicht.

Sie lächelte und fragte traurig: »Weshalb helfen Sie mir dann nicht?«

»Ich bin es nicht gewohnt, dass eine schöne Frau wie Sie eine solche Bitte an mich richtet.«

»Sie sind ein erwachsener Mann, Herr Awada, und müssten wissen, dass die Verpackung nicht auf den Inhalt schließen lässt. Es freut mich, wenn ich anderen gefalle, doch verrät mein Äußeres nichts über den Zustand meiner Seele. Mein Leid ist nicht sichtbar, daher bemerken es die meisten Menschen nicht. Doch ich habe eine Familie, und mein Unglück bedrückt auch sie. Ich suche nur ein wenig Ruhe und Frieden, um Kraft zu schöpfen und weiterleben zu können.«

Obgleich sie die Wahrheit sagte, fühlte sie sich unwohl. Ihre Worte klangen dumm und hohl. Einen Augenblick sah sie sich mit fremden Augen: Eine wunderliche Exzentrikerin bat einen Polizisten, ihr Haschisch zu besorgen, als gehöre das zu seinen heimlichen Pflichten. »Es tut mir leid«, entschuldigte sie sich, »ich will Ihnen nicht zur Last fallen.« Sie senkte den Blick und wollte nach Hause gehen, doch plötzlich sagte er: »Ich werde Ihnen helfen, Madam«, und ihre Qual nahm ein Ende.

»Sind Sie sicher?«, fragte sie und legte ihre Hand auf seinen Arm. »Ich will Sie nicht in Schwierigkeiten bringen.«

Das Blut schoss ihm in die Wangen, doch er behauptete, es

sei kein Problem. »Ich selbst nehme keine Drogen, aber ich werde Sie zu einem Cousin führen. Er ist ein aufgeschlossener Typ, war an der Universität und sucht mitunter Entspannung bei —«

»Das ist genau, was ich erhoffte«, unterbrach sie ihn und beeilte sich, ihn zu loben. »Sie haben die Gabe, in die Menschen hineinzuschauen, und lassen sich nicht von der äußeren Hülle beeindrucken. Trotzdem ist es nicht selbstverständlich, dass Sie mich in einer so heiklen Angelegenheit unterstützen.«

Der Polizist wusste nicht, was er antworten sollte. »Ich helfe gern«, sagte er schließlich. »Lassen Sie uns gehen, sein Haus ist nur ein paar Straßen entfernt.«

Als er in eine finstere Gasse einbog, befiel sie Furcht. Täuschte seine freundliche Fassade? Wollte er sie vergewaltigen, ermorden oder entführen? Vielleicht hatte er vor, sie einer arabischen Untergrundorganisation zu übergeben, als Geisel im Kampf gegen die Beschlüsse der Peel-Kommission. Sie blieb stehen, doch als er sich fragend umschaute, war sein Blick sanft und unschuldig. »Verzeihen Sie, ich hatte einen Stein im Schuh«, log sie und lächelte. Da das Schicksal sie nicht verwöhnte, musste sie das Risiko eingehen. Schließlich gab sie sich nicht ihrer Abenteuerlust hin, sondern erfüllte eine lebenswichtige Mission.

»Hier wohnt er«, sagte der Polizist, als sie zu einem flachen weißen Haus mit einem Kräutergarten kamen. Erschauernd trat sie durch das rostige Tor. Ohne anzuklopfen öffnete er die Haustür, und sie gelangten in einen schattigen Flur, der zu einem großen kahlen Zimmer führte. In einer Ecke waren Matratzen gestapelt, neben denen gefaltetes buntes Bettzeug lag. Die Ordnung und der scharfe Duft der frisch geputzten Fliesen schufen eine behagliche, fast europäische Atmosphäre. Sie breitete die Arme aus und sagte: »Wie angenehm! Und so schön kühl!«

Ein Junge in Anuschkas Alter lugte ins Zimmer. Er hatte kupferfarbene Haut und große Augen, die ängstlich zuckten. Ihm folgte eine Frau mit einem kühnen, von Sorgen zerfurchten Gesicht, das Ruth Sicherheit gab. »Das ist Nadja, die Mutter meines Cousins«, sagte der Polizist. Ruth schenkte ihr ein warmes Lächeln und schüttelte ihre Hand. Der Polizist und Nadja wechselten einige Worte auf Arabisch. Ihr Tonfall war harmlos und sachlich. Dann entschuldigte er sich, er könne nicht bleiben, und versprach, einen Zettel zu schreiben; sein Cousin komme gleich etwas abholen. Ruth dankte ihm, und die beiden ließen sie allein.

Mit gemischten Gefühlen ging sie im Zimmer auf und ab und blieb vor einem kleinen Bücherschrank stehen. Die meisten Bände waren auf Arabisch, doch entdeckten ihre Augen auch alte Bekannte: Auf einem der Buchrücken stand auf Deutsch: »Das Kapital«. Gerührt zog sie es hervor und blätterte darin. Wer hätte gedacht, dass sie beim Anblick der Schriften von Marx einmal Heimweh empfände? Selbst wenn Nadja und ihre Familie kein Deutsch konnten, hatten sie einen Bezug zur Sprache. Die Dinge waren einfacher, als Ruth dachte. Gleich käme der Cousin, und ihre Verlegenheit wäre ein lächerlicher Preis für den Trost, der sie erwartete. Manche Leute behaupteten, Haschisch sei besser als jede andere Droge.

Jemand öffnete die Haustür. Ruth bedauerte, nicht ins Bad gegangen zu sein, um sich zu erfrischen – sicher sah sie unmöglich aus! Zwei Männer betraten das Zimmer. Einer war hager, hatte schmale Augen und einen dicken Schnauzbart. Der andere hingegen war groß, hatte mittellanges blondes Haar, das sich über seiner kräftigen Stirn teilte, eine blasse, doch nicht kränkliche Haut, gerade, ein wenig nach hinten gezogene Schultern und weise feigenfarbene Augen.

Es war einer dieser Momente, die uns unvorbereitet treffen. Wie gelähmt starrten sich die beiden an und begriffen nicht, wen sie vor sich hatten. Robert erholte sich zuerst und stellte sie dem Cousin vor: »Ruth Stein, eine alte Freundin aus Heidelberg.« Der Cousin gab ihr die Hand und erklärte in fehlerfreiem Deutsch, es tue ihm leid, doch sie hätten es eilig; er wolle nur etwas holen, und sobald er wiederkomme, müssten sie gehen. Er eilte aus dem Zimmer und ließ sie allein. Nadja brachte ein Tablett mit Gläsern und einer Kanne Zitronensaft. Als spüre sie die glühende Luft, stellte sie es schweigend ab und zog sich zurück.

Hastig füllte Ruth die Gläser und trank. Doch vor Aufregung verschluckte sie sich und röchelte, als würde sie ersticken.

»Ruhig«, sagte Robert, »entspann dich, dann bekommst du wieder Luft.«

Doch sie hörte ihn nicht, alle Sinne waren auf ihre Rettung gerichtet. Sie zuckte mit den Augen und konzentrierte sich auf den Luftstrahl, der die Blockade ihrer Lungen durchbrach und den befreienden Husten auslöste. Im selben Augenblick kehrte ihr Bewusstsein zurück, und sie schämte sich, weil sie würgte und schnaufte, als breche alles aus ihr hervor, was sie sonst verbarg. Als sie zu Atem kam, lief sie ins Bad und schaute entsetzt in den Spiegel. Sie hatte ihr Schminkzeug vergessen und musste sich mit Wasser waschen und mit den Fingern kämmen. Mit dem Gefühl, entblößt zu sein, kehrte sie ins Zimmer zurück.

»Fühlst du dich besser?«, fragte Robert.

»Es tut mir leid.«

»Was tut dir leid? Unserem Körper ist es egal, er lebt sein eigenes Leben.«

»Ja, es scheint so.«

»Was tust du hier?«, fragte er zärtlich.

»Was tust *du* hier?«

»Suheil ist ein Freund aus Deutschland, er hat dort studiert. Aber was führt *dich* hierher?«

Sie zögerte, aber dann sagte sie: »Du.«

»Weshalb glaubtest du, mich hier zu finden?«

»Ich suche dich, seit ich in Palästina bin.«

»Da ich nicht wusste, dass du Deutschland verlassen hast, schrieb ich an deine alte Adresse. Als ich nichts von dir hörte, glaubte ich, du antwortetest absichtlich nicht. Hast du ihn verlassen?«

»Nein, aber ich hatte es vor. Als ich im Café deinen Brief las, eilte ich zu dir, aber du warst schon fort. Ich wollte dir sagen, dass —« Ihr nacktes Gesicht und ihre verwüstete Frisur siegten über den Aufruhr in ihrem Innern. Am liebsten hätte sie sich in Luft aufgelöst. Sie war erleichtert, als der Cousin erschien und entschuldigend fragte: »Vielleicht verabredet ihr euch für ein andermal?«

»Das ist eine gute Idee«, sagte sie heiser. »Morgen um zehn Uhr im Café Harlinger?«

»Ich werde dort sein«, entgegnete Robert und begleitete den Cousin zur Tür. Plötzlich blieb er stehen und schaute sich zu ihr um. »Trotzdem frage ich mich, wie du mich gefunden hast ...«

»Darüber sprechen wir morgen.«

Als er gegangen war, trat Nadja ein und erkundigte sich in einer Mischung aus Englisch, Hebräisch und Zeichensprache, ob sie bekommen habe, was sie suchte.

»Nein«, antwortete Ruth, »aber das macht nichts. Ich brauche es nicht mehr.«

Kapitel 23

Unter dem kühlen Laken entspannte sich ihr Körper und gab sich der Erschöpfung hin. Trotz aller Wichtigkeit, die sie ihrem Schönheitsschlaf beimaß, bedauerte sie es, damit Zeit zu verschwenden, statt sich zu freuen. Würden ihre Träume die neue Wirklichkeit einbeziehen? Viel zu lange war sie Sklavin verzweifelter Bilder gewesen, die die Leere, die sie hinterließen, nicht wert waren! Sie hatte ein Recht auf Träume von Glück und Erfüllung, als wären nicht auch sie Blüten einer launenhaften Fantasie, sondern greifbare Früchte der Wirklichkeit, noch frei von Enttäuschung und Fehlern.

Aber statt ein Bild zu finden, das sie sicher in den Schlaf begleitete, quälte sie die Erinnerung an den schrecklichen Hustenanfall. Zwei Jahre hatte sie Robert nicht gesehen, und nun erwischte er sie an einem Tiefpunkt. Sie musste ihn mit einem unvergesslichen Auftritt entschädigen! Wirkte die Garderobe, die sie für den folgenden Tag gewählt hatte, zu streng? Sollte sie lieber ihr pfirsichfarbenes Kleid anziehen, das ihr wie auf den Leib geschnitten war und wie ein seidener Volant ihre Schenkel umschmeichelte? Es hatte kurze Ärmel, die ihre Schultern betonten, und um das Bild zu vervollständigen, könnte sie ihre hellbraunen Sandaletten anziehen, die an den heiklen Stellen, dem Knöchel und den Zehen, geschlossen waren. Oder war das Kleid für vormittags zu elegant?

Plötzlich erinnerte sie sich an den Termin bei der Jewish Agency, den Hansi für sie vereinbart hatte. Wie ein Zwilling des Rendezvous mit Robert war er für zehn Uhr angesetzt. Doch konnte sie Robert unmöglich absagen. Selbst wenn sie es wollte, könnte sie nicht mitten in der Nacht nach Jaffa gehen und das Haus seines arabischen Freundes suchen.

An Schlaf war nicht mehr zu denken. Sie stand auf, zündete sich eine Zigarette an und setzte sich auf den Balkon, um eine Lösung zu suchen, die ihr ermöglichte, auf keines der beiden Treffen zu verzichten. Bei der dritten Zigarette, als schon ein grauer Schimmer den Horizont erhellte, fasste sie einen Plan und hoffte, damit beide Vögel auf einmal zu fangen.

Ruth rechnete damit, wieder die unsympathische Funktionärin zu treffen, und so schien es wie ein gutes Zeichen, dass in ihrem Büro eine pummelige Amerikanerin mit freundlichem Blick saß.

»Ich fürchte, Sie sind zu früh, Frau Stein«, sagte die Amerikanerin. »Herr Safra erwartet sie erst in einer Stunde.«

»Verzeihen Sie«, erwiderte Ruth freundlich, »aber ich habe einen Termin für neun Uhr. Meine Tochter ist allein zu Hause, und ich muss sofort mit Herrn Safra sprechen.«

»Es tut mir leid, Frau Stein —«

»*Mir* tut es leid, meine Liebe, weil ich nicht warten kann. Nicht auszudenken, was passiert, wenn meine Kleine früher erwacht!«

»Aber Herr Safra ist noch nicht da.«

An diese Möglichkeit hatte Ruth nicht gedacht. Sie war schockiert, als liege ihre Tochter tatsächlich hilflos in ihrem Bett. »Man sagte mir, ich solle um neun Uhr kommen. Ich kann nicht für Fehler büßen, an denen ich unschuldig bin.«

»Was soll ich Ihnen raten?«, sagte die Amerikanerin betroffen.

»Bis wann ist Herr Safra im Büro?«

»Ich weiß es nicht, ich vertrete nur seine Sekretärin. Jedenfalls hält er mittags einen Vortrag in Rischon le-Zion.«

»Ist er danach zu sprechen?«

»Leider bin ich nicht befugt, Termine zu vergeben.«

Ruth brach in Tränen aus.

»Vielleicht gehen Sie nach Hause und holen Ihre Tochter.«
»Das kann ich nicht, sie hat Fieber.« Vorsichtig trocknete Ruth ihre Tränen. Da sie nicht geschlafen hatte, war ihre Haut empfindlich. »Hören Sie, meine Liebe, wie heißen Sie?«
»Mathilda.«
»Ein schöner Name. Mathilda, ich hinterlasse die Telefonnummer meines Schwagers, eines Freundes von Herrn Safra. Erklären Sie Herrn Safra bitte, dass ein Fehler passiert ist, und bitten Sie ihn, meinen Schwager anzurufen und zu sagen, wann er mich empfangen kann. Ob bei Tage oder nachts, das ist mir egal.«
»Ich fürchte, die Vorschriften –«
»Überlassen Sie die Vorschriften den Deutschen. Ich bitte Sie nur, Herrn Safra die Telefonnummer zu geben.« Ihre Nerven waren zum Zerreißen gespannt.

Hinter ihr hatte sich eine Schlange gebildet. »Ich flehe Sie an, mir diesen Gefallen zu tun!«

»In Ordnung«, seufzte die Amerikanerin, »aber schreiben Sie selbst auf, was falsch gelaufen ist. Ich habe schon genug Schelte bezogen. Oft wird man für Gutmütigkeit bestraft.«

Als spreche sie sie heilig, legte Ruth die Hand auf ihre Schulter und sagte: »Gott segne Sie!«

Kapitel 24

Sie traf eine Viertelstunde vor der verabredeten Zeit im Café ein. Gewöhnlich zog sie es vor, zu spät zu kommen, und sei es wegen eines Kleides, das erst in der Bewegung seine volle Wirkung entfaltete und gesehen werden sollte. Doch ihre Trauer und ihr schlechtes Gewissen ließen sie solche Feinheiten vergessen. Statt hinter einer Litfaßsäule zu warten, bis Robert erschien, ging sie zu einem freien Tisch und setzte sich.

»Guten Morgen«, rief jemand hinter ihr.

Sie drehte sich um und sah einen sechzigjährigen Mann mit schütterem Haar. »Kennen wir uns?«

»Doktor Gaon, Architekt«, stellte er sich vor. »Ich empfehle Ihnen, sich hierhin zu setzen. An meinem Tisch ist für den Rest des Tages Schatten.«

Er klang selbstsicher und überzeugend. Ruth stand auf und ging zu ihm.

»Woher stammen Sie?«, fragte er, als sie sich setzte.

»Aus Wien.«

»Wohnen Sie in der Nähe?«

»In der Balfourstraße.«

»Wer hat Ihr Haus gebaut?«

»Wie bitte?«

»Wer ist der Architekt Ihres Hauses?«

»Ich weiß es nicht.«

Eine erfahrene Kellnerin, die die Bedürfnisse ihrer Gäste kannte, kam an den Tisch und flüsterte ihm zu: »Die Dame will sich sicher ausruhen.«

»Was bilden Sie sich ein?«, rief er und bestellte Wasser mit Zitrone.

»Selbstverständlich«, antwortete die Kellnerin mit gespielter Höflichkeit und wandte sich an Ruth. »Und was darf es für die Dame sein?«

»Ein Glas Weißwein, bitte.«

»Ich befürchte, Ihr Haus wurde im europäischen Stil erbaut«, nahm er den Faden wieder auf. »Die Architekten in diesem Land lieben den Kolonialstil. Statt eine mediterrane Bauweise zu entwickeln, entwerfen sie Burgen wie bei sich zu Hause.«

»Wie viel Uhr ist es?«

»Zehn vor zehn ... Zuerst bauten sie ein bisschen Warschau, dann ein bisschen Berlin, und wenn Juden vom Nordpol kommen, stehen hier lauter Iglus.« Er sprang auf und zeigte auf seine weiße Hose. »Das ist Kleidung, die aus den Gegebenheiten des Ortes entstanden ist: feine Baumwolle, luftig und Schweiß aufsaugend. Wann werdet ihr Einwanderer begreifen, dass Europa der Vergangenheit angehört? Vorbei! Kaputt! Jetzt seid ihr hier! Doch statt in Bauweise, Kleidung und Mentalität die Sprache des Landes zu lernen, schafft ihr Imitate. Ihr bringt Wien, Polen und Deutschland nach Palästina und errichtet neue Gettos. Was wir brauchen, ist eine breit angelegte Integration! Der Zionismus ist nur gerechtfertigt, wenn wir uns in den Orient einfügen – nicht nur weil die anderen schon vor uns hier waren, sondern weil sie auf authentische Art und Weise mit dem Land verbunden sind.«

»Ich stimme Ihnen voll und ganz zu«, sagte Ruth. Wie immer überraschte sie die Kluft zwischen der hohen Intelligenz und dem Mangel an Selbstwahrnehmung der in Palästina aufgewachsenen Juden. Hatte das mit dem langen Sommer zu tun? Würde auch sie eines Tages laut, rechthaberisch und humorlos sein? Doch zunächst musste sie einen anderen Tisch suchen – bei allem Respekt vor dem Orient. Gaons Exzentrik drohte ihr Rendezvous zu stören.

»Herr Gaon, darf ich Sie um Rat bitten?«

»Jederzeit.«

»Ich habe eine wichtige Verabredung und benötige einen Platz, der zugleich angenehm und diskret ist.«

Er stutzte und zeigte auf einen Tisch.

»*Dort* haben Sie Ruhe, Schatten und sogar ein wenig Wind.«

»Ich danke Ihnen.«

»Übrigens ist auch das Bauhaus in Palästina nur ein Plagiat —«

»Herr Gaon, ich habe leider keine Zeit. Vielleicht erzählen Sie mir ein andermal von Ihren interessanten Theorien?«

»Mit Vergnügen. Wann wäre es Ihnen recht?«

Als sich Robert näherte, sprang sie auf. Ihr Kleid flatterte um ihre Schenkel. Mit großen Schritten kam er auf sie zu, hager und glühend, im aufgeknöpften weißen Hemd. Seine Tasche war mit Tinte bekleckst, sein Kinn unrasiert und sein Haar zerzaust. Sie lief ihm entgegen und sank in seine Arme.

»Ruth, Liebling«, sagte er freundlich. »Es tut mir leid, ich komme aus Haifa und konnte mich nicht umziehen. Aber du siehst blendend aus. Palästina scheint dir gutzutun. Als ich dich gestern traf, war ich so überrascht, dass ich deine Schönheit nicht bemerkte.« Er zog ein zerknülltes Taschentuch heraus und wischte sich die Augen. »Stell dir vor, ich bin gegen Zitrusbäume allergisch. Auf dem Rückweg fuhren wir viele Kilometer durch Plantagen. Doch erzähl, wie es deiner Familie geht! Sind alle wohlauf?«

Er wirkte anders als früher, seltsam und fremd. Wie ein netter Onkel saß er vor ihr und erkundigte sich nach ihrer Familie.

»Was hast du genommen, Robert? Gib mir auch etwas!«

»Wie bitte?«

»Weißt du nicht mehr, dass man wirres Zeug redet, wenn man Drogen nimmt?«

»Verzeih, ich bin noch wegen des Treffens in Aufruhr.«

»Wegen welchen Treffens?«

»Dem Treffen mit dir«, antwortete er, doch sie sah, dass er log.

»Wegen welchen Treffens, Robert?«, fragte sie erneut.

»Einer Versammlung der Partei«, flüsterte er und schaute sich misstrauisch um.

»Was für eine Partei?«

»Ich bin Mitglied des kommunistischen Organisationskomitees. Heute wurde ein Beschluss gefasst über die Haltung der Partei zu —«

»Die Beschlüsse der kommunistischen Partei interessieren mich nicht!«, rief sie empört.

»Verzeih«, sagte er und lächelte, denn er wollte nicht streiten. »Wie lange bist du schon in Palästina?«

»Endlos lange! Und ständig ist es heiß! Du siehst, was das Klima aus dir macht: Du leidest unter Allergien und bist Kommunist geworden.«

»Sprich leise. Die Partei ist noch illegal.«

»Soll ich dich denunzieren? Hast du mich nur aus proletarischer Solidarität geküsst?«

»Die Zeit des Zynismus ist vorbei, Ruth«, erklärte er wie ein geduldiger Lehrer. »Die Situation hat sich geändert, ich bin nicht mehr wie früher.«

»*Du* hast dich geändert ...?«

»Ja, und ich wünschte, du könntest es auch.« Seine Augen glühten, und seine Hände fuhren durch die Luft. »Wir dürfen nicht so tun, als ginge uns die Welt nichts an. Wir thronen nicht auf dem Olymp und trinken Champagner mit den Göttern.«

»Du betrügst dich selbst«, erwiderte Ruth enttäuscht. »Über kurz oder lang wird jeder wieder zu dem, was er war. Auch Verliebte fühlen sich wie neugeboren, und dann bezahlt der Partner den Preis. Nicht *wir* verändern uns, sondern die Welt um uns her entwickelt sich weiter. Wir sind Marionetten des Schicksals.«

»Ich habe gelernt, dass der Mensch sein Schicksal beherrschen kann.«

»Hoffentlich ist Gott beschäftigt und hört dich nicht, denn Hochmut kommt vor dem Fall.«

»Es geht nicht um Hochmut, sondern um die Läuterung eines verwöhnten Mannes und die Bändigung des Egos, das sich in einen größeren, wichtigeren Kontext einfügt. Zum ersten Mal in meinem Leben habe ich eine Entscheidung getroffen: Ich will nach kommunistischen Prinzipien die Welt verbessern. Es klingt banal, aber ich glaube, dass Gleichberechtigung die höchste Form von Menschlichkeit ist – der Kommunismus bringt uns das Paradies hier und jetzt. ›Wir brauchen keinen verborgenen Gott‹, sagt Majakowski, ›sondern einen Gott nach unserem Ebenbild.‹ Das Jüngste Gericht findet auf Erden statt.«

»Pass auf, Robert, du erlebst noch ein böses Erwachen.«

»Ich verstehe dich. Wer weitergeht, ist für den, der zurückbleibt, ein Verräter. Verzeih, dass ich das sage.«

»Was ist geschehen, Robert?«, flüsterte sie und hoffte, den alten Funken zu entfachen.

»Begreif doch! Ich habe mich aus den Fängen der Selbstreflexion befreit und nehme mich nicht wichtiger, als ich bin. Die Welt dreht sich auch ohne mich weiter.«

»Weshalb bist du gekommen …?«

In seinem Blick glomm ein Schimmer, der sie an früher erinnerte. War alles nur ein Scherz? Würde er die Maske abnehmen und rufen: Glaubtest du wirklich, ich liebte dich nicht mehr?

»Weshalb bist du gekommen?«, wiederholte sie.

»Ich wollte dich um etwas bitten, aber ich weiß nicht, was du davon hältst.«

»Wovon?«

»Es geht um die Familien der kommunistischen Gefangenen«, begann er, und sie wusste, dass das Spiel verloren war. »Ihre Lage ist jämmerlich. Die zionistischen Institutionen halten sie für Verräter und unterstützen sie nicht. Daher dachte ich, ich könnte dich fragen. Man braucht kein Kommunist zu sein, um anderen zu helfen.«

»Geh, Robert«, murmelte sie mit Tränen in den Augen, »bitte geh!«

Schweigend stand er auf und verließ das Café.

»Waren Sie mit dem Platz zufrieden?«, fragte Gaon, als sich Robert entfernte.

»Doktor Gaon!«, rief Ruth, als erwache sie aus einem Albtraum. »Wohnen Sie schon lange hier?«

»Meine Familie lebt seit fünf Generationen in Palästina.«

»Dann kennen Sie sich aus.«

»Selbstverständlich, ich mache jeden Samstag eine Wanderung. Wer das Land nicht kennt, hat kein Recht, es zu kritisieren.«

»Wissen Sie, wo man Kokain bekommt? Ich brauche es als Medizin.«

»Kokain?«, fragte er verwundert. »Davon habe ich noch nie gehört. Gegen welche Krankheit hilft es?«

Kapitel 25

5. 7. 37

Liebe Ruth,
die Adresse Deines Schwagers habe ich vom Verein deutscher
Einwanderer. Ich dachte, dass es besser sei, Dir nicht nach
Hause zu schreiben.

Ich hätte uns das traurige Treffen im Café ersparen sollen,
doch mein Bedürfnis, Dich zu sehen, war stärker als alle Vernunft. Als Du vor mir saßest (aufregender und funkelnder denn
je, wie eine Droge vor den Augen eines frisch Entwöhnten),

verstand ich, dass ich Dir die Rückkehr zu mir verbauen musste. Selbst wenn ich Dich verletzte, durfte ich meinen jungfräulichen Erfolg nicht gefährden. Mit kompromissloser Strenge prüfte ich die Festigkeit meiner neuen Identität und tat alles, um die Welt nicht mit Deinen Augen zu sehen. Sonst wäre ich über den heruntergekommenen Schwätzer, der unbeirrt seinen Glauben predigt, vielleicht erschrocken wie Du! Untergrundkämpfer sind humorlos, denn nichts hindert uns so sehr, aktiv zu sein, wie Abstand und Ironie. Humor ist das beste Mittel, um sich über ein Unrecht zu trösten.

Trotzdem gab es Momente, in denen ich mir die neue Uniform am liebsten vom Leib gerissen und offen mit Dir gesprochen hätte. Vielleicht könntest auch Du einen Platz in meiner neuen Familie, die mich erfüllt und meinem Leben einen Sinn gibt, finden. Behaupteten wir nicht immer, verwandte Seelen zu sein? In meiner Dummheit glaubte ich, wenn Du meine Zufriedenheit spürtest, könntest auch Du Dich ändern. Aber Dein kalter, spöttischer Blick genügte, um mich von der Sinnlosigkeit meiner Hoffnung zu überzeugen. Plötzlich sah ich die Kluft, die uns trennt. Für mich sind die wilden Tage vorbei, in denen wir versuchten, über den Dingen zu stehen, damit die graue Wirklichkeit unser Glück nicht befleckt. Du aber bist geblieben, wie wir waren: unbeteiligt, ironisch und skeptisch. Und dennoch – als Du mich anschautest und meinen Namen flüstertest, wollte ich einen Augenblick nachgeben. Vielleicht könnten wir die schmerzliche Distanz überbrücken, wenn wir uns auf neutralem Boden begegnen und unsere Anschauungen zurückstellen würden. Doch ich wusste, dass ich bald in meiner früheren Existenz gefangen wäre. Ohne Dich ist mein Leben trostlos, aber mit Dir ist es ein Pulverfass, ein ewiger Kampf mit vergänglichen Siegen, die einen bitteren Geschmack hinterlassen. Spott, Kälte und Verachtung, unsere einstigen Waffen, will ich nicht mehr! Als Du so dasaßest in all Deiner Schönheit und mein Herz und mein Körper nach Dir verlangten, begriff ich, dass ich dieses Schlachtfeld nie mehr betreten will, selbst wenn ich damit auf Ausflüge ins Paradies verzichte.

Sollte ein Wunder geschehen, und Du bist in der Lage, Dich meinem neuen Weg zu öffnen, dann verspreche ich Dir, ein treuer Lehrer zu sein. Ich hinterlasse Dir meine Anschrift, doch respektiere meinen Wunsch und benutze sie nur, wenn bei Dir wirklich ein Wandel eintritt. Ich verlasse mich auf Deinen Anstand. Du hast große Macht über mich, und trotz aller Entschlossenheit sind meine Überzeugungen jung. Ich würde Dir jederzeit wieder verfallen.

Kapitel 26

»Anuschka!«, schallte Ferdis Stimme über den Flur, doch das Mädchen rührte sich nicht.

»Warum antwortest du nicht, Anuschka?«, rief Ruth, die in ihrem Sessel saß und aus dem Fenster schaute.

»Ich mache Hausaufgaben.«

»Sieh nach, ob Onkel Ferdi etwas braucht.«

»Ich habe zu tun!«

Ihr Bruder weinte, doch Ruth ging nicht zu ihm. Er hörte sowieso nicht auf sie und jammerte, alle mieden ihn und nur sein Bett freue sich, dass er noch lebe. Sie solle bloß nicht mit ihren Liebesschwüren anfangen – er wisse, dass er nur eine Last sei, der modrige Rest einer vergangenen Party.

Er hatte zugenommen und seine Knöchel waren geschwollen. Ein eitriger Geruch drang aus seinem Mund, wenn er schrie. Früher habe sie ihm alles erzählt und ihn wegen seiner

Empfindsamkeit und seines musikalischen Sachverstands gelobt, aber jetzt weiche sie ihm unter tausend Vorwänden aus. Und Anuschka hasse ihn. Dabei wisse er nicht, was er ihr getan habe – sie war doch sein Augenstern. Wie konnte es so weit kommen? Zu allen sei er gut gewesen, und er könne doch nichts dafür, dass sie an diesem furchtbaren Ort wohnen mussten. Seine Schüler seien davongelaufen, weil sie keine Kultur hätten, genau wie das Land, in dem sie lebten.

Ruth hatte ihm oft erklärt, dass sich Anuschkas Verhalten nicht gegen ihn richtete. Die Kleine müsse für die Schule lernen und habe bis über beide Ohren mit ihren Kameraden zu tun. Er sollte sich freuen, dass sich ihr Verhältnis zu ihrem Umfeld gebessert habe. Wie konnte er glauben, sie würde ihn hassen? In Wahrheit liebe sie ihn, denn er sei ihr einziger Onkel – man müsse nur Geduld haben. Aber Ferdi hörte nicht zu und behauptete, die Entfremdung seiner Nichte beweise, dass er nur ein dicker Teddy sei, den man wegwerfe, sobald er nichts mehr tauge.

Wie durch Nebel beobachtete Ruth die grausame Trennung. Ferdi fiel Anuschkas sozialer Integration zum Opfer. Ihr Streben nach Anerkennung war stärker als ihr natürliches Mitgefühl. Wenn sie ihren Onkel mit den Augen ihrer neuen Freunde betrachtete, schien er ein merkwürdiger Kauz, für den sie sich schämte. Verlegen hatte sie ihre Mutter gebeten, nicht zuzulassen, dass er sie in der Schule besuchte. Sie sei kein kleines Kind mehr und brauche keinen Aufpasser.

»Ruth!«, jammerte Ferdi in seinem Zimmer.

»Kannst du nicht zu ihm gehen, wenn er ruft?«, schalt sie ihre Tochter und warf ihr einen eisigen Blick zu. Dann drehte sie sich um und eilte zu ihrem Bruder, um auch ihn auszuschimpfen. Doch als sie sein unglückliches Gesicht sah, riss sie sich zusammen und versicherte, dass Anuschka es nicht so meinte. Er müsse verstehen, dass das Verhalten der Kleinen mit ihrer schwierigen Situation zu tun habe. Manchmal schämten sich Kinder für ihre Familie, aber das sei nur ein Zeichen von Trotz. Um ihn zu trösten, bot Ruth an, mit ihm Kaffee trinken und ins Kino zu gehen, »aber nur, wenn du endlich deine Trauermiene ablegst«.

»Dann bleibe ich hier! Du gehst ohnehin nur aus Mitleid mit mir aus.«

»Ich habe mein Leben für dich geopfert, und jetzt komm! Oder muss ich dich aus dem Bett zerren?«

Als sie über die Allenbystraße gingen, fing sie die Blicke der Passanten auf, die spöttisch den seltsam gekleideten Mann an ihrer Seite anschauten. Sie lächelte angewidert zurück. Ferdi schleppte sich dahin, als verfolge ihn eine Heerschar von Vorwürfen und Leid.

Als in die obere Etage des Hauses in der Balfourstraße eine Familie aus einem Kibbuz einzog, erklärte sich Anuschka bereit, die kleine Tochter zu hüten und beim Einkaufen und Saubermachen zu helfen. Anuschka sei wie eine Tochter für sie, behauptete bald die neue Nachbarin und regte eine Politik der offenen Tür an – schließlich wolle man Anuschka ihrer Familie nicht vorenthalten. Als Anuschka den Plan vereitelte, war Ruth erleichtert, denn sie genoss es, eine nahe und eine ferne Tochter zu haben. Die Freiheit, die sich aus ihrer Abwesenheit ergab, war ausnahmsweise nicht mit Gewissensbissen erkauft.

Doch eines Schabbats lud die Nachbarin die Steins zum Abendessen ein. »Vielleicht entwickelt sich daraus eine Tradition«, sagte sie, »das würde Anuschka sicher gefallen.« Ruth schauderte bei dem Gedanken, denn das Nachbarskind machte Lärm wie ein ganzer Bahnhof. Doch wollte sie die Frau nicht kränken, und Ferdi freute sich auf den Abend, als ginge es um eine Einladung an den englischen Königshof. Mit geheuchelter Begeisterung sagte Ruth zu und setzte durch, dass auch Otto trotz seines Widerstands mitkam.

Es wurde ein trauriger Abend. Anuschka hätte sich vor Scham am liebsten verkrochen. Obwohl es ihm Ruth verbot, nahm Ferdi den alten Zauberkasten mit und spulte, von der Gastgeberin ermutigt, das bekannte Programm ab. Früher ließ sich Anuschka von seinen Tricks bezaubern, aber jetzt glich er einem abstürzenden Meteor, dessen Lächerlichkeit jeder sah. Hör auf, flehte Ruth, doch er machte weiter, bis sie ihn aus dem Zimmer schob. Trotzdem war sie erleichtert, denn die Tradition der Schabbatbesuche wurde im Keim erstickt.

Natürlich gab ihr Otto die Schuld am Misslingen des Abends. Sie hätte die Einladung ausschlagen müssen, denn abgesehen davon, dass die Nachbarn vulgär seien, sprachen sie nur Hebräisch. Seinetwegen könnten sie bis ans Ende der Tage dumm und ungebildet sein, doch gebe es keinen Grund für ihn, sich in dieser primitiven Sprache auszudrücken. Zwar schätze er, was sie für Anuschka taten (obwohl nicht übersehen werden dürfe, dass sie sie als Hausmädchen ausnutzten), doch seien sie langweilig und ihre Gesellschaft nicht zumutbar. »Das Mädchen würde sich keine Ersatzfamilie suchen, wenn es eine richtige Mutter hätte.« Er selbst, fügte Otto hinzu, könne sich um Anuschka nicht kümmern, weil er den ganzen Tag arbeite. Da Ruth nichts Neues zu seinen Vorwürfen einfiel, schwieg sie und quittierte seinen Versuch, einen Streit zu beginnen, mit Gleichgültigkeit.

So zogen die Jahre dahin, und Ruth tröstete sich mit dem Gedanken, dass alles weiterging und die Welt wegen ihr nicht stehen blieb.

Teil IV

Palästina/Israel, vierziger Jahre

Kapitel 27

12. 12. 41

Liebe Sascha,
ich hoffe, dass Du auf meine letzten drei Briefe nur deshalb nicht geantwortet hast, weil sie nicht ankamen oder weil Du umgezogen bist. Es heißt, seit Ausbruch des Krieges sei die Post so konfus wie die Alliierten; daher schreibe ich heute an die Adresse Deiner Familie. Wenn Du auch diesmal nicht antwortest, müsste ich schließen, dass Du aus unerfindlichen Gründen den Kontakt zu mir abgebrochen hast. Entschuldige, wenn ich manchmal so verrückt bin, mir vorzustellen, Du hättest aufgehört, mir zu schreiben, weil Du Dich mit dem neuen Deutschland identifizierst und mich als Deine persönliche Feindin betrachtest. Ich weiß, dass das Unsinn ist; dazu kenne ich Dich zu gut. Wie oft sagten wir, dass nationale Empfindungen, Symbole und Zeremonien für eine träge, denkfaule Herde gemacht sind und nicht für zwei individualistische Frauen aus Wien. Wir brauchen weder Hakenkreuz noch Davidstern, schworen wir, als Hitler nach der Macht griff.
  Sicher fällt Dir auf, dass ich fast zwanghaft an der Überzeugung festhalte, dass sich Deine Einstellung zu mir nicht geändert hat. Das zeigt nur, wie empfindlich ich in letzter Zeit bin. Sicher sind meine Niedergeschlagenheit und Besorgnis dafür verantwortlich.
  Mit dem dringlichsten Thema will ich beginnen. In den ver-

gangenen Jahren habe ich versucht, Tante Mirjam aus Deutschland herauszuholen. Aber dafür braucht man ein Zertifikat der örtlichen Behörden, und die weigern sich, es mir zu geben. Sie bauen einen Staat auf, wie man hier sagt, und angesichts der Probleme mit den Arabern haben sie weder Zeit noch Geld, um sich um die Juden in Europa zu kümmern. Die »Rettung des jüdischen Volkes in seinem Land« sei oberstes Gebot, sagt ihr Führer, Ben Gurion. Aus historischer Sicht mag er recht haben, doch wie kann ich damit leben, dass eine geliebte Person hilflos gefangen ist in einem Land, das sie ausstößt, und kein anderer Staat sie aufnehmen will?

Der letzte Brief, den ich Tante Mirjam sandte, kam mit dem Stempel zurück: »Empfänger unbekannt«. Zwar schiebe ich die Verantwortung der Post zu, deren Ruf man ja kennt, doch die Ungewissheit bringt mich fast um. Daher wende ich mich mit schmerzendem Herzen an Dich, meine liebe Sascha. Du hast immer alles erreicht und jeden störrischen Beamten bezwungen – Du brauchtest nur Dein prächtiges Haar zu schütteln! Ich behaupte nicht, Tante Mirjam sei wie eine Mutter für Dich, doch eine gute Tante war sie gewiss. Ich flehe Dich an, hilf mir, sie zu finden! Ich habe niemanden außer Dir. Angaben zu ihrer Person lege ich bei.

Aber nun zu anderen Themen. Ich will nicht klagen und klage doch: An allen Fronten herrscht Düsternis! Außerhalb des Hauses habe ich keine Verpflichtungen, aber zu Hause hängt alles von mir ab. Und alles zerfällt, Sascha ... Ich werde mit den einfachen Dingen beginnen:

Von Otto gibt es nichts zu berichten außer dem, was Du längst weißt. Er ist verbittert und deprimiert, und alle sind schuld, nur er nicht. Zum Glück ist er kürzlich einem Schachklub beigetreten und kommt fast nur noch zum Schlafen nach Hause. Unsere Streitereien haben sich erschöpft. Es gibt Wochen, in denen wir kein Wort miteinander reden.

Aber das ist nicht schlimm, wirklich schlecht geht es dagegen Ferdi. Seit dem italienischen Angriff auf Tel Aviv im September steht er unter Schock. Die Bomben fielen auf unser Viertel. (Ich erzählte davon im letzten Brief und frage mich wieder, ob Du ihn erhalten hast ...) Seit dem Vorfall weigert er sich, aus dem Haus zu gehen. Er hat nur noch einen Schüler, den ich bezahle, damit er wiederkommt, aber das weiß Ferdi nicht. In diesem Punkt bin ich hartnäckig: Er braucht etwas, für das er Verantwortung trägt. Der Vorstoß Rommels nach Ägypten versetzt ihn in Panik. Er glaubt, er werde bis nach Palästina verfolgt; das sei die Strafe dafür, dass er geflohen sei. Ich versuche ihn zu beruhigen, doch ist der Verstand wie so oft machtlos gegen die Gefühle. (Ich selbst rege mich nicht auf; ich besitze den Optimismus der Einfältigen.) Nichts kann Ferdi trösten. Vor allem Anuschka nicht, die nur noch für ihre Klassenkameraden und die Nachbarn von oben da ist, während sie Ferdi immer offensichtlicher aus dem Weg geht. Als wolle sie verhindern, dass sie Mitleid mit ihm empfindet! Es ist wirklich schwer mit ihr. Ihre Gegenwart macht mich nervös und unsicher. Sie ähnelt Otto auf erschreckende Weise, als hätte ich mit ihm nicht genug Ärger! Wie er ist sie spröde, streng und gefühllos. Ich weiß, es klingt furchtbar, so über sein Kind zu sprechen, doch vor Dir habe ich keine Geheimnisse. Obwohl Anuschka in ihrer Klasse einigermaßen anerkannt wird, spielt sie noch immer das Opfer: Sie versucht ständig zu gefallen, biedert sich an, macht Hausaufgaben für die anderen, kauft ihnen Geschenke, und das setzt immer wieder den alten Mechanismus von Ausbeutung und Spott in Gang ... nichts ist grausamer als Kinder. Und die Leute über uns sind Heilige. Ich bin sicher, dass sie Anuschka nicht ausnutzen, obwohl Otto das Gegenteil behauptet. Wenn das Opfer vor Dir liegt wie ein Teppich, trittst Du darauf, selbst wenn Du es nicht beabsichtigst. Meist beobachte ich und schweige, doch manchmal bricht

Wut in mir auf, und ich werfe Anuschka grausame Dinge an den Kopf und schimpfe über ihr jämmerliches Benehmen. Dann schaut sie mich mit ihren unterwürfigen, naiven Augen an, und sofort empfinde ich Reue und versuche zu erklären, was ich meinte. Aber keine Ausrede holt die Worte zurück, die wie schmutzige Wäsche im Raum hängen. Anuschka lehnt die Umarmung, die ich ihr zur Entschädigung anbiete, ab und flieht zu ihren Rettern im oberen Stockwerk – und ich nehme es erleichtert hin. Leider macht mich das Bewusstsein für die eigene Schuld nicht geduldiger. Meine Moral ist brüchig und mein Mitleid unbeständig und fruchtlos. Die Tage von Heidelberg sind vorbei, damals ließ Robert mich strahlen. Ich brauchte nur an ihn zu denken, schon konnte ich ruhig mit Anuschka spielen. Du weißt, Robert ist verschwunden, und an manchen Abenden fühle ich mich, als hätte ich den ganzen Tag im Bergwerk geschuftet. Ohne an etwas zu denken, falle ich aufs Bett und überlasse mich einer weiteren Runde Schlaf, die das Ende hinausschiebt. Süßer Schlaf, mein Verbündeter, meine einzige Rettung!

Ich höre Dich fragen: »Was gibt es Neues, Ruth?« Doch es gibt nichts Neues, Sascha, sondern nur Schlimmes, das sich weiter verschlimmert. Ich war nie eine gute Mutter, die sich von ganzem Herzen an ihrer Tochter erfreute. Otto hat vielleicht recht: Bei mir geht die Sorge zulasten der Liebe, um nicht zu sagen: Sie nimmt ihren Platz ein. Anuschka ist elf Jahre alt, fast eine junge Dame. Man kann sie nicht mehr in die Ecke stellen und mit einem Streicheln trösten. Vor einigen Tagen traf ich sie nackt an – normalerweise ist sie schamhaft, und dafür bin ich dankbar, doch plötzlich sah ich ihre Brüste, die ich unter ihren Kleidern nie bemerkt hatte. Ich fühlte mich furchtbar, Sascha, war starr vor Mitleid und Entsetzen. Als stünde eine bedrohliche Fremde vor mir! Anuschka schien meine Befangenheit zu spüren – sie nahm schnell das Hand-

tuch, bedeckte sich und sagte Entschuldigung. Stell Dir vor, sie entschuldigt sich bei mir, anstatt dass ich sie um Verzeihung bitte. Ich wollte sie umarmen wie früher, als sie ein Kind war und vor jedem Vogel erschrak, doch ich konnte nicht. Verzeih mir meine Offenheit, aber ich habe niemanden, mit dem ich sprechen kann. Vor Hansi würde ich mich schämen, dafür ist das Thema zu intim.

Von Robert habe ich seit dem Brief, den er mir nach unserem traurigen Treffen im Café schrieb, nichts mehr gehört. Ich schickte ihm eine kurze Postkarte, unverbindlich und vorsichtig formuliert, doch er antwortete nicht. Nach einem Monat fasste ich Mut und ging zu der Adresse, die er mir gegeben hatte. Der neue Mieter konnte nicht sagen, wohin er gezogen war. So bleibt nur die Fantasie, um mich zu erfreuen, und die Hoffnung, ohne die ich morgens nicht aufstünde: Unsere gemeinsamen Tage sind nicht vorbei; das Blatt wird sich noch einmal zu meinen Gunsten wenden.

Voll Ungeduld erwarte ich Deine Antwort

Deine Ruth

15. 2. 42

Liebe Ruth,
im Gegensatz zu den anderen Briefen, die ich übrigens alle erhalten habe, weckt Dein letzter Brief Betrübnis und Unbehagen in mir. Betrübnis, weil Mirjam eine Stütze meiner Jugend war – ihr Leid macht mich unendlich traurig –, und Unbehagen, weil ich nicht mehr in den Sphären lebe, mit denen Du korrespondierst.

Der nationalsozialistischen Partei bin ich nicht beigetreten, denn Formulare langweilen mich wie zuvor. Trotzdem kann man sagen, dass ich im Sturm erobert wurde, ohne dass ich es wollte. Vor einem Jahr, nachdem ich mich wie so oft dem zy-

nischen, trostlosen Spiel hingegeben hatte, ließ ich mich auf die »träge, denkfaule Herde« ein und erkannte, dass sich ein neuer Weg vor mir öffnete. Ich begriff, dass der Individualismus, den Du in Deinem Brief rühmst, die Ursache meiner Niedergeschlagenheit war. Meine Seele war vergiftet vom narzistischen Grübeln und der Selbstquälerei, bei der sich immer das Gleiche abspielt.

Die Gemeinschaft, Ruth. Deutschland. Die Deutschen. Das Volk. Eine große Familie. Ein bescheidener, doch wichtiger Teil eines Ganzen zu sein. Vielleicht lächelst Du und fragst: »Welche Droge hast du genommen?« Doch will ich Dir antworten, dass die Zugehörigkeit, die ich so nie empfunden hatte, reiner als Kokain und beruhigender als Opium ist.

Aus meinem neuen Blickwinkel scheinen die überheblichen Reden über die »träge Herde« wie das Geschwätz dummer Mädchen. Ich war derart mit mir selbst beschäftigt, dass ich die Erniedrigung Deutschlands durch den Versailler Vertrag nicht erkannte. Von Schauspielern wird erwartet, dass sie sich mit universellen Themen befassen, nicht mit Volkstum und Vaterland. Aber weißt Du, was ich in der Rückschau begriffen habe? Die individualistischen Künstler sind die grausamste und böseste Herde von allen! Ihre Gleichgültigkeit und ihr Vorurteil zeugen von emotionaler Trägheit. Unser Deutschland – nein, Ruth, ich schäme mich nicht so zu sprechen, selbst wenn Du Deinen schönen Mund kräuselst – unser Deutschland ist eine positive Herde: stolz, fröhlich, strahlend, sportlich und das Licht, nicht die Dunkelheit suchend. Beschämt erinnere ich mich, wie wir der Düsternis huldigten, nur um zu rechtfertigen, dass wir nicht fähig waren, das Licht zu sehen. Keine falsche deutsche Romantik, kein Weltschmerz, Ruth! Freude an der Welt – das ist es, was mir das neue Deutschland geschenkt hat.

Ich erwarte nicht, dass Du unsere Sicht auf die Juden teilst.

Dennoch musst Du verstehen, dass ein historischer Versuch unternommen wird, ein Vorbild für alle zu schaffen, eine reine Gesellschaft in jeder Hinsicht. Erlaube mir, meine Vision zu erklären: Ich hoffe, dass sich nach unserem Beispiel jedes Volk auf Erden um seinen reinen, ursprünglichen Kern versammeln wird. Der Turm von Babel ist eingestürzt, um uns etwas zu lehren. Daher möchte ich Dir einen Rat geben, Ruthilein: Palästina ist Deine wahre Heimat, und vielleicht wird es Euch eines Tages auch offiziell gehören. Verliebe Dich in das Land, wie ich mich in meines verliebt habe. Du schreibst, dass Du mich kennst, doch schau her, was aus mir geworden ist. Ich wurde vor mir selbst gerettet und bin zum ersten Mal glücklich.

Ich bin über beide Ohren beschäftigt, Ruth. Daher entschuldige, wenn ich Dir nicht immer sofort schreiben kann.

Deine Sascha

Kapitel 28

»Erfahrene Verkäuferin gesucht« stand an der Tür des Pelzgeschäftes Goldwasser & Sohn in der Ben-Jehuda-Straße, an dem Ruth jeden Tag vorbeiging. Das Schild war eine stetige Mahnung, ihren vagen Plan in die Tat umzusetzen. Doch hatte sie vorläufig noch andere Sorgen.

Sie fürchtete, den Verstand zu verlieren. Der Schlaf hatte sie verlassen wie ein grausamer Liebhaber, der seiner Gefährtin überdrüssig ist. Die Nächte vergingen in nervösem Wachen, als spiele ein elektrischer Taktstock mit jedem ihrer Glieder. Ohne fremde Hilfe war sie den Launen ihres Körpers ausgeliefert, doch die Tabletten, die ihr verschrieben wurden, förderten nicht den Schlaf, sondern verursachten ein Zittern ihrer

Arme und Beine. Nur wenn ihr Körper erschöpft war, brachte er flüchtigen Schlaf über sie, aus dem sie schlagartig erwachte. Sie dürfe sich tagsüber nicht hinlegen – erklärte die Ärztin, eine burschikose Sabre –, dann könne sie abends leichter einschlafen. Ruth blickte sie feindselig an (nichts ist leichter, als einer Kranken Ratschläge zu erteilen) und erwiderte, sie könne nichts dafür, wenn sie nach einer durchwachten Nacht vormittags einnicke. Die Ärztin seufzte und sagte, bei Menschen mit anhaltenden Schlafstörungen habe man besorgniserregende Symptome festgestellt; vielleicht sollte sie ein heißes Bad nehmen, bevor sie zu Bett ging, und lange Spaziergänge machen. Körperliche Betätigung bringe seelischen Ausgleich – genau das predigte Ruth immer Ferdi.

In der Politik ging es schneller voran: Von der Front in Nordafrika wurde ein Umschwung gemeldet. »Die achte britische Armee hat Rommel in El-Alamein angegriffen«, las Ruth aus der Zeitung vor, doch Ferdi war zu deprimiert, um sich mit ihr zu freuen. Das ärgerte sie. Zwar gelang es auch ihr nicht, im Alltag Trost zu finden, doch bemühte sie sich, am Leben teilzunehmen. Wenn irgendwo Flugblätter lagen, zwang sie sich, sie zu lesen. So leiste sie wenigstens einen kleinen Beitrag zum allgemeinen Bemühen, erklärte sie ihm. *»Jüdische Jugend, stell Dich in den Dienst des Vaterlands! Gliedere Dich in die Reihen des Volkes ein!«* – *»Die Regierung zahlt eine Belohnung für Hinweise zur Erfassung der Untergrundkämpfer, die für das Sprengstoffattentat in der Jaelstraße in Tel Aviv verantwortlich sind.«* – *»Sir Harold McMichael, britischer Hochkommissar in Palästina, gesucht wegen Mordes an 800 jüdischen Flüchtlingen an Bord der Struma auf dem Schwarzen Meer.«* Obwohl sie nichts davon verstand, seufzte sie laut, weil sie das Gefühl hatte, es würde von ihr erwartet.

An einem Dezembermorgen verweilte ihr Blick auf einem Artikel des Davar, der am Redaktionshaus in der Scheinkinstraße aushing, und zum ersten Mal verschwammen die Worte nicht, sondern prägten sich ihr ein.

»*Vernehmt, Völker, dass das Blut Seiner Diener gerächt werden wird. Erwacht, Bewohner des Erdkreises, und schaut auf die furchtbare Opferstätte; nie zuvor habt ihr dergleichen gesehen. Himmel und Erde werden erfüllt sein vom Donner des Aufstands.*«

»Leere Prophezeiungen! Nichtiges Geschwätz!«, sagte neben ihr ein alter Mann auf Berlinerisch. Sein energischer Ton flößte ihr Vertrauen ein.

»Meinen Sie wirklich?«, fragte sie und schaute ihn erwartungsvoll an. Doch sie wollte nicht zweiflerisch klingen und fügte schnell hinzu: »Sie haben recht, es klingt wirklich nicht glaubwürdig.«

»Die rechten Zionisten streuen Gerüchte, und wissen Sie, warum? Weil eine Katastrophe in Europa den Zionismus rechtfertigen würde. Sie freuen sich über jede falsche Nachricht und blasen sie auf. Erst vor zwei Tagen erhielt ich einen Brief von meiner Schwester in Berlin. Ihr geht es mehr oder weniger gut. Zwar darf sie nicht ins Theater gehen, aber ich darf es und tue es trotzdem nie. Keiner hat sie aus dem Haus geworfen und an einen der Orte geschickt, über die die Leute munkeln. Es ist furchtbar! In diesem Land fühlt sich niemand für sein Gerede verantwortlich. Ich behaupte nicht, dass das, was in Europa geschieht, angenehm sei, doch bis zur Opferstätte, die niemals ihresgleichen sah, ist es ein langer Weg.«

Sie war ihm dankbar für den Leckerbissen, den er ihr servierte, und verabschiedete sich, ehe er seine Worte relativieren und von den Ausnahmen erzählen konnte, bei denen nicht alles so gut lief.

Die Schaufenster in der Allenbystraße verkündeten keine Sensation, doch sie boten Zerstreuung. Ruth sah einen glockig geschnittenen Wollmantel, der nur auf den ersten Blick schlicht wirkte. Trotz des schönen Anblicks konnte sie den Artikel des Davar nicht vergessen. In ihrem Kopf stritten die poetischen Sätze mit den kritischen Bemerkungen des Berliners. Doch er musste recht haben, denn er war kein leichtfertiger Jüngling, sondern ein alter Europäer, der verantwortungsbewusst handelte und über Informationen aus erster Hand verfügte. Wenn von Mirjam kein Brief kam, war sicher die Post schuld, die in Berlin verlässlicher arbeitete als in der Provinz. Auch mit dem »billigen Gerede« hatte der alte Mann recht. Sie glaubte ohnehin nicht, dass Zeitungen die göttliche Wahrheit verbreiten. Vielmehr übertreiben sie, um ihre Leser bei Laune zu halten. »Und überhaupt«, sagte sie und versuchte sich auf den Mantel zu konzentrieren, »es ist sinnlos, wenn ich über solche Dinge nachdenke. Nicht weil ich faul bin, sondern weil Zweifel und Gewissensbisse keine Lösungen bringen und meiner Umgebung nur schaden.« Ihre Ungeduld im Umgang mit Ferdi und Anuschka (und sicher auch ihre Schlafstörungen) waren das Ergebnis von fruchtloser Grübelei, die sie nicht mal von ihrer Schuld befreite. Hatte sie nicht alles getan, was in ihrer Macht stand? Selbst wenn sie sich bei der Jewish Agency häuslich einrichtete, könnte sie für Mirjam kein Visum erwirken. »Vor dem System ist selbst deine Schönheit machtlos«, sagte Hansi, um sie zu trösten. Sie grübelte zu viel, weil sie nichts zu tun hatte. Für alle Beteiligten wäre es besser, wenn sie eine Arbeit annähme, die ihr Halt gab und ihre Sinne abstumpfte.

Sie ging zum Pelzgeschäft in der Ben-Jehuda-Straße. Ein alter Mann mit Brille und erloschenem Blick sprach mit einer Kundin, die einen Fuchspelz probierte.

»Herr Goldwasser?«, fragte Ruth. »Ich komme wegen der freien Stelle.«

Dann trat sie zur Seite und schaute sich still um. Das Geschäft war geschmackvoll eingerichtet, nicht wie der Pelzladen in der Allenbystraße, der ihr wie ein Lager für tote Tiere vorkam. Bei Goldwasser & Sohn gab es einen Perserteppich, einen antiken Schreibtisch und Stühle mit weinrotem Polster, und alles war in ein angenehmes Dämmerlicht getaucht. Ein sympathischer Ort, an dem sie sich nicht nur die Zeit vertreiben, sondern auch Geld verdienen konnte.

Die Kundin zögerte, trat näher an den Spiegel und entfernte sich wieder. Herr Goldwasser schwieg. Er hatte es nicht eilig, den Mantel zu verkaufen. Noch nie hatte Ruth einen so traurigen Verkäufer gesehen. Verstand er nicht, dass die Kundin ein Kompliment erwartete? »Entschuldigen Sie, wenn ich mich einmische«, sagte sie. Es schien der richtige Augenblick, um ihr kaufmännisches Talent zu beweisen. »Ich werde schwach, wenn ich Sie in dem Mantel sehe. Er steht Ihnen wunderbar. Der arme Fuchs ist nicht umsonst gestorben. Ich fürchte, wenn Sie ihn nicht nehmen, kaufe ich ihn.« Sie glaubte, die bedrückende Stimmung aufzulockern, doch die junge Frau schaute sie an, als werde sie der Ermordung des Fuchses beschuldigt, und erklärte: »Sie werden eingeschläfert. Sie spüren nichts.«

»Selbstverständlich«, sagte Ruth erschrocken, »es war nur ein Scherz.«

Die Frau zog den Mantel aus und gab ihn ihr. »Nehmen Sie ihn, er gehört Ihnen.«

»Es tut mir leid, ich wollte nur helfen«, sagte Ruth, als die Kundin den Laden verließ.

»Das macht nichts«, brummte der alte Mann. »Haben Sie Erfahrung?«

»Ja, ich war dreieinhalb Jahre bei einem Pelzhändler in Heidelberg tätig«, sagte Ruth und lächelte. »Außerdem war mein Großvater Kürschner. Ich bin mit Pelzen aufgewachsen.«

»In diesen Dingen entscheidet mein Sohn«, erklärte der alte Mann traurig, »er ist jetzt der Geschäftsführer.«

Sie berührte seinen Arm und versuchte seinen Blick einzufangen. »Fühlen Sie sich nicht wohl?«

»Mir geht es gut, aber meine Frau ist vor einem Monat gestorben.«

»Das tut mir leid«, flüsterte sie. »Auf Schmerz und Kummer verstehe ich mich ... und auf Pelze. Wann soll ich morgen kommen?«

»Um elf Uhr«, antwortete der alte Mann und wandte sich ab.

Erleichtert verließ sie den Laden und dachte über Pelze nach und wie man sie am besten verkaufte. Ein Fehler wie der mit der Kundin würde ihr nicht noch mal passieren. Statt billiger Komplimente musste sie treffendere Worte finden. Sie war keine dumme Verkäuferin, sondern eine intelligente Frau von zweiundvierzig Jahren, die einiges im Leben gelernt hatte. Als Konsumentin hatte sie genug Erfahrung mit Pelzen gesammelt; es gab keinen Grund, sie nicht einzustellen. Goldwassers Sohn wäre beeindruckt wie alle jungen Männer, denen das Wasser im Munde zusammenlief, wenn sie sie sahen.

Sie ging durch die Allenbystraße und ärgerte sich, dass sie nicht schon früher eine Stelle gesucht hatte. Harte Arbeit war das richtige Mittel für einen guten Schlaf.

Die Müdigkeit käme nicht mehr vom Kopf, sondern vom Körper. Als sie nach Hause kam und Ferdi die Neuigkeit verkündete, fühlte sie, dass ab jetzt alles anders würde.

Er saß in der Küche und schälte einen Apfel.

»Du kannst dir nicht vorstellen, wie froh ich bin, Ferdilein! Ich brauchte eine Weile, um zu verstehen, doch dann war es wie eine Erleuchtung. Arbeit ist unser Leben, dafür sind wir geschaffen. Wir arbeiten, um uns selbst zu vergessen, und erhalten sogar einen Lohn dafür! So einfach ist das. Was sagte die arme Sonja? ›Wir werden arbeiten, Onkel Wanja ...‹«

»Sonja interessiert mich nicht.«

»Aber mich! Es ist tröstlich, seine eigenen Gedanken in einer schönen Formulierung zu lesen.« Sie ging zum Regal, zog ein Buch hervor und schlug es am Ende auf. »Wir werden für die anderen arbeiten, heute wie auch im Alter, ohne Ruhe zu kennen, und wenn unsere Stunde gekommen ist, werden wir ergeben sterben und dort im Jenseits sagen, dass wir gelitten haben, dass wir geweint haben, dass es uns bitter schwer war ... Wunderbarer Tschechow«, seufzte Ruth und stellte das Buch zurück. »Du solltest dir auch eine Stelle suchen, Ferdilein, vielleicht in einer Fabrik. Arbeiter werden immer gebraucht.«

»Welche Fabrik?«, fragte er erschrocken.

»Ich weiß nicht, aber wir finden es heraus. Wenn wir nichts tun, werden wir beide verrückt. Ist Anuschka bei den Nachbarn?«

»Nein, sie ist mit dem Mädchen in ihrem Zimmer. Ich weiß, was sie tun, aber ich petze nicht.«

Sie eilte in Anuschkas Zimmer und sah, dass sie etwas unters Bett schob. Neben ihr saß das Nachbarskind mit triefender Nase und schrie.

»Was versteckt ihr?«, fragte Ruth.

»Nichts«, antwortete Anuschka und schaute sie vorwurfsvoll an. »Wir spielen.«

Ein schwaches Bellen ließ keinen Zweifel. Ein kleiner Hund, nackt und entsetzlich hässlich, kam unterm Bett hervor, sprang auf Ruth zu und pinkelte an ihren Fuß, als sei sie der Baum, auf den er sehnsüchtig gewartet hatte. Mit aufgerissenen Augen sah Ruth die gelben Sprenkel auf ihrem Schuh und die Pfütze, die in den Teppich einzog. Anuschka brach in Tränen aus und stammelte, sie habe den Welpen der Nachbarn nur hergebracht, damit er ihr Zimmer kennenlernte; sie werde alles sauber machen, auch den Schuh, das verspreche sie. Unterdessen zog das Nachbarskind mit seiner klebrigen Hand an Ruths Kleid, zwitscherte etwas Unverständliches, und der

Hund, der seine Sorgen los war, sprang freudig im Zimmer herum, als wolle er ein störrisches Publikum von seinem sympathischen Wesen überzeugen.

»Lass das Weinen!«, befahl Ruth und unterdrückte ihren Zorn. »Nächstes Mal hörst du, was man dir sagt. Ich habe dir verboten, den Hund in die Wohnung zu bringen – Freunde ja, aber kein Tier, so lauten die Regeln.«

Anuschka murmelte eine Entschuldigung.

»Was nützt das dem Schuh und dem Teppich?«, sagte Ruth. »Und jetzt nimm die Kleine und putz ihr die Nase. Sie steckt noch das ganze Haus an.«

Ohne auf das Drama zu achten, lief der Welpe ins Wohnzimmer, um auch dort seine Marke zu setzen.

Ruth schnaubte wie eine Lokomotive. Unter ihren Händen verwandelte sich die Ohnmacht ihrer Tochter in glühenden Ton. Sie schüttelte ihre flatternden Schultern, und aus ihren Augen schossen Pfeile, die mit lüsterner Abscheu getränkt waren. Zum Glück erlosch das Feuer so schnell, wie es entflammte. Der verlorene Blick ihrer Tochter besänftigte sie, und sie drückte sie an ihre Brust und entschuldigte sich, doch Anuschkas Körper war hart wie ein Baumstamm. Sie verzeihe ihr, sagte sie, doch jetzt müsse sie nach oben gehen, sie würden schon erwartet.

»Gäbe sie mir nur ein Zehntel von dem, was sie für den Hund übrighat ...«, jammerte Ferdi, während Ruth auf dem Boden kniete und den Teppich abrieb. Die Schuhe hatte sie weggeworfen.

»Sie ignoriert dich, weil du den ganzen Tag faul herumliegst. Du bist kein Vorbild für sie.«

»Ich bin krank. Was soll ich tun?«

»Such Arbeit!«

»Ich arbeite doch.«

»Eine Unterrichtsstunde pro Woche ist keine Arbeit.«

»Ich bin nicht schuld, wenn ich nicht mehr Schüler habe.«

... und ich bezahle, damit dein einziger Schüler noch kommt, wollte sie sagen, doch sie hielt sich zurück.

»Süßes Ferdilein«, sagte sie stattdessen und überwand sich, sein fettiges Haar zu streicheln, »wir müssen uns nützlich machen, sonst behandeln uns die anderen wie Taugenichtse.«

»Wovon redest du?«, fragte er und schaute sie verwundert an.

»Von Hoffnung, Ferdi, von Hoffnung.«

Als Otto abends nach Hause kam, teilte sie auch ihm mit, dass sie ab morgen arbeiten werde.

»Es wurde auch Zeit«, entgegnete er und schlug die Tür vor ihrer Nase zu.

Ein Gedanke schoss ihr durch den Kopf: Was wäre, wenn sie zu ihm hineinstürmte, ihn an die Wand presste und ihn küsste? Doch sie ging in ihr Zimmer und zog sich aus.

Als sie im Bett lag und auf die Nacht wartete, dachte sie an ihr neues Leben, das am nächsten Morgen begann. Aus ihrer Zuversicht tauchte wie ein friedlicher Glanz die Erinnerung an Robert auf. Sie kehrte zu ihrem ersten gemeinsamen Morgen zurück, an dem sie nach der erregenden Szene in der Kirche auf einer Bank gesessen und still auf die diesige Stadt geschaut hatten.

Plötzlich war ein goldener Strahl durch die Wolken gebrochen, und über die Gebäude hatte sich ein Teppich aus Licht gelegt. Robert blickte zu den Spaziergängern und sagte mit einem schelmischen Lächeln: »Ich will dich küssen.« Dann stand er auf und führte sie zum Schloss auf den Berg. Eine uralte Kraft wehte um die Mauern, die wie eine schauerliche Gestalt wirkten: mit eisernem Haar, schmalen Augenschlitzen und einer Krone in Form eines Vogels, dessen Krallen eine doppelzüngige Schlange durchbohren.

Ruth schwieg, denn ihre Beziehung war jung. Er sollte

nicht wissen, dass die mutige Frau Stein nur eine schillernde Hülle war, in der Ängste tobten und nach Opfern verlangten. Sie stieg mit ihm die Treppe hinauf und lauschte ihrem Atem, der im stummen Raum wie die Tonspur eines Horrorfilms hallte. Als sie das oberste Stockwerk erreichten, nahm er sie in die Arme, doch sie war nervös und horchte auf das Scheppern, das von unten heraufdrang – am Eisentor hing ein großes Schloss. Wenn der Wächter zusperrte, wäre sie bis zum Morgen gefangen, und ihre Familie würde zur Polizei gehen.

»Unten ist jemand«, hauchte sie.

»Nein, da ist keiner«, keuchte er in ihr Ohr.

»Wir müssen gehen, das Tor wird geschlossen.«

»Seit Friedrich dem Zweiten hat niemand mehr zugesperrt.«

Doch Ruth versteifte sich, befreite sich aus seinen Armen und lief zum Geländer, von dem sie erleichtert das offene Tor sah. Als sie zu ihm zurückkam, lehnte er an der kühlen Mauer und sagte: »Das war nur ein Vorwand, nicht wahr? Du glaubtest nicht wirklich, es würde geschlossen.« Seine Kaltblütigkeit erschreckte sie.

Sie brach in Tränen aus.

Robert schaute sie betroffen an.

»Es tut mir leid«, sagte sie. »Ich hatte plötzlich Angst. Ich weiß, dass es dumm ist, aber –« Sie verstummte und versuchte zu ermessen, welchen Schaden ein Geständnis bewirkte. Doch Robert sah nicht den Betrug, sondern die Trauer in ihrem Blick, und in seinem jungen verliebten Herzen erwachte der Wunsch, sie zu beschützen. Wie ein Vater umarmte er sie, sagte, sie sei das schönste Geschenk, das er je erhalten habe, und küsste sie lange und ernst. Als sie später nackt und befriedigt auf dem Bett des Hotelzimmers lagen, entzündete er eine Opiumpfeife. Sie schauten sich an, und allmählich fiel das

Bewusstsein von ihnen ab und wich einer tiefen Ruhe. Hand in Hand tauchten sie in den kostbaren Raum, in dem zuweilen das Glück triumphiert, als sei es die selbstverständlichste Sache auf Erden.

Kapitel 29

Der junge Goldwasser beeindruckte sie mehr, als sie erwartet hatte. Sie war froh, einem erwachsenen Mann gegenüberzustehen – circa dreißig Jahre alt, gepflegt, groß, nicht zu schlank, glänzendes schwarzes Haar mit leichter Welle und, als Höhepunkt, schmale dunkelblaue Augen. Er glich einer lockenden Frucht, und Ruth war erleichtert, dass sie nicht ihr schwarzes Winterkostüm, sondern eine Jacke und einen Rock aus honiggelbem Satin trug.

»Ruth Stein«, sagte sie mit sicherer Stimme und reichte ihm die Hand. »Ich komme, um hier zu arbeiten.«

Seine Hand war kühl und trocken, ihr Druck genau bemessen. Im Gegensatz zu den Einheimischen riss er ihr nicht vor Überschwang den Arm ab.

Mit unbewegtem Gesicht deutete er auf einen Stuhl. Sie nahm Platz und schlug die Beine übereinander. Der Saum ihres Rocks entblößte ihre Knie, über die sich glänzende Seidenstrümpfe spannten. Zu ihrem Bedauern sah er ihre Beine nicht. Er ging um den Tisch und setzte sich ihr gegenüber.

Er unterschrieb einen Brief, legte ihn säuberlich auf einen Stapel und erkundigte sich, ob sie über Erfahrung im Pelzhandel verfügte.

»Sicher«, antwortete Ruth, »davon erzählte ich bereits Ihrem Vater.«

»Wiederholen Sie, was Sie gesagt haben.«

Seine Stimme klang tief und selbstbewusst. In Palästina hatte sie noch nie einen kühlen, raffinierten Mann wie ihn getroffen.

»Ich war dreieinhalb Jahre in einem Pelzgeschäft in Heidelberg beschäftigt«, entgegnete sie sachlich. Noch war es zu früh, um ihre Rede mit Nuancen zu würzen.

»Und wie hieß das Geschäft?«, fragte er und schaute sie herausfordernd an. Ruth fühlte sich, als kehre sie aus einem langen Exil zurück.

»Rosenzweig & Söhne.« Jeden Tag war sie an dem Laden vorbeigekommen, und oft war sie eingetreten, um Pelze zu probieren. »Man sollte Beruf und Hobby verbinden, finden Sie nicht auch?«

Er schwieg. »Wie heißt Herr Rosenzweig mit Vornamen?«

Das Pochen ihrer Schläfen mahnte sie zur Vorsicht. Trotzdem lächelte sie und entblößte ihre makellosen Zähne.

»Ich weiß nicht. Ich sagte ›Herr Rosenzweig‹ zu ihm.«

»In dreieinhalb Jahren hörten Sie nie seinen Vornamen?«

Ihr Kopf drehte sich, doch sie nahm sich zusammen.

Nach Jahren des Spiels und der Intrige war sie im Vorteil. Jeder Mensch hat Gefühle, selbst wenn mancher sie verbirgt.

»Lieber Herr Goldwasser, zweifeln Sie an meiner Glaubwürdigkeit?«

»Allerdings«, sagte er trocken, und zum ersten Mal fragte sie sich, ob sie zu hochmütig war, um die Wirklichkeit zu sehen. War die Gleichgültigkeit des jungen Mannes keine Maske, sondern echt? Jeder Mensch hat Gefühle, aber nicht immer gelten sie Ruth Stein.

»Ich weiß nicht, was ich sagen soll«, hauchte sie und schaute ihn bekümmert an. Dabei wirkte sie verletzlich, doch nicht unterwürfig.

»Die Wahrheit.«

»Es *ist* die Wahrheit«, versicherte sie mit Tränen in den Augen.

»Dann können Sie mir sicher sagen, welcher Hersteller den seligen Herrn Rosenzweig belieferte?«

»Herr Rosenzweig ist tot?«, rief sie erschüttert. Sie kannte ihn kaum, doch er war ein Teil ihres Heidelberger Lebens: ein liebenswürdiger Greis, der sie wie eine Königin im Exil behandelte.

»Er wurde an seiner Haustür ermordet«, erklärte Goldwasser und blickte ihr fest in die Augen.

»Wie furchtbar«, murmelte sie und dachte an Mirjam. Ging auch für sie die Krone des Alters in Rauch auf?

»Nun zu Ihnen«, fuhr er fort. »Zufällig kenne ich Herrn Rosenzweigs Tochter und weiß, dass nur Verwandte in seinem Geschäft arbeiteten. Angesichts der tragischen Umstände ist Ihre Lüge empörend!«

»Ich glaube, ich sollte jetzt gehen«, flüsterte Ruth und schaute ihn unsicher an.

»Ja, das sollten Sie«, befand Goldwasser. Sein Blick schmerzte wie eine Ohrfeige.

Natürlich war es beschämend, beim Lügen ertappt zu werden. Doch das war nicht der Grund, dass sie wie Abfall im Wind durch die Straßen trieb. Der Blick des jungen Mannes führte zu einer Erkenntnis, hell wie der zitronengelbe Morgen: Sie hatte ihre Identität verloren, denn wie ein Totengräber, der das Leichentuch anhebt, hatte Goldwasser ihr wahres Gesicht enthüllt.

Die Erschütterung, die sie wie eine schreckliche Nachricht traf, ließ keinen Zweifel: Aus Blindheit hatte sie nicht erkannt, dass sie nicht mehr die Frau war, die sie zu sein glaubte. Eine lächerliche Greisin war an ihre Stelle getreten, die sich mit ignorantem Hochmut ihrer verblassten Jugend rühmte. In ihrer Armseligkeit hatte sie sich benommen, als wäre sie die Prinzessin von Heidelberg.

Die Erinnerung an diese Minuten verzerrte sich und bildete eine zerstörerische Kraft. »Man sollte Beruf und Hobby verbinden«, murmelte ihre Stimme, dumpf wie eine gesprungene Saite. Welch idiotischer Spruch! Mit einer Selbstsicherheit, die noch aus ihrem früheren Leben stammte, hatte sie Goldwasser belogen und mit der Unbekümmertheit einer Heranwachsenden bedauert, dass er ihre Beine nicht sah. Plötzlich erinnerte sie sich an die blauen Adern an ihrem Knie, die nur flüchtige Betrachter nicht sahen. In ihrer Vorstellung bildeten sie ein hässliches Geflecht. Blut schoss in ihre Wangen, und ihre Beine weigerten sich weiterzugehen. Sie wollten einem peinlichen Geschöpf wie ihr nicht mehr dienen. Mit gesenktem Blick stand sie da und sammelte sich, damit die Passanten, ihre einstigen Bewunderer, nicht merkten, dass sie sich in eine gebrechliche alte Frau verwandelt hatte.

Wie ein Vermächtnis gab ihr die Vernunft ein letztes Zeichen: All das spielt sich nur in deinem Kopf ab. Doch ihre neue Identität hatte ihr Bewusstsein bereits erobert. Sie öffnete ihre Handtasche und suchte den Spiegel, um sich den Prozess des Verfalls bestätigen zu lassen, doch war der Spiegel nicht in der Tasche. Sie stürzte in ein Café, suchte die Toilette auf und stellte sich dem Bild, das die Wand reflektierte: mit dem geäderten Hals eines Huhnes, hängenden Lidern, einer faltigen Oberlippe, Kerben in der Stirn und gelbem Stroh auf dem Kopf.

»Alles in Ordnung?«, fragte ein junges Mädchen in der Stille des Waschraums.

Ruth drehte sich zu ihr um und sah ihren mitleidigen Blick.

Ihr wurde übel. Sie beugte sich übers Waschbecken und spuckte eine grünliche Masse aus.

»Trinken Sie etwas Wasser«, empfahl das Mädchen und öffnete den Hahn. Ruth hielt ihre Lippen unter den Strahl, doch sie konnte nicht trinken.

»Es geht schon«, krächzte sie, wankte in eine Kabine, neigte sich über die Toilette und steckte sich einen Finger in den Hals. Eine gelbliche Flüssigkeit tropfte heraus. Sie keuchte und würgte, bis sich die Muskeln in ihrer Kehle entspannten. Erleichtert sank sie auf den sicheren Boden.

»Geht es Ihnen gut?«, fragte von fern eine kräftige junge Stimme. Als kehre sie aus einer anderen Wirklichkeit zurück, öffnete sie die Augen und schaute sich um. Außerhalb der Kabine tuschelte man. Sofort erwachte ihr Stolz, und sie versuchte sich ehrenhaft aus der Affäre zu ziehen. Sie öffnete die Tür, lächelte selbstbewusst und sagte zu drei Frauen, die sie mit besorgten Gesichtern ansahen: »Danke, vielen Dank. Ich muss etwas Verdorbenes gegessen haben, aber jetzt geht es mir wieder gut.« Ein Blick in den Spiegel bestätigte ihr Gefühl. Zwar war sie den Umständen entsprechend ramponiert, doch ein Bad würde alles wieder richten. Sie war nur in Ohnmacht gefallen, eine Folge ihrer Neigung, sich in extreme Gefühle zu steigern und zu glauben, es handele sich um eine neue, unabänderliche Situation. Doch hatte sie eines im Leben gelernt: Die Hölle dauert nicht ewig.

Als sie hinaustrat, fühlte sie sich angenehm matt. Ihre Lider waren schwer, und während sie die Allenbystraße hinaufging, hüllte sie sich in Visionen von tiefem Schlaf, dem sie sich in Kürze hingeben würde. Ihre Fantasie war gesundet, und sie dachte nur an ihren müden Körper. War ein Schock nötig, damit sie wie ein erschöpfter Soldat Ruhe fand? Ihm war es egal, ob er eine Niederlage erlitten oder einen Sieg errungen hatte, ob er Erniedrigung oder Ruhm erfuhr. Die Hauptsache war, dass sich sein Körper erholte. Selbst wenn sie an diesem Tag einen hohen Preis gezahlt hatte, schien er lächerlich, als alles vorbei war. Sie stieg die Treppen zur Wohnung hinauf und war sicher, dass sie sofort einschlafen und viele Stunden, ja Tage nicht mehr erwachen würde.

Leise öffnete sie die Tür. Sie hoffte, dass ihr Bruder schlief. Doch als sie ihn am Eingang zu Anuschkas Zimmer sah, wunderte sie sich nicht. Sie wollte sagen, dass er sie nicht stören solle, sie sei krank und müsse sich hinlegen. Doch durch die Wolke ihrer Erschöpfung wurde ihr seine Haltung bewusst: Wie gebannt schaute er durch den Türspalt. Plötzlich schienen die letzten Stunden nur ein Vorspiel der Katastrophe zu sein, die nun begann. Ferdi hatte Ruths Eintreten nicht bemerkt. Sie näherte sich und schaute ihm über die Schulter. Anuschka saß in Unterwäsche auf dem Teppich und spielte mit dem Nachbarskind mit der elektrischen Eisenbahn.

»Ferdi, was tust du hier?«, flüsterte Ruth.

Er zuckte zusammen und stammelte: »Wie bitte?«

Bevor sie etwas sagen konnte, lief er in sein Zimmer.

Als sie zu ihm ging, lag er auf dem Bett und verbarg sein Gesicht im Kissen.

»Ich wollte mich ein bisschen unterhalten, aber sie spricht nicht mit mir. In diesem Haus ist niemand, der mit mir sprechen will.«

Sie betrachtete ihn und wusste, wenn sie nicht sofort ins Bett ginge, wäre ihr Bündnis mit dem Schlaf für immer zerbrochen. Es war nicht der richtige Augenblick, um logisch zu denken. Anhaltende Schlaflosigkeit verzerrt die Wahrnehmung, und die Fantasie macht vor den Grenzen des Anstands nicht halt. Alles, was heute geschah, war das Resultat ihres furchtbaren Wachens. Wenn sie sich ausgeruht hatte, sähe die Welt anders aus. Möglicherweise war gar nichts geschehen. Anuschka hatte ihn nicht mitspielen lassen, und er begnügte sich damit, den Mädchen zuzuschauen. Wenn sie nicht so müde wäre, erschiene ihr Ferdis Verhalten sicher harmlos und dumm.

Ohne ein Wort ging sie in ihr Zimmer, sank aufs Bett und ließ sich von einem klebrigen Dämmer aufsaugen, nach dem sie sich seit Langem sehnte. Im Dunkeln hörte sie Anuschkas Stimme: »Schackschackschack tut tut tu.« Sie verschmolz mit dem Lärm eines Zuges, der in einen Tunnel fuhr. Am Fenster stand Tante Mirjam, und ihre Lippen bewegten sich im Rhythmus der Räder: »Zu spät, Ruth, zu spät.«

Kapitel 30

Ferdi saß rittlings hinter seinem Schüler und führte die Hände des Jungen über das Cello. Gemeinsam spielten sie eine Sarabande von Bach. Ferdi summte die Melodie und sagte: »Achte auf die Berührung des Bogens und der Saite, Joseph.«

»Ich heiße Yossi«, protestierte der Junge schüchtern, »und ich spreche lieber Hebräisch.«

»Richtig! Joseph war einmal, jetzt bist du Yossi ... Spiel behutsam, Yossi, mit Gefühl! Das Crescendo entwickelt sich aus Schwäche und Trauer. Streichle das Cello mit sanfter Gewalt und halte es mit beiden Beinen ... Pass auf, Yossi, ich mache es dir vor. Spürst du meine Schenkel?« Der Rücken des Jungen versteifte sich. »Hab keine Angst, Yossi, ich will dich nicht erschrecken.«

»Verzeihung«, stammelte der Junge.

»Wer muss wem verzeihen?«, flüsterte Ferdi in sein zartes Ohr. Das Cello jaulte, doch Ferdi fühlte nur das gefährliche Brodeln in seinem Bauch und redete, als hielten die Worte eine unschuldige Wirklichkeit aufrecht. »Musik ist Sehnsucht, Yossi, eine Sehnsucht, die die Nichtigkeit der Welt überwindet. Das sagte Mahler. Hast du je von ihm gehört, Yossi?« Er kostete den Namen des Jungen, als wäre es Konfekt. Dem Instrument entfuhr ein lautes Brummen.

»Ferdi?«, schallte von draußen Ruths Stimme.

Entsetzt sprang er auf. »Wir sind mitten im Unterricht, Titi … Setz dich gerade hin und nimm das Cello, Yossi.«

»Ich will nach Hause«, sagte der Junge, doch Ferdi versperrte ihm den Weg.

»Ich mag dich und möchte dir viel beibringen.«

Die Hilflosigkeit des Jungen weckte widerstreitende Gefühle. Ferdi wollte ihn beschützen und zugleich seine Unschuld zerstören, die ihn an seine eigene Kindheit erinnerte, damals, als er noch nicht aus dem Garten Eden vertrieben worden war. Mit bebender Hand berührte er das Kinn des Jungen.

»Lass mich gehen!«, schrie Yossi verzweifelt.

Die Tür flog auf, und Ruth eilte herein. Dabei stieß sie gegen eine Vase, die in einem Splitterregen zerbarst. »Ferdi, geh sofort in dein Zimmer und bleib dort! Du kannst nach Hause gehen, Yossi. Ferdi fühlt sich heute nicht wohl.«

»Ich habe nichts Böses getan«, beteuerte Ferdi, als der Junge verschwunden war.

»Ich will dich nicht mehr sehen«, murmelte Ruth, außerstande einen klaren Gedanken zu fassen.

»Bitte, hör mir zu!«, bettelte er und nahm ihren Arm, doch sie stieß ihn zurück.

Er zuckte zusammen. Seit Jahren hatte er ihren Zorn ertragen, denn meistens sah sie ihr Unrecht ein und versöhnte sich mit ihm. Dann umarmte sie ihn wie früher, als sie seine kleine Mama war, und er war wieder ihr armes Bärchen und leckte seine Wunden. Aber diesmal schaute sie ihn an, als sei er ein Fremder.

»Titi«, jammerte er.

»Lass mich allein!«

Ruth wankte zum Sofa. Eine Lawine von Erinnerungen stürmte auf sie ein, als tauchten Scheinwerfer die Vergangenheit in helles Licht. Das Harmlose schien plötzlich monströs und das Reine schmutzig. Sie dachte an die vielen Stunden, die ihr Bruder und ihre Tochter zu zweit verbracht hatten. Wie oft war sie nach Hause gekommen, als die beiden Mama und Bärchen spielten! Ferdi war der kranke Teddy, und Anuschka tröstete ihn. »Wer die Augen vor der Wirklichkeit verschließt, erlebt ein böses Erwachen«, sagte Mirjam und behielt wie immer recht. Um zu hören, musste sie ihr Gehirn von der zähen Masse, die es blockierte, befreien. Sie hatte nichts verstanden, als ihr Bruder an Anuschkas Tür gestanden und das Mädchen beobachtet hatte. Ihre Müdigkeit hatte den Ruf der Wirklichkeit verzerrt. Statt verantwortlich zu handeln, flüchtete sie in den Schlaf.

Und nun kam die Strafe. Ihr kalter, klarer Blick ließ keinen Zweifel.

Plötzlich war die Luft im Zimmer unerträglich. Ruth richtete sich auf und rief mit heiserer Stimme: »Ferdi!«

Die Tür zu seinem Zimmer öffnete sich. Er lugte ängstlich in den Flur: Ruth nahte wie eine Furie. Ihre Augen versprühten eine furchtbare Drohung, und aus ihrem Mund kam Feuer: »Hast du Anuschka berührt, Ferdi?«

Erschrocken presste er sich an den Türrahmen. Mit Händen und Füßen hieb sie auf ihn ein und fragte immer wieder: »Hast du meine Tochter angefasst?«

Er wollte protestieren und sich auf seine Unschuld berufen – niemals würde er seinem Augenstern etwas antun! Selbst wenn seine Seele in dunklen Kellern hauste, würde er Anuschka nicht mit hinabziehen. Doch er fand keine Worte. Sein Bewusstsein war wie ausgelöscht.

»Rede!«, kreischte Ruth und stieß ihn, bis er fiel. Drohend beugte sie sich über ihn: »Ich sperre dich in eine Anstalt und sorge dafür, dass du immer allein bist. Dann kannst du niemanden beschmutzen. Verschwinde, ich will dich nicht mehr sehen!«

Mirjam rauchte mit geschlossenen Augen eine Zigarette. Ruth lag auf dem Sofa und überlegte, weshalb ihre Tante unwirklich, fast bedrohlich wirkte. Waren es die Hosen? Seit wann hatte sie Hosen? Normalerweise trug sie Variationen des immer gleichen Kleides. Sie wollte fragen, was geschehen sei, doch damit riskierte sie, die Erleichterung über Mirjams Rückkehr zu zerstören. Alles ist zerbrechlich, man sollte lieber schweigen, dachte Ruth. Oder sollte sie die Gelegenheit nutzen und sich davonstehlen? Doch vielleicht öffnete Mirjam in dem Moment die Augen und ertappte sie bei ihrer Flucht. Immerhin rauchte sie und konnte nicht ewig mit geschlossenen Lidern dastehen. Seit jeher verstand es ihre Tante, ihr schlechtes Gewissen zu wecken. Sie brauchte nur das Gefühl zu haben, dass etwas nicht stimmte, und schon lag ein Vorwurf in ihrem Blick.

Ruth senkte den Kopf und stellte sich schlafend.
»Er ist krank«, sagte Mirjam.
Ruth wagte nicht zu fragen, wer. Sie fürchtete, der Schlaf würde sie verlassen, wenn sie anfing nachzudenken.
»Geh in der Mitte, dann stolperst du nicht ...«
Vorsichtig öffnete Ruth ein Auge. Mirjam hatte sich umgezogen und trug ihr graues Reisekostüm.
»Tante Mirjam«, flüsterte Ruth.
»Über mich sprechen wir ein andermal.«

Ein Poltern weckte sie. Sie richtete sich auf und lauschte. Das Haus lag still wie nach einer Katastrophe.
»Ferdi!«
Das Echo ihres Schreis verschmolz mit dem Schweigen. Sie

eilte zu seiner Tür und stieß sie auf, als könnte sie noch etwas ändern. Doch sie stolperte und schlug zu Füßen des umgefallenen Hockers auf.

Über ihr hing Ferdi. Sein Kopf war geneigt, und seine Augen blickten ungläubig.

Sie schaute zu ihm hoch. Der Mond erfüllte das Zimmer mit gespenstischem Glanz. Ihr Kopf war leer. Sie fühlte nichts, obwohl sie sich gestoßen hatte. Ruth Stein existierte nicht mehr; sie war nur noch ein Teil der Stille. Ein starrer Schatten bedeckte die Wand. Bis ans Ende der Tage hätte sie so liegen können.

Dann hörte sie die Wohnungstür, leise Schritte gingen durch den Flur. Sie wollte rufen, doch fürchtete sie eine neue Katastrophe. Plötzlich zerriss Orchestermusik die unheimliche Stille.

»Otto!«, schrie Ruth.

»Was willst du?«

Er ging wütend in die Küche. Nicht einmal Brot hatte sie gekauft. Er hatte einen zermürbenden Tag hinter sich und wollte nicht hungrig ins Bett gehen. Auf dem Weg zu ihrem Zimmer legte er sich die Worte zurecht, die er ihr an den Kopf werfen würde. Doch an Ferdis Tür hielt er inne und schaute verwundert auf den Körper, der ruhig hin- und herschwankte.

»Binde ihn los«, flüsterte Ruth, die es nicht ertrug, ihren Bruder so zu sehen. Doch Otto hörte nicht.

»Steig auf den Hocker und löse den Strick«, sagte sie etwas lauter. Er fasste sich und handelte wie ein Soldat, der Befehle befolgt, ohne zu fragen. Dabei vergaß er, dass Ferdis Körpergewicht die Schlinge zugezogen hatte.

»Du musst ihn anheben«, riet Ruth.

»Was?«, fragte er verwirrt.

»Du musst ihn anheben.«

»Ich werde jemanden rufen«, sagte Otto und stieg herab. »Komm mit in dein Zimmer, hier kannst du nicht bleiben.«

»Nein«, hauchte sie, klammerte sich an sein Bein und richtete sich auf.

»Wir schaffen es nicht, er ist zu schwer. Komm in dein Zimmer, dann hole ich Hilfe.«

»So kann er nicht hängen bleiben. Ich werde ihn anheben, und du löst den Strick.«

Sie stieg auf den Hocker und holte tief Luft. Mit einer Kraft, die man nur in ausweglosen Situationen empfindet, umschlang sie die Beine des Toten, schob ihn mit zitternden Armen empor und rief: »Komm!«

Otto stieg auf den Hocker. Seit Jahren waren sie sich nicht mehr so nahegekommen. Statt den Strick zu lockern, zog er ihn versehentlich fest. Ferdis Kopf sackte nieder, als wollte er abfallen. Ruth stieß einen Schrei aus, die Musik brauste auf. »Konzentriere dich«, sagte sie, »ich kann ihn nicht mehr lange halten.«

Mit blutigen Fingern löste Otto den Knoten. »Pass auf!«, rief er, doch Ruth hielt sich an ihrem Bruder fest und fiel mit ihm. Schließlich lag sie unter ihm auf dem Boden.

Otto versuchte ihn von ihr herunterzuschieben, aber seine Hände glitten an Ferdi ab. Ruth rührte sich nicht. Sie hatte keine Kraft mehr zu helfen. Doch gab Otto nicht auf, und durch einen Stoß von der Seite rollte der Tote von ihr und schlug mit dem Kopf auf die Fliesen. »Es tut mir leid«, flüsterte Otto, »anders ging es nicht.«

Das Konzert war beendet. Das Publikum applaudierte. Gleich würden die Musiker aufstehen und sich vor der begeisterten Menge verneigen.

Kapitel 31

»Ich habe euch etwas zu sagen«, verkündete Anuschka. Ihre Eltern schauten sie verwundert an. Als symbolischer Abschied von allem, was sie mit ihrer biologischen Herkunft verbinde, habe sie ihren Namen gewechselt. Sie heiße jetzt offiziell Channa Even und werde auf Anuschka Stein nicht mehr reagieren.

Nach diesen Worten kehrte sie in ihr Zimmer zurück und bereitete sich auf den bevorstehenden Kampf vor. Sie war sechzehn Jahre alt und kein Kind mehr, das nachgibt. Endlich war Licht in ihr Leben getreten, und seit sie sich aus ihrer alten Abhängigkeit befreit hatte, waren die Eltern Feinde. Sie glichen einem kaputten Gerüst, an dem die ganze Schlechtigkeit der Welt hing, jener Welt, deren grausames Gesicht sie verändern wollte. Ihre bürgerliche Mutter war der Inbegriff alles Krankhaften, und ihr Vater, ein verbitterter Patriarch, der sinnlose Strafen verhängte, schien kaum besser. Als er ihr verbot, sich einer Jugendorganisation mit sozialistischer Färbung anzuschließen, trat sie augenblicklich in den Schomer ha-Za'ir ein. Was als Rebellion begonnen hatte, schlug allmählich zur Überzeugung um. Als sie den Sozialismus entdeckte, fand sie ihre Bestimmung. Eine neue, mutige Welt tat sich auf.

Sie aß weniger, denn das war das Mindeste, was sie gegen den Hunger in der Welt tun konnte, und schenkte ihre Kleider den Armen der Stadt. Zwei Hosen, einige Blusen und ein Paar Sandalen waren alles, was ein ernsthaftes junges Mädchen brauchte, das den trügerischen Schein der Dinge durchschauen wollte.

Zwischen ihr und der Verwirklichung ihrer Träume standen nur noch die Eltern. Seit Ferdis Tod und der Nachricht von

Tante Mirjams Ende war es mit ihrer Mutter immer schlimmer geworden. Sie war deprimierter denn je. Zwar erholte sie sich von ihrer Trauer, doch der Ekel und die Verlegenheit, die ihre unbeholfenen Versöhnungsversuche auslösten, waren schlimmer als ihre Wutanfälle und Kälte in der Vergangenheit. Ihre Mutter hatte sich von einer Fremden in eine andere Fremde verwandelt. Wie ein Hund stand sie vor ihrer Tür und wartete, dass man sie einließ. Ständig fragte sie, ob sie ihr etwas bringen dürfe, ob sie Hilfe bei den Hausaufgaben benötige, was sie essen wolle und ob sie zu Onkel Hansis Geburtstag kein neues Kleid kaufen wolle. Am Morgen, an dem sie ihre Eltern über den Namenswechsel informierte, klopfte ihre Mutter an ihre Tür und fragte: »*Hanna*, kann ich einen Augenblick hereinkommen?« Der gehorsame Gebrauch des neuen Namens und seine falsche Aussprache weckten Abscheu und Schuldgefühle, und sie beschloss, dass es für alle besser wäre, wenn sie möglichst schnell von zu Hause auszog.

Kapitel 32

»Alles hängt vom Blickwinkel ab, Ruthilein«, sagte Hansi und riet ihr, die Dinge von der positiven Seite zu sehen. Sie saßen auf dem Balkon in der Rothschildallee, und es war ein erträglicher Sommerabend Ende September. Eine leichte Brise wehte vom Meer in die von Wüstenwinden geplagte Stadt. »Aus ihrer Sicht hat sie ihre Bestimmung gefunden, und das ist gut so, selbst wenn sie glaubt, sie müsse das ganze Bürgertum ausrotten. Die äußere Form der Rebellion ist genauso wichtig wie ihr Inhalt, und der Hass auf die Eltern gehört dazu. Zeig mir einen Rebellen, der sich nicht von seinen Eltern distanziert hat! Wir sollten Gott danken, dass sie zum Schomer ha-Za'ir gegangen ist.

Es hätte schlimmer kommen können. Sie hätte sich dem Lechi anschließen und auf dem Schafott enden können. Mach dir keine Sorgen, meine Liebe, im Moment siehst du nur einen kleinen Ausschnitt des Bildes. Ich werfe dir nichts vor, aber sind Freunde nicht dazu da, um dich auf das hinzuweisen, was du in deinem Kummer nicht siehst?«

»Du glaubst, es ist nur Rebellion?«

»Natürlich, sonst würde ich es nicht sagen.«

In Wirklichkeit dachte er anders. Doch da der Blick seiner Schwägerin um Mitleid flehte, wagte er nicht, ihr zu sagen, dass der Tag der Abrechnung gekommen war. Sie hatte sich gerade erst mit Ferdis und Mirjams Tod abgefunden. Eines Tages hatte ihn ein Verwandter eines Bekannten besucht und erzählt, was eine Nachbarin Mirjams aus der Baracke in Theresienstadt berichtet hatte. Im Gegensatz zu Mirjam hatte die Frau das Lager überlebt.

Später sagte Ruth, über allem habe immer die Sorge um Anuschka geschwebt, die Furcht vor dem nächsten Opfer, das nach Mirjams und Ferdis Ende von ihr verlangt würde. Nichts ist bedrückender als ein Abschied ohne Versöhnung.

Traurig beobachtete Hansi ihre Versuche, über Nacht eine gute Mutter zu werden und Anuschka fast gewaltsam zu geben, was sie nun nicht mehr wollte. Trotzdem beruhigte er sie und versprach ihr, dass sich die Meinungsverschiedenheiten letztendlich glätteten. »Du musst nur loslassen, Ruthilein, und es nicht übertreiben. Ein Übermaß an guten Absichten ruft manchmal die falschen Gefühle hervor.«

»Die falschen Gefühle?«, fragte sie stumpf.

»Solche, die in Kindern erwachen können, wenn sich das Verhalten ihrer Eltern plötzlich ändert – auch wenn es eine Wende zum Positiven ist wie bei dir. Du brauchst deinen guten Willen nicht ständig zu beweisen«, fügte er hinzu, leckte an seinem Zeigefinger und sammelte gierig die Kuchenkrümel vom Teller. »Man muss das Gleichgewicht halten, meine Liebe, das ist alles. Nicht zu viel und nicht zu wenig. Liebe und Großzügigkeit, ohne eine Gegenleistung zu erwarten.«

Mehr konnte er nicht sagen. Er musste warten, bis sie zu Kräften kam. Erst dann konnte er zum Beispiel erklären, dass sie Anuschka die Umstände von Ferdis Tod nicht auf Dauer verheimlichen durfte. Ruth hatte ihrer Tochter erzählt, ihr Onkel sei ruhig eingeschlafen, obwohl man im Viertel von Selbstmord tuschelte und auch Anuschkas Freunde das Gerücht hörten. Ruth verbot Hansi, über das Thema zu sprechen. Sie würde Anuschka die Wahrheit sagen, wenn sie alt genug wäre.

In den ersten Tagen der Trauerwoche lag Ruth auf dem Sofa und betäubte sich mit Tabletten. Den Nachbarn, die sich um sie sorgten, erklärte sie, ihr Bruder sei an einem schwachen Herzen gestorben. Manchmal hatte Hansi den Eindruck, sie glaube wirklich daran. Doch als er verstand, dass sie nicht unter Wahrnehmungsstörungen litt, sondern einen Weg suchte, um die Wirklichkeit zu ertragen, sagte er vorsichtig, Selbstmord sei vielleicht der ultimative Ausdruck von Freiheit, und außer Schuldgefühlen und Mitleid müsse sie Respekt für Ferdi empfinden. Darauf lächelte sie und sagte: »Solche Sätze trösten vor allem den, der sie spricht.«

Danach war nie wieder die Rede von ihm. Seine Fotos und Briefe wurden – mit denen von Tante Mirjam – in den Speicher verbannt und seine Sachen fortgeschafft. Seither war Anuschka ihr einziges Thema. Trotzdem freute sich Hansi, denn selbst wenn seine Schwägerin beim Versuch, eine gute Mutter zu sein, Fehler machte, hatte sie sich doch für das Leben entschieden.

Als am Ende der *süßen* Trauerwoche die schmucklose Wahrheit hervortrat, fürchtete Hansi, Ruth würde ihrem Bruder folgen. Er appellierte an Otto, aus seinem Dämmerschlaf zu erwachen, und sagte, es sei seine Pflicht, auf Ruth aufzupassen, wenn er selbst einmal nicht an ihrem Krankenbett sitzen könne.

Glücklicherweise war Ottos dumpfe Präsenz nicht nötig, da Ruth auch ohne seine Hilfe verstand, dass eine Mutter nicht frei war. Als Hansi sie eines Tages besuchte und sie nicht im Bett, sondern auf dem Balkon fand, erklärte sie, sie wolle ihrer Tochter zuliebe weiterleben. Und wäre ihre Mutter zur selben Erkenntnis gekommen wie sie, sähe ihr Leben vielleicht anders aus.

Kapitel 33

Beim Schomer ha-Za'ir lebte Anuschka auf. Da sie Folklore und Hora-Tanz nicht interessierten, war sie offener und kritischer als die anderen. Sie glaubte, zu viele Mitglieder kämen nur wegen der Freizeitaktivitäten und wichen den wahren Problemen, die ihrer Beliebtheit schadeten, aus: der Frage nach der Unterdrückung und Vertreibung eines Volkes, dem man Stück für Stück sein Land wegnahm.

Wenn sie zu Hause war, schloss sie sich in ihr Zimmer ein und las Bücher, die ihr den Weg zu Marx und Lenin ebneten: »Der stille Don«, »Wie der Stahl gehärtet wurde«, »Die Leute von Pampilov«, »Die Mutter«, »Die Blockade Leningrads« und »Ein Menschenschicksal«.

»Die angebliche Radikalität des Schomer ha-Za'ir«, erklärte sie Hansi mit glühenden Augen, »soll nur die Treue zum Zionismus kaschieren. Sie brauchen willfährige Arbeiter, die bei der Ausbeutung helfen. Die Kommunistische Internationale hatte recht: Der Zionismus ist ein klassisches Beispiel für das betrügerische Handeln der Imperialisten. Selbst Brit Schalom mit Magnes und Szold, den Philantropen, ist nur ein Feigenblatt westlicher Großmannssucht und unterstützt das amerikanische Kapital. In meiner Naivität glaubte ich, wir fänden uns zusammen, um für Gerechtigkeit zu kämpfen.«

Hansi verstand, dass keine Worte den Eifer der wütenden Prophetin abkühlen konnten, und begnügte sich damit, ihr zuzuhören. Er nickte ernst und lauerte auf eine Atempause, um eine Bemerkung über ihre Mutter fallen zu lassen. Doch auch diesmal gelang es Anuschka, einem persönlichen Gespräch auszuweichen. Als ihr Vortrag beendet war, stand sie auf und verabschiedete sich. Ihre Eltern waren ein verbotenes Thema – das hatte sie ihm schon oft erklärt. Außerdem hatte sie keine Zeit, um über Privatsachen zu diskutieren. Wichtigere Probleme mussten gelöst werden.

Um allen zu zeigen, dass sie sich verändert hatte, ging Anuschka zu Benni, dem Frisör der Familie, und verlangte, dass er ihr blondes Haar abschnitt. Er war erschüttert. Das sagenhafte Haar der Tochter Stein war ein ewiges Gesprächsthema in seinem Salon. Unsicher schaute er auf die hagere junge Frau mit der weißen Haut und den glühenden Augen und fragte, ob ihre Mutter von ihrem Plan wisse. Sie blinzelte zornig und sagte, ihr Haar gehe nur sie etwas an.

An diesem Abend aßen ihre Eltern ausnahmsweise zusammen in der Küche. Otto las Zeitung, und Ruth schaute unruhig zur Uhr. »Wohin ist sie bei diesem Regen gegangen? Sie hat sich gerade von einer Grippe erholt.«

»Fang nicht schon wieder an.«

»Ob sie nach Jerusalem gefahren ist?«

»Reg dich nicht auf!«

»Es ist lebensgefährlich, dort herumzulaufen. Da soll ich ruhig bleiben?«

»Wer behauptet, dass sie in Jerusalem ist?«

»Manchmal fährt sie dorthin.«

»Aber du weißt es nicht, weil sie dir nichts erzählt. Du hast keine Autorität über sie.«

»Und du? Nennst du deine Herablassung Autorität? Glaubst du, dein Schimpfen hilft ihr, eine andere Richtung zu finden? Wenigstens setze ich mich mit ihr auseinander.«

»Du setzt dich mit ihr auseinander? Du biederst dich an! Aus schlechtem Gewissen und Trägheit akzeptierst du jede Laune von ihr. Und um dich bei ihr einzuschmeicheln, gibst du mir keine Rückendeckung.«

»Rückendeckung wofür?«, rief Ruth wütend.

Mitten in der Diskussion kam Anuschka herein, geschoren wie ein Junge. Ruth verstummte. Bisher hatte sie Anuschkas Abkehr von der materiellen Welt hingenommen und sich im Stillen über ihr ärmliches Aussehen geärgert. Ein Mädchen, das sich weder für Kleider noch für Jungen interessierte, musste verrückt sein. Doch ihr volles Haar abzuschneiden, dieses göttliche Geschenk, das ihrer Familie zuteilgeworden war, grenzte an Selbsthass und Wahnsinn.

»Anuschka, warum?«, hauchte Ruth fassungslos.

»Ich heiße Channa«, sagte ihre Tochter mit bellender Stimme und erklärte, ihre frühere Frisur sei nur eitles Gepränge gewesen. Als Otto ironisch fragte, ob ihr neuer Haarschnitt dem Kampf gegen das Elend nütze, erwiderte sie, er sei tatsächlich ein bescheidener Beitrag, um ihre Solidarität mit den Schwachen und Unterdrückten zum Ausdruck zu bringen. Da sie seine Empfindlichkeit kannte, wenn es um die Sowjetunion ging, lenkte sie das Gespräch trotzig in diese Richtung, und Ruth, die alles tat, um ihrer Tochter zu gefallen, sagte: »Wenn du nur einmal zuhören würdest, Otto!«

»Deinen Rat brauche ich nicht«, rief er. »Wie kann ein Mensch mit einer humanistischen Weltanschauung auf eine

Partei hereinfallen, an deren Spitze ein Terrorist steht? Wie rechtfertigst du die Gewalt vor deinem Gewissen, Anuschka?«

»Gewalt ist dialektisch wie alles andere.«

»Hör auf, in Parolen zu reden. Ich spreche von Stalin!«

Als der Name fiel, glühte die Luft. »Stalin hat die Welt gerettet. Kein Preis ist zu hoch, wenn jemand weiß, wie man der Menschheit Frieden, Gerechtigkeit und Glück bringt. Vielleicht müssen Tausende sterben, damit Millionen leben können! Ich glaube nicht an das Mitleid des Bürgertums mit den Opfern. Die Sowjetunion hat nie behauptet, eine Revolution von dieser Größenordnung lasse sich mit Samthandschuhen durchführen. Aus einem natürlichen Selbsterhaltungswillen hat Stalin gegen die Feinde des Regimes durchgegriffen. Sollte er bei jedem nachforschen, worin seine Schuld bestand? Vielleicht hat man ihn in manchen Fällen falsch beraten —«

»In manchen Fällen?«

»Lass sie ausreden«, sagte Ruth.

»Misch dich nicht ein!«, schimpften Vater und Tochter gemeinsam. »Die Menschen in der Sowjetunion senken das Haupt, sie haben keine Wahl«, fuhr Otto fort, »aber hier? Hast du dich einer Gehirnwäsche unterzogen?«

»Sprich nicht, als wäre ich ein Kind!«

»Aber das bist du! Jung und leichtsinnig!«

Sie weigerte sich, ihm zuzuhören. Sie wurde bald siebzehn, und ihr ganzes Leben bestand aus Ernst und Verantwortung. Sie wusste, dass es keinen Zweck hatte, mit ihrem Vater zu diskutieren. Zwar sah sie die Missionstätigkeit als wichtige Aufgabe, doch bestand keine Aussicht, ihm die Augen zu öffnen. Er war dumpf und verschlossen und folgte der Masse. Ganz zu schweigen von ihrer verkommenen Mutter, die sich nur für sich und ihre Kaffeehäuser interessierte. Alle peinlichen Versuche, sich bei ihrer Tochter einzuschmeicheln, die plötzliche

Anteilnahme und ihre künstliche Art, konnten ihr wahres Gesicht nicht verbergen. Aber das spielte keine Rolle. Sie war von dieser Fremden nicht mehr abhängig, die wie ein Schatten durchs Leben ging, von flüchtigen Kontakten Zärtlichkeit erwartete und zu erschreckenden Anfällen von Sorge und Kummer verdammt war. Welchen Sinn hatte es, mit solchen Menschen zusammenzuleben?

Als sich am folgenden Tag die Gemüter beruhigt hatten, verkündete Anuschka, sie werde ausziehen und in einem kleinen Zimmer bei einem alten Ehepaar wohnen. Das wäre für alle das Beste. Statt Miete zu zahlen, half sie den alten Leuten im Haushalt. Doch bräuchten ihre Eltern nicht in Panik zu geraten – sie ziehe nicht in die Sowjetunion, sondern in ein Haus in der Nähe. Da sie Überraschungsbesuche verhindern wollte, verriet sie die Adresse nicht. Sobald sie Zeit hatte, würde sie nach Hause kommen. Auch ginge sie weiter zur Schule; ihr Leben ändere sich nicht. »Ihr werdet die Vorteile der neuen Regelung bald verstehen«, schloss Anuschka und sagte zu Ruth, die in der Ecke saß und weinte: »Deine Tränen rühren mich nicht mehr. Du hast es nicht verdient, Mutter zu sein.«

Kapitel 34

»Wie lange willst du noch auf dem Balkon sitzen?«

Ottos Stimme drang durch die Gedanken, die ihr seit Tagen nicht mehr aus dem Kopf gingen. Doch sie wollte nicht gestört werden, lächelte entschuldigend und rauchte still weiter. Otto konnte ihr ohnehin nicht helfen. Nach ihrem letzten Disput hatte sie sich geschworen, auf seine giftigen Provokationen nie wieder einzugehen. Die Gewissensbisse, die ihn nach jedem

Streit heimsuchten, trösteten sie nicht mehr, seit Anuschka behauptet hatte, sie habe es nicht verdient, Mutter zu sein.

Ihre Tochter hatte recht. Schon als Ruth nach einer entsetzlichen Geburt ein winziges fremdes Wesen in den Armen hielt, fühlte sie keine Mutterliebe, sondern dachte entsetzt, dass sich dieser erbärmliche Wurm ihrer Freiheit und ihrer Emotionen bemächtigen würde. Als sie sich umschaute, stellte sie spöttisch, doch mit einem Anflug von Neid fest, dass alle Wöchnerinnen über Nacht zu Müttern mutiert waren. Wie Kühe auf der Weide entblößten sie ihre Brüste und pumpten ihre greisenhaften Babys mit Liebe voll. Sie hingegen sträubte sich, ihr Kind zu stillen. Der Vorgang ekelte sie, als zwinge sie einer hilflosen Kreatur animalische Lebensgesetze auf. Um den Stillraum schlug sie stets einen Bogen und ignorierte die tadelnden Blicke der Schwester. Eines Tages saß sie mit Sascha im Park vorm Krankenhaus und lauschte den verrückten Geschichten ihrer Freundin. Wäre nicht die Schwester herbeigeeilt, hätte sie ihr hungriges Kind vergessen. Schweren Herzens trennte sie sich von Sascha, die frei wie ein Vogel war, ging zu dem schreienden Baby und ertrug die scheelen Blicke der Frauen, die wie hässliche Madonnen mit ihrem Kind vor ihr thronten.

Sie hatte es wahrlich nicht verdient, Mutter zu sein – weder in Wien noch in Heidelberg und erst recht nicht in Palästina, wo sie keinerlei Zerstreuung hatte und Anuschka wie zum Zeichen ihrer Ohnmacht immer um sie war.

Sie konnte sich mit ihrer Tochter nicht identifizieren und ersetzte die fehlende Mutterliebe durch Mitleid, das jedoch stets mit Ekel und einem schlechten Gewissen einherging.

Als Ruth vor Jahren nach Prag fahren wollte, erkrankte Anuschka an Röteln. Alle gingen davon aus, dass sie die Reise absagte. Doch wie geblendet sah Ruth das Licht, das sie am Frankfurter Bahnhof erwartete, auf ihrem Weg ins Paradies.

Daher beschönigte sie die Worte des Arztes und erklärte, es handele sich um eine harmlose Kinderkrankheit, die Anuschka problemlos überstehen würde. Sie selbst hingegen verlöre den Verstand, wenn sie nicht auf der Stelle losführe und ihr Hautleiden heilte. Zu dritt standen sie vor ihr und überschütteten sie mit Vorwürfen. Aber Roberts Glanz überstrahlte ihre Familie und die Erinnerung an ihr vierjähriges Kind. Die Sehnsucht nach ihrem Geliebten und fünf rauschhaften Tagen in Prag ließen Sorge und Anstand verblassen, als verwandele die Leidenschaft alle Gefühle, die sich ihr in den Weg stellten, in Asche.

Sie saß auf dem Balkon und schaute auf die lange Reihe ihrer Sünden. Doch wenn sie ehrlich war, konnte sie nicht einmal Robert beschuldigen. Die Liebe fordert Opfer, die manchmal größer sind als die Liebe selbst. Auch als Robert aus ihrem Leben verschwand, wurde sie keine bessere Mutter. In Wahrheit war alles nur schlimmer geworden, denn seit sie abends ohne Hoffnung zu Bett ging, hatte nichts mehr einen Sinn.

Mit kaltem Herzen zog sie an der Schnur, bis sie eines Tages riss. Anuschkas Abschied war die letzte Konsequenz ihres frevelhaften Treibens. Es hatte keinen Zweck, auf mildernde Umstände zu hoffen oder auf Hansi zu hören, der behauptete, die Schwere eines Verbrechens sei relativ. Man braucht ein Kind nicht zu schlagen, um ihm wehzutun, und Gleichgültigkeit ist manchmal grausamer als Krieg.

Sie musste loslassen – Hansi hatte es schon früh erkannt. Sie durfte die Qualen des Verstehens nicht ihrer Tochter aufladen und musste trotzdem daran denken, dass nichts wichtiger und erfüllender war als ein Kind. Ja, erfüllend ... Wie ein wärmender Strahl schlich sich die Erinnerung an Robert in ihr Bewusstsein. Doch sie schüttelte das Bild des Geliebten ab, so wie er sie verstoßen hatte, als er seine neue Bestimmung fand. Ihr ging es um keine zum Scheitern verurteilte Ideologie, sondern um das höchste aller Gefühle – die Mutterliebe. Nicht zum ersten Mal sehnte sich Ruth danach, ein besserer Mensch zu sein, doch nun wusste sie, worauf es ankam. Selbst wenn Robert plötzlich vor ihr stünde, würde sie auf ihr Kind nicht mehr verzichten. »Wer ist Robert?«, flüsterte sie verächtlich – ab jetzt zählte nur noch Anuschka.

Hätte ihre Tochter noch zu Hause gelebt, wäre sie zu ihr gelaufen und hätte sie mit Gefühlen überschüttet. Aber Ruth wollte loslassen, und so erwies sich Anuschkas Umzug doch noch als Vorteil.

Kapitel 35

Das Zimmer, das sie bei dem alten Ehepaar in der Bograshovstraße mietete, war klein wie ein Schuhkarton. Doch seit ihrem offiziellen Beitritt in die Kommunistische Partei ging sie nur noch zum Schlafen dorthin.

Channas Eingliederung in die Tel Aviver Zentrale vollzog sich schnell. Doch bald hielt sie sich mit Kritik nicht mehr zurück. Sie ärgerte sich, dass der Zionismus auch ihr neues Heim vergiftete. Aufmerksame Augen sahen bereits, was sich anbahnte. Die vage Formulierung, auf die sich der zehnte Parteikongress zur Gründung eines Judenstaates einigte, war eine empörende Kurskorrektur zugunsten des Zionismus. Dafür hatte sie den Schomer ha-Za'ir nicht verlassen! Natürlich hatte Lenin auch in dieser Frage recht: Die Idee vom Volk mit einem eigenen Staat war reaktionär und widersprach dem Prinzip der Brüderlichkeit. Warum sollte sie sich nur um das Leid der Juden kümmern? Die armen Opfer in den afrikanischen Gummibaumplantagen standen ihr genauso nah.

Und weshalb nahm die Mehrheit schweigend hin, dass die Parteiführer danach strebten, von der Öffentlichkeit als »anständige« Bewegung und als Männer des Jischuw anerkannt zu werden? Wie die meisten Tel Aviver Genossen, unter denen es nicht zufällig fast keine Araber gab, waren sie geblendet von der plötzlichen Popularität, die sie auf der Straße und im jüdischen Establishment genossen. Sie fürchteten, die warme Umarmung des Bären zu verlieren. Wie konnte die Parteiführung akzeptieren, die Zionisten nicht mehr als Abweichler zu sehen?

»Das sind keine Proletarier«, erklärte sie Hansi, »sondern rechte Pioniere. Hätte ich eine Alternative, würde ich austreten. Aber ich habe keine, daher will ich Widerstand organisieren und der Kompass der Bewegung sein.«

»Ja, der gerechte Kampf …«, sinnierte Hansi, »aber jetzt, meine Schöne«, fuhr er fort und lächelte, »jetzt wenden wir uns einem anderen Thema zu, was meinst du?« Und damit sie sich nicht entziehen konnte, fügte er hinzu: »Eltern sind manchmal unerträglich, vor allem, weil man sie sich nicht aussuchen kann –«

»Hat *sie* dich geschickt?«

»Und wenn es so wäre?«

»Richte ihr aus, dass es keinen Grund zur Sorge gibt. Ich habe mir nur Urlaub genommen.«

»Aber sie liebt dich!«

»Sie hat mich nie geliebt«, erwiderte sie und schaute ihn verständnislos an.

Kapitel 36

Erwartungsvoll lächelnd öffnete Hansi die Tür.

»Ruth ...«, sagte er, als seine Schwägerin davorstand.

»Nicht *Ruthilein,* nicht *meine Liebe?*«, fragte sie. »Komme ich ungelegen?«

»Um Himmels willen! Nur glaubte ich, es wäre eine Freundin.«

»Es tut mir leid, wenn ich dich enttäusche.«

»Wie könnte ich von dir enttäuscht sein?«

»Dann lass uns einen Augenblick hinsetzen. Wenn deine Verabredung kommt, gehe ich.«

»Ist etwas passiert?«

»In gewissem Sinne«, sagte Ruth und schaute ihn forschend an. »Mir scheint, dass ich etwas verstanden habe, was mein Verhältnis zu Anuschka betrifft. Aber das erzähle ich ein andermal. Heute bitte ich dich nur um ihre Adresse. Ich weiß, sie hat dir verboten, sie mir zu geben, doch ich werde nicht verraten, von wem ich sie habe. Ich habe sie seit einem Monat nicht gesehen und fürchte, dass wir uns entfremden.« Als sie seine Zurückhaltung spürte, fügte sie wie eine Schauspielerin hinzu: »Du weigerst dich, sie mir zu geben, Hansi?«

»Ich respektiere nur Channas Willen«, erklärte er. »Sie ist kein Kind mehr, sondern eine junge Frau. Wenn ihre Mutter im unpassenden Moment vor der Tür steht, könnte der Schaden größer als der Nutzen sein.« Doch versprach er, sie zu überzeugen, am Samstag in zehn Tagen zum Essen zu kommen; inzwischen könnten Ruths neue Einsichten reifen. Und da er überzeugt sei, dass Channa kommen werde, sollten sie sich schon jetzt angewöhnen, sie bei ihrem neuen Namen zu nennen. Sie habe sich wirklich verändert und sei zur Versöhnung bereit. »Darf ich dir einen Rat geben, Ruth? Geduld und freundliche Unterstützung helfen ihr mehr als Freudenausbrüche über ihren Sinneswandel.«

Als es klingelte, öffnete Hansi die Tür. Eine Frau in vorgerücktem Alter trat ein. Sie lächelte wie eine Raubkatze, und aus ihrem Dekolleté quollen riesige Brüste.

»Frau Stein – Fräulein Tikwa, die beiden Frauen in meinem Leben«, sagte Hansi und blickte fasziniert auf den Busen, der vor seinem Gesicht wogte.

»Störe ich?«, fragte die Fremde und ließ sich in den Sessel sinken.

»Überhaupt nicht«, antwortete Ruth, »ich bin nur zufällig hier und wollte gleich gehen.«

»Schon? Ich glaubte, dass Hansi mit uns anstoßen will.«

»Gibt es einen Anlass?«

Hansi lächelte und reichte ihr ein Glas. »Ich habe beschlossen, meinen Traum zu verwirklichen und einen Verlag zu gründen.«

»Herzlichen Glückwunsch, Hansi, das ist wunderbar!«, rief Ruth in übertriebenem Ton. Sie hatte vergessen, dass ihr Schwager auch ein eigenes Leben führte.

»Du brauchst kein schlechtes Gewissen zu haben«, sagte er und nahm ihre Hand. »Die Last, die dein zarter Rücken trägt, ist schwer genug. Auch ohne Worte weiß ich, dass du dich freust.«

»Du findest immer die richtigen Worte, Hansi ... Auf Wiedersehen, Fräulein Tikwa. Es hat mich gefreut, Sie kennenzulernen.«

Der Tag neigte sich dem Ende zu. Sie setzte sich auf eine Bank in der Rothschildallee, zündete sich eine Zigarette an und schaute zu den orange umrandeten Wolken, die langsam zum Meer zogen. Zum ersten Mal seit Langem weckte die Schönheit der Natur keinen Kummer in ihr. Mit frischem Blick sah sie das Leben um sich her und dachte, eines Tages werde auch sie in aller Demut daran teilnehmen, mit ihrer Tochter auf einer Bank sitzen und plaudern, ohne dass im Hintergrund Sorge und Langeweile lauerten. Plötzlich schien es möglich, wie die anderen Menschen zu sein, die schwatzten, Eis aßen und lachten, statt ständig über die eigenen Fehler nachzudenken. Doch als eine vertraute Gestalt aus den Tiefen der Allee auftauchte, zerstreuten sich Ruths Einsichten im Wind.

Mit zitternden Fingern zog sie den Spiegel aus der Handtasche. Sie war nicht geschminkt, und im nahenden Glanz des Geliebten glichen die grauen Büschel, die auf ihrem Kopf wuchsen, Stacheldraht. Noch konnte sie entrinnen, ihre Ehre und die Vision von der perfekten Mutterschaft retten. Aber sie rührte sich nicht, als säße sie in einer Achterbahn und warte auf den Start. Sie schloss die Augen und überließ sich dem Schicksal, das sie zwang, den einzigen Willen anzuerkennen, der voll und ganz in ihr bestand. Robert war wie eine Droge, nur er konnte die quälende Leere ihrer Seele erfüllen.

Als sie fühlte, dass er nur einen Atemzug von ihr entfernt war, lächelte sie und öffnete die Augen. Ein großer Mann mit derbem Gesicht stand vor ihr und schaute sie interessiert an. »Entschuldigen Sie«, stammelte sie, »ich glaubte, Sie seien ein Bekannter.«

»Vielleicht lohnt es sich ja, stattdessen mich kennenzulernen«, erwiderte er und zwinkerte ihr zu.

Sie war zu enttäuscht, um höflich zu bleiben, stand auf und eilte davon. In ihrer Erbärmlichkeit ging sie lieber durch die Seitenstraßen. Sie verachtete sich wegen ihres Wankelmuts. Hatte sie nicht vor wenigen Minuten noch gehofft, sich mit ihrer Tochter zu versöhnen? Kaum tauchte ein Mann auf, der Robert ähnelte, schon war es mit dem Traum vom Muttersein vorbei.

Wie eine ungezogene Schülerin, die ihre Missetat bereut, sammelte sie die kostbaren Einsichten auf, die der trügerische Wind zerstreut hatte. All ihre Kraft musste sie in das Verhältnis zu ihrer Tochter investieren.

Sie durfte ihre Abwesenheit nicht missbrauchen, um sie aus ihrem Bewusstsein zu verdrängen. Nur an sie musste sie denken, denn sie allein war ihr Lebenszweck, der Grund ihres Daseins. Künftig würde sie geduldig warten, bis der Weg geebnet war. Hatte das Mädchen nicht recht, enttäuscht zu sein? War es nicht jahrelang vernachlässigt worden? Das Schabbatessen in zehn Tagen war Ruths große Prüfung. Sie musste sich gründlich vorbereiten, sich vor Fehlern hüten, die man im Überschwang begeht, auf das Ziel konzentrieren und Roberts flackerndes Bild verdrängen – jene Sehnsucht nach dem gefährlichen Glück, sich ewig im Anderen zu spiegeln.

Manchmal traf sie ihn nachts im Hinterhof. Wenn es dreimal leise am Badezimmerfenster klopfte, flatterte Ruth aus der Wohnung, murmelte etwas von Migräne (sie müsse an die frische Luft, sonst ersticke sie noch) und schlich mit pochendem Herzen ums Haus. Schaudernd erwartete sie den Augenblick, in dem sie Roberts unsichtbare Hände ergriffen und zwischen die Bäume zerrten, zu einem Spiel, das einem makabren Stummfilm glich – er in der Rolle des Gewalttäters und sie als hilfloses Opfer, dessen Familie von dem schrecklichen Unglück nichts ahnt. In stiller Lust wehrte sie sich gegen das Raubtier, das sie unter seinen Mantel zog und ihren Hals, ihre Schultern und Brüste zerbiss, bis sie stöhnte: »Töte mich nicht. Ich will bis ans Ende meiner Tage deine Sklavin sein.«

»Ich rede mit dir!«

Otto stand neben ihr und erwartete eine Antwort.

»Verzeih, ich habe dich nicht gehört.«

»Ich sagte, dass Anuschka eine Nachricht hinterlassen hat. Sie kommt am Freitagabend zum Essen.«

Hansi war ein Engel!

»Ich muss dir etwas gestehen, Otto«, sagte sie und schaute lächelnd zu ihrem Mann. »Mit allem, was du mir vorwarfst, hattest du recht, und wenn du willst, können wir darüber sprechen.«

»Was erhoffst du davon?«

»Frieden, Waffenstillstand, ein Gespräch – du kannst es dir aussuchen. Doch es geht nicht um mich, sondern um das Glück unserer Tochter. Sie hasst uns und die Atmosphäre in diesem Haus. Ein Kind leidet, wenn seine Eltern streiten – selbst wenn es eine Kommunistin ist.«

»*Ich* habe die Atmosphäre nicht vergiftet.«

»Die Tatsache, dass ich Fehler gemacht habe, bedeutet nicht, dass du recht hast, mein Lieber.« Ein boshafter Impuls kitzelte ihre Zunge.

Alles an Otto regte sie auf. Das holprige Hebräisch, das sich nicht besserte, die Anzüge, mit denen er selbst im Sommer zur Schule ging, seine Arroganz und Undankbarkeit gegenüber Hansi und sein Weltbürgertum, hinter dem sich eine gescheiterte Integration verbarg. Doch in diesem Augenblick bemühte sie sich, ihn wohlwollend und ohne Vorbehalte zu sehen.

»Ich möchte, dass sich die Atmosphäre entspannt.«

»Wie willst du das erreichen?«, fragte er skeptisch.

»Indem ich großzügig zu dir bin.«

»Wenn du es wirklich willst, brauchst du es nicht anzukündigen«, sagte er und lächelte schief.

»Nimm meine Worte als Zeichen des Neuanfangs.«

Sie tätschelte ihm freundlich den Arm.

»Und was erwartest du als Gegenleistung?«

»Dass du nicht jeden meiner Fehler kritisierst, mir nicht das Gefühl gibst, ich hätte die Luft, die ich atme, nicht verdient, und …«, fügte sie vorsichtig hinzu, »dass du freundlicher zu Hansi bist. Er tut so viel und verlangt nichts dafür. Außerdem ist er dein Bruder. Du solltest nicht warten, bis es zu spät ist.«

Sie hatte Tränen in den Augen, doch sie schämte sich nicht. Otto errötete und fragte, was er tun solle.

»Ich möchte, dass Channa am Freitag zu Eltern kommt, die ihre Ideale nicht in den Schmutz ziehen und sie nehmen, wie sie ist: als Siebzehnjährige, die glaubt, ihren Weg gefunden zu haben. Erinnerst du dich an den Abend in Wien? Wir fuhren mit Anuschka Riesenrad und umarmten uns glücklich. Sie war drei Jahre alt, kurz darauf zogen wir nach Heidelberg. Als ich mich gestern an den Abend im Prater erinnerte, empfand ich Dankbarkeit, dass wir solche Momente erlebt haben.«

Er lächelte verlegen, und für Sekunden glaubte sie zu sehen, wie er als Kind gewesen war. »Ja, Ottolein, schenk mir dein Lächeln. Wusstest du, dass wir zweiundsiebzig Muskeln benötigen, um zornig zu sein, aber nur vierzehn, um zu lächeln?«

Kapitel 37

»Guten Abend, Channa«, sagten Ruth und Otto wie aus einem Mund.

»Guten Abend«, entgegnete Channa und trat ein.

»Wie geht es dir?«

»Prima«, erwiderte das Mädchen und schaute die Eltern misstrauisch an.

»Du siehst gut aus«, sagte Ruth.

»Ja, hervorragend«, fügte Otto hinzu.

»Habt ihr einen Chor gegründet?«

Ruth lachte laut, doch Channa sagte: »So lustig war meine Bemerkung nicht.«

Sie schwiegen und sammelten neue Kräfte.

»Gefällt dir deine neue Wohnung?«, fragte Ruth.

»Ich habe keine Wohnung, sondern nur ein Zimmer. Aber es ist schön – danke für die Nachfrage.«

»Kannst du dort kochen?«

»Ja.«

»Und wie sind die Vermieter?«

»In Ordnung.«

Ruth schaute zu Otto. Doch da sie beschlossen hatten, Channa nicht zu kritisieren, wusste er nicht, was er sagen sollte.

»Lasst uns essen«, schlug Ruth vor und füllte Channas Glas. Alkohol schien das richtige Mittel, um die Stimmung zu entspannen.

»Ich trinke keinen Wein«, sagte Channa und begann zu essen. Mit einer Hand hielt sie die Gabel, mit der anderen die Zigarette.

»Das Gulasch ist ausgezeichnet, nicht wahr?«, fragte Otto und schaute seine Tochter an.

»Ja, es ist lecker«, sagte sie, um ihre Eltern nicht zu enttäuschen.

»Das Gulasch ist eine Katastrophe«, lachte Ruth, »ich hätte auf den Metzger hören sollen. Ihr müsst es nicht essen, wenn es euch nicht schmeckt.«

Sie ging in die Küche, um Kaffeewasser aufzusetzen.

Channa folgte ihr. »Was ist mit euch los?«

»Wovon redest du?«, fragte Ruth.

»Etwas stimmt hier nicht.«

Ruth zündete zwei Zigaretten an und gab Channa eine. »Wir haben beschlossen, dich zu nehmen, wie du bist.«

»Auf einmal?«

»Wir haben verstanden, dass unser Verhalten falsch war.«
»Ist Papa auch der Meinung?«
»Ja.«
»Ich komme nicht zurück – wenn es das ist, was du willst.«
»Niemand zwingt dich zurückzukommen. Ich bin glücklich, wenn du uns besuchst.«
»Ist das wahr?«

Channa zögerte. Schließlich trat sie auf ihre Mutter zu und umarmte sie. Ruth beherrschte sich, um den kostbaren Augenblick nicht zu verderben. Doch am nächsten Tag sagte sie zu Hansi, mit der Umarmung ihrer Tochter habe ein neues Leben für sie begonnen.

Kapitel 38

»Du fürchtest, ohne mich Bankrott zu machen?«, fragte Ruth, als Hansi sie um Hilfe bat und ihr die Leitung seines Verlages anbot. Sie schaute ihn an, als käme er vom Mars, und warnte, sie sei eine alternde Frau, die nicht einmal ihr eigenes Leben im Griff habe. Außerdem hätte sie noch nie ernsthaft gearbeitet.

Er versprach, anfangs nicht von ihrer Seite zu weichen und ihr die kaufmännischen Prinzipien zu erklären. Alles, was er erwarte, sei ein bisschen Menschenkenntnis und dass sie ihn bei der Auswahl der Mitarbeiter beriet. »Vielleicht wunderst du dich. Aber ich erfülle mir den Traum vom eigenen Verlag, weil ich eine hervorragende Geschäftsführerin in der Familie habe. Lebenserfahrung gleicht mangelnde Berufserfahrung aus.«

Und das sage er nicht, weil er blind sei, fuhr er fort, sondern weil er an sie glaube. Sie müsse ihr Talent nur richtig einsetzen. Ein Geschäftsführer sei ein Mensch mit Charisma und Empathie, der seine manipulativen Kräfte nicht zum eigenen Vorteil nutze, sondern zum Wohle seines Unternehmens. Auch gehe es im konkreten Fall um keinen Konzern, sondern um einen Verlag, dessen Ziel Qualität, nicht hoher Umsatz sei.

»Sollten wir in ein paar Jahren feststellen, dass ich mich getäuscht habe, bleiben wir trotzdem Schwager und Schwägerin«, versicherte Hansi. »Dann werden wir der Welt beweisen, dass man in Anstand und Würde auseinandergehen kann.«

Schließlich willigte Ruth ein und versprach, ihr Bestes zu geben, auch wenn das nicht viel sei. »Könnte ich dir angesichts des drohenden Bankrotts meine Unterstützung vorenthalten?«

Hansi freute sich, als er sah, dass sich Ruths Stimmung allmählich besserte. Sie schien zum ersten Mal glücklich; sogar Palästina gefiel ihr. Sie war diesem merkwürdigen Land dankbar, weil sie hier ihre Lebensfreude wiederfand.

Schon in den ersten Wochen stellte sie fest, dass ihre Aufgabe leichter war, als sie befürchtet hatte. Außer der Beaufsichtigung einiger Mitarbeiter verlangte ihr Job die kritische Lektüre von Manuskripten und ein offenes Ohr für »die Kräfte des Marktes«. Zwar sagte Hansi, er habe bei der Gründung des Verlags nicht auf seinen Geschäftssinn, sondern auf sein Herz gehört. Doch Ruth war überzeugt, wenn sie Literatur übersetzten, die anspruchsvoll und unterhaltsam war, könnten sie zwei Märkte auf einmal befriedigen.

Die neue Tätigkeit erwies sich als Wundermittel – wie Drogen und die Liebe, doch ohne Nebenwirkungen. Während Ruth in ihrem Privatleben oft Pläne verwarf, ehe sie reiften, war sie bei der Arbeit geduldig und vorausschauend, als habe ihr Intellekt sein Ziel gefunden.

In wenigen Monaten entwickelte sie sich zu einer Chefin, die von ihren Mitarbeitern bewundert wurde. Zwei Lektoren, zwei Setzer und eine Sekretärin, die auch aufs Fahrrad stieg und Botendienste ausführte, wuchsen unter ihrer Leitung zu einem stolzen, schlagkräftigen Team zusammen. Was in der Familie misslang, war hier erfolgreich. Mit Anteilnahme hörte sie den Sorgen ihrer Mitarbeiter zu und bot ihnen nicht nur Aufmunterung und einen anständigen Lohn, sondern schuf ein zweites Zuhause für sie. Alle, auch die Übersetzer und Korrektoren, strengten sich an, um »Ruth« zu gefallen. (Sie hieß jetzt »Ruth« und nicht mehr »Frau Stein«, denn ein paar Dinge hatte sie in Palästina gelernt.)

»Ich bin stolz auf deine fantastische Leistung«, erklärte ihr Hansi beim halbjährigen Jubiläum im Café Palatin.

»Du übertreibst«, erwiderte Ruth. »Was habe ich geleistet?«

»Nichts im Vergleich zu dem, was du noch schaffen wirst.«

Sie war froh, dass sie kein Mann von ihrer Tätigkeit ablenkte. Die Freude, die sie bei der Arbeit empfand, war neu und verwirrend – genau wie ihr Streben, Hansi nicht zu enttäuschen. Allmählich verschwand die Begierde, die sie seit jeher begleitet hatte. Sie versuchte, die Männer nicht mehr zu beeindrucken; ihre Schönheit war nicht von ihren Bewunderern abhängig. Von denen war nichts zu erwarten! In siebenundvierzig Jahren war sie nur einem Prinzen begegnet, und auch er hatte sich im praktischen Leben nicht bewährt.

Sie hörte auf sich zu schminken und stellte fest, dass davon der Himmel nicht einbrach und sie Komplimente erhielt wie zuvor. Die Polin aus dem Lebensmittelladen, deren Urteil sie schätzte, empfahl ihr sogar, das Haar nicht zu färben; nichts schmeichle einer schönen Frau mehr als ihr grauer Schopf. Doch das Entsetzen von Benni, ihrem Hausfrisör, überzeugte sie, die Idee fallen zu lassen und sich vorerst mit einem Kurzhaarschnitt zu begnügen.

»Hauptsache, es ist praktisch, Bennilein, praktisch! So kann ich in Würde altern. Ab einem gewissen Moment steht langes Haar im Missklang zum erwachsenen Gesicht. Schau mich nicht so an! Du sollst mein Haar schneiden und nicht in einem Schlauchboot den Ozean überqueren.«

»Ich habe zehn Jahre nur die Spitzen geschnitten, und plötzlich soll alles ab?«, sagte er ernst.

»Wirklich, Bennilein, es gibt Menschen, die werden nach Zypern in Lager geschickt, und du fällst wegen eines Haarschnitts in Ohnmacht?«

Sie wies die Pariser Journale zurück, die er ihr reichte, und sagte, sie vertraue ihm ganz und gar. Doch wenn es nach ihr ginge, sei ihr die Mode egal. Sie dachte an einen Bubikopf, der knapp das Ohr bedeckt – mit einem nicht zu scharf gezogenen Scheitel.

Kapitel 39

Vom ersten Augenblick weckte der schlanke mittelalte Redner Channas Interesse. Ohne pathetische Phrasen erklärte er, Reden halte uns vom Handeln ab; die Wichtigkeit des Kommunismus verstehe sich von selbst. Oberstes Prinzip müsse das Streben nach arabisch-jüdischer Einheit sein, auf der Grundlage sozialer statt nationaler Interessen. Auf dieses Ziel gelte es, alle Energien zu richten, und nicht auf endlose Versuche, die neuesten Direktiven aus Moskau zu deuten. »Wir leben nicht mit den Sowjets zusammen, sondern mit Arabern.«

Ihr schien, als sehe er sie immer wieder an. Sie saß in der ersten Reihe, fast zu seinen Füßen, und hoffte, dass er die Röte, die ihr ins Gesicht stieg, nicht sah.

Der Saal explodierte in brüllendem Protest. Fasziniert beobachtete Channa, dass er dem Angriff standhielt. »Selbst wenn euer Geschrei bis Moskau dringt, ändert das nichts an den Tatsachen«, schloss er und stieg von der Bühne.

Als er an ihr vorbeiging, hielt er einen Augenblick inne und lächelte sie an. Sie vergaß alles. Ein unbekanntes Gefühl erfüllte ihr Bewusstsein, wild und ungestüm, als überquere sie mit geschlossenen Augen eine Fahrbahn. Wäre der Saal nicht in Aufruhr gewesen, hätten selbst die ernsthaftesten Genossen, die die Nichtigkeiten des Lebens verachteten, ihren verschleierten Blick gesehen.

Als er sich hinter sie setzte, stockte ihr Atem. Ihr Nacken begann zu glühen. Sie konnte die Internationale zum Abschluss des Abends nicht mitsingen. Erst als das Lied beendet war und die Leute sich zerstreuten, stand sie auf und drehte sich um. Sein Stuhl war leer. Panisch schaute sie im Saal umher und lief zum Ausgang, doch er war nirgends zu sehen. Einen Augenblick stand sie da und ärgerte sich über ihre alberne Anwandlung, doch plötzlich hörte sie die Stimme eines Mannes: »Man sagte mir, wir sind die einzigen Opponenten hier.«

»Wer sagte das?«, fragte sie leise. Etwas Weiches regte sich in ihrer rauen Schale. Wie in einer Komödie von Shakespeare verwandelte sich der Jüngling in eine sanfte, geliebte Frau.

»Channa Even soll im Tel Aviver Parteibüro die Einzige sein, die so denkt wie ich. Es freut mich, Sie kennenzulernen. Ich bin Robert Keller.«

Kapitel 40

Man kann sagen, das Kennenlernen meiner Eltern sei eine Laune des Schicksals gewesen. Ist nach Victor Hugo nicht der Zufall die oberste Vorsehung? Doch lässt es sich auch als logische Verknüpfung deuten: In einem kleinen Land kreuzten sich die Wege zweier Mitglieder einer winzigen Partei.

Sie verliebten sich, auch wenn Robert es anfangs nicht zugab. Er war sich seiner selbst zu bewusst, um den Altersunterschied nicht zu sehen. Seine Begeisterung verunsicherte ihn; er hatte sich nie für junge Frauen interessiert und selbst im Bett immer ebenbürtige Partnerinnen gesucht. Er fragte sich, weshalb ihn dieses große, hagere Mädchen anzog, dessen glühender Blick ihn verfolgte. Bezauberte ihn ihre angeborene Reinheit? Channa war authentisch und ihr Glaube stärker als seiner. Sie trug keine Maske, die er als Sieger herabreißen konnte. Auf natürliche Art lebte sie das, wonach er strebte. Er beschloss, sich zurückzuhalten und nur über politische Dinge mit ihr zu sprechen, bis er sich über seine Gefühle im Klaren war. Eine Enttäuschung würde Channa in ihrer Unschuld vielleicht nicht ertragen.

Zu jener Zeit besuchte ein Sonderausschuss der Vereinten Nationen Palästina. Abgesandte aus elf Staaten prüften die Möglichkeit einer Teilung des Landes. Channa und Robert waren in diesem Punkt kompromisslos. Im Gegensatz zur Partei glaubten sie, eine Teilung wäre ein Dolchstoß in den Rücken der Araber und der Beweis, dass ihr Blut geopfert werden sollte. So verurteilten sie auch die Rede des sowjetischen UNO-Botschafters, der dem jüdischen Volk das Recht auf einen eigenen Staat zubilligte, und waren empört über die »Arbeiterpartei Palästinas«, die in den zionistischen Chor einstimmte.

Nur über diese Themen sprachen sie in den ersten Wochen. Obwohl Channa fühlte, dass Roberts Gleichgültigkeit gespielt war, akzeptierte sie sein Zögern und passte sich seinem Rhythmus an. Der Altersunterschied störte sie nicht. Den jungen Männern, die sie mit ihrer Intelligenz zu beeindrucken versuchten, war Robert weit überlegen. Wäre es nach ihr gegangen, hätte sie sofort ein Verhältnis mit ihm begonnen. Seine durchdringenden Blicke versetzten ihren Körper in Unruhe, als hätte ihr jemand ein geheimnisvolles Gift verabreicht.

Eines Abends saßen sie im Versammlungshaus in Haifa und hörten zornig die Ansprache des Parteisekretärs, der behauptete, die Genossen müssten die offizielle sowjetische Position übernehmen. Dann trat Robert ans Rednerpult und wetterte über die Gefahr, sich vom nationalistischen Strom mitreißen zu lassen, statt eine wahrhaft revolutionäre Tat zu vollbringen und einen Zweivölkerstaat zu gründen. Wenn die Partei die ungerechte Teilung akzeptiere, verspiele sie eine historische Chance und beweise, dass sie anachronistischen Ideen nachhänge und die eigenen Grundsätze aufgegeben habe.

Wieder saß Channa in der ersten Reihe. Ihr Gesicht war offen und schutzlos; kein Zeichen von Finsternis war in ihren Zügen zu erkennen. Beiläufig hörte Robert seinen Gegnern zu und versuchte, Channas Geheimnis zu ergründen. Weckte ihre Unschuld seinen Wunsch, sie zu beschützen? Begehrte er sie wegen ihrer Verletzlichkeit, die eine Beziehung ohne Machtkampf verhieß? Plötzlich sehnte er sich nach einem Glück, das ihm früher langweilig, ja tödlich schien. Vielleicht wurde er alt oder besaß endlich genügend Reife, um sich aus den Fesseln seiner einzigen Liebe zu lösen. Das Mädchen, das zu seinen Füßen saß und ihn mit ehrlichen Augen ansah, würde ihm keinen Grund zur Eifersucht geben. Mit Channa wäre er unbeschwert, statt in einer bittern Blase zu leben, die nervös zuckte, sobald ein fremder Mann auftauchte. Alles wäre anders als mit der Frau, mit der er ein perfektes Duett spielte, die er trug und von der er getragen wurde in einem seismografischen Dialog, in dem jeder die feinste Regung des anderen spürte, der erschöpfte, doch zugleich auch Kraft gab.

Der letzte Autobus nach Tel Aviv war schon abgefahren. Zögernd schlug Robert vor, bei Freunden in Wadi Nisnas zu übernachten. Als die Hausherrin fragte, wo sie das Bett für seine junge Begleiterin aufstellen sollte, schwieg er verlegen, doch Channa erklärte: »Ich schlafe bei ihm.«

Seine Zurückhaltung fiel, als er verstand, dass Channa nicht zu den Frauen gehörte, hinter deren Ausschweifungen sich emotionale Kälte verbarg. Sie spielte ihm nichts vor, sondern gab sich mit derselben Begeisterung hin, mit der sie für ihre politischen Ideen kämpfte. Hemmungslos, mit der Natürlichkeit eines wilden Kindes improvisierte sie auf seinem Körper wie auf einem Musikinstrument. Hätte er später nicht den Fleck auf dem verräterischen Laken gesehen, hätte er nicht geglaubt, dass sie noch nie mit einem Mann zusammen war. Zärtlich küsste er ihre Augen und fragte besorgt, ob er ihr wehgetan habe. Doch in dem kleinen Zimmer in Haifa hatten sich die Rollen verkehrt. Channa küsste ihn mit ihrem süßen Erdbeermund und sagte, noch nie habe ihr etwas solchen Spaß gemacht.

Sie kannten sich seit mehr als zwei Monaten. Trotzdem waren sie Fremde, als sie zusammen ins Bett gingen. Erst danach konnten sie offen miteinander sprechen. Sie saßen am Fenster und rauchten. Während sich Robert mit dem Laken bedeckte, zeigte Channa ungeniert ihren jungen Körper. Sie verwirrte ihn. In den vergangenen Jahren war sein Trieb erlahmt, als habe er seine Männlichkeit mit seiner einzigen Liebe zu Grabe getragen. Zwar schlief er noch manchmal mit Frauen, doch dabei fühlte er sich wie ein Junge. Um in Stimmung zu kommen, stellte er sich Ruths zerbrechliche Arme vor, die ihn mit einer Kraft umfingen, deren Herkunft ihm bis heute rätselhaft schien.

Die Arme des Mädchens, das sich jetzt auf seinen Schoß setzte und ihn forschend anschaute, erinnerten ihn an sie. Gierig streichelte es seinen Körper, als habe es eben nicht unter ihm gelegen und vor Lust geheult. Channas ganzes Leben schien eine Vorbereitung auf diese Nacht gewesen zu sein.

»Warte«, flüsterte Robert, »ich bin schon ein alter Mann.«

Sie lachte und küsste seinen Hals. Wie ein zerbrechliches Spielzeug kam sie ihm vor. Wenn er nicht aufpasste, glitte es ihm aus der Hand.

»Erzähl mir von dir«, sagte er und schob sie sanft von sich. »Woher kommst du? Wer sind deine Eltern?«

»Ich bin in Wien geboren«, antwortete Channa düster. »Meine Eltern sind verlogene Bourgeois. Es lohnt nicht, von ihnen zu sprechen.«

»Wie alt bist du?«

»In zwei Monaten werde ich achtzehn.«

»Gehst du noch aufs Gymnasium?«, fragte er erschrocken.

»Keine Sorge, ich habe schon das Abitur.«

»Warum hat ein schönes, kluges Mädchen wie du keinen Freund?«

»Weil es auf dich gewartet hat.« Ihr Lächeln erinnerte ihn an eine vergangene Epoche. »Habe ich etwas Falsches gesagt?«

»Nein«, erwiderte er gedankenversunken, »ich bin froh, dass du auf mich gewartet hast, auch wenn ich nicht weiß, ob ich es verdiene.«

»Und warum hat ein Mann wie du keine Frau?«

»Vielleicht bin ich nicht dafür geschaffen.«

Er war sich der Botschaft, die seine Worte enthielten, bewusst. Sie waren die Vorbereitung einer Verteidigungsschrift, die vielleicht eines Tages von ihm verlangt würde. Als spüre sie die Gefahr, schmiegte sich Channa an ihn und fragte in süßlichem Ton: »Warst du einmal verliebt?«

»Wer war das nicht?«, entgegnete er.

»Ich.«

»Du bist noch jung.«

»*Du* bist meine große Liebe.«

Robert schaute sie an. Channas Seele lag vor ihm wie eine tröstende Landschaft, die aus Unschuld und Reinheit bestand.

Als er Stunden später ihr schlafendes Gesicht im Morgenlicht betrachtete, verstand er, dass es noch etwas gab, das ihn anzog. Auf unerklärliche Weise erinnerte ihn Channa an Ruth, obwohl sie ihr nicht wirklich ähnlich sah. Ruth hatte hohe Wangenknochen, ein scharf konturiertes Kinn und schmale metallgraue Augen, während Channas Züge weich waren und sich in ihrem blauen Blick nichts Unbekanntes verbarg. Dennoch schwebte der Schatten eines Geheimnisses über dem Mädchen. Wieder fühlte sich Robert in eine frühere Zeit versetzt und dachte an seine alte Liebe, die ihn in den Nebel hineingezogen hatte, in Regionen des Verzichts und der Hoffnungslosigkeit.

Channa öffnete die Augen. Nun betrachtete sie ihn, ohne dass er es merkte. Sein Blick verlor sich in der Ferne, in eine Zeit, in der sie nicht existierte. Sie dachte an ihre Kindheit und die Einsamkeit, die sie damals empfunden hatte. Demütig und still lag sie da und wartete, dass er zu ihr zurückkam. Als er merkte, dass er beobachtet wurde, fuhr er zusammen.

»Verzeih, ich wollte dich nicht erschrecken.«

»Channa ... Liebes«, sagte er auf Deutsch.

»Hast du an die Vergangenheit gedacht?«

Sie streichelte sein Gesicht und wagte nicht weiter zu fragen.

Als sie im Autobus nach Tel Aviv saßen, glaubte Robert, die anderen Fahrgäste schauten ihn missbilligend an, als habe er mit seiner Tochter geschlafen. Channa lag in seinen Armen und streichelte seine Knie, die vor Aufregung zitterten.

»Channa«, flüsterte er, »die Leute beobachten uns.«

Sofort ließ sie ihn los und setzte sich gerade. Ihre Reaktion war wie die eines geschlagenen Kindes, das gewöhnt ist, blind zu gehorchen. Vorsichtig fragte er nach ihren Eltern, aber sie zuckte mit den Schultern und sagte, es sei sinnlos, über eine Vergangenheit zu diskutieren, die wir uns nicht ausgesucht hätten. Die Zukunft hingegen liege in unserer Hand. Nur daran sollten sie jetzt denken.

Zwei Wochen später mieteten sie ein Zimmer in Jaffa, im Haus von Nadja Chamis, der Mutter eines arabischen Genossen. Channa begann in einem arabischen Waisenhaus zu arbeiten und bereitete die Kinder auf eine neue, glückliche Welt vor, in der die Familie der Menschheit die gescheiterte Familie ersetzt. In ihrer Freizeit zog sie durch Wohnviertel und Dörfer, klärte die Frauen über ihre Rechte auf und ermutigte sie, reaktionäre Traditionen zu bekämpfen. Im Gegensatz zu ihm, dachte Robert, bevormundete Channa die Leute nicht und brauchte sich nicht zu verstellen.

Eines Tages veröffentlichte der Sonderausschuss der Vereinten Nationen seinen Bericht. Darin sprach er sich mit einer Mehrheit von sieben Stimmen für die Teilung des Landes und die Gründung von zwei Staaten aus. Der Jubel auf den Straßen Tel Avivs schien von Jaffa aus wie ein Totentanz. Robert und Channa trösteten ihre Gastgeber, doch fühlten sie sich gleichzeitig schuldig, weil auch sie sich insgeheim freuten. Ihre Überzeugungen änderten nichts daran, dass sie Juden waren.

Kapitel 41

Drei Monate nachdem sie Robert kennengelernt hatte, verkündete sie ihren Eltern, dass sie in Kürze heiraten werde. »Standesamtlich«, fügte sie trotzig hinzu, als sei der Streit eröffnet.

Ruth schaute sie ungläubig an. Es hätte sie nicht gewundert, wenn Channa eines Tages gebeichtet hätte, dass sie in eine Frau verliebt sei. Die nachlässige Kleidung, ihre Kratzbürstigkeit und der furchtbare Haarschnitt ließen keine Romanze mit einem Jungen erahnen. Die Kleine war pfiffiger, als sie dachte. Doch plötzlich stockte Ruths Atem: »Bist du schwanger?«

»Nein«, antwortete Channa wütend, »wir lieben uns und wollen nicht länger warten.«

Ruth war erleichtert.

»Was ist das für ein Mann? Wie heißt er? Wo kommt er her? Was arbeitet er? Und wo werdet ihr wohnen?«

Channa warf ihrer Mutter einen zornigen Blick zu. »Hast du noch mehr Fragen?«

Ruth beschloss, sich nicht provozieren zu lassen, und lächelte. »Wenn du glücklich bist, bin ich es auch.«

Channas Gesicht hellte sich auf. »Ja, das bin ich. Und wenn Papa einverstanden ist, bringe ich ihn am nächsten Freitag zum Essen mit.«

Otto stand da wie ein Kind, das man vom Spiel ausgeschlossen hatte, und fragte grimmig: »Ist er Araber?«

»Und wenn er es wäre?«

»Ist er es oder nicht?«

»Nein, aber darauf kommt es nicht an«, gab Channa scharf zurück. »Wenn du so denkst, werde ich ihn nicht mitbringen.«

»Natürlich kommt es darauf an«, schnaubte Otto, doch Ruth tätschelte seinen Arm und sagte: »Er ist kein Araber, Ottolein, reg dich nicht auf.«

Eine seltsame Freude erfüllte sie. Wie alle jungen Mädchen war ihre Tochter glücklich und verliebt. Zwar war sie noch ein Küken, doch sie konnten ihr vertrauen. Sicher handelte es sich um einen ernsthaften jungen Mann, der verantwortungsbewusst handelte. Strahlend beglückwünschte sie ihre Tochter. Channa bedankte sich und lächelte süßlich zurück.

»Aber er ist ein paar Jahre älter als ich.«

»Wie alt ist er?«, fragte Ruth erschrocken.

»Ist das wichtig? Für mich spielt das Alter keine Rolle.«

»Besser ein erwachsener Mann als ein unerfahrener Bengel«, sagte Ruth zu Otto, bevor jeder in sein Zimmer ging. »Er hat sich schon ausgetobt und wird ein braver Ehemann, der treu für sie sorgt. Wenigstens sitzt sie nicht allein in ihrem Zimmer.«

Doch wie üblich verspürte Otto den Drang, seine Frau zu beschuldigen. »In letzter Zeit ist dir sogar deine Tochter wieder egal. Dich interessiert nur noch der Verlag, als ginge es darum, die Welt zu retten. Anuschka will heiraten, ohne uns um Rat zu fragen. Und du stimmst sofort zu?«

»Ich versuche, das Positive zu sehen«, entgegnete Ruth und lächelte, »wir haben ohnehin keine Kontrolle über sie. Doch wenn du dich dann besser fühlst, nehme ich alle Verantwortung auf mich.«

Er brummte etwas, das Ruth nicht verstand, und verschwand in seinem Zimmer.

Kapitel 42

»Für dich«, sagte Otto und überreichte ihr einen pinkfarbenen Blumenstrauß. Normalerweise schenkte er keine Blumen; selbst die Rosen, die er ihr gebracht hatte, als er um ihre Hand anhielt, hatte seine Mutter ausgesucht.

»Für mich, Otto?«

Ruth stand auf, küsste seine Wange und umarmte ihn.

Die plötzliche Intimität machte ihn verlegen. »Du glaubst nicht, welch schrecklichen Tag ich hatte«, stöhnte er und befreite sich aus ihren Armen. »Lauter freche Schüler! Ich hätte Lust, sie zu schlagen.«

»Streite nicht, sondern ignoriere sie! Das Leben straft sie früh genug. Hast du daran gedacht, dass heute Anuschka mit ihrem Freund kommt? Ich war den ganzen Morgen auf dem Markt und habe bis jetzt gekocht. Diesmal bin ich dem Rat des Metzgers gefolgt, das Gulasch ist vorzüglich. Das Geheimnis ist Paprika, Ottolein. Und rate, was ich zum Nachtisch serviere! Marillenknödel! Ich habe stundenlang Kartoffeln gerieben.«

Sie war gut gelaunt, denn am Abend zuvor hatte sie einen berühmten hebräischen Schriftsteller für Hansis Verlag verpflichtet. Zwar musste sie ihm hohe Tantiemen versprechen, doch Hansi meinte, ihre Schönheit habe ihn bezirzt.

Ihr Glück machte sie taub für Ottos Sorgen. Erst als sie seinen Blick sah, fragte sie: »Was ist geschehen?«

Er setzte sich aufs Sofa und beugte sich vor, bis sein Schlips über dem Boden baumelte.

»Ich habe ein Angebot erhalten«, begann er zögernd, »und es klingt verlockend.«

»Rufen sie dich an die Universität zurück?«

»Gewissermaßen.«

»Ich wusste, dass sie auf dich nicht verzichten können.«

»Ja, aber nicht hier ... Ich soll die genetische Abteilung in Heidelberg übernehmen.«

»Hat man dir nicht deutlich zu verstehen gegeben, dass man dich nicht will?«

»Ihre Ablehnung galt nicht mir, sondern dem hässlichen Juden mit seinem Jargon und seiner lächerlichen Kleidung«, erwiderte er wie auf ein Stichwort, auf das er gewartet hatte. »Ich bin ein Opfer derer, die sich zwischen ihrer Herkunft und dem Land, in dem sie leben, nicht entscheiden können. Lies den Brief aus Heidelberg! Es war ein tragischer Irrtum, und sie schämt sich dafür.«

Sein Egoismus machte sie wütend. Sie hob die Hand und schlug ihm ins Gesicht. Erschrocken ließ er die Zigarette fallen.

Beim Versuch, sie vom Sofa zu angeln, verbrannte er sich und schrie.

»Das hast du verdient«, sagte Ruth und holte Eis, um seine Hand zu kühlen. »War Tante Mirjam eine hässliche Jüdin? Heute weiß jeder, dass Judenhass keine Klassenunterschiede kennt. In dieser Hinsicht war Hitler ein Demokrat. Vor den Gaskammern waren alle gleich.«

»Bevor die Ostjuden kamen, ging es uns gut in Deutschland.«

»Deine Familie hat die Juden schon immer gehasst.«

»Das ist nicht wahr«, protestierte Otto. »Mein Vater erkannte lediglich, dass die Ostjuden nicht zu Deutschland passten. Ihr Hochmut schadete denen, die sich eingliedern und geachtete Mitglieder der Gesellschaft sein wollten.«

Er schaute sie unglücklich an. Beide wussten, dass der Streit überflüssig war. Eigentlich mussten sie sich auf den Abend vorbereiten, aber plötzlich glaubte Ruth den Sinn seiner Worte zu verstehen.

»Wer schämt sich?«, fragte sie verwundert. »Zu wem willst du zurückkehren? Zu deiner klugen Professorin?«

Sie war gedemütigt und erleichtert zugleich. Hinter ihrem Rücken führte Otto sein eigenes Leben, von dem sie nichts ahnte. Wie an dem Abend in Heidelberg, an dem sie ihn verlassen wollte, kam er ihr zuvor und gestand ihr seine Liebe zu einer anderen Frau. Sie wollte aufbegehren, denn der Abgrund, der sich vor ihr öffnete, erschreckte sie. Doch Otto lenkte ein und sagte: »Wenn du willst, bleibe ich bei dir.«

Durfte sie sein Angebot annehmen? Welchen Wert hatten die Jahre der schmerzlichen Erkenntnis, wenn sie jetzt an ihren Vorteil dachte, während Otto resignierte und ihr wie ein Schatten folgte?

Noch nie hatte sie sich so schuldig gefühlt, doch zum ersten Mal suchte sie keine Ausflüchte und war bereit, die Verantwortung zu tragen.

»Fahr zu ihr, liebes Ottolein«, sagte sie bebend. »Du hast es verdient, glücklich zu sein.«

»Meinst du das wirklich?«, fragte er ungläubig.

»Ja«, versicherte sie.

»Ich weiß nicht, was ich sagen soll ...«

»Manchmal braucht man nichts zu sagen, Ottolein.«

Sie holte den Brandy, den Hansi aus Paris mitgebracht hatte, und füllte zwei Gläser. Die Rollen hatten sich verkehrt: Jetzt war Otto der Schuldige, und sie konnte verzeihen.

Er werde sie immer lieben und werfe ihr nichts vor, sagte er, denn auch er sei für das Scheitern ihrer Ehe verantwortlich. »Wenn du mich wirklich gehen lässt, werde ich dir ewig danken.«

Sie hatte ihn noch nie so emotional gesehen, und doch zweifelte sie. War sie zu großzügig? Doch dann begann er ihre Vorzüge zu loben, die er erst jetzt zu entdecken schien, und sie beschloss, milde zu sein. Sie wollte die zarte Frucht nicht zerstören.

»Ottolein, du übertreibst«, widersprach sie sanft, »ich habe dein Erbarmen nicht verdient. Wenn du mein Selbstmitleid weckst, kann ich dich nicht gehen lassen. Selbst jetzt, an der Schwelle zum Abschied, verstehen wir uns nicht.«

»Das ist nicht wahr«, erwiderte Otto, »wir sind uns näher als zuvor. Auf einmal scheint ein Leben mit dir möglich.«

Ihm standen Tränen in den Augen, und für Sekunden glaubte Ruth, sie könnte ihn zurückgewinnen, wenn sie es nur wollte.

»Ich wünschte mir«, fuhr er fort, »du würdest mich sehen, wie ich bin.«

»Aber Otto, niemand kennt dich besser als ich«, sagte sie verwundert. Hatte ihr Röntgenblick nicht alle Schichten seines Wesens durchleuchtet?

»Nein, Ruth. Ich glaube, dass du nur eine Seite von mir kennst. Du hattest nie Geduld, mich ganz zu betrachten. Nur im ersten Jahr in Heidelberg hast du dich für mich interessiert.«

Als sie nach Heidelberg gezogen waren – Anuschka war damals drei Jahre alt –, hatte sie versucht, die Rolle der bürgerlichen Ehefrau zu spielen und ihn zu Empfängen und Kongressen begleitet. Vor einer Schar von Bewunderern und ihren eifersüchtigen Ehefrauen demonstrierte sie Hingabe und Treue und stellte erstaunt fest, wie leicht es war, in dieser Scheinwelt zu leben. All das endete, als Robert wie eine Fackel aus der Dunkelheit auftauchte.

»Du hast recht, aber jetzt ist es zu spät«, sagte sie, um sich nicht weiterer Lügen schuldig zu machen.

»Ich bedaure, dass ich egoistisch war und dich nicht schon damals gehen ließ. Aber das Schicksal meint es gut mir dir. Deine Freundin hat auf dich gewartet.«

Sie zündete sich eine Zigarette an und spürte seinen Blick.

Warum sprach er von Heidelberg? Wollte er sie zur Beichte bewegen, um ein reines Gewissen zu haben, wenn er sie verließ? Auge um Auge – Verrat um Verrat?

»Es hat keinen Sinn, über all das zu sprechen«, sagte sie schließlich, »du gehst ohnehin fort.«

»Und wenn ich bliebe? Wärst du bereit, über alles zu reden – wie Mann und Frau und nicht wie Vater und Tochter?«

Seine Worte erstaunten sie. Als öffne sich ein Riss zwischen ihm und der Welt, auf die er stolz war. Sie hatte nicht geglaubt, dass er über solche Dinge nachdachte. Normalerweise verabscheute er Psychologie.

»Vielleicht hast du recht«, räumte sie ein, »und wir haben noch eine Chance.« Für Sekunden schien auch ihr ein Leben mit ihm möglich.

»Nein, Ruth, es geht nicht mehr«, sagte er traurig. »Ich habe beschlossen, von vorn zu beginnen ... mit Martina.«

Der Name war wie eine Ohrfeige. Bisher war die Professorin eine abstrakte Idee, doch nun wurde sie real.

Die stille, kluge Martina. Vielleicht saß sie in ihrem Haus in Heidelberg, kaute Fingernägel und wartete auf die Entscheidung. Geduldige Martina!

Ruth wollte eine spöttische Bemerkung machen, doch Otto wirkte einsam und verloren. So schwieg sie und tröstete sich mit dem Gedanken, dass sie ihn durchschaute. Soll er doch zu seiner Solveig gehen! Sicher war sie eine pummelige alte Jungfer, die keinen Spaß verstand.

»Wann willst du abreisen?«, fragte sie sachlich.

»In den Pessachferien, wenn es dir nichts ausmacht.« Er schien auf die Frage gewartet zu haben. »Sollen wir es Anuschka heute sagen?«

»Nein, wir müssen vorsichtig sein. Selbst Revolutionärinnen verwandeln sich in kleine Mädchen, wenn es um die Trennung ihrer Eltern geht.«

»Und du, Ruth? Wirst du zurechtkommen?«
»Ich komme schon lange allein zurecht.«
»Zum Glück hast du Hansi und deine Arbeit. Vielleicht habe ich ihm wirklich unrecht getan.«

Sie lächelte. Von fern winkte Martina, und er versöhnte sich mit dem Teufel?

»Umarme mich, Otto, vielleicht steckt dein Glück mich an.«
»Du bist wirklich eine Hexe. Es fehlt nur noch der Besen.«
»Die Welt hat sich verändert, mein Lieber«, sagte sie und küsste ihn freundschaftlich. »Die Hexen des zwanzigsten Jahrhunderts tragen ihre Besen nicht mehr selbst.«

»Ich warne euch, stellt bloß keine dummen Fragen!«

Kampfbereit schritt Channa im Zimmer auf und ab. Sie war früher gekommen, um ihren Eltern letzte Anweisungen zu geben.

Als es klingelte, lief sie aufgeregt zur Tür. Ruth und Otto postierten sich nebeneinander wie glückliche Brauteltern.

»Darf ich vorstellen?«, sagte Channa und führte ihren Freund herein. »Das ist Robert Keller, der Mann, den ich heiraten werde.«

»Du musst zugeben, dass es kein Drama ist, sondern eher eine Farce«, erklärte Hansi später. »Aber es ist normal, dass du zunächst anderer Meinung warst.«

Das war sie wirklich. Ruth starrte ihren Gast an, als stünde ein hundertjähriger Greis vor ihr. So deutete zumindest Channa ihr erschüttertes Gesicht und stieß sie mit dem Ellbogen an, damit sie sich zusammennahm.

»Es tut mir leid«, murmelte Ruth, »Sie sind älter, als ich dachte.«

»Mama!«, flüsterte Channa und warf ihr einen säuerlichen Blick zu.

»Verzeihung, es war nicht so gemeint.«

»Das macht nichts«, versicherte Robert. »Auch ich musste mich an den Altersunterschied gewöhnen.«

»Aber Sie haben sich gewöhnt …«

Channa schaute ihre Mutter an, als wollte sie sie umbringen.

Robert hatte es nicht eilig gehabt, Channas Eltern kennenzulernen, denn er fürchtete, als Vaterersatz zu erscheinen. Doch jetzt quälte ihn ein anderes Problem.

»Sie kommen mir bekannt vor«, sagte Otto und wedelte mit dem Zeigefinger, »doch ich weiß nicht, woher.«

»Vielleicht aus Heidelberg«, erklärte Robert. »Ich studierte dort Physik.«

Ottos Gesicht begann zu leuchten. »Was Sie nicht sagen! Das hat uns Channa nicht erzählt.« Robert war Naturwissenschaftler; sein Alter spielte plötzlich keine Rolle mehr.

Ruth warf Robert einen kurzen Blick zu.

»Mir hat Channa auch nichts erzählt«, sagte er.

»Du hast ihm nicht gesagt, wer deine Familie ist?«, fragte Ruth.

»Nein«, antwortete Channa, »es gibt wichtigere Themen.«

»Mit welchem Bereich haben Sie sich beschäftigt?«, fuhr Otto unbeirrt fort.

»Mit Kernphysik«, entgegnete Robert.

»Wirklich?« Das Ansehen des Bräutigams stieg in ungeahnte Höhen. »Dann kannten Sie sicher Professor Weiss, einen guten Freund von mir.« Einen Moment schwieg er in Gedanken an den ermordeten Kollegen. »Haben Sie auch Professor Strauss noch erlebt? 1931 oder 32 war er in eine seltsame Affäre verstrickt. Ein kleiner Jude mit vorstehenden Wangenknochen … Genau, das war im Winter 1931.«

»Papa, das ist jetzt nicht wichtig«, seufzte Channa. Doch Robert war froh, ein Gesprächsthema gefunden zu haben, und ging darauf ein.

»Ja, ich erinnere mich. Die Universität Heidelberg, die sich immer auf ihre liberalen Werte berief, konnte nicht zugeben, dass sie einen Kommunisten entließ. So wurde er doppelt bestraft. Sie warfen ihn hinaus und beruhigten ihr Gewissen, indem sie behaupteten, er habe geheime Informationen an die Sowjetunion verkauft. Später stellte sich heraus, dass es eine Lüge war.«

»Ich bin nicht sicher«, widersprach Otto und verteidigte instinktiv die Hochschule. Zwar hatte man auch ihm Unrecht zugefügt, doch in seinem Herzen war er immer noch Akademiker.

»Jedenfalls wurde er zum Dämon gemacht«, sagte Robert und war erleichtert, dass Channas Onkel eintraf.

»Hoffentlich habt ihr nicht ohne mich angestoßen«, rief er und schwenkte die Champagnerflasche, die er als Geschenk brachte. »Und Sie sind der Bräutigam? ... Hansi Stein – sehr angenehm ... Sie sind genau im richtigen Alter. Es ist unnatürlich, wenn Gleichaltrige heiraten. Die Frauen sind uns mindestens zwanzig Jahre voraus.« Er bemerkte nicht den drohenden Blick seiner Schwägerin, sondern füllte die Gläser und fuhr fort: »Es ist alles so, wie es sein muss. Auf das junge Paar!«

»Mein Bruder hat recht«, sagte Otto mit einer Freundlichkeit, die niemand erwartete.

Hansi verschluckte sich.

»Komm, ich gebe dir Wasser«, sagte Ruth und zog ihn in die Küche.

»Das ist Robert!«

»Ja, und?«, fragte Hansi.

»Robert Keller!«

Es dauerte einen Moment, bis er verstand. Doch dann sagte er: »Wozu braucht man Bücher, wenn das Leben ein Roman ist?«

»Mir steht der Sinn nicht nach Scherzen!«

»Lass uns einen Augenblick nachdenken.«

»Es gibt nichts nachzudenken. Ich erlaube diese Heirat nicht. Sieh mich nicht so an! Es geht nicht um mich, sondern um Anuschka. Sie ist noch ein Küken, auch wenn sie sich als Freiheitskämpferin aufspielt. Und er ist von Grund auf verdorben und wird ihr das Herz brechen.«

In diesem Moment kam Otto in die Küche und erkundigte sich, wann es Essen gäbe. Ruth schaute ihn zornig an. »Worüber freust du dich so?«

»Wie bitte?«, fragte er perplex.

»Du musst verhindern, dass sie ihn heiratet.«

»Weshalb?«

»Er könnte ihr Vater sein.«

»Dabei scheint er sympathisch.«

»Er scheint dir sympathisch, weil du in Ruhe fortgehen kannst und jemand deine Rolle übernimmt.«

Otto errötete, doch zog er es vor, kein Öl ins Feuer zu gießen. Die plötzliche Wut seiner Frau schien eine ihrer üblichen Launen. »Nimm dich zusammen«, sagte er leise, als spreche er mit einer Kranken. Doch Ruth schäumte wie ein Dampfkessel.

»Ich will diesen Mann nicht sehen«, schrie sie. »Geh und sag ihm, dass er nicht erwünscht ist.«

»Dann war alles nur Theater?«, fragte Anuschka, die plötzlich in der Tür stand. Ihr Gesicht war blass, und ihre Augen funkelten. »Niemand ist so verlogen wie du, Mama.«

»Es besteht kein Grund, sich aufzuregen, Channa«, versuchte Hansi die Wogen zu glätten. »Deine Mutter hat sich nur erschrocken.«

»Weshalb? Ich habe ihr gesagt, dass Robert älter ist.«

»Verzeih, Channa«, flüsterte Ruth und lächelte gezwungen. »Ich freue mich für dich.«

»Du freust dich für *mich*? Das hast du noch nie getan!«

Robert saß auf dem Sofa und lauschte bedrückt dem Drama, das sich in der Küche abspielte. Er suchte nach Worten für den Fall, dass Ruth alles verriet. Doch musste er sich wirklich sorgen? Ruth nahm es mit der Wahrheit nicht genau. Sie würde sich über sein Alter beklagen und ihn vielleicht sogar der Perversion beschuldigen, aber damit konnte er umgehen. Nur die Enthüllung wäre sein Ruin. Wenn sie diesen Abend überstanden, würde er Channa raten, auf Distanz zu ihrer Mutter zu gehen, bis sie sich beruhigte.

Vorbei waren die Zeiten, in denen er die süßsauren Früchte solch finsterer Momente genoss.

Channa kam aus der Küche. Ihr Gesicht verriet, dass keine Katastrophe stattgefunden hatte. Channa war nicht erschüttert, sondern wütend. Erleichtert schloss er sie in die Arme.

»Ich ertrage sie nicht«, stöhnte das Mädchen.

»Ich kann sie verstehen«, entgegnete er unwillkürlich.

»Du kennst sie nicht. Sie ist scheinheilig und egoistisch. Ich wurde damit gestraft, ihre Tochter zu sein, aber das bedeutet nicht, dass ich sie wiedersehen muss.«

Mit verhülltem Blick kehrten Ruth, Hansi und Otto ins Wohnzimmer zurück.

Channa stand auf, nahm Roberts Hand und sagte: »Wir gehen.«

»Nein«, protestierte Otto. »Deine Mutter hat den ganzen Tag gekocht. Ihr könnt sie jetzt nicht im Stich lassen.«

»Das hätte sie sich vorher überlegen müssen.«

Channa wandte sich ab und lief hinaus. Ihre Schritte hallten im Treppenhaus.

Verlegen suchte Robert seine Jacke.

»Sie hängt neben der Tür«, sagte Ruth. »Warten Sie, ich bringe Sie hinaus.«

Otto wollte die beiden begleiten, aber Hansi hielt ihn zurück, und sie gingen in die Küche.

Als Ruth und Robert allein waren, fragte sie, was er nun tun wolle.

»Was erwartest du?«, antwortete er gereizt. »Soll ich sie verlassen? Unter welchem Vorwand? Sie würde die Wahrheit wissen wollen. Möchtest du den Preis zahlen und ihr alles erklären? Eure Beziehung würde zerbrechen.«

»Machst du dir Sorgen um mich?«

»Ja, auch um dich.«

Sie schwieg. »Liebst du sie?«

»Ich liebe sie sehr«, sagte er vorsichtig. »Sie ist alles, woran ich glaube.«

»Vorläufig«, spottete sie. Zum zweiten Mal an diesem Tag erklärte ihr ein Mann, dass er eine andere liebe. Der entschuldigende Ton kränkte sie wie die Nachricht selbst.

Mit zitternden Händen zündete sie eine Zigarette an und sagte heiser: »Ich bin froh, dass du sie liebst.«

»Es tut mir leid, Ruth. Wenn ich es gewusst hätte, wäre es nie dazu gekommen.«

»Robert, wo bist du?«, rief Channa in die bleierne Stille hinein.

»Geh zu ihr«, riet ihm Ruth.

»Leb wohl«, sagte er versonnen.

»Der Mensch bestimmt sein Schicksal selbst«, murmelte Ruth und schloss die Tür.

Kapitel 43

13. 2. 48

Schalom, Mama,
über eine Woche ist seit dem verheerenden Besuch bei Euch vergangen, und noch immer ist Robert außer sich. Du hast ihn mehr verletzt, als er zugeben will, aber am schwersten getroffen hast du mich. Bevor Du Deine unmöglichen Bemerkungen machtest, störte ihn der Altersunterschied nicht – seit jenem Abend denkt er an nichts anderes. Er sprach sogar von Trennung, und wenn ich nicht genau wüsste, dass ich ihn liebe, würde ich vielleicht auch glauben, dass wir keine Zukunft haben.

Verstehst Du jetzt, weshalb ich den Kontakt zu Dir abbreche? Immer verletzt Du mich, sei es aus guter oder böser Absicht. (Ja, aus meiner Kindheit weiß ich, dass Du manchmal auch aus böser Absicht handelst …) Sicher macht Dir mein Brief ein schlechtes Gewissen, doch verschone mich mit Deinen Gefühlen. Jetzt ist es zu spät, Du hättest rechtzeitig nachdenken müssen. Sagtest Du nicht, Du habest Dich geändert und akzeptiertest mich so, wie ich bin? Schon bei der ersten Probe bist Du durchgefallen.

Aus Rücksicht auf uns beide und unsere seelische Gesundheit habe ich beschlossen, unsere Beziehung ruhen zu lassen, statt sie zu beleben. Die Treffen mit Dir machen mich böse und grausam und wecken Schuldgefühle, die zu allem anderen Leid hinzukommen. Ich habe es mir nicht ausgesucht, Deine Tochter zu sein, und Du hast Dir nicht ausgesucht, meine Mutter zu sein; die biologische Verbindung zwischen uns zwingt uns zu nichts. Jedenfalls fühle ich mich durch sie nicht verpflichtet.

Robert sagt ständig, ich müsse Dich verstehen (was muss ich verstehen?). Ich habe noch nie einen so gutmütigen Menschen wie ihn getroffen! Aber ich habe ihm erklärt, dass es besser ist, wenn nicht nur er Abstand zu Dir hält (das schlug er selbst vor), sondern auch ich. Zumindest eine Zeit lang. Man kann eine Beziehung nicht gewaltsam reparieren. Vielleicht wird die Zeit die Wunden heilen.

Kapitel 44

15. 4. 48

*Lieber Otto,
es freut mich, dass es Dir gut geht und Du Dich »in Deinem Element« fühlst, wie Du sagst. Ich freue mich auch, dass Du von Anuschka einen versöhnlichen Brief erhalten hast. Hoffentlich wird auch zwischen mir und ihr eines Tages Ruhe einkehren. Im Moment sieht es allerdings nicht danach aus.*

Wie Du weißt, herrscht hier Krieg. Doch mache ich mir deshalb keine Sorgen – Kriege haben mich noch nie verunsichert; ich habe genug andere Probleme.

Du fragtest, ob ich mich allein fühle, und zum ersten Mal in meinem Leben ist das wirklich der Fall. Doch erscheint mir die Einsamkeit nicht als Dämon. Übertreiben die Poeten, oder fehlt es mir an Sensibilität? ...

Sie schob den Brief beiseite und ging auf den Balkon, um eine Zigarette zu rauchen. Es hatte keinen Sinn, Otto an ihren Problemen zu beteiligen. Seinem Brief zufolge war er ausgelastet und zufrieden und wollte die Vergangenheit vergessen. Sein

Leben ging an dem Punkt weiter, an dem es vor zwölf Jahren unterbrochen worden war; Palästina war nur ein bedauerlicher Unfall. Es sei kein Wunder, schrieb er, dass ihre Ehe dort einen Tiefpunkt erlebt habe. Doch lohne es nicht, darüber nachzudenken, da sie nicht gemeinsam von vorn beginnen wollten. Im Gegensatz zum Nahen Osten habe ihn Heidelberg wie einen König empfangen; alle bemühten sich um ihn. Zwar wolle er die Katastrophe, die geschehen sei, nicht rechtfertigen, doch dürfe man nicht alle Deutschen beschuldigen, besonders nicht die Mitarbeiter seines Fachbereichs.

Sie wollte widersprechen. Verstand er nicht, dass er wie eine reife Frucht in ihre Hände fiel? Er war der Jude, mit dem sie ihr Gewissen beruhigten. Doch sie schrieb nichts von alledem. Er brauchte ihren Rat nicht. Sicher war auch sie nur ein Unfall, den er vergessen wollte. Als sie am Tag seiner Abreise anbot, ihn zum Flughafen zu begleiten, sagte er, sie brauche sich nicht zu bemühen; das Taxi warte schon, er müsse gehen. »Leb wohl, Ruth, und gib acht auf dich«, fügte er traurig hinzu. »Schreib mir, wenn Du etwas brauchst.«

Doch sie wollte keine Hilfe, durch die sie ihm verpflichtet wäre. Hansi gab ihr, was sie brauchte. Unmittelbar nach Ottos Abreise schlug er ihr vor, zu ihm zu ziehen, damit sie nicht »der giftigen Schlange Einsamkeit« begegne. »Sie tötet jeden, der nicht immun ist. Und du, liebe Schwägerin, warst in achtundvierzig Jahren keinen einzigen Tag allein.«

Behutsam lehnte sie ab und versicherte ihm, dass schon die Tatsache, dass sein Angebot bestehe, ihr alle Furcht nehme. Doch müsse sie lernen, die Vorzüge des Alleinseins zu genießen. Ihr Leben lang habe sie versucht, sich von den Fesseln der Familie zu befreien, und jetzt könnte es gelingen – trotz des grausamen Zufalls, der den Geliebten als Schwiegersohn zurückkehren ließ. Das Schicksal spielte mit ihr wie ein böses Tier. Waren all die anderen Tragödien, die seit ihrer Kindheit über sie hereingebrochen waren, nicht genug? Hansi behauptete, der einzige Weg, das Leben zu ertragen, sei Gelassenheit. Doch fiel es ihr schwer, eine vernünftige Perspektive zu finden. Wenn sie nach rettenden Arbeitstagen erschöpft aufs Bett sank und sich nichts sehnlicher wünschte als Schlaf, sah sie Robert, der erneut in ihr Leben trat. Auch in ihren Träumen war sie verdammt. Sie musste wachsam sein, damit sich keine kranken Fantasien einschlichen, sinnlose Wünsche, die in geheimen Ecken der Seele gediehen. Wenn Robert anders reagiert und nicht seine Liebe zu Channa, sondern zu ihr, seiner ewigen Geliebten, gestanden hätte, hätte sie vielleicht protestiert, doch letztlich ihre Tochter geopfert.

Kapitel 45

Zwei Tage hatte es geschneit. Am dritten Tag betrat Channa das Büro ihrer Mutter und verkündete, sie habe es eilig, denn sie fahre in den Negev, wo Tausende von Einwanderern unter erbärmlichen Umständen den Winter verbrachten. Doch habe ihr Robert geraten, vorher zu ihr zu gehen. Von ihr aus könnte die Sache noch warten, schließlich sei nichts Schlimmes geschehen. »... um es kurz zu machen – ich wollte dir sagen, dass ich schwanger bin.«

Ruth schwieg.

»Hörst du mich?«, fragte Channa, als rede sie zu einer Wand. Sie erwartete einen Gefühlsausbruch und nicht die alte Kühle ihrer Mutter, die jederzeit in Ungeduld oder falsche Freundlichkeit umschlagen konnte. Als Kind war sie ihren Launen ausgeliefert gewesen wie ein Tier, das um Gnade bettelt. Ständig musste sie in fremden Zimmern und Geschäften warten oder am großen Fenster der Wohnung eines Mannes, der genauso unbeherrscht wie ihre Mutter war. Wenn sie das Kichern, Flüstern und Stöhnen der beiden nicht mehr ertrug, schlug sie sich mit den Fingern auf die Ohren.

»Natürlich höre ich dich! Ich gratuliere dir«, drang Ruths Stimme zu ihr.

Channa ärgerte sich, dass sie Robert nachgegeben hatte. Er drängte sie zu dem Besuch, obwohl er sie nicht begleiten wollte. Natürlich war sie froh, dass er auf den unverwüstlichen Charme ihrer Mutter nicht hereinfiel; trotzdem wünschte sie, er wäre jetzt bei ihr.

»Verzeih, ich war nur überrascht. Im wievielten Monat bist du?«, fragte Ruth und heuchelte Begeisterung.

»Wen interessiert das?«, gab Channa barsch zurück. »Das Kind kommt, wann es will.«

Die Sekretärin lugte ins Büro und teilte ihr mit, dass es Zeit für den nächsten Termin sei.

»Wie ich sehe, bist du beschäftigt.« Channas Worte waren wie ein Echo ihrer Kindheit, doch Ruth verstand es nicht. Ihre Augen brannten, und sie benötigte alle Kraft, um das Zittern in ihrem Innern zu bändigen. »Schade, dass ich von deinem Besuch nicht früher wusste«, murmelte sie. »Wie geht es dir?«

»Ich bin nicht krank, Mama.«

»Wie hat es Robert aufgenommen?«

»Ein Kind ist keine Katastrophe!«

»Nein, natürlich nicht ...«

»Dann gehe ich jetzt. Auf Wiedersehen.«

Als das Mädchen fort war, sank Ruth auf den Stuhl und weinte. Die Sekretärin kam herein und sagte, der Übersetzer warte schon seit mehr als zehn Minuten. Als sie sah, in welcher Verfassung ihre Chefin war, fragte sie, ob sie Hilfe brauche und den Termin absagen wolle.

Doch Herr Reich sollte nicht für ihre Sünden büßen. »Noch einen Augenblick«, antwortete Ruth, holte tief Luft und setzte sich in Positur. Während sie seinen Einwänden gegen die Herausgabe einer Goethebiografie lauschte, deutete nichts darauf hin, dass in ihrem Herzen Kummer, Scham und Hoffnungslosigkeit herrschten.

Nach einer Stunde sagte sie mit der Freundlichkeit der ewig Schuldigen, sie habe noch einen Termin außer Haus und müsse leider aufbrechen. Als er ihr Büro verließ, informierte sie die Sekretärin, dass sie heimgehe und erst am nächsten Tag wiederkomme.

Zu Hause schloss sie die Fenster, legte sich aufs Bett und stieß mehrere Schreie aus, in der Hoffnung, dass sie ihr Erleichterung brachten. Aus der Bedrängnis der Gegenwart erhob sich die Sehnsucht nach der Zeit vor Robert. Damals hatte ihr Leben nicht einer Fahne im Wind geglichen, und sie war selig in ruhigen Gewässern geschwommen. Plötzlich konnte sie ohne Bitterkeit an Ferdi und Mirjam denken. Die Gegenwart war so schmerzlich, dass sich die Vergangenheit in eine Quelle des Trostes verwandelte. Wie ein Kranker, der sich nach glücklichen Tagen zurücksehnt, dachte sie an ihre Angehörigen. Warum wusste sie die gesegnete Langeweile, mit der sie ihr Dasein erfüllt hatten, nicht zu schätzen? Warum hatte sie sich beklagt, statt den Augenblick zu genießen?

Doch manchmal verstand sie. Wie an jenem Sonntag in Wien, ihrem dreißigsten Geburtstag, als sie wünschte, sie wären eine Familie wie alle anderen, die mit dem Picknickkorb in den Wald ging, die Natur genoss und sich freute, zusammen zu sein. An diesem Tag war sie bereit, Otto, Ferdi, Mirjam und die kleine Anuschka geduldig zu betrachten und ihre verborgene Schönheit zu sehen, die im Alltag unterging. Sie wollte frischen Mut verbreiten und eine Quelle der Kraft sein statt wie ein Stein, der in ein dunkles Loch fällt. Ihr Ausflug übertraf alle Erwartungen, und heute, da sie sich vor Kummer verzehrte, erinnerte sie sich an die seltene Gnade, die über dem frühlingshaften Wald gelegen hatte. Wohlgemut und froh hatten sie auf der ausgebreiteten Decke gesessen, getrunken, gegessen und gelacht. Wie leicht es ist, glücklich zu sein! Ruth war vom Zauber dieses Tages so gefangen gewesen, dass sie später nicht mehr wusste, ob sie sich einen Augenblick zurückgelehnt und gestaunt hatte, wie intensiv sie alles empfand.

Heute gäbe sie sich schon mit Ottos grimmigem Schweigen zufrieden. Warum war sie nicht großzügiger zu ihm gewesen? Vielleicht wäre er aufgetaut, und seine verborgene Seite hätte sich gezeigt. Wie jung und einfältig sie damals gewesen war! Sie hatte keine Prioritäten setzen können. Wie ein Tier hatte sie nach dem saftigen Knochen geschnappt, den sie eines Abends im Theater in Heidelberg erblickt hatte. Am Türrahmen lehnte Robert verführerisch lächelnd, und wie durch Zauberhand löste sich der Traum von der glücklichen Familie in Luft auf. Ohne Robert hatte nichts mehr einen Sinn.

Am Ende waren die Liebe und die Familie zerbrochen, und sie war allein. Das sagte sie auch zu Hansi, der mit besorgtem Gesicht zu ihr kam (die Sekretärin hatte ihn über den Zwischenfall im Büro informiert). Ruth nahm alle Schuld an der doppelten Tragödie auf sich, doch ihr Eingeständnis brachte keine Erleichterung. Die Schwangerschaft ihrer Tochter weckte heftige, beinah schändliche Gefühle in ihr. Selbst wenn sie Anuschka nie wiedersähe, ertrüge sie es nicht, die Großmutter ihres Kindes zu sein. »Ich weiß, mein Wankelmut ist unverzeihlich. Erst vor ein paar Wochen sagte ich, meine Tochter sei der Kompass, nach dem ich mich richten wolle, und jetzt verzichte ich auf sie, um nicht Roberts Glück zu sehen. Was nützen Einsichten und gute Vorsätze, wenn sie sofort in sich zusammenbrechen und selbst die reinste meiner Absichten an der Realität scheitert.«

Wie immer sah Hansi die Dinge von einer anderen Warte.

»Warum willst du auf alles verzichten? Anuschka und Robert verkörpern, was du dir wünschst – Familie und Liebe. Versuche zwei Fliegen mit einer Klappe zu schlagen!«

Ruth schaute ihn entrüstet an.

»Ich bin kein Moralapostel und sage, was ich denke«, fuhr er fort. »Wenn du meinen Vorschlag prüfst, wirst du erkennen, dass niemand Schaden nimmt, solange du diskret bist. Alles läuft weiter wie bisher, und Anuschka wird nie erfahren, dass auch ihre Mutter ihr Recht auf Glück beansprucht hat.«

Wenn sie nicht so müde wäre, würde sie ihn schlagen, sagte Ruth empört. Wie konnte er ihr so etwas raten? Sie wolle voranschreiten, nicht zurückgehen.

Er lächelte verschlagen und bat, ihm nicht böse zu sein. Er sei nur ein einsamer Junggeselle, der von Kind auf gelernt habe, jede Gelegenheit zu nutzen. Hansi fiel es nicht schwer, das Gegenteil von dem zu behaupten, was er eben gesagt hatte. Er konnte fast jeder Position eine überzeugende Wahrheit abgewinnen, die er aus vollem Herzen verteidigte. Wenn also der Umgang mit Robert und Anuschka zu kompliziert war, gab es keinen Grund, dass Ruth die beiden wiedersehen musste, egal ob Anuschka ihre Tochter war oder nicht. Das seien kleinkarierte Vorstellungen, mit denen er sich nie identifiziert habe. Ruths seelische Gesundheit sei letztlich wichtiger als bürgerliche Zwänge.

Sie schaute ihn an und lächelte matt.

»Nicht mit meinem Schwiegersohn zu schlafen, nennst du bürgerlich?«

»Wer weiß?«, entgegnete er und rieb sich die Hände. »Hätte meine Mutter nicht jeden Tag gesagt, sie habe noch nie ein so abstoßendes Kind wie mich gesehen, dann wären meine Standards vielleicht höher.«

Seine unerschütterliche Art und die Gnadenlosigkeit, mit

der er über sich selbst sprach, trieben Ruth Tränen in die Augen.

»Wie sähe mein Leben ohne dich aus, Hansi, mein kostbarster Freund?«

Tief bewegt küsste er ihre Wange und sagte, sie dürfe sich nicht grämen. Er sei sicher, dass die gute alte Zeit alle Wunden heile. Was heute unerträglich scheine, werde morgen selbstverständlich sein. Nur nach diesem Motto lasse es sich leben.

Kapitel 46

Zornig beugten sich die jungen Eltern über das Kind, das sie schier verrückt machte. Wegen ihrer politischen und sozialen Aktivitäten hatte Channa keine Zeit, es zu stillen. Tova, die Nachbarin von gegenüber, diente ihr als Tagesmutter. Doch jetzt war es zu spät, um sie zu bitten, sich des launischen kleinen Wesens anzunehmen, das sich nicht beruhigen wollte. Zermürbt von schlaflosen Nächten brachen Channa und Robert unter der unwiderruflichen Aufgabe zusammen. Als es an der Tür klingelte, glaubten sie, es komme der Messias. Doch wahrscheinlich hatte die Nachbarin das Schreien des Kindes gehört und eilte zur Hilfe. Nicht umsonst nannte man sie die gute Tova.

In der Nacht zuvor hatte Ruth einen seltsamen Traum.

Zum ersten Mal schwamm sie am verhassten Strand von Tel Aviv und glitt mit Anuschka auf dem Rücken durchs Wasser. Alles war friedlich, bis plötzlich Nebel aufzog und sie einschloss. Sie wollte umkehren, aber das Ufer war nicht mehr zu sehen. Die Arme des Kindes lockerten sich, und sie reichte ihm die Hand. Mit der anderen Hand paddelte sie und versuchte den Nebel zu durchqueren. Doch plötzlich verstand sie, dass sie die Orientierung verloren hatte. Näherten sie sich der Küste oder schwammen sie aufs Meer hinaus? Vor Verzweiflung wurde sie ohnmächtig. Die Hand des Kindes entglitt ihr, und es versank wie Blei in der Tiefe.

Sie hörte einen Schrei und erwachte. Doch der Traum verfolgte sie den ganzen Tag. Überall sah sie bedrohliche Zeichen, dass ihrer Tochter etwas Schreckliches zugestoßen war und alle es verheimlichten. Auch Hansi benahm sich seltsam, als weiche er ihr aus. Entgegen seiner Gewohnheit ging er an ihrem Büro vorbei, ohne hereinzukommen. Ihre Fantasie blähte sich wie warmer Hefeteig. Ihrer Tochter war ein Unglück widerfahren! So beschloss sie, zu ihrer Wohnung zu gehen und sich mit eigenen Augen zu überzeugen. Erst als ihr Robert mit übernächtigtem Gesicht öffnete und sie im Hintergrund Anuschkas Stimme hörte, die mit dem Kind sprach, verstand sie, dass sie überstürzt gehandelt hatte.

»Du kommst im falschen Moment«, sagte er und verbarg seine Ungeduld nicht. »Die Kleine treibt uns noch in den Wahnsinn!«

»Tova?«, rief Channa hoffnungsvoll.

»Es ist besser, wenn du jetzt gehst«, flüsterte er.

»Ja«, sagte Ruth und stammelte eine Entschuldigung.

Doch nicht die Tatsache, dass sie störte, verwirrte sie. Da war noch etwas anderes, das sie gedanklich nicht fassen konnte. Es umkreiste und bedrückte sie, bis sie zu Bett ging. Sie schlief zwölf Stunden und erwachte, weil es an der Tür klingelte. Als sie schlaftrunken öffnete, stand ihre Tochter mit dem Kinderwagen davor.

»Es tut mir leid wegen gestern«, sagte Channa, »aber ich habe seit Tagen kein Auge zugemacht. Habe ich dich geweckt?«

»Nein …«, murmelte Ruth, »danke, dass du kommst.«

Das seltsame Gefühl war sofort wieder da. Es glich einer tickenden Bombe. Ruth blickte sich unsicher um.

»Willst du deine Enkelin nicht anschauen?«, fragte Channa.

»Doch, aber ich will sie nicht wecken.«

»Vom Anschauen wacht sie nicht auf. So empfindlich ist sie nicht.«

Als sich Ruth über das Baby beugte, verstand sie, woher das seltsame, verzweifelte Gefühl rührte, das sie seit der Nachricht von Channas Schwangerschaft verfolgte. Die Frucht dieser falschen Liebe besiegelte das Ende einer Illusion, an die sie sich geklammert hatte, obwohl sie unhaltbar war: die sinnlose Hoffnung, nicht die Großmutter, sondern die Mutter von Roberts Kind zu sein.

Das Kind öffnete die Augen und schaute sie an.

»Nomi«, sagte sie leise, doch es erschrak und begann zu weinen.

»Nicht schon wieder«, stöhnte Channa. »Was soll ich bloß tun? Nimm sie, ich ertrage sie nicht mehr.«

Sie war zu erschöpft, um das entsetzte Gesicht ihrer Mutter zu sehen. Die Tränen des Kindes steigerten sich zu einem wilden Plärren.

»Sie ist furchtbar«, sagte Channa und nahm sie wieder vom Arm ihrer Mutter, als handele es sich um Sprengstoff. »Nur wenn Tova sie hält, ist sie ruhig. Oder wenn wir spazieren gehen.«

Ärgerlich legte sie die Kleine in den Kinderwagen und schob ihn hinaus.

Als sie allein war, kauerte sich Ruth aufs Bett und zog sich die Decke über den Kopf. Die Verzweiflung und das Gefühl der Endgültigkeit ließen eine bittere Stille einkehren, die Stille nach dem Ende des Kampfes.

Teil V

Israel, fünfziger Jahre

Kapitel 47

»The past is a foreign country; they do things differently there.« So lautet der erste Satz eines Buches, an den ich oft dachte, als ich den Roman meiner Familie schrieb. Enthielt dieser Satz eine Antwort auf das Befremden, das mich beim Lesen der Tagebücher befiel? Im Land der Vergangenheit erkannte ich niemanden wieder. Alle Personen waren abstrakt wie die Figuren eines Buches, und ich konnte nicht glauben, dass ihr Blut in meinen Adern fließt. Erst als ich selbst ihre Geschichte schrieb, wurden sie lebendig.

Auch mich erkannte ich nicht. Die unruhige Nomi, von der die Tagebücher berichten, war fremd und neu. Da ich Erinnerungen hasste, hatte ich viele Dinge vergessen. Doch es kam noch hinzu, dass ich mir literarische Freiheiten erlaubte. Bald schlüpfte ich ins Bewusstsein des einen, bald in das des anderen, als hätte ich die Gestalten erfunden. Daher mag ich als unzuverlässige Erzählerin gelten, doch waren die Gefühle, die mich seit meiner Kindheit begleiten, beim Schreiben immer präsent. In mein Innerstes eingebrannt, sind sie glaubhafter als jede Erinnerung, und weder das Bewusstsein noch die sich wandelnden Zeiten verändern sie. Sie sprechen eine tiefe, beständige Wahrheit aus.

Meine Eltern ließen sich vom Wunder meiner Existenz nicht beeindrucken. Vor allem die praktischen Auswirkungen ärgerten sie. Die Bühne der Welt begeisterte sie mehr als die kleine

Familie in der engen Wohnung, die ihnen Hansi nach meiner Geburt kaufte. In ihren politischen Aktivitäten sah ich vor allem einen Vorwand, um mich abzuschieben. Als ich feststellte, dass ihnen meine Zuneigung zu Tova gelegen kam, weigerte ich mich, bei ihr zu bleiben. In ihrem Tagebuch vergleicht mich Ruth mit einem Bazillus, der immer neue Wege findet, um die Antibiotika zu überlisten.

Bis ich in den Kindergarten kam, schleppte mich meine Mutter überall hin, in Waisenhäuser und kommunistische Parteibüros. Unsere Nachbarin Tova mochte ich lieber, doch dem offensichtlichen Wunsch meiner Mutter, mich los zu sein, wollte ich nicht nachgeben. Sobald sie sich zu sehr für die Außenwelt interessierte, nutzte ich eine Waffe, die mir zum Glück immer zur Verfügung stand: Ich schrie. Sofort war mir ihre Aufmerksamkeit sicher, zumindest wenn wir in Gesellschaft waren. Nur wenn wir allein waren, ignorierte sie mich und ließ mich schreien, bis ich erschöpft einschlief.

So kam es, dass ich schon im Alter von fünf Jahren auf der Straße Flugblätter verteilte. Ich saß im Kinderwagen, und die Flugblätter, die ich den Passanten reichte, lagen auf meinen dürren Beinen.

Für das sozialistische Israel jener Tage waren kommunistische Weisheiten leichter verdaulich, wenn Kinderhände sie verbreiteten. Manchmal verstand selbst meine Mutter den Vorteil, den sie durch mich hatte. Samstags »besetzten« wir den Moghrabiplatz – so sagten die Leute damals. Vom Dach eines Hauses redete meine Mutter über einen Lautsprecher zum Publikum. Ich saß daneben und musste still sein, damit meine Stimme nicht mit ihrer übertragen wurde. Grollend wartete ich auf die Worte, die mich aus der erzwungenen Starre erlösten: »Bis nächsten Samstag, Genossen, an dieser Stelle!«

Mein Vater war fast immer unterwegs. Wenn er freihatte, wirkte er ernst und in sich gekehrt. Ich erwartete nichts von ihm. Ich wollte ohnehin nur meine Mutter. Für mich war er jemand, der mit mir um ihre Aufmerksamkeit konkurrierte und kampflos gewann. Nichts kränkt ein Kind mehr, als wenn sich seine Eltern nicht mit ihm, sondern miteinander beschäftigen. Obwohl sich die Narben meiner Kindheit durch den mühsamen Prozess des Schreibens geglättet haben, fühle ich noch heute den Stich in meinem Herzen. Mein Vater war wie eine Chemikalie, die die Zusammensetzung eines Stoffes verändert. Nur er war imstande, Gefühle in meiner Mutter zu wecken. Ihre Menschlichkeit und ihr Frausein waren für ihn reserviert, und nur für ihn löste sie ihr Haar, das sie auf seine Ermutigung hin wachsen ließ. Ich hingegen war lästig und undankbar. Ich weigerte mich, die Prinzipien der Wirklichkeit zu erkennen.

Eines Samstags kündigte sie einen Ausflug in die Jerusalemer Berge an. In einem zeremoniellen Akt würden Bäume gepflanzt und ein Denkmal für die Rote Armee enthüllt. »Papa kommt auch mit«, sagte sie mit glühenden Augen, als sei er der Hauptgewinn in einem Spiel.

Doch da ich vermutete, dass sie sich wie immer gegen mich verbünden und versuchen würden, mich auf Distanz zu halten, war ich von Anfang an feindselig eingestellt. Als wir in einen Lastwagen gepfercht wurden, verlangte ich, auf dem Schoß meiner Mutter zu sitzen. Sie verzog den Mund, doch dagegen war ich inzwischen immun. Sie knuffte mich, hob mich hoch und setzte mich auf ihre harten Knie. »Kannst du dich nicht wie andere Kinder benehmen?«

Ich fühlte mich verloren zwischen all den fröhlichen Menschen und fragte immer wieder: »Wann sind wir da?«

»Bald, du wirst sehen«, wiederholte meine Mutter den klassischen Elternsatz.

Wie zum Hohn begann der ganze Lastwagen russische Lieder zu singen. Ich kannte sie von den Schallplatten zu Hause. Zum

Geburtstag hatte mir Hansi einen Plattenspieler geschenkt, und die Revolutionsgesänge waren mir sofort sympathisch. Die Internationale zum Beispiel konnte ich auswendig auf Hebräisch und Russisch. Daher ermutigten mich meine Eltern mitzusingen, aber ich sagte, ich wolle allein singen.

»Du bist nicht die Einzige hier«, schimpften sie, doch ich schrie, das sei mir egal. »Mir ist es zu eng und zu warm. Ich will nach Hause!«

Alle verstummten und schauten mich an. Vor Schreck begann ich zu weinen. Meine Mutter umarmte mich, doch ich wagte nicht, mich an sie zu schmiegen, denn ihre Zärtlichkeiten dauerten nur Sekunden. Wahrscheinlich wollte sie die peinliche Situation schnell beenden.

»Sei brav«, flüsterte sie, als der Lastwagen nach Abu Ghosh abbog, »du bist schon ein großes Mädchen und musst dich ins Heer der Werktätigen einfügen. Siehst du den Genossen, der uns zum Parkplatz winkt? Es ist der Ingenieur Zvi Nadav vom Landesbüro der Liga für die Freundschaft mit der Sowjetunion. Trotzdem regelt er den Verkehr wie ein einfacher Polizist.«

»Na und?«, murmelte ich, doch ich war müde und gab den Kampf auf.

Wir stiegen aus und zogen in einer roten Prozession auf den Hügel. Mir war heiß, und ich hatte Durst, doch am Ende des Weges sah ich ein bewässertes Feld. Der nasse Boden reizte mich. Ich ließ die Hand meiner Mutter los und stapfte vergnügt durch die matschigen Furchen. Endlich machte der Ausflug Spaß, doch meine Freude währte nur kurz. Meine Mutter und eine andere Frau liefen entsetzt herbei. Die Bäume seien gerade erst gepflanzt worden, zeterte die Frau, niemand dürfe das Feld betreten. Ich stand wie gelähmt.

»Schimpft nicht, die Kleine kann nichts dafür«, sagte ein Mann.

»Sie weiß genau, dass es nicht erlaubt ist, und tut es absichtlich«, rief meine Mutter, eilte zu mir und trat ebenfalls auf die Setzlinge.

Ich brach in Tränen aus. Ich fühlte mich wie ein Verbrecher, den man einer Tat bezichtigte, die er nicht begangen hatte.

»Ist ja gut«, zischte meine Mutter und nahm mich mit einer harschen Bewegung auf den Arm. »Vielleicht habe ich mich getäuscht, aber normalerweise machst du gern Dinge kaputt. Und jetzt lass uns der Rednerin lauschen. Weißt du, wer das ist? Die Genossin Mania Schochat persönlich. Versuch zuzuhören. Wenn man zuhört, ist es interessant.«

Die Rednerin sagte, der Wald sei noch klein, doch das schmälere nicht die Liebe und die Bewunderung, die die Bevölkerung für die sowjetische Armee empfinde. Sie habe die Menschheit und das jüdische Volk vor einer großen Katastrophe bewahrt. Danach stieg der sowjetische Gesandte aufs Podest und beteuerte, die Sowjetunion wolle Frieden.

Ich wollte nach Hause.

Die Bedeutung meiner Mutter in der Partei wuchs. Eines Samstags war sie zu einem Treffen mit dem sowjetischen Gesandten aus dem Wald geladen. Es hieß, er habe mit Stalin in einem Zimmer gewohnt. Das ganze Haus fieberte dem Ereignis entgegen. Eine Woche stimmte mich meine Mutter auf meine Abschiebung zu Tova ein.

»Du musst verstehen, Nomi, das Treffen ist für die Partei sehr wichtig. Ich kann dich auf keinen Fall mitnehmen.«

Es war so wichtig, dass sie sich entgegen ihrer Prinzipien sogar auf Erpressung einließ und mir eine Puppe versprach. Bisher hatte sie mir verboten, mit »dummen Puppen« zu spielen, aber ich wünschte mir nichts sehnlicher. Ich verlangte die Puppe im Voraus, doch meine Mutter sagte, das komme nicht infrage. Sie wisse, dass ich nicht bei Tova bliebe, wenn ich die Puppe schon hätte. Immer wieder versuchte sie sich zu vergewissern: »Du bleibst doch brav bei Tova, nicht wahr, Nomi? Warum antwortest du nicht?« Ihre Begeisterung für eine Sache, die nichts mit mir zu tun hatte, und die Art, wie sie den Besuch bei Tova als vollendete Tatsache darstellte (»Wenn du bei Tova bist, malst du ein Bild für mich«), weckten meine Rachsucht, und ich bestand auf meinem Recht zu schweigen – das war eine mörderische Waffe, wie ich inzwischen festgestellt hatte. Ich antwortete weder mit Ja noch mit Nein. Meine Mutter wurde ärgerlich und warnte, ich solle mich in Acht nehmen. Am Ende würde sie mich zwingen, zu Tova zu gehen, und die Puppe bekäme ich trotzdem nicht. »Ist gut«, sagte ich vage.

Die ganze Woche war sie nett zu mir. Statt von den armen Leuten zu reden, die es nicht so gut wie ich hatten, interessierte sie sich plötzlich für meine Meinung. Doch meine nervösen Sinne witterten die Verlogenheit, die sich hinter ihren Fragen verbarg. Die Sache mit dem Botschafter schien eine gefährliche Verschwörung, um mich endgültig loszuwerden. Daher verkündete ich einen Tag vor dem Treffen, ich würde nicht zu Tova gehen, wenn ich nicht sofort die Puppe bekäme. Sie stampfte mit dem Fuß auf und erwiderte, ich bekäme sie erst, wenn sie das Haus verließe. »Ich will sie jetzt«, beharrte ich.

Doch welche Enttäuschung! Die Puppe gab keinen Laut von sich, und ihre Glieder ließen sich nicht drehen. Ich hatte schon schönere Exemplare gesehen. Wütend warf ich sie auf den Boden und erklärte, nun würde ich erst recht nicht zu Tova gehen. »... und wenn du mich zwingst, springe ich vom Balkon.« Sie schaute mich an, als wolle sie mich umbringen, und schüttelte meinen Arm. Aber das war ich gewöhnt.

Schließlich durfte ich mitkommen.

Doch der erste sowjetische Gesandte ging mir sofort auf die Nerven. Er sprach mit mir, als sei ich ein halbes Jahr alt, und besaß die Frechheit, mich auf den Schoß zu nehmen. Die

Augen meiner Mutter zogen sich zu schmalen Schlitzen zusammen. Das war die einzige Art zu schauen, die mich zum Nachgeben zwang; aus gutem Grund setzte sie diese Waffe sparsam ein. Ihr Blick versprühte Eissplitter aus blankem Hass. Ich sollte es nicht wagen, die weihevolle Atmosphäre zu stören und vom Schoß seiner Exzellenz herunterzuklettern. Er allein entschied, wann er mich gehen ließ. Ich rührte mich nicht, selbst als ich kaum noch stillhalten konnte.

Es dauerte einen Moment, bis sie verstanden, was passiert war. Der Raum war erfüllt von Ideen, und keiner dachte an solch niedrige Dinge. Plötzlich stürzte meine Mutter zu mir und riss mich von den feuchten Knien des Gesandten. Statt mich auf den Boden zu stellen, wie ich es wünschte, hielt sie mich auf dem Arm. Doch interessierte sie nur der Gesandte, als befinde allein er sich in einer misslichen Situation. Mit meinen Fäusten schlug ich auf ihre Brust, doch sie hielt meine Arme fest und entschuldigte sich beim Gesandten für mein Benehmen. Als sie den feuchten Fleck auf ihrer Bluse bemerkte, hielt sie mich angewidert von sich, und einen Augenblick hing ich wie ein Wäschestück in der Luft. »Es ist nichts geschehen«, beruhigte sie der Gesandte, doch er kam nicht wieder, als er den Raum verlassen hatte, um sich umzuziehen.

Später, auf dem Heimweg, schimpfte sie, ich sei ein Ungeheuer. Sie habe mich mehrmals gefragt, ob ich Pipi machen müsse. »Weshalb hast du gelogen? Du hast uns Schande bereitet und großen Schaden zugefügt. Ich nehme dich nie wieder mit. Dann kannst du heulen bis in alle Ewigkeit!«

Ich fühlte, dass mir Unrecht widerfuhr. Doch es zwickte zwischen meinen Beinen, und ich hatte keine Kraft, um zu streiten. Sie interpretierte mein Schweigen als Nachgeben und fügte triumphierend hinzu: »Wir gehen den ganzen Sommer nicht ans Meer. Das ist deine Strafe.«

»Na und?«, gab ich kleinlaut zurück. Wir gingen ohnehin

fast nie zum Strand, und wenn sie ausnahmsweise dazu bereit war, hatte sie keine Zeit zu spielen, da sie Papiere durchsah. Es gab Wichtigeres als sinnliche Genüsse, die den Verstand und die Moral zersetzten. »Weißt du, wie viele Kinder auf der Welt noch nicht mal eine Scheibe Brot haben?«

Als wir in die große Allee einbogen, beugte sie sich über den Kinderwagen und sagte: »Ich möchte wirklich wissen, warum du nicht gesagt hast, dass du Pipi machen musst.«

»Weil ich nicht musste.«

»Und warum hast du dir in die Hose gemacht?«

Ich wusste nicht, wie ich den Widerspruch erklären sollte, und sagte trotzig: »Ich musste nicht und damit basta.«

Sie schüttelte meinen Arm und rief: »Wie kannst du mich belügen?«

»Ich lüge nicht«, erwiderte ich und kratzte sie an der Hand.

Zornig wandte sie sich ab und schob den Kinderwagen die Rothschildallee hinunter, als wären wir auf einer Rennbahn. Normalerweise genoss ich das Tempo, doch jetzt erschrak ich. Mein Nacken glühte vom Hass ihrer Augen. Ich hielt mich an den Seitenwänden des Wagens fest und blickte zitternd auf den Bordstein, der auf mich zuflog. Doch sie ging nicht langsamer. Die Räder prallten hart auf, ich flog nach vorn und fiel wie ein Päckchen auf den Boden. Zum Glück fing mich ein weicher Karton auf. Ich stieß einen Schrei aus. Sie eilte zu mir, hob mich auf und fragte, ob ich mir wehgetan hätte. Die Gelegenheit ließ ich mir nicht entgehen. Schluchzend behauptete ich, mir tue alles weh – das Bein, die Hand, der Bauch und selbst der Kopf. Sie schaute mich von oben bis unten an und sagte: »Pschscht, es ist nichts geschehen.« Menschen versammelten sich um uns und gaben Ratschläge. »Es ist alles in Ordnung«, sagte meine Mutter, »sie beruhigt sich gleich.« »Nein«, jammerte ich, »es tut so weh!« Sie setzte sich auf eine Bank, nahm mich auf den Schoß und fragte, wo ich Schmerzen hätte. Da ich nicht blutete, musste ich übertreiben. Ich sagte, mein rechter Knöchel brenne, und streckte ihn ihr entgegen. Es dauerte einen Moment, bis ich begriff, dass sie in eine andere Richtung schaute.

Eine große schlanke Frau mit einem langen Mantel und kurzem blondem Haar stand neben der Bank und sah uns an. Als sich unsere Blicke trafen, fragte sie mich, wo es mir wehtue. Ich staunte, dass sie sich meinen Knöchel anschaute, und weinte. Damit meine Mutter nicht behauptete, ich simuliere nur, erklärte ich der freundlichen Frau, wie es zum Unfall gekommen war und dass ich keine Schuld hatte. Doch meine Mutter unterbrach mich und sagte, wir müssten gehen. Sie setzte mich in den Kinderwagen und flüsterte etwas auf Deutsch zu der Frau, deren mitleidiger Blick mir behagte. Als wir uns entfernten, dachte ich über die Fremde nach. Plötzlich fragte ich mich, ob sie uns wohl nachschaute. Ich drehte mich um und sah, dass sie noch dastand und winkte. Doch erst als wir zum Theaterplatz gelangten und sie zu einem kleinen Punkt geschrumpft war, winkte ich zurück.

Kapitel 48

Wie jeden Samstag ging Ruth spazieren. Normalerweise schloss sich ihr Hansi an, doch diesmal war er im Ausland. Sie unterdrückte den Impuls, im Büro Zuflucht zu suchen. Nach Arbeitstagen, die sechzehn Stunden dauerten, gab es dort nichts mehr zu tun, und ins Büro zu gehen, wäre das Eingeständnis ihres Scheiterns gewesen. Auf Hansis Rat bemühte sie sich, die Tradition des Samstagsspaziergangs unter allen Umständen aufrechtzuerhalten, denn es gab kein besseres Mittel, um Trauer zu bekämpfen. Die innere Ruhe, die sie in den letzten drei Jahren entwickelt hatte, glich einer dünnen Eisschicht auf einem See im Frühling – man muss vorsichtig sein, damit sie nicht bricht. Sie setzte sich auf eine Bank nahe der Scheinkinstraße und flüsterte den Satz, den Mirjam gesagt hatte: Die Welt dreht sich weiter, sie bleibt deinetwegen nicht stehen.

Sie rauchte eine Zigarette, betrachtete die Spaziergänger und fragte sich, wie viele von ihnen von der Tristesse dieses Samstags gefangen waren und ungeduldig auf den nächsten Arbeitstag warteten. Doch auf den Gesichtern lag ein dümmliches, zufriedenes Lächeln. So beschloss sie, dass es Zeit sei, nach Hause zu gehen und sich mit einem Buch ins Bett zu legen.

Als sie sich erhob, sah sie den Kinderwagen, der über die Rothschildallee glitt, und erinnerte sich an eine alte Sünde: die schreiende Anuschka, die sie auf der Suche nach einem Obdach durch Heidelberg schob. Robert erwartete sie mit Kokain, und da Ferdi und Mirjam ins Konzert gingen, musste sie die Kleine ans andere Ende der Stadt bringen und einer entfernten Bekannten überlassen.

Die Räder prallten gegen den Bordstein. Wie ein Pfeil flog das Kind aus dem Wagen. Zum Glück passierte ihm nichts. Es landete auf einem weichen Karton und weinte vor Schreck. Neugierige scharten sich um Kind und Mutter und gaben Ratschläge. Traurig beobachtete Ruth die Reaktion ihrer Tochter, die die Kleine schüttelte, als bereite sie Salatsoße zu. Eine dünne, giftige Leinwand trennte die beiden Frauen. Ruth sah die Verzweiflung im Gesicht ihrer Tochter, als blicke sie in ihre eigene Vergangenheit. Anuschka repräsentierte die zweite Generation einsamer Mütter; nur suchte sie nicht nach Liebe, sondern nach Befriedigung in der Politik.

Doch diente beides dazu, eine Leere auszufüllen, die die

Mutterschaft nicht beseitigte. In Ruths Fall war ein Geburtsfehler daran schuld gewesen, bei Anuschka waren es die Folgen einer vernachlässigten Kindheit. Und nun musste eine neue Generation, ein neues hilfloses blondes Kind den Preis zahlen.

Nie zuvor sah Ruth die Dinge so klar. Das magere Küken, das verzweifelt die Aufmerksamkeit seiner Mutter suchte, wurde ihr erstes wirkliches Ziel im Leben. Ihre Enkelin, Fleisch von ihrem Fleisch, die zweite Generation von Opfern des Egoismus, war ihre Sühne und bot ihr die letzte Gelegenheit, ein Mensch zu werden, der seinen Namen verdiente.

Sie trat näher.

»Schalom, Channa.«

Anuschka blickte auf. Sie war blass und erschöpft und versuchte das kleine Bein, das sich ihr entgegenstreckte, wegzuschieben. »Ihr ist nichts passiert. Sie macht aus allem ein Drama.«

Das Kind hob den Kopf und schaute Ruth unglücklich an. Die Schutzlosigkeit des kleinen Wesens, das alles fühlte, aber noch nichts verstand, ließ ihr Herz überquellen von Mitleid und Liebe.

»Wo hast du dich gestoßen?«, fragte sie sanft, und die Kleine begann zu erzählen. Manchmal unterbrach ein Schluchzen den fieberhaften Bericht. Sie habe sich festgehalten und sei nicht schuld, dass sie herausfiel ... es sei nicht absichtlich passiert, auch vorhin nicht ... und jetzt tue ihr alles weh. Sie streckte das Bein aus, um ihr den Knöchel zu zeigen, und schaute sie hoffnungsvoll an.

In ihren Augen sah Ruth einen Schmerz, der die ganze Welt einschloss. Gestern und morgen existierten nicht mehr, nur die Gegenwart zählte. Dabei verlangte die Kleine nur die Aufmerksamkeit, die ihr zustand, und weinte, bis sie sie bekam. Ihre Manipulation war eine legitime Waffe im Überlebenskampf. Hätte Anuschka in ihrer Kindheit ähnliche Kräfte entwickelt, statt sich zu fügen, bräuchte sie heute vielleicht nicht den Kommunismus als fragwürdigen Retter.

»Es sieht wirklich böse aus«, bestätigte Ruth.

»Du übertreibst«, sagte Channa und stand auf. »Ich muss gehen. Ich will sie früh ins Bett bringen, für heute reicht es.«

»Aber ich musste nicht Pipi!«

»Wenn du nicht musstest, warum hast du in die Hose gemacht?«

»Channa«, sagte Ruth, »ich …«

»Nicht jetzt! Wir haben uns drei Jahre nicht gesehen, das ist kein günstiger Augenblick.«

»Du hast recht«, antwortete Ruth, »ich werde jetzt gehen.«

Sie spürte den misstrauischen Blick ihrer Tochter, doch beugte sie sich über das Kind und sagte leise und voller Absicht: »Auf Wiedersehen, liebe Nomi.«

Ein Lichtstrahl brach durch die Wolken, und ein verschämtes Lächeln erhellte das kleine Gesicht.

Bald würden bessere Zeiten anbrechen.

Kapitel 49

Zum ersten Mal seit Langem erwachte Ruth mit einer Freude, die keine bösen Ahnungen störten. Nur das Wetter war deprimierender als tags zuvor.

»Kann ich Ihnen helfen?«, fragte der Verkäufer im Spielzeuggeschäft und musterte die schöne Frau, die wie eine Fackel von der dunklen Straße hereinkam. Nervös glättete er die Strähne, die sich über seinen kahlen Schädel zog.

»Meine Sekretärin sagt, hier fände man Geschenke, die alles

andere als bescheiden sind – obwohl Bescheidenheit natürlich eine Zier ist ...«

»Sie haben recht. Ich führe Importware.«

»Ich will ein jähzorniges kleines Mädchen bestechen.«

Der Verkäufer errötete angesichts ihrer Offenheit und fragte, ob sie an etwas Bestimmtes gedacht habe.

»Wenn ich die Kleine besser kennen würde, wüsste ich vielleicht, was ich suche. Das Geschenk muss beeindrucken, es soll groß und teuer sein.«

Er bemühte sich, die schöne Kundin zufriedenzustellen, und ging auf ihre Wünsche und Bedenken ein. Schließlich verließ Ruth den Laden mit einem Paket, das ihr bis zu den Hüften reichte.

Der Himmel wurde immer bedrohlicher. Wie ein schwarzes Zelt hing er über der Stadt, doch es regnete noch nicht. Die ganze Welt wartete. »Ständig kündigt das Radio Regen an, aber nichts geschieht«, klagte der Taxifahrer. »Seit vier Tagen traut sich meine Frau nicht, Wäsche aufzuhängen.« Als die Fahrt beendet war, half er Ruth, das Paket aus dem Auto zu heben, und versicherte, sie werde jemanden sehr glücklich machen.

Ich stand draußen in der Kälte und überlegte, wie ich mich an Ilana Zypris, der Königin des Kindergartens, rächen konnte. Nach einer Rangelei hatte sie gesagt, keiner wolle mit einer idiotischen Kommunistin befreundet sein. Mit hängendem Kopf hatte ich die Gruppe verlassen, als verdiente ich ihre Freundschaft nicht. Zvia Lewenstein schlich heran, um mir ihre Sympathie zu beweisen. Doch wenn ich mich von einer Außenseiterin trösten ließ, sank ich auf der sozialen Leiter noch tiefer. »Verzieh dich«, raunzte ich und hoffte, dass uns niemand sah.

Die Kindergärtnerin rief, doch ich tat, als hörte ich sie nicht.

Sie kam wütend heraus und versuchte, mich ins Haus zu zerren.

»Du wirst noch krank werden«, sagte sie streng.

»Das ist mir egal!«

Ich befreite mich und lief zurück zum Feigenbaum.

»Mach, was du willst!«, rief sie. Diesen Satz hörte ich ständig.

Ich beschloss, draußen zu bleiben, bis mich Tova abholte. Wenn es regnete, würde ich nass werden und mich erkälten. Vielleicht starb ich sogar, dann würde man sehen, wer recht behielt. Ich lehnte mich an den Baum und schaute sehnsuchtsvoll zu den Wolken.

Ein Taxi hielt an, doch ich erkannte nicht, wer darin saß. Ich sah nur das große Paket mit der roten Schleife, das aus dem Wagen geschoben wurde. Dann stieg jemand aus, und ich begriff, dass es sich um die Frau von der Rothschildallee handelte und das Geschenk für mich war. Mir wurde schwindelig vor Glück. Da sie mich nicht sah, ging sie ins Haus. Ich überlegte, ob ich ihr folgen sollte. Zwar war ich nicht bereit, der Kindergärtnerin nachzugeben, doch fürchtete ich, das Geschenk geriete in falsche Hände. Plötzlich kam die Frau zurück, näherte sich und sagte förmlich, wie zu einer Erwachsenen: »Guten Tag, Nomi.« Ich drehte mich um, um zu sehen, ob jemand hinter mir stand. »Da ist keine andere Nomi«, erklärte die Frau. »Ich heiße Ruth Stein und bin deine —« Sie zögerte. Hatte sie vergessen, was sie sagen wollte? »Ich bin deine Großmutter, die Mutter deiner Mutter. Leider lernen wir uns erst jetzt kennen.«

Ihre Worte überraschten mich, doch mit meinen Gedanken war ich bei dem großen Paket.

»Ich möchte das Geschenk sehen«, sagte ich so höflich, wie ich konnte.

»Es erwartet dich drinnen.«

»Danke«, sagte ich leise und lief hinein.

Meine Feinde rotteten sich um das Paket wie Raubtiere. Wer traute sich, das Papier aufzureißen? Als ich schrie, stoben sie auseinander. Aber dann konnte ich den Knoten nicht lösen, und einer rief: »Los, Nomi, mach schneller!«, als wäre es sein Geschenk.

In der Verpackung war ein rotes Auto aus glänzendem Metall mit vier Gummirädern, echten Pedalen und einem schwarzen Lenkrad. Ich zog es atemlos hervor, zwängte mich hinein und hupte, um mein Territorium zu markieren. Als die anderen freudig aufschrien, wusste ich, dass sich mein Status im Kindergarten schlagartig geändert hatte.

Ich kann nicht sagen, was ich mehr genoss – das Geschenk oder die Schmeicheleien, mit denen ich überhäuft wurde. Ich berauschte mich an meinem Besitz und nutzte die Gelegenheit, um Rechnungen zu begleichen. Die Mädchen verkauften ihre Ehre, und die Jungen vergaßen ihren Stolz, damit sie eine kurze Runde drehen durften. Der ganze Kindergarten stand kopf. Selbst die hochnäsige Ilana kreischte, als sie durchs Klassenzimmer fuhr. Es gab also keine kühlen Menschen, sondern nur solche, die einen höheren Grad an Aufregung brauchten, um aus sich herausgehen zu können.

Ich war zu beschäftigt, um an die »Großmutter« zu denken, die plötzlich in mein Leben getreten war. Da ich ohne Großmutter aufgewachsen war, bedeutete das Wort nicht viel. Doch die schöne Frau, die uns lächelnd zusah, gefiel mir. Wenn ich an ihr vorbeifuhr, schaute ich sie an, und ihr Blick begleitete mich, als wäre sie mein Schutzengel. Sie zwang mich nicht, mit ihr zu sprechen. Als Tova kam, hatten wir noch kein Wort geredet. Tova war überrascht, sie zu sehen, doch freute sie sich auch. Die beiden Frauen tuschelten miteinander, dann fragte Tova, mit wem ich lieber nach Hause ginge, mit ihr oder meiner Großmutter. »Darf ich das Auto mitnehmen?«, fragte ich besorgt.

»Natürlich, Nomilein«, beruhigte mich Tova. »Ich wollte nur wissen, ob du einverstanden bist, wenn dich deine Großmutter begleitet und nicht ich.«

Ich stimmte sofort zu.

Bewundernde Blicke begleiteten mich, als ich die Allee hinauffuhr. Meine Großmutter ging neben mir und verdarb mir den Spaß nicht mit Fragen. Erst als wir zu einem Kiosk gelangten, fragte sie, ob ich ein Eis wolle. Ich glaubte, nicht richtig zu hören – Eis an einem kalten Wintertag? Ehe sie es sich anders überlegte, sauste ich zum Kiosk und rief: »Gib mir Vanilleeis!« Doch der Verkäufer sagte, nur im Sommer führe er Eis. Ich war enttäuscht – die Vorstellung, mitten im Winter Eis zu schlecken, erregte mich. Daher schlug ich meiner Großmutter vor, auch am nächsten Kiosk zu fragen, und als sie erklärte, vielleicht werde im Winter nirgends Eis verkauft, behauptete ich, meine Mutter habe mir dort erst gestern eins gekauft. Natürlich stimmte das nicht – selbst im Sommer hatte ich nur zweimal Eis von ihr bekommen. Doch ich log, ohne mit der Wimper zu zucken. Das war leichter, als die Wahrheit zu sagen, denn die Wahrheit war streng und bedrohlich. Die Lüge hingegen konnte einem nützen und eröffnete viele Möglichkeiten.

Meine Großmutter folgte mir zum Kiosk, der angeblich Eis führte. Als der Besitzer sagte, er habe in der kalten Jahreszeit noch nie Eis verkauft, erwartete ich eine Moralpredigt, die damit enden würde, dass ich verlogen sei und es keiner mit mir aushielte. Doch meine Großmutter sagte: »Du hast dich wohl geirrt«, und kaufte mir zum Trost Sprudel, bunte Bonbons und Kaugummi.

Und genauso schön ging es weiter. Tova erlaubte mir, im Auto Mittag zu essen, unter der Bedingung, dass ich nichts übrig ließ. Ich willigte ein, doch bildete sich ein Kloß in meiner Wange, den ich früher oder später ausspucken musste. Ich bräuchte nur so viel zu essen, wie ich wollte, versicherte mir meine Großmutter; auch sie esse nicht gern, wenn sie nicht hungrig sei. Später fragte sie, was ich davon hielte, wenn sie zu Hause auf mich aufpassen würde, bis meine Mutter zurückkam. »Natürlich darfst du das Auto behalten«, fügte sie rasch hinzu, und es tat mir leid, dass sie sich meinetwegen Sorgen machte.

In den nächsten Stunden sagte niemand: »Beschäftige dich mit dir selbst, du bist ein großes Mädchen.« Stattdessen schlug meine Großmutter gemeinsame Spiele vor. Zum ersten Mal traf ich einen Erwachsenen, dessen Augen nicht Hilfe suchend durchs Zimmer wanderten. Sie war wie geschmeidiger Ton, der jeder Laune des Töpfers gehorcht. Ich durfte ihr Fragen stellen, die meine Eltern ärgerten. Von einer Safari in Afrika hatte mir Hansi ein Fotobuch mitgebracht, und ich wollte wissen, ob eine Giraffe größer ist als ein Affe auf einem Baum. Meine Großmutter sagte nicht: »Also wirklich, Nomi!«, sondern dachte nach und antwortete.

So vergaß ich meine Mutter. Ich wollte nicht, dass sie zurückkam. Meine Großmutter saß auf dem Teppich und ich in meinem Auto, und gemeinsam diskutierten wir, wer stärker sei, ein Panther oder ein Löwe. Plötzlich hörten wir eine Explosion. Entsetzt sprang ich auf und schrie: »Mama!« Als ich verstand, dass es gewitterte, war es zu spät. Jetzt wollte ich nur noch zu meiner Mutter.

»Komm zu mir, Nomi«, flüsterte meine Großmutter, doch ich zog die Schultern ein und sagte: »Ich will nicht.« Erst der folgende Donner überzeugte mich. Schnell kroch ich aus dem Auto und stürzte mich in ihre Arme. Wir kippten beide nach hinten, doch sie wurde nicht wütend und schüttelte mich nicht, sondern lachte, als hätten wir das absichtlich gemacht. Während meine Augen überlegten, ob sie weinen oder lachen sollten, richtete meine Großmutter ihren Oberkörper auf, um sich abermals auf den Rücken fallen zu lassen. Ich verstand, dass ich eine Verbündete gefunden hatte für die wilden Spiele, die meine Eltern inzwischen leid waren.

Das Unglaubliche geschah. Diesmal war ich diejenige, die eine Pause verlangte. Es sei fein von mir, dass ich Rücksicht auf sie nähme, sagte meine Großmutter, ich sei ein wundervolles Mädchen. Nur selten hörte ich solche Komplimente! Um sie zu belohnen, zeigte ich mich von meiner besten Seite. Mühelos wuchs ich in meine neue Rolle hinein und verwandelte mich in ein braves, rücksichtsvolles Kind. Als sie vorschlug, wir würden uns ans Fenster setzen, um uns mit den Blitzen anzufreunden, schob ich einen Stuhl für sie heran. Ich selbst kroch wieder in mein Auto. Als sie fragte, ob ich auf ihrem Schoß sitzen wolle, sagte ich verlegen Ja. Sie setzte mich auf ihre Knie und legte die Arme um meine Hüften. Betört von ihrem Duft lehnte ich den Kopf zurück und schaute in den Regen.

»Der Himmel ist glücklich, dass er sich erleichtern kann«, sagte sie. »Seit Tagen hatte er Verstopfung.«

»Ja, ihm tat schon der Bauch weh.« Da ich mich selbst nicht mehr bemitleiden musste, hatte ich Mitleid mit dem Himmel.

Doch in diesem Gefühl der Stille und Geborgenheit dachte ich plötzlich an morgen. Sie hatte gesagt, sie werde gehen, wenn meine Mutter von der Arbeit kam. Der Zauber löste sich auf, und der Alltag holte mich ein.

»Aber morgen kommst du wieder!«, verlangte ich.

Sie beugte sich vor, legte das Kinn auf meine Schulter und sagte ruhig: »Ich komme, sooft du willst.«

»Auch morgen?«

»Wenn deine Mama einverstanden ist, hole ich dich vom Kindergarten ab. Dann können wir in den Zoo und ein Café gehen.« Ich wusste nicht, was ein Café ist; das Wort existierte bei uns nicht, doch vertraute ich ihr. »Auch Spielsachen müssen wir kaufen«, fuhr sie fort, »dann haben wir immer eine Beschäftigung, wenn du mich besuchst.« Schließlich fragte sie, wie ich sie nennen wolle: Ruth, Savta oder Oma. Ich würde es mir überlegen, versprach ich, wandte ihr mein Gesicht zu und schlang die Arme um ihren Hals.

»Ich habe dich sehr lieb, Nomi«, sagte sie, und eine dicke Träne kullerte aus ihrem rechten Auge.

»Ich habe dich auch sehr lieb«, erwiderte ich.

Kapitel 50

Vier Stunden später als verabredet kam Channa müde und durchnässt nach Hause. Diesmal traf sie keine Schuld. Der Musrara-Bach war über die Ufer getreten und hatte das Tikwa-Viertel und die Gegend ums Waisenhaus, in dem sie unterrichtete, überschwemmt. Zwei Kolleginnen waren durch die Fluten gewatet, um pünktlich bei ihren Kindern zu sein. Doch Channa meinte, die Kinder würden dadurch nur verzogen und ermutigt, andere auszunutzen. Die Wartezeit im Lehrerzimmer nutzte sie für einen Vortrag über die pädagogischen Grundsätze, die sie als Mutter entwickelt hatte. Sie erinnerte die Lehrerinnen, dass sich ihre Kinder glücklich schätzen durften, jemanden zu haben, der sie versorgte. Wenn sie zu klein wären, um dieses Glück von selbst zu erkennen, sollten die Eltern sie auf das Schicksal der Armen hinweisen, die oft nur wenige Kilometer entfernt lebten. »Wir alle wünschen das Beste für unsere Kinder«, beendete sie ihre Ansprache. »Doch wenn wir sie erfolgreich auf die Mühsal des Lebens vorbereiten wollen, dürfen wir ihren Launen nicht nachgeben.« Es war ihr gleichgültig, dass ihre Kolleginnen zuhörten. Sie betrachtete es als ihre Aufgabe, Menschen zu sensibilisieren. Wenn sie keine Geduld hatten oder sie verspotteten, trug sie es wie ein Kreuz.

Als sie die Treppe hinaufließ, war sie sicher, dass ihre Tochter wütend wäre und versuchen würde, Schuldgefühle zu wecken. So bereitete sie einen Gegenangriff vor: Angesichts der Familien im Tikwa-Viertel, deren Häuser unter Wasser standen, war ihre Verspätung nicht der Rede wert.

Der Anblick des Wohnzimmers war unwirklich wie eine Fata Morgana. Ein roter Cadillac stand am Fenster, und auf dem Sofa schliefen eng umschlungen ihre Mutter und ihre Tochter. Ehe sie begriff, was sie sah, lugte Tova herein und erzählte mit bebender Stimme, was an diesem wunderbaren Tag geschehen war, an dem die Welt wieder in Ordnung kam und Enkelin und Großmutter endlich vereint wurden. Sie wolle sich nicht einmischen, doch auch ohne die Gründe des Zerwürfnisses zwischen ihr und ihrer Mutter zu kennen, sei sie überzeugt, dass man einem unschuldigen Kind das Privileg, eine Großmutter zu haben, nicht vorenthalten dürfe.

Channa hörte sie nicht. Das funkelnde Objekt, das mitten im Zimmer stand und ohne Zweifel dazu diente, die Prozesse zu beschleunigen, empörte sie. Sie weckte ihre Mutter und sagte vorwurfsvoll: »Eine Puppe hätte gereicht.«

»Auch ich wünsche dir einen guten Abend«, entgegnete Ruth.

»Das Auto zerstört alles, was ich aufzubauen versuchte. Hansi verwöhnt sie schon genug. Du hast sie drei Jahre nicht gesehen und kaufst sie mit einem Auto?«

Sie erwartete, mit Entschuldigungen und Versprechen überschüttet zu werden. Doch Ruth hütete sich, einen Fehler zu begehen.

»Das Auto spielt jetzt keine Rolle«, erklärte sie ruhig. »Ich brauchte Stelzen, um an sie heranzukommen, und habe vielleicht übertrieben. Es wird nicht wieder vorkommen, das verspreche ich. Doch ich wollte euch etwas vorschlagen. Ich verstehe, dass ihr von Hansi kein Geld nehmt, aber ich könnte euch helfen, die Ausgaben für Tova zu senken. Ich bin bereit, die Kleine mehrmals in der Woche nach dem Kindergarten zu mir zu nehmen. Und du kannst sie abholen, wann es dir passt.«

»Arbeitest du nicht?«

»Hansi ist ein verständnisvoller Chef. Denk über meinen Vorschlag nach. Du brauchst dich nicht sofort zu entscheiden.«

Channa lächelte dünn. »Versuchen wir es. Wir haben nichts zu verlieren.«

Ruth verstand nicht, was sie meinte. Wer hatte nichts zu verlieren? Sie beide oder sie und ihre Tochter? Doch sie wollte den neuen Pakt nicht gefährden und sagte lächelnd: »Du hast recht.«

»Danke«, sagte ihre Tochter leise, als sie die Wohnung verließ.

Das Licht im Treppenhaus erlosch, doch Ruth ging vorsichtig weiter. Trotzdem verfehlte sie die letzte Stufe und stolperte in Roberts Arme. Sie erkannte ihn sofort, während er nicht wusste, wer sie war. Höflich fragte er, ob alles in Ordnung sei, und tastete nach dem Lichtschalter. Als das Licht anging, erschrak er.

»Guten Abend, Robert«, sagte Ruth distanziert, doch ohne Feindseligkeit. »Ich habe Nomi vom Kindergarten abgeholt, und wir haben einen wundervollen Tag zusammen verbracht. Channa schimpfte, weil ich ihr ein Auto gekauft habe, aber ich habe ihr erklärt, es habe keine Bedeutung, ich musste nur einen Weg finden, um ihr näherzukommen. Jedenfalls möchte ich euch mit der Kleinen helfen. Ich weiß, dass ihr viel arbeitet.«

»Dann ist es ja gut«, entgegnete er.

»Keine Angst«, sagte sie gereizt, »wir werden uns aus dem Weg gehen. Es spielt ohnehin keine Rolle mehr.«

»Ich werde erwartet«, erklärte er und zeigte nach oben, als wolle er deutlich machen, wohin er gehörte.

Sie sollte sich nicht einbilden, dass in seinem Leben Platz für sie sei. Wenn sie glaubte, ihn von den wahren Problemen der Welt ablenken zu können, hatte sie nichts begriffen.

»Auf Wiedersehen, Robert«, sagte sie kühl, »du solltest mehr schlafen, ich habe dich fast nicht erkannt.«

Er stand im Treppenhaus und schaute ins Leere. Der Vernichtungskrieg, den er seit siebzehn Jahren gegen die Erinnerung führte, hatte seine Sinne abgestumpft. Sie traf ihn unvorbereitet, und er stotterte wie ein Junge, der mit dem schönsten Mädchen der Klasse sprach.

Doch was nutzte es? In seinem neuen Leben war nichts, was Anlass zu Sorge oder Freude bot. Sie sollte sich ruhig fragen, was man mit einem trägen alten Mann anfangen konnte, der wie ein Mondkalb die Wand anstarrte.

»Robert?«

Channa öffnete die Tür und schaute hinunter.

»Ich komme«, rief er, als fühle er sich ertappt.

Sie spioniere ihm nicht nach, erklärte Channa, als er die Wohnung betrat, doch sie habe Stimmen gehört.

»Ich traf deine Mutter«, sagte er zögernd, »wir sprachen miteinander.«

»Worüber?«

»Über nichts Besonderes, nur über Nomi.« Es gab keine treffenderen Worte, um seine Beziehung zu mir zu beschreiben.

Er lächelte entschuldigend und ging ins Bad. Unter dem warmen Wasserstrahl befreite sich sein Denken, das er schon zu lange knechtete. Er blickte in verkümmerte Zonen und sah Bilder aus fernen Tagen, den ersten Monaten der Liebe. Damals schwebten sie über Regionen, die zu dieser Welt gehörten, doch von den Gesetzen der Schwerkraft ausgenommen waren. Wie an jenem wunderbaren Abend in Frankfurt, als sie im Kokainrausch staunten, dass ausgerechnet sie auserwählt waren, an einen Ort vorzudringen, den noch kein Mensch betreten hatte: den Ort, an dem das geheime Konzentrat der Liebe aufbewahrt ist. Sie waren zu erregt, um zu begreifen, dass der Preis dieses Erstlingsrechts unbezahlbar war und nichts für seinen Verlust entschädigte.

Doch lohnte es, jetzt darüber nachzudenken? Was verband ihn mit dem hochmütigen jungen Mann, der sich das Privileg nahm, außerhalb der Wirklichkeit zu leben? Was hatte er mit der verhängnisvollen Frau zu tun, die das Schicksal plötzlich wieder zu ihm führte? Die Gedanken, die ihn bedrängten, seit er ihr im Treppenhaus begegnet war, waren Warnsignale und bewiesen, dass er sich von ihr fernhalten musste wie bisher.

Channa erwartete ihn im Bett. Doch ihr freundlicher Blick machte ihn zornig, als handele es sich um ein Komplott.

»Wird deine Mutter ständig hier sein?«

»Nein, sie nimmt die Kleine zu sich, und einer von uns holt sie abends ab.« Da sie seinen Widerwillen spürte, erklärte sie: »*Ich* hole sie ab, du brauchst meine Mutter nicht zu sehen. Die beiden verstehen sich, und das spart uns Geld. Vielleicht ist meine Mutter doch zu etwas gut.«

Sie berührte seinen Arm, doch er schaute zum Fenster.

»Ich bin todmüde«, sagte er und wünschte ihr eine gute Nacht.

Kapitel 51

Schon von der zweiten Woche an wohnte ich bei Ruth. Anfangs holte mich meine Mutter noch abends ab, doch eines Tages fuhr sie mit meinem Vater nach Shfar'am, und ich durfte erstmals bei Ruth übernachten.

Das waren Stunden, nach denen ich mich immer gesehnt hatte. Zum ersten Mal musste ich nicht allein schlafen. In diesem Punkt waren meine Eltern unerbittlich – nur im Notfall durfte ich in ihr Bett kommen. Als ich Ruth gestand, dass es mein größter Wunsch war, nachts jemanden in meiner Nähe zu haben, erklärte sie, ihr Schlafzimmer gehöre uns beiden. Und so blieb es fast bis zu ihrem Tod.

Meine Eltern waren froh, als Ruth sagte, sie sei bereit, mich für immer bei sich zu behalten. Auch ich war glücklich und verdächtigte meine Eltern nicht, mich loswerden zu wollen. Von diesem Tag an war mein Leben ein Fest. Die Aufmerksamkeit, die mir Ruth schenkte, wog alles Negative der Vergangenheit auf. Die Bilanz wurde ausgeglichen, wie Ruth in ihrem Tagebuch vermerkte – ich war ihr wichtigstes Anliegen. Sie hatte gelernt, dass Disziplin und Erfolg auf Ausdauer beruhten, obwohl sie selbst diese Tugenden lange als Last empfunden hatte. Doch nun wusste sie: Ohne Ausdauer verglüht jeder gute Vorsatz wie ein Meteor, und nur Selbsttäuschung und Schwäche sind das Ergebnis.

Sie arbeitete, wenn ich im Kindergarten war. Musste sie auch nachmittags ins Büro gehen, begleitete ich sie und saß brav bei der Sekretärin und malte. Zu Hause war alles erlaubt. Ich aß, was ich mochte, ging ins Bett, wann ich wollte, und fehlte im Kindergarten, wenn ich keine Lust hatte, das Haus zu verlassen. Auch mit ihr und ihrem Haar durfte ich anstellen, was immer mir in den Sinn kam, als wäre sie eine kostbare Puppe. Meine Erziehung folgte einer sanften Methode, und ich bemerkte nicht, dass ich mir in einem halben Jahr meine Wutanfälle abgewöhnte und ein freundliches, rücksichtsvolles Mädchen wurde.

Kapitel 52

Es war in den Ferien, an einem dampfenden Nachmittag, als die Feuchtigkeit wie tropischer Dunst in der Luft hing. Bei Kaffee und Kakao saßen wir auf dem Balkon in der Balfourstraße und unterhielten uns »von Frau zu Frau«. Wie üblich rauchte Ruth und pustete mit gespitzten Lippen den Rauch in die Luft. Ich nahm einen Stift und ahmte jede ihrer Gesten nach.

Seit zwei Jahren lebte ich bei ihr, und sie war ein Teil von mir geworden. Ich interessierte mich nicht für andere Menschen, doch von meiner Großmutter wollte ich alles wissen. Vor Kurzem hatte ich das Gerücht gehört, dass auch alte Leute einmal Kinder gewesen sind, und so nutzte ich die Gelegenheit und fragte sie nach ihrer Kindheit. Zuerst erkundigte ich mich, ob ihre Mutter noch lebe – das Thema beschäftigte mich. Aus Faulheit oder Furcht hatten sich meine Eltern immer geweigert, ernsthafte Fragen zu beantworten. Sie behaupteten, dafür sei später noch Zeit, jetzt gebe es dringlichere Probleme, nur wenige Kilometer entfernt. Lieber würde ich sterben, als schon wieder von diesen Problemen zu hören!

Bevor ich die heikelste Frage stellte, kletterte ich auf ihren Schoß. Würde auch ich eines Tages sterben? Sie umarmte mich und lachte, der Tod habe zu Unrecht einen so schlechten Ruf, denn nur durch ihn werde das Leben erträglich. Doch gebe es ein Problem: Alle fürchten ihn, und keiner wagt, sich mit ihm anzufreunden. Doch der Tod verfolgt keine bösen Absichten. Er ist nur ein einfacher Soldat, der die Befehle der Natur ausführt – oder die des lieben Gottes, wenn man an ihn glaubt.

So sprach sie immer, wenn wir bei schwerwiegenden Themen anlangten: leicht dahin und aufs Positive konzentriert. Obwohl ich nicht alles verstand, beruhigte mich der optimistische Klang ihrer Worte. Aus dem Gespräch über den Tod ging ich gestärkt hervor und bemitleidete ihn in seinem Unglück. Er erinnerte mich an mich selbst in meinen schwärzesten Tagen.

Dann fragte ich, ob sie Geschwister oder andere Verwandte hatte und ob sie Fotos von ihnen besaß. Sie versuchte auszuweichen, doch ich gab nicht nach. »Ein andermal«, versprach sie, aber ich zitierte, was sie selbst immer sagte: »Jetzt ist die beste Gelegenheit.« Schließlich kletterte sie auf den Schrank und zog einen zerschlissenen Umschlag hervor, der ein vergilbtes Gruppenfoto enthielt. So hörte ich erstmals vom Haus in der Tulpengasse. Sie tippte mit dem Finger auf jeden der Fotografierten und erzählte, um wen es sich handelte. Aber ich hörte nicht mehr zu, denn ein erregender Wunsch keimte in mir. Hansi hatte mir ein Buch über Schiffe geschenkt, und ich träumte von einer großen Reise. Ich nahm ihr Gesicht, küsste ihre Nase und fragte: »Sollen wir mit dem Schiff nach Wien fahren und dein Haus suchen?«

Sie begann zu weinen, und die Mauer, die mich schützte, drohte zu zerbrechen. Ihr Kummer weckte ein Mitgefühl, das ich bisher nicht kannte. Ich umarmte sie und streichelte ihr Haar, als sei plötzlich ich ihre Mutter. Ich fragte, ob ich ihr ein Glas Wasser bringen solle – diese Geste hatte ich den Erwachsenen abgeschaut.

»Nein, meine Süße, halte mich, dann geht es vorbei.«

Das hatte noch nie jemand zu mir gesagt.

»Hab keine Angst, ich werde immer auf dich aufpassen«, versprach ich und schlang meine Beine um sie, um sie zu beschützen. Am liebsten hätte ich wieder von den Schiffen angefangen, doch die Erziehung der letzten Jahre wirkte Wunder: Geduldig wartete ich, bis sie sich beruhigte.

Erst als wir Kartoffelteig kneteten, weil sich Hansi zum Geburtstag Marillenknödel wünschte, fragte ich sie, ob sie Schiffsreisen nicht möge. Doch, sehr, entgegnete sie, Schiffe weckten eine süße Sehnsucht in ihr. Das einzige Problem sei, dass sie momentan nicht nach Europa fahren könne. Weshalb, fragte ich, doch sie antwortete nicht. Da ich sah, dass sich ihr Gesicht vor Kummer verfärbte, ließ ich sie in Ruhe.

Jahre später las ich in ihrem Tagebuch und verstand, dass in jenem Augenblick die Wand barst, die sie zwischen sich und der Vergangenheit errichtet hatte. Gedanken kann man nicht unterdrücken, schreibt sie, schon Kleinigkeiten rufen sie herbei. Sie hatte alle Menschen, Zeitungen und Bücher, die an früher erinnerten, aus ihrem Leben verbannt. Als einmal die Nachbarin von ihrer Schwester erzählte, die in Auschwitz ermordet worden war, hielt sie sich die Ohren zu, und so reagierte sie auch, als der Kastnerprozess das Land in Aufruhr versetzte.

Natürlich verstand ich all das an jenem Abend noch nicht und versuchte, ihr eine Freude zu bereiten, um mich zu entschuldigen. Während sie duschte, bat ich Hansi, das vergilbte Foto über den Esstisch zu hängen. Anfangs zögerte er, aber dann sagte er: »Vielleicht hast du recht.« Ruth schwieg, als sie das Foto sah, doch sie nahm es nicht ab. Wahrscheinlich wollte sie mich nicht enttäuschen.

Kapitel 53

Eines Nachts konnten wir wegen der Hitze nicht schlafen. Wir setzten uns auf den Balkon und warteten, dass die Sonne aufging.

»Was unternehmen wir heute, Nomilein?«, fragte Ruth.

»Ich will ans Meer«, rief ich, obwohl ich wusste, dass sie das Meer nicht mochte.

Sie schaute betrübt, und ich fragte, warum.

»Es macht mir Angst«, erklärte sie.

»Es ist nicht gefährlich, Ruth. Das Meer ist traurig und sucht Freunde wie der Tod.«

»Aber ich habe keinen Badeanzug.«

»Dann kaufen wir einen.«

Die Sonne, die sich aus dem morgendlichen Dunst erhob, zeigte sich gnädig gegen ihre alte Feindin und leuchtete sanft zwischen weißen Wolken. Nichts ließ den dramatischen Verlauf des Tages erahnen.

Sie mied den Strand vor allem aus ästhetischen Gründen. Nur wenige Menschen könnten es sich leisten, sich in der Öffentlichkeit nackt zu zeigen, und eine Frau ihres Alters gehöre nicht dazu.

In der primitiven Umkleidekabine, die kein schützendes Dach hatte, sah sie Frauen, die natürlich und unbefangen mit ihren verwüsteten Körpern umgingen. Sie sprach keiner das Recht ab, sich wohlzufühlen, doch erschauerte sie vor dem Spiegelbild ihrer eignen Zukunft, das sich im hellen Sommerlicht offenbarte. Eine dürre Greisin mit hängenden Brüsten, die angenagten Röhren glichen, trat an sie heran und fragte, wie spät es sei. Viertel vor zehn, antwortete Ruth und zwang sich, trotz ihres Ekels freundlich zu sein. Von ihrem Lächeln ermutigt, versuchte die Frau ein Gespräch zu beginnen und sagte, sie habe eine zauberhafte Tochter. Als Ruth erklärte, dass ich ihre Enkelin sei, weigerte sie sich, es zu glauben, und rief ihre Freundinnen herbei. Eine zwackte sie sogar in den Arm, um die Geschmeidigkeit ihrer Haut zu prüfen. Ruth fragte sich, ob es nicht Wahnsinn gewesen war, mir nachzugeben und an den Strand zu gehen. Doch mein frohes Gesicht erinnerte sie, dass heute ich im Mittelpunkt stand. Vielleicht – schrieb sie später – zeugte mein Wunsch, an den Strand zu gehen, von einem Bedürfnis nach Licht, das die unverhüllte Wahrheit zum Vorschein bringt. Und wenn sie selbst den Strand mied, so nur deshalb, weil eine Schicht ihrer Seele es vorzog, im Dunkeln zu bleiben. Sie beschloss, dafür zu sorgen, dass ich später nur schöne Kindheitserinnerungen hatte. Wenn mich eines Tages böse Gedanken quälten, sollte ich ein weiches Laken haben, auf dem ich mich ausruhen konnte. Auch sie selbst wäre vielleicht glücklich gewesen, wenn sie positive Erinnerungen an ihre Kindheit gehabt hätte.

»Lass uns gehen, Nomilein«, sagte sie und betrat entschlossen den Strand, der an eine gleißende Bühne erinnerte. Die Gesichter der Menschen waren weiße Punkte, die reglos unseren Auftritt erwarteten.

Auf einmal verstand sie, dass sich ihre Einstellung änderte. Wenn sie genau hinschaute, waren die Greisinnen aus der Umkleide mutige Frauen, die sich das Recht nahmen, sie selbst zu sein, und die feixenden Jungen genossen nur ihre Jugend. Der unsympathische Bademeister verwandelte sich in einen Mann, der Leben rettete wie ein Arzt, und der raue Sand fühlte sich wie warmer Samt an. Der Bograshovstrand war plötzlich schön wie die Riviera.

»Weißt du, Nomilein«, rief sie glücklich, »was den Strand betrifft, hattest du recht. Ich verliebe mich gerade in ihn, und du sollst meine Lehrerin sein. Bring mir alles bei, was man hier tut! Ich möchte nichts versäumen.« Sie seufzte, als entschuldige sie sich für die Mühe, die sie verlangte, und fragte ungeduldig: »Womit fangen wir an?«

»Wir kaufen Eis!«, rief ich, obwohl ich auch ohne Eis glücklich war. Doch wie eine Süchtige suchte ich das ultimative Vergnügen, und so saßen wir mit unserem Eis im Sand, und ich erklärte ihr, was man am Strand unternehmen kann. Als ich aufgegessen hatte, musste ich Pipi machen. Sie schlug vor, zu den Toiletten der Umkleide zu gehen. Doch ich lächelte nachsichtig und sagte: »Nein, Pipi macht man im Meer.«

Sie schaute mich entsetzt an, als zwinge ich sie, in einer Kloake zu baden. Doch für mich war sie bereit, ihren Ekel zu überwinden.

»Los, mein Liebling«, feuerte sie sich an, »lass uns hineingehen!«

Wir reichten uns die Hand und liefen ins Wasser. Sie tollte herum wie ein Kind. Wir sprangen in die Wellen, tauchten nach kleinen Fischen und verschluckten uns am salzigen Wasser. »Du hast mich von meiner Angst befreit«, rief sie keuchend. »Jetzt verstehe ich meinen Traum, der am Strand von Tel Aviv spielt.«

Erst als die Haut unserer Finger Rillen hatte, kehrten wir dem Meer den Rücken und suchten eine neue Beschäftigung. Die Sandburg, die wir bauten, rief die Bewunderung einiger älterer Männer hervor. Sie boten an, uns zu helfen, aber Ruth schickte sie freundlich fort.

Störte unser Glück das Gleichgewicht der Kräfte, und nahm der Tag deshalb kurz darauf eine bittere Wende?

Kapitel 54

Zu jener Zeit erholte sich Channa von einer Grippe, deren Symptome sie lange ignoriert hatte. Sie war seit jeher kränklich und blass, doch weigerte sie sich, ihrer Zerbrechlichkeit Rechnung zu tragen, und verhielt sich wie ein Kamel mit dem Körper eines Vogels. Nach der Arbeit im Kinderheim fuhr sie mit dem Bus oder per Anhalter durchs Land und versuchte, die bröckelnde Position der Partei zu stärken, bis sich ihr Körper auflehnte und sie zur Ruhe zwang.

Robert war zu beschäftigt, um eine ganze Woche zu Hause zu bleiben und sie zu versorgen. Er war nervöser denn je, doch führte sie das auf seine zahlreichen Pflichten zurück. Die Regierung hatte die Subventionen gekürzt, und der Brotpreis war um vierzig Prozent gestiegen – ein erneuter Beweis für die menschenfeindliche Haltung der Arbeiterpartei. Nahezu allein organisierte er den Streik in den Fabriken und schrieb nachts Flugblätter, die die Führer des Landes beschuldigten, ausländische Monopolisten zu begünstigen. Zudem kämpfte er gegen ein Stauseeprojekt, für das arabisches Bauernland konfisziert werden sollte, und ging immer wieder zum Innenministerium, um die Einreiseerlaubnis für eine Delegation aus der Sowjetunion zu erwirken.

Natürlich versuchten die Leute von der Arbeiterpartei die Vergabe der Visa zu verzögern. Wie schnell sie die sowjetische Unterstützung bei der Gründung des Staates vergessen hatten!

Klaglos nahm Channa hin, dass Robert nicht fragte, wie es ihr ging. Tova hingegen kümmerte sich wie eine Mutter um sie. Die erzwungene Ruhe ließ Channa Dinge tun, für die sie seit Jahren keine Zeit hatte: Sie plauderte und führte intime Gespräche.

Als sie einmal in der Küche saßen und Haferflockenkekse aßen, sprach Tova von Ruth. »Verzeih, Channa, dass ich mich einmische, aber du darfst deine Mutter nicht verdammen. Zwar kenne ich die Gründe eures Zerwürfnisses nicht« – die Gerüchte, die sie gehört hatte, waren schillernd wie alles, was man sich über die exzentrische Frau Stein erzählte – »aber glaub mir, man muss auch vergeben können, insbesondere einer Mutter, die so viel gelitten hat. Viele Menschen verloren in Europa ihre Familie, doch nur wenige nahmen den eigenen Bruder vom Strick. Auch du hast unter seinem Tod gelitten, doch ein Bruder ist wichtiger als ein Onkel.«

Vor Aufregung verschüttete Channa ihren Tee. »Das macht nichts«, beruhigte Tova sie, »Tee hinterlässt keine Flecken.« Dann erzählte sie von Ferdi und seinem traurigen Los. »Depressionen sind eine Krankheit, für die keiner sich schämen muss. Wenn die Menschen sie früher erkennen würden, gäbe es weniger Leid auf der Welt. Um Himmels willen, was ist los, Channa? Du bist ja ganz blass!«

Verloren irrte sie durch den Norden der Stadt und gelangte zur Mündung des Flusses. An der alten Mauer, die gleichmütig die Brandung des Meeres ertrug, blieb sie stehen. Armer Onkel Ferdi! Wie sehr musste ein Mensch leiden, um sich das Leben zu nehmen? Er hatte einen sanfteren Tod verdient. Nur er hatte ihr zugehört, sie aus ihrer Schwäche emporgehoben und umarmt, aus Liebe und nicht aus Besorgnis. Seine »Anfälle« waren nur ein Wort, das die anderen manchmal gebrauchten; sie selbst sah sein Benehmen nicht als Symptom, sondern hielt ihn für einen kauzigen Immigranten, der sich nicht anpassen wollte. Einsamer Ferdi! Mit gebrochenem Herzen lag er in seinem Bett und rief vergeblich nach ihr. Wenn sie von seiner Krankheit gewusst hätte, hätte sie ihm sicher geholfen. War es nicht ihre besondere Begabung, den Menschen beizustehen?

Sie hätte ihm nicht verboten, sie von der Schule abzuholen, denn er liebte Kinder, sie hätte ihm ihre Zeit geopfert, mit ihm Spiele gespielt, die er liebte, und Bücher gelesen, die ihn interessierten – wie mit dem alten Araber in Jaffa, der den Verstand verloren hatte und sich weigerte, sein Zimmer zu verlassen. Guter Onkel Ferdi! Eine unbekannte Schuld quälte sie, die sie sonst nur angesichts der Ungerechtigkeit der Welt empfand. Doch ein verborgener Mechanismus verwandelte die Schuld in Anklage, und wieder traf es ihre Mutter. Warum hatte sie sie nicht informiert? Statt zu sagen, dass Ferdi krank war, schickte sie sie zu den Nachbarn und verbreitete das Märchen von seinem sanften Tod! Immer war ihre Mutter schuld. Immer ihre Mutter.

Wir hatten Handtücher um unsere Köpfe gewickelt und hörten nicht, dass die Badezimmertür geöffnet wurde. Nach dem Haarewaschen wollten wir in die Küche gehen, um das Mittagessen zuzubereiten, später einen kurzen Schönheitsschlaf einlegen und nach dem Erwachen Eiskaffee schlürfen. Doch unsere Pläne änderten sich wie unser Leben.

Mit funkelndem Blick stand meine Mutter in der Tür und befahl mir, sofort in mein Zimmer zu gehen. Ich begann zu weinen – seit Jahren hatte sie nicht so gesprochen. Ruth nahm mich auf den Arm und erklärte mir, meine Mutter und sie müssten sich dringend unterhalten. Da ich die Nervosität meiner Großmutter spürte, verlangte ich, dabei sein zu dürfen. Das sei unmöglich, entgegnete Ruth mit einer Ungeduld, die ich nicht von ihr kannte.

Bevor sie ins Wohnzimmer trat, blieb sie stehen und sammelte sich. Es handelte sich nicht um den üblichen Ärger – Channa verließ nicht das Bett, um sie wegen des Fahrrads auszuschimpfen, das sie der Kleinen gekauft hatte. Es musste etwas anderes sein, eine Entdeckung, die einem Erdbeben glich.

»Worauf wartest du?«, schrie Channa. »Komm herein! Die Kleine soll uns nicht hören.«

»Was soll sie nicht hören?«

»Das Geheimnis, das alle kennen! Verstell dich nicht, ich bin informiert! Wie konntest du dir anmaßen zu entscheiden, was ich wissen darf und was nicht?«

»Channa –«

»Glaubtest du, ich fände es nicht heraus? Glaubtest du, die Leute reden nicht?«

»Es ist so lange her und spielt keine Rolle mehr.«

»Es spielt keine Rolle?«

Wie üblich ließ sich Ruth von ihren Gedanken leiten und nicht von dem, was gesagt wurde. Sie löschte einen Brand, dessen Ursache sie noch nicht kannte.

»Warum sollte ich es erzählen? Es ist eine alte Geschichte, die längst vorbei war, eine kurze Episode aus einer Zeit, in der ich jung und naiv war.«

Ruth wagte nicht, ihre Tochter anzuschauen, und so entging ihr, dass Channa blass wurde.

»Was sagst du ...?«

»Dass es nicht wichtig war«, wiederholte Ruth.

»*Was* war nicht wichtig?«

»Es hat keinen Sinn, darüber zu sprechen. Du weißt ohnehin alles.«

Sie glaubte, Channa wolle sie quälen und verlange deshalb Erklärungen.

»Du sprichst von Robert ...?«

Channas Gesicht glich einer staunenden Totenmaske.

Vielleicht könnte Ruth sie noch überzeugen, dass sie sich verhört hatte und von etwas anderem die Rede war. Doch sie stand da wie eine Vogelscheuche, zur Kreuzigung bereit.

»Wann ist es passiert?«, murmelte Channa und spürte einen üblen Geschmack im Mund.

»Vor langer Zeit.«

»*Wann?* Und wage nicht, mich zu belügen!«

Ruth schwieg, denn sie wusste nicht, was Robert erzählt hatte. Derweil schaute Channa aus dem Fenster, als wolle sie ferne Erinnerungen zurückholen. Fleckige Bilder weckten eine alte Trauer in ihr: ein Rabe auf dem Balkongitter, der Fluss und die laute Straße. Ein großer Mann, der am Schoß ihrer Mutter schnupperte, und ihre Mutter, die verzückt mit den Augen rollte.

Ihre Mutter hatte genossen, was ihr versagt blieb; sie hatte das Feuer der Leidenschaft gekannt. Aber dann hatte der Mann, den sie liebte, ihre Tochter geheiratet, um sie zu vergessen. Ihre Mutter war die geheimnisvolle Liebe der Vergangenheit, an die er dachte, wenn sein Blick abschweifte und in Welten vordrang, zu denen sie keinen Zugang hatte.

»Sprich mit mir, Channa«, flüsterte Ruth und berührte zitternd ihren Arm.

Channa zuckte zusammen, als habe sie etwas gestochen, und floh entsetzt aus der Wohnung.

Als Robert heimkam, lag sie mit dem Gesicht zur Wand. Vielleicht schläft sie, dachte er erleichtert. Die Ehe mit ihr war der unbeholfene Versuch, sich einem Ideal anzunähern. Seine Sympathie entsprang der Bewunderung, die er für Menschen empfand, die nicht an denselben Krankheiten litten wie er. Channa war rein und frei von gefährlichen Windungen; durch sie glaubte er, seine Laster besiegen zu können. Doch nach einem flüchtigen Moment der Erhabenheit war seine Gier von Neuem erwacht.

Um mit ihr schlafen zu können, dachte er an andere Frauen. Doch alle ähnelten dem blauen Engel, der mit einem schwarzen Jackett und nackten Schenkeln auf einem Stuhl in der Wohnung in Heidelberg saß und zu ihm sagte: »Na, Herr

Keller, was kann ich für Sie tun?« Channa spreizte die Beine und umfing seine Hüften, und er verlor sich in ihr und tröstete sich, dass sie ihm dankbar war und keine Fragen stellte.

Da er seine aufrechte, willensstarke Frau nicht enttäuschen wollte, schwieg er und behielt seine Zweifel für sich. Die Menschen ändern sich nicht, hatte Ruth gesagt, als sie sich in Palästina wiedersahen, und noch heute schämte er sich für seine Antwort, sie müsse sich irren, *er* habe sich geändert und mit der Vergangenheit gebrochen.

Tatsächlich verachtete er die Dekadenz jener Tage, doch ahnte er, dass seine Zellen beschädigt waren. Wie ließen sich sonst die Zweifel erklären, die alte Sehnsucht, Grenzen zu überschreiten, sich treiben zu lassen und ein zügelloses Leben zu führen? Ruth hatte recht: Er hatte sich nicht geändert. Nur waren die alten Anreize durch neue ersetzt worden, doch auch diese stumpften allmählich ab.

Er verbarg seine Zweifel nicht nur vor seiner Frau, sondern auch vor den Parteigenossen und tat, was er seit Jahren nicht getan hatte: Er trennte zwischen innen und außen. Je weniger Emotionen er zeigte, umso erfolgreicher war er. Das dritte Auge, das die Welt aus der Ferne betrachtet, erwachte aus einem langen Schlaf. Wie ein Geschäftsmann berauschte er sich an seinem Erfolg und übernahm immer neue Aufgaben.

So organisierte er den Streik bei Shell, ging in die Werke und überzeugte die Arbeiter, sich zusammenzuschließen. Als die Vertreter der Ölfirma behaupteten, der Umsatz lasse keine Verbesserung der Lebensbedingungen ihrer Arbeiter zu, bezichtigte er sie der Lüge. Sie hätten enorme Gewinne erzielt und konsequent Steuern unterschlagen.

Wie jeden Abend ging er ins Bett, ohne Lärm zu machen, um Channa nicht zu wecken. Als der Schlaf um ihn kreiste und seinen Widerstand brach, erkannte er, dass sich sein wahres Ebenbild nur in Ruths Augen spiegelte. Alles andere war Illusion.

Doch Channa schlief nicht, sondern dachte an die Vergangenheit, die wie ein summendes Feld erwacht war und giftige Gedanken wuchern ließ. Zunächst sah sie Robert und ihre Mutter, die sie allein auf die laute Straße schickten; dann tauchte ein anderes Bild auf, das mit albtraumhafter Geschwindigkeit reifte, sich klärte und wieder verzerrte. Als sie kurz nach ihrer Hochzeit die Allenbystraße überquerte, erblickte sie in einem Café ihre Mutter mit einem fremden Mann. Sie ging schnell weiter und verdrängte das bedrückende Gefühl, das das Gelächter der beiden in ihr hervorrief. Jetzt aber füllten sich die Lücken, und der Mann, dessen schmalen Rücken sie sah, wurde zu Robert. Der heimliche Bund der beiden hatte die Jahre überdauert, und ihre gegenseitige Abscheu war Heuchelei.

Wie eine Feder sprang sie aus dem Bett. Robert schlief auf dem Rücken. Als sie seinen Arm schüttelte, öffnete er ein Auge und murmelte schläfrig: »Was ist?«

»Wie lange geht das schon so?«

Er verstand nicht und klammerte sich an die rettenden Taue des Schlafes.

»Meine Mutter hat mir alles erzählt.«

Mit einem Schlag war er wach. Sie stand vor ihm wie eine kampfbereite Walküre.

»Was hat sie erzählt?«, fragte er, um Zeit zu gewinnen.

»Warum willst du das wissen? Damit du nichts Falsches sagst?«

»Nein.«

»Antworte mir!«

»Worauf?«

»Wie lange geht das schon zwischen euch?«

Er antwortete dasselbe wie ihre Mutter, als hätten sie vereinbart, sich auf die heilende Wirkung der Zeit zu berufen, falls die gehörnte Kleine die Wahrheit erfuhr: »Es ist lange vorbei und spielt keine Rolle mehr.«

Er wollte sie umarmen, aber sie stieß ihn zurück. Er schwor, dass es die Wahrheit sei, doch hatte sie alles Vertrauen verloren. Seine Worte flatterten umsonst durch den Raum.

Wollte er Channa wirklich beruhigen? Versuchte er sie zu überzeugen, dass er ihre Mutter längst nicht mehr traf?

Ein hässlicher Gedanke nistete sich am Rande seines Bewusstseins ein: War dies die Gelegenheit, ihre sinnlose Ehe zu beenden, alles zuzugeben und sich zu entschuldigen? Das wäre anständiger, als mit einer Lüge zu leben, die ihnen beiden nur Leid brachte. Doch als er sie anschaute, erinnerte sie ihn wieder an ein hilfloses Küken. Er nahm sie in den Arm und tröstete sie.

Doch Channa brauchte kein Mitleid, sondern Liebe. Sein Mitleid bewies seine Schuld. Er solle gehen, schrie sie und warf sich wütend aufs Bett.

»Genug, Channa, ich kann nirgends hingehen. Beruhige dich, es ist nichts geschehen.«

»Ich glaube dir nicht!«

»Lass uns morgen reden. Ich bin müde.«

»Wir können nicht im selben Bett schlafen, wenn ich die Wahrheit nicht kenne.«

»Ich habe alles gesagt«, entgegnete er ärgerlich und versuchte sie zu umarmen. Als sie ihn abermals zurückwies, drehte er sich zur Wand und schlief bald darauf ein.

Das Klingeln verschmolz mit ihrem Traum. Aus Tausend verrückten Gründen konnte Ruth nicht sofort zur Tür gehen.

Als sie endlich öffnete, stand Channa draußen. Sie war müde und zerzaust, und ihre Augen funkelten.

»Ich glaube nicht, dass eure Beziehung beendet ist!«

»Aber ich schwöre dir, es ist vorbei.«
»Ich sah euch im Café Kapolski.«
»Das ist unmöglich.«
»Trotzdem sah ich euch dort.«
»Wir waren weder im Café noch anderswo.«
Channa schwieg und schaute ihre Mutter drohend an.
»Dann lass mich das Tagebuch lesen, nur ihm kann ich vertrauen. Wenn du nichts zu verbergen hast, kannst du es mir geben.«
»Das Tagebuch ist privat«, sagte Ruth und rang nach Atem, als habe man sie in eisiges Wasser getaucht.
»Ich will nur wissen, was du über Robert geschrieben hast, der Rest interessiert mich nicht. Wenn du es nicht erlaubst, siehst du mich nie wieder!«
Channa war ein aufrichtiger Mensch und kannte keine Geheimnisse. Daher verstand sie nicht, dass sich Ruth schämte, ihr das Tagebuch zu geben. In ihrer Weigerung sah sie den ewigen Beweis ihrer Schuld.

Kapitel 55

Die Zeit eilte dahin, gleichgültig gegen Launen und Kummer, und hielt weder für glückliche noch für unglückliche Familien inne. Auch ihre heilende Wirkung erwies sich als zweifelhaft. Zumindest in Channas Fall. Die Wunde vernarbte nicht, sondern bildete Eiter, der Visionen und Gespenster heraufbeschwor. An der Oberfläche sah alles wie früher aus – Channa versäumte keinen einzigen Arbeitstag. Doch sie schwieg, und eine nervöse Spannung lag über dem Haus. Robert schlich auf Zehenspitzen und wartete, ohne zu wissen, worauf. Er brachte es nicht übers Herz, sie zu bitten, mit ihm zusammenzubleiben. In Krisenzeiten muss man handeln, doch er konnte oder wollte es nicht.

Da Hansi den ganzen Monat im Ausland verbrachte, musste Ruth ohne seinen Rat auskommen. Natürlich konnte sie nicht zulassen, dass Channa die Tagebücher las. Selbst wenn sie bestätigten, dass die Beziehung zu Robert lange vorbei war, wäre der Schaden größer als der Nutzen. Die meisten Einträge bezogen sich auf ihn und waren nicht für die Augen ihrer Tochter bestimmt. So wartete sie ab und hoffte, Robert würde Channa besänftigen. Doch als fünf Tage verstrichen waren, fürchtete sie, ihr Schweigen könnte als Geständnis aufgefasst werden. Sie nahm allen Mut zusammen, ging in die Achad-Ha'am-Straße und klopfte an Channas Tür. Einen Augenblick hoffte sie, sie sei nicht da, doch Channa öffnete ihr.
»Was willst du?«, fragte sie feindselig.
»Mit dir sprechen.«
»Du kennst die Bedingungen«, entgegnete Channa. »Ich habe jetzt keine Zeit, es wartet Arbeit auf mich.«

Als Hansi zurückkam, ging er zuerst in die Balfourstraße. Ruths letzter Brief hatte ihn beunruhigt. Nachdem Ruth die Kleine ins Bett gebracht hatte, setzten sie sich auf den Balkon, tranken vom Cognac, den er aus Paris mitgebracht hatte, und redeten über den Abend, an dem das Geheimnis ans Licht kam.

Hansi lächelte, als Ruth von einem »tragischen Fehler« sprach. Doch entschuldigte er sich und fragte, was er für sie tun könne. Auf dieses Angebot hatte sie gewartet.
»Du musst sofort in die Achad-Ha'am-Straße gehen und dein diplomatisches Talent einsetzen. Ich will, dass Anuschka drei Dinge versteht: Erstens – Robert und ich haben uns nie

hinter ihrem Rücken getroffen, zweitens – unser Verhältnis war eine Episode, die keine Rolle mehr spielt, und drittens (dabei ist besonderes Geschick nötig, denn das ist ihre Bedingung) – sie darf mein Tagebuch nicht lesen. Sag, es enthalte intime Informationen über Otto.«

Als er die Wohnung verließ, setzte sie sich auf den Balkon und rauchte. Bei seiner Rückkehr erkannte sie schon von fern, dass er keine guten Nachrichten brachte. Er ging langsam und versonnen, und sein Blick war auf den Boden geheftet. Als er die Wohnung betrat, lächelte er und verkündete zögernd, die Neuigkeiten seien vielleicht gar nicht so schlecht. »Sie hat beschlossen wegzufahren, das heißt …«

»Was?!«

»Nächsten Montag nimmt sie das Schiff nach Novosibirsk. Dort hat man Kriegswaisen untergebracht, die sie betreuen will. Sie behauptet, sie bräuchte die Reise, das hätte überhaupt nichts mit euch zu tun. Doch lies selbst. Sie hat dir geschrieben.«

Ich weiß, dass ich für ein vierjähriges Kind verantwortlich bin und dieses Kind den Preis nun zahlt. Für mich ist Nomi das Symbol Eures Unrechts, als wäre sie Eure, nicht meine Tochter. Ich will ihr nicht wehtun und werde ihr selbstverständlich schreiben – nur von Dir und Robert verabschiede ich mich für immer. Ihr werdet ein paar Tränen vergießen, aber schon bald Erleichterung, ja sogar Freude empfinden, dass das Hindernis endlich beseitigt ist.

Meine neue Familie ist die Sowjetunion, eine Familie ohne Lüge und Heuchelei.

Ich brauche dich nicht zu bitten, Dich um Nomi zu kümmern. Deine Liebe zu ihr ist das einzig Ehrliche, das ich Dir zuschreiben kann.

Kapitel 56

Es war Mitte September, und erste Herbstwinde erfüllten die Luft. Eines Morgens nahmen die Gegner des Sommers einen sinnlichen Duft wahr, der das Herz befreit und eine Sehnsucht nach lyrischen Weiten weckt, die jenseits der Nichtigkeiten der Welt bestehen. Ruth öffnete das Fenster und begrüßte den samtigen Luftzug wie einen verlorenen Bruder. Aber ihr Glück war vergänglich wie der israelische Herbst und wich bald der Sorge um ihre Tochter. Sibirien war ein sicheres Rezept, um unterzugehen, und sie konnte nichts anderes tun, als schon jetzt um sie zu trauern. Alle Vermittlungsversuche waren gescheitert.

Ruth erklärte mir, meine Mutter verreise, um armen Kindern zu helfen, und hoffte, meine Gleichgültigkeit zeuge von innerer Ruhe. Auf Hansis Bitten gestattete meine Mutter, dass Ruth uns zum Hafen begleitete. So versammelten wir uns am Tag ihrer Abreise, um gemeinsam mit dem Auto nach Haifa zu fahren. Ich saß auf der Rückbank zwischen meinen Eltern, während Ruth neben Hansi saß, der vergeblich versuchte, ein Gespräch anzufangen. Ich freute mich, dass meine Mutter aus meinem Leben verschwand, doch schämte ich mich für mein Gefühl und machte ein betrübtes Gesicht, um mir nichts anmerken zu lassen. Als ich die Schiffe im Hafen sah, erwachte meine alte Begeisterung, und ich überlegte, wie ich von der Europareise sprechen konnte, ohne Ruth traurig zu stimmen. Wortlos stiegen wir aus dem Auto und gingen wie ein Trauerzug in die Abfertigungshalle und von dort weiter zum Kai. Da ich das Schweigen nicht länger aushielt, sagte ich, dass Meutereien an Bord verboten seien – das wusste ich von Hansi – und dass jeder, der gegen die Regel verstieß, hingerichtet wurde.

Ein Mann mit einem Megafon ging über den Kai und trieb die Passagiere zur Eile an. »Auf Wiedersehen«, sagte meine Mutter zu Ruth und Robert, ohne sie anzuschauen. Dann küsste sie Hansi und kniete nieder, um mich mit abwesendem Blick zu umarmen und zu ermahnen, ein braves Mädchen zu sein. Schließlich nahm sie ihren Koffer, kehrte uns den Rücken zu und entfernte sich.

War es die Abschiedsstimmung, die auf dem Kai herrschte, oder befiel mich plötzlich der Schrecken, meine Mutter nie wiederzusehen? Ich lief zu ihr und schlang meine Arme um ihre Hüften, als wollte ich ihre Abfahrt verhindern. Mit gequälter Miene beugte sie sich zu mir und versuchte mich zu trösten. Obwohl ich noch klein war, spürte ich die Bitterkeit und den Zorn, mit denen sie seit jeher meine Nähe erfüllte.

Erst als der Mann mit dem Megafon zum letzten Mal die Passagiere der Petulia aufrief, regte sich ihr Mutterinstinkt. Sie nahm mich in die Arme und drückte mich, wie sie es nie zuvor getan hatte. Wollte sie dem Kind, das sie verließ, eine Erinnerung einpflanzen, an deren Licht es sich eines Tages wärmen konnte? Als injiziere man mir eine Droge, hielt ich still und gab mich ihrer Liebe hin.

Doch warum weinte meine Mutter? Hatte sie zu spät erkannt, dass keine kriegerischen Mittel notwendig waren, um mich zu zähmen? Ruth beschwor sie, ihre Reise zu überdenken und mich nicht zu verlassen, und selbst mein Vater, der abseits stand und teilnahmslos zuschaute, murmelte, sie solle nicht gehen.

»Hört auf!«, rief meine Mutter verzweifelt. »Ich reise trotzdem.«

Der Augenblick der Gnade war vorbei. Ich floh in Ruths Arme, während meine Mutter ihren Koffer nahm und an Bord ging. Um nicht zu sehen, wie sie verschwand, verbarg ich meinen Kopf an Ruths Schulter.

Nur Hansi, der selbst traurige Situationen mit Humor nahm, sagte, jetzt hätten wenigstens zwei der Beteiligten ein Problem weniger.

Kapitel 57

Am folgenden Tag erwachte Ruth mit hohem Fieber, das sich zu einer Lungenentzündung entwickelte. Sie wurde ins Krankenhaus gebracht, und ich zog zu meinem Vater und Tova, der guten Nachbarin. Morgens ging mein Vater früh aus dem Haus, und wenn er heimkam, schlief ich bereits. Tova hingegen verwöhnte mich, aber ich mochte ihre Umarmungen nicht mehr. Ihr beschützender Duft war plötzlich nur der Gestank von Knoblauch, und ihre dünnen Arme ähnelten den Flügeln einer Fledermaus.

Ich war verrückt vor Sehnsucht und Sorge um Ruth und bettelte, im Krankenhaus an ihrem Bett sitzen zu dürfen, doch mein Vater berief sich auf die strengen Besuchsvorschriften und brachte mich kein einziges Mal zu ihr. Mich quälte ein Gedanke, den ich mich nicht auszusprechen traute, denn ich fürchtete, dann würde er wahr: Ruth ist gestorben, und niemand sagt es mir. Damals redete man mit Kindern nicht viel, zumindest bei uns nicht, und ich wagte nicht, Fragen zu stellen. So wucherten in meinem Kopf schreckliche Fantasien.

Eines Tages saß ich am Fenster der Wohnung in der Achad-Ha'am-Straße, als das schwarze Auto eines Beerdigungsinstituts vor dem Haus hielt. Ich lief in die Küche zu Tova, doch bevor ich etwas fragen konnte, sagte sie, sie mache Sardinen mit Käse. »Deine arme Großmutter erzählte mir, dass dir das schmeckt.«

Statt nachzuhaken, warum sie »arme Großmutter« sagte und ob das bedeutete, dass Ruth tot war, wurde ich zornig. Doch im Gegensatz zur Kindergärtnerin, die mich schüttelte, wenn ich ein anderes Mädchen biss, verlor Tova nicht die Geduld und nahm es hin, dass ich ihr das Leben zur Hölle machte.

Allmählich wurde sich auch mein Vater meines kritischen Zustands bewusst. Einmal kam er früher als sonst von der Arbeit und sagte, er wolle mit mir spielen. »Was hältst du davon, wenn ich dir Schach beibringe?« Ich habe keine Lust, antwortete ich, aber er meinte, das könne ich nicht wissen, bevor ich es nicht versuchte. »Ich weiß es trotzdem«, rief ich, und als er mich ermahnte, ich solle nicht frech sein, schaute ich ihn herausfordernd an und erklärte: »Ich sage, was ich will.« Tova eilte herbei und rief, das Essen sei fertig. Zwar versuchte er bei Tisch freundlich zu sein, doch stand ihm der Ärger ins Gesicht geschrieben. Mit trotziger Miene saß ich da und weigerte mich zu essen.

»Nomi«, sagte er und bemühte sich zu lächeln, »warum isst du nicht?«

»Ich habe keinen Hunger.«

Ich schaute ihn giftig an und stand auf.

»Setz dich sofort wieder hin!«, brüllte er.

»Es ist nicht schlimm«, beschwichtigte ihn Tova. »Bei Ruth braucht sie nur zu essen, wenn sie hungrig ist.«

Doch war er nicht wütend, weil ich nicht essen wollte. Seinetwegen konnte ich fasten, dann blieb mehr für die Hungernden der Welt übrig. Etwas anderes empörte ihn, doch ich verstand nicht, was.

Ich ging in mein Zimmer, und er versuchte nie wieder, mir näherzukommen.

Kapitel 58

Unterdessen lag Ruth im Krankenhaus und grämte sich um mich. Die Abschiedsszene im Hafen schwebte wie ein böses Zeichen über ihr. In Fieberträumen sah sie den verstörten Blick ihrer Tochter, die enttäuscht und abgemagert durch die schneebedeckten Weiten Sibiriens irrte.

»Das sind Gedanken, die dich nur schwächen«, sagte Hansi, als er sie endlich besuchen durfte. »Am wichtigsten ist jetzt, dass du gesund wirst und heimkommst. Du bist nicht für alles verantwortlich, obwohl du das glaubst. Anuschkas Reaktion war hysterisch und übertrieben. Schließlich liegt die Romanze zwischen dir und Robert Jahre zurück.«

»Man leidet, auch wenn die anderen glauben, man habe kein Recht dazu.«

»Hör zu, meine Liebe, es ist keine Katastrophe geschehen! Du bist an einem entscheidenden Punkt angelangt, das ist alles. Einsamkeit, Krankheit, Abschied und Tod gehören zum Leben dazu, und Anuschka ist stark und entschlossen. Ihr Zorn wird verblassen, und vielleicht kann sie in der ›Stadt der Wissenschaftler‹ ein neues Leben beginnen. Dort versammeln sich Menschen wie sie, die für Ideen kämpfen, nicht für Bequemlichkeit. Bis jetzt hörte ich nur Gutes über Novosibirsk.«

Aber seine Worte trösteten Ruth nicht. Die erzwungene Ruhe war der Nährboden von Schwermut und Grübelei. Vielleicht lag es an Saschas Brief, dass sie schließlich nachgab und Licht ins Dunkel der Vergangenheit fiel.

3. 4. 55

Liebe Ruth,
seit mehr als zehn Jahren beabsichtige ich, Dir zu schreiben. Doch jedes Mal, wenn ich den Stift nehme, frage ich mich, was ich Dir noch zu sagen habe.

Du empörtest Dich immer, wenn Leute glaubten, sich mit einer Entschuldigung der Verantwortung entziehen zu können. Worte schaffen das Unrecht nicht aus der Welt. Trotzdem wage ich, Dir zu schreiben und um Verzeihung zu bitten.

Gestern kam ich nach Heidelberg, wo ich seit jener Hedda-Gabler-Aufführung nie wieder war. Ich saß im selben Hotelzimmer wie damals und erinnerte mich plötzlich, wie Du das Kokain vom Tisch wischtest, weil Du glaubtest, es sei Puder. Zum ersten Mal lachte ich beim Gedanken an Dich, als hätte ich Wein getrunken. Und so fand ich den Mut, Dir zu schreiben, selbst wenn ich Dir nichts zu sagen habe – jedenfalls nichts, was zu meinen Gunsten spricht.

Es wird Dich nicht trösten, wenn ich Dir sage, dass mein Erwachen brutal und beschämend war. Meinen letzten Brief, mit dem ich der lieben Mirjam die rettende Tür vor der Nase zuschlug, werde ich nie vergessen. In den kommenden Jahren werden Wissenschaftler Bücher über Menschen wie mich schreiben; man wird sich fragen, weshalb wir mit solcher Begeisterung unsere Haut wechseln konnten. Aber es gibt keine Erklärung, die diesen Vorgang entschuldigt. Zwar kann der Mörder rehabilitiert werden, doch die Opfer werden nie mehr lebendig. Und zu seiner ewigen Schande werden die Spuren des Ungeheuers, das in seiner Brust wohnte, immer zu erkennen sein.

Trotzdem leben wir weiter und haben einen Platz auf dieser Welt. Wir meiden Untiefen und halten uns an den Alltag und unsere Arbeit. Meine Gefährten aus jenen dunklen Tagen will ich nicht wiedersehen, doch zugleich schäme ich mich, den wenigen, die gegen uns waren, unter die Augen zu treten.

Das Theater habe ich verlassen und unterrichte Schauspiel an einem Gymnasium in Düsseldorf. Der Zufall hat mich dorthin geführt.

Meine liebe Ruth, ich verstehe, wenn Du diesen Brief wegwirfst und die Erinnerung mit Füßen trittst. Ich überlasse es Dir, über die Fortsetzung unserer Freundschaft zu entscheiden.

In alter Liebe und großer Scham

Sascha

Ruth riss den Brief in Tausend Stücke und warf ihn aus dem Fenster, als verstreue sie die Asche einer Toten.

Kapitel 59

Robert verstand, dass Nomi unter dem Zerwürfnis ihrer Eltern litt. Sie war nicht verzogen, sondern unglücklich, doch das machte es nicht leichter, sie zu ertragen. In den Pessachferien erkrankte Tova, und er verbrachte vier endlose Tage mit ihr. Jede ihrer Gesten erinnerte ihn an seine Schuld und die schändliche Freude, die er bei Channas Abfahrt empfand. Nomi war das Spiegelbild ihrer Mutter; sobald er ihr etwas befahl, schaute sie ihn vorwurfsvoll an. Nur bei der Arbeit gelang es ihm zu vergessen. Als sie auf dem Balkon standen und Ruths Rückkehr erwarteten, fühlte er sich wie ein Häftling, der seine Befreiung herbeisehnt. Schließlich bog ein Taxi in die Straße ein, und Nomi lief freudig hinunter. Vom Balkon beobachtete er, wie Ruth die Kleine umarmte. Dabei fragte er sich, ob er sich vielleicht nur verlieben, doch niemals lieben konnte – außer einer Frau, die unerreichbar blieb. Als Ruth Nomi an sich drückte, beneidete er sie um die Intensität des Gefühls, das sie für andere Menschen empfand.

Als empfange sie ein Signal, hob sie den Blick und lächelte, doch er wandte sich ab und ging in die Wohnung. Trotz seiner feindseligen Haltung brach eine Welle des Glücks über sie herein. Endlich hatte sie ihre Enkelin wieder, die ihr wie eine struppige gelbe Ähre vorkam, mit abstehenden Grannen. In ästhetischen Dingen war die gute Tova eine Katastrophe ...

Als sie mit Nomi auf dem Arm die Treppe hinaufstieg, verdrängte sie den Gedanken an Robert. Es ging um die Kleine, nicht um sie beide. Robert war ein Überbleibsel aus einer von Irrtümern erfüllten Vergangenheit und das Summen in ihrem Bauch der Phantomschmerz eines Körpergliedes, das längst abgenommen worden war. Einzig an Nomi durfte sie denken, und so beschloss sie, die freundliche Schwiegermutter zu spielen und Roberts Kälte zu ignorieren.

Doch gerieten ihre Pläne durcheinander, als sie sah, wie attraktiv er war. Er hatte die Haare geschnitten, war rasiert und geschmackvoll gekleidet. Um ihre Gefühle zu verbergen, begrüßte sie ihn flüchtig und wandte sich sofort wieder Nomi zu, die wie immer ihre ganze Aufmerksamkeit forderte.

»Wir haben von Channa einen Brief bekommen«, sagte Robert in der aufgeladenen Stille.

»Wann?«, fragte Ruth, plötzlich interessiert.

»Heute Morgen.«

»Warum liest du ihn nicht vor?«

»Ich wollte dich nicht stören«, antwortete er auf Deutsch, »du schienst beschäftigt.«

»Sprich Hebräisch«, sagte Ruth kühl.

»Weshalb?«

»Sonst glaubt die Kleine, dass wir uns verschwören.«

»Und wenn schon! Muss sie immer bestimmen?«
»Genug!«, schimpfte Ruth und wechselte den Ton: »Komm, Nomilein, wir setzen uns auf den Balkon, und Papa liest uns Mamas Brief vor.«

15. 4. 55

Liebe Nomi,
Du kannst Dir nicht vorstellen, wie es hier ist! In Novosibirsk gibt es breite Straßen und große Plätze fast wie in Moskau. Die Sonne geht erst um neun Uhr auf. Sie ist träge, aber wunderschön und ähnelt einem großen roten Ball. Ich kann mich an den Farben, die sie auf den Schnee malt, nicht sattsehen. Der Fluss Ob ist der Stolz der Bewohner der Stadt. Im Winter schlummert er unter dickem Eis, aber jetzt sprudelt und glitzert er blau. Er ist nicht nur schön, sondern liefert den Fabriken auch Energie. Papa wird Dir erklären, was das ist. Du glaubst nicht, welche Schätze die Natur der Umgebung bereithält: Kohle, Eisen, Öl, Gas. Stell Dir vor, im Baikalsee ist ein Fünftel des Süßwassers unserer Erde! Und in ganz Sibirien befinden sich sechzig Prozent des Waldes der Sowjetunion, achtzig Prozent der Wasserquellen und nochmals sechzig Prozent der Kohle. All das wartet im eisigen Boden, um vom Menschen erlöst zu werden. Man nennt Sibirien eine »schlafende Schönheit«, aber ich glaube, sie wurde bereits wach geküsst.
*   Ich habe große Sehnsucht nach Dir. Doch wenn eins der Kinder erstmals in seinem Leben lacht, denke ich, dass Du mich verstehen würdest. Du bist ein kluges Mädchen ...*

Er las lebendig und voll Gefühl, um sie an der Expedition ihrer Mutter teilhaben zu lassen – Channa rettete die Welt für ihre Familie. Doch als der Brief endete, verflüchtigte sich sein froher Ausdruck, und die alte Ungeduld kehrte zurück.

Ruth schaute ihn misstrauisch an: Nicht für sie hatte er sich schön gemacht; sicher hatte er eine Freundin und konnte nicht erwarten, zu ihr zu gehen. Daher war er auch in die Wohnung geflohen, als sie zum Balkon hinaufschaute, und saß gedankenversunken auf seinem Stuhl.

Auf einmal identifizierte sie sich mit ihrer Tochter und wollte ihm die Wahrheit ins Gesicht schreien. Von Hansis und Tovas Erzählungen wusste sie, dass er sich nicht geändert hatte. Sie schickte mich hinaus, um ein Glas Wasser zu holen, und sagte, dass sie mit ihm sprechen müsse, sobald sie mich ins Bett gebracht hatte.

»Worüber?«, fragte er.

»Über Nomi. Worüber sonst?«

Doch ich weigerte mich, ins Bett zu gehen. Ich witterte die stumme Drohung, die über dem Haus lag. Ruth versprach mir eine Überraschung und lockte mich ins Schlafzimmer. Doch statt mir ein Geschenk zu überreichen, nahm sie mich in die Arme und sagte: »Hiermit erkläre ich, dass die Vorbereitungen für unsere Schiffsreise begonnen haben. Wir machen eine Safari in Rhodesien und finden heraus, wer stärker ist, der Löwe oder der Tiger. In drei Wochen und zwei Tagen besteigen Hansi, du und ich ein Schiff nach Afrika.« (Später verstand ich, dass für Ruth Afrika eine beruhigende Alternative zu Europa war, weil es romantische Assoziationen weckte. Ein bisschen koloniale Dekadenz habe noch niemandem geschadet, versicherte ihr die Frau im Reisebüro.)

Ich strahlte vor Glück. Sie schlug den Atlas auf und zeigte mir Rhodesien. »Dort gibt es die besten Safaris der Welt!« Sie wusste, dass mich Vergleiche faszinierten. Dann legten wir uns aufs Bett und kuschelten, und da sie nicht fragte: »Warum schläfst du nicht ein?«, fielen mir sofort die Augen zu.

Als sie ins Wohnzimmer zurückkehrte, lag Robert dösend im Sessel. Sie weckte ihn, und er rekelte sich wie ein verwöhnter Prinz.

»Die Kleine schläft jetzt.«

»Gut«, murmelte er mit geschlossenen Augen, »ich höre dir zu.«

»Erst bist du dran!«, erwiderte sie. (War ihr Gesicht alt und bitter, sodass er nicht wagte, sie anzuschauen?) »Wie ist es, plötzlich wieder Vater zu sein?«

»Was ist los, Ruth?«, fragte er und öffnete die Augen.

»Ich bin wütend, weil du ihre Situation nicht verstehst. Du bist gefühllos und überheblich und behandelst sie wie eine Feindin. Du hast dich nicht um sie gekümmert, als ich im Krankenhaus war.«

»Mich nicht gekümmert? Weil ich sie nicht mit Geschenken besteche, ihr Grenzen setze und nicht jede Laune hinnehme?«

»Du hast es nicht verdient, Vater zu sein.«

»Aber *du* hast es verdient!«, rief er boshaft und nahm den ewigen Kampf wieder auf. »Wir wissen, was für eine Mutter du warst. Ich habe es mit eigenen Augen gesehen, und deine Tochter hat mir manches erzählt, was ich nicht wusste. Dir steht es nicht zu, mir Ratschläge zu erteilen.«

»Mein Versagen als Mutter entschuldigt nicht *dein* Versagen als Vater.«

»Warum habe ich versagt? Weil ich Nomi nicht verwöhne und nicht zulasse, dass sie mich tyrannisiert?«

»Faulheit und leere Worte!«, schimpfte sie, als spreche sie mit Ottos Stimme. »Vielleicht habe ich kein Recht, dich zu kritisieren, doch wenigstens habe ich ein oder zwei Dinge im Leben verstanden.«

»*Was* hast du verstanden?«

Sie zögerte. »... dass es gefährlich ist, wenn jeder Idiot

Kinder in die Welt setzt. Was nicht bedeutet, dass du der schlechteste Vater der Welt bist.« Er schaute zu Boden, und seine Betroffenheit stimmte sie milde. »Ich habe kein Recht, Forderungen zu stellen, doch ich wünschte, du würdest die Dinge mit Nomis Augen sehen, sonst verstehst du ihre Launen und ihren Zorn nicht. Es gibt nichts Schlimmeres für ein Kind, als seine Mutter zu verlieren. Vergiss nicht, dass Channa *unseretwegen* fortging und nicht Nomi bestraft werden muss. Sie braucht ihren Vater wie das tägliche Brot, und er muss Verständnis und Geduld haben.«

Da er nicht reagierte, glaubte Ruth, er sei eingeschlafen. Doch Robert dachte nach ... Sie hatte sich verändert, obwohl sie immer sagte, man könne sich nicht ändern. Die Leere in ihrem Herzen füllte jetzt Nomi aus, doch als konkrete Wahrheit, nicht als Illusion. Das war die schönste Rache, die sich die Kleine ausdenken konnte!

Schon den ganzen Abend benahm sich Ruth wie eine freundliche Verwandte. Wo war seine alte, boshafte Freundin, die ihn in Rage versetzte? Zwanzig Jahre waren seit damals vergangen ...

»Hörst du mich?«

»Natürlich höre ich dich!«

Sein Blick traf sie wie eine Ohrfeige.

»Was willst du, Ruth? Soll ich zur Bestätigung nicken und sagen: ›Ja, es ist schrecklich‹? – Nein, Ruth, es ist nicht schrecklich, und es handelt sich um keine Tragödie. Nomi ist nicht das erste Kind, das von seiner Mutter verlassen wird. Deine Lehrstunde in Pädagogik ist überflüssig.«

Doch sie gab nicht auf. Die Mobilisierung des Vaters war eine wichtige Voraussetzung für Nomis Gesundung. Alles andere zählte jetzt nicht mehr – weder sie beide noch seine neue Geliebte, für die er sich herausgeputzt hatte.

»Verzeih, wenn ich wie eine Konvertitin auftrete, die das

Licht entdeckt und es sofort verbreiten will. Die Kleine hat schon genug erlebt, und jeder weitere Verlust würde ihr schaden.«

»Du dramatisierst. Von welchem Verlust redest du?«

»Hätte ich die Dramatik der Situation früher erkannt, wäre Anuschka vielleicht noch hier.«

»Wem nützt es, in alten Wunden zu rühren?«, fragte er resigniert.

»Niemandem, aber du wirst zustimmen, dass man alle, die noch nicht verloren sind, retten muss. Du hast Mitleid mit den Arbeitern der ganzen Welt – hast du auch Mitleid mit deiner Tochter? Und jetzt lass uns essen. Tova hat eingekauft, als stünde uns wieder ein Krieg bevor.«

Ohne ein Wort zu sagen, stand Robert auf und verließ die Wohnung.

Kapitel 60

Sie lag schlaflos im Bett und suchte nach Erklärungen. Bewies Roberts plötzlicher Aufbruch einen Riss in seinem undurchdringlichen Panzer? Bisher glaubte sie, seine Kälte und Ungeduld seien sein eigentliches Problem, aber jetzt fragte sie, ob sich dahinter nicht dieselbe Anspannung und Rastlosigkeit verbarg, die auch sie quälte. Das würde erklären, warum er in die Wohnung geflohen war, als sie ihm bei ihrer Rückkehr vom Taxi aus zulächelte.

Doch konnten die Zeichen auch das Gegenteil bedeuten. War er wortlos gegangen, weil er sie für eine Heuchlerin hielt und ihr nicht glaubte? Sah er ihren Appell als erbärmlichen Versuch, eine aussichtslose Beziehung wiederzubeleben?

Robert hatte kein Recht, sie zu verspotten. Er war von der Erkenntnis, dass er als Vater Verantwortung trug, weit entfernt und ahnte nicht, dass ihr Hilferuf von neutralem Boden kam. Er hatte nichts verstanden von dem, was sie sagen wollte. Selbst wenn sie sich klischeehaft ausdrückte, enthielten ihre Worte doch Wahres und Wichtiges, und wenn er nicht erkannte, dass er am Leben seiner Tochter teilnehmen musste, war er ein gefühlloser Klotz und die Aufregung, die er verursachte, nicht wert.

Sie knipste das Licht an und stand auf, um Wasser zu trinken. Als sie Anuschkas Brief sah, verflog ihre Trauer. Ihre Furcht war übertrieben, sicher ging es dem Mädchen gut, und es fand, wie Hansi behauptete, in den Steppen Sibiriens Zufriedenheit.

Doch hatte sie plötzlich ein schlechtes Gewissen und schämte sich für ihre Leichtfertigkeit und dafür, dass sie sich vor Robert erniedrigte. Ihre Tochter floh nach Sibirien, und sie dachte an *ihn!* Für ein dünnes blasses Mädchen war die Steppe ein gefährlicher Ort. Wie leicht konnte sich beim Einbruch des Winters ihr Kummer in eine physische Krankheit verwandeln. Hansi wollte sie trösten, doch auf seine Erklärungen war kein Verlass.

Erst nach der zweiten Tablette zerstreuten sich ihre Gedanken, und vom Grunde ihres Bewusstseins stiegen lockende Bilder empor. Die Welt geht nicht unter, wenn ich noch einmal in die verbotene Stadt gehe, murmelte Ruth und schlief selig ein.

Kapitel 61

»Das ist Hansi«, rief Ruth. »Öffne ihm! Ich bin noch im Bad.«

Aber nicht Hansi, sondern mein Vater stand vor der Tür. Er war groß und lächelte und hielt einen Karton in der Hand, der wie ein gebrauchtes Geschenk aussah. Ich wartete, dass er ihn mir gab, doch er schaute mich verwundert an. Sein Blick war anders als sonst und glitt nicht von mir ab, als suche er interessantere Dinge. Ich trat von einem Fuß auf den anderen und schaute verschämt aufs Geschenk – vielleicht erinnerte er sich dann, dass es für mich war. Doch er neigte den Kopf und betrachtete mich still, und da ich keine Wahl hatte, zeigte ich auf den Karton und fragte: »Was ist darin?«

»Es ist für dich«, antwortete er, und sein Mund verzog sich zu einem breiten Lächeln. »Ich habe dir noch nichts zum Geburtstag geschenkt.«

Ich schaute ihn misstrauisch an, mein Geburtstag lag Monate zurück. Trotzdem konnte ich nicht widerstehen und riss gierig die Verpackung auf. Zum Vorschein kam eine kahlköpfige Puppe. Sie sah benutzt aus und erinnerte an jene, die mir meine Mutter geschenkt hatte. Ich wollte protestieren, doch kein Wind des Zorns blies in meine Segel. So bedankte ich mich brav und wollte Ruth rufen, aber sein seltsamer Blick ließ mich nicht los. Ich lächelte verschämt und ging ins Wohnzimmer. Als ich zurückschaute, zwinkerte er mir zu. Ich zwinkerte zurück, und er lachte, als hätte ich einen Witz gemacht. Ich zwinkerte abermals, und plötzlich fragte er, ob ich Fangen spielen wolle.

In der Wohnung Fangen zu spielen, schien mir unpassend für mein Alter. »Ich spiele lieber Verstecken«, antwortete ich, um ihn nicht zu enttäuschen.

»Das meinte ich«, sagte er, »die beiden Wörter verwechsle ich immer.«

Meine Erfahrung im Versteckspiel verlieh mir Sicherheit. Um Missverständnissen vorzubeugen, erklärte ich, er müsse zählen. Zu groß war meine Angst, schutzlos und mit geschlossenen Augen dazustehen. Seit ich das Spiel kannte, fürchtete ich den boshaften Blick derer, die sich verstecken durften. Zu meinem Erstaunen diskutierte er nicht, sondern freute sich, als gewährte ich ihm einen Vorteil. Er drehte sich zur Wand und zählte.

»Es ist nicht Hansi!«, rief ich, sprang in den Wäschekorb und schloss flink den Deckel.

»Wer ist es dann?«, fragte Ruth.

»Papa«, flüsterte ich.

Robert stand mit dem Gesicht zur Wand und zählte. Er kam sich albern vor und hoffte, dass Ruth ihn bei seinem Versuch, Vater zu spielen, nicht ertappte.

»Ich komme!«, rief er und bemühte sich, seiner Stimme einen natürlichen Klang zu geben.

Er öffnete Türen und Schränke und fühlte sich wie ein Dieb, der einen verborgenen Schatz sucht. Als er Nomi im Wohnzimmer, der Küche, der Toilette und dem Kinderzimmer nicht fand, wandte er sich mit klopfendem Herzen der letzten Tür zu.

Ruth lauschte den Geräuschen, die er auf dem Weg durch die Wohnung verursachte. Gleich würde er ins Schlafzimmer treten, und sie war weder angezogen noch geschminkt. Tiefe Furchen zogen sich von ihrer Nase zu ihrem Kinn, und ihr Hals sah aus wie der eines gerupften Huhns.

»Hast du Nomi Keller gesehen?«, fragte er und blieb im Türrahmen stehen. Ihre Blicke kreuzten sich und stieben nervös auseinander.

»Nein, aber du darfst hereinkommen und suchen.«

»Wo könnte sie sein?«, fragte er, als höre er das Rascheln im Wäschekorb nicht.

»Ich habe keine Ahnung.«

»Hast du sie wirklich nicht gesehen?« Er hielt einen Augenblick inne. »... ob sie im Wäschekorb ist?«

Reglos lugte ich durch die Ritzen und sah, dass er näherkam. Mein Herz schlug wie verrückt, und als ich die Spannung nicht mehr aushielt, sprang ich aus dem Korb direkt in seine Arme. Er drückte mich, und ich schmiegte mich an ihn. Dann lief ich ins Wohnzimmer, um an die Wand zu klopfen und meinen Sieg offiziell zu verkünden.

Ruth und Robert standen wie versteinert da. Jede Falte des zerwühlten Bettes war wie ein stummer Schrei.

Als ich zurückkam, atmeten sie erleichtert auf.

»Jetzt zählst *du*«, sagte ich zu meinem Vater.

»Bist nicht *du* an der Reihe?«

»Nein, der Verlierer muss zählen.«

Ich nahm seine Hand und führte ihn hinaus. Aber dann dachte ich, es wäre lustiger, wenn wir zu dritt spielten, und fragte Ruth, ob sie mitmachen wollte. Sie müsse sich anziehen, erwiderte sie, doch als sie sah, wie begeistert ich war, gab sie nach, glättete ihren Bademantel und fragte, wer zählen müsse.

»*Du!*«, rief ich triumphierend.

»Warum ich?«

»Wer neu hinzukommt, muss suchen«, erklärte mein Vater im Kennerton.

Sie schloss die Augen und begann zu zählen. Auch diesmal durchschaute sie ihn nicht. Die Art und Weise, wie er ihrer Aufforderung nachkam, weckte ihr Misstrauen. Wo war sein Hochmut? Warum lenkte er plötzlich ein? Normalerweise widersetzte er sich und gab nicht zu, dass er ihren Rat annahm.

Legte er in zwei Tagen den steinigen Weg zurück, für den sie Jahre brauchte? Selbst wenn es nur eine Laune war, profitierte Nomi und würde diesen Tag in positiver Erinnerung behalten.

Nicht ohne Sorge verdrängte Ruth alle anderen Motive, die ihn zu ihr geführt haben könnten, und hoffte, dass sie den glücklichen Augenblick nicht zerstörten.

Robert zögerte, unters Sofa zu kriechen, und suchte ein Versteck, das ihm weniger lächerlich schien. Dabei verharrte sein Blick auf Ruths schmalen Schultern, glitt über ihre Hüften und langen Beine. Er hatte Lust, sich hinter sie zu stellen und zu warten, dass sie sich umdrehte. Schließlich beschloss er, sich mit Nomi auf dem Küchenbalkon zu verkriechen.

Die Kleine zwängte sich in die überdachte Nische und machte ihm neben sich Platz. Sie drückte seine Hand, um zu erklären, dass er von nun an still sein musste. Er antwortete, indem er ihre Hand zwei Mal drückte. Daraufhin drückte sie seine Hand drei Mal, und er drückte vier Mal, sie fünf und er sechs Mal. Inzwischen hatte Ruth zu Ende gezählt und beobachtete sie unbemerkt aus der dunklen Küche.

Sie war glücklich. Unter dem Baldachin standen der Vater und seine Tochter und erwarteten die neue Braut. Endlich erhielt die Familie ihre heilige Bedeutung zurück – der Mann, die Frau und das Kind, vereint in einem Bund, der ihnen seit den Tagen von Heidelberg zugedacht war.

Doch war es ein giftiger Bund, unanständig und nur zu einem unerträglichen Preis erreichbar.

Durch ihr Seufzen verriet sie sich. Nomi schlüpfte an ihr vorbei, lief ins Wohnzimmer und klopfte dreimal gegen die Wand.

Ruth und Robert schauten sich an.

»Gleich kommt Hansi«, sagte Ruth mit brüchiger Stimme,

»ich muss mich *vorbereiten*.« Sie vermied es, *anziehen* zu sagen, denn sie wusste, dass dieses Wort ein gefährliches Feuer entfachen konnte.

Später saß Nomi mit ihrem Vater im Kinderzimmer und wunderte sich, dass er nicht über ihre vielen Spielsachen schimpfte.
 Wenn Ruth nicht dabei war, wirkte er ausgelassen und fröhlich. Sie schlug ein Wettrennen zwischen dem roten Doppeldeckerbus und dem Tiger vor. Er bekam den Bus, sie den Tiger, und auf allen vieren krochen sie durchs Zimmer und lachten. Er hatte seine Tochter noch nie so vergnügt gesehen. War sie kein boshafter Gnom, sondern ein zerbrechliches Wesen, dessen Verbrechen nur darin bestand, Aufmerksamkeit zu verlangen?
 Er wollte sie an sich drücken und ihr sagen, dass er sie liebte. Doch fürchtete er, sie würde ihn zurückweisen und fliehen. Also fragte er, was sie als Nächstes spielen wolle.
 »Torrero!«, rief sie begeistert und wedelte mit dem roten Kissen.
 Er schnaubte wie ein wilder Stier, hielt sich die Finger an den Kopf, als habe er Hörner, holte aus und stieß sie in die Seite. Sie kreischte, doch das Spiel gefiel ihr. Als krönenden Abschluss ließ er sie auf seinem Rücken reiten.

Ruth rollte Teigbälle und legte sie ins siedende Wasser. Hansi, der heute Geburtstag hatte, freute sich auf ihre Marillenknödel wie auf eine Geliebte. Plötzlich stürmte Nomi herein und verkündete, sie und Robert wollten am Tisch Dame spielen, um ihr Gesellschaft zu leisten.
 Die Küche wurde zum Kraftwerk. Die Stille, die das Spiel begleitete, förderte die geheimen Ströme zwischen Herd und Tisch. Niemand interessierte sich für das, was zu tun war.

»Warum rufst du mich nicht, damit ich die Knödel in Semmelmehl wälze?«, fragte ich Ruth empört.

Da ich verlor, hatte ich keine Lust mehr zu spielen, und ich rückte meinen Stuhl an die Arbeitsplatte.

»Ich will auch helfen«, sagte Robert.

»Nicht nötig«, wehrte sie ab. »Wenn du willst, kannst du Zeitung lesen.«

»Er soll lieber Brösel mit Zucker mischen«, rief ich, und die beiden Erwachsenen fanden, das sei eine gute Idee.

So bildeten wir eine gemeinsame Front. Ruth gab Butter in die Pfanne, mein Vater mischte Brösel und braunen Zucker, und ich rollte die Klöße darin. Wir arbeiteten schweigend, bis ich merkte, dass sie sich nicht konzentrierten. Er starrte in die Schüssel, und sie schob das Butterstück hin und her, ohne dass die Gasflamme an war.

»Woran denkst du, Ruth?«, fragte ich und lachte.

Sie erschraken und arbeiteten weiter. Da sie schwiegen, beschloss ich, vom kleinen Hund zu erzählen, den ich mir wünschte. Ruth war in diesem Punkt unerbittlich, doch vielleicht kam die Rettung von meinem Vater. Er war ganz versessen darauf, meine Wünsche zu erfüllen.

Ich erklärte die Vorteile, die so ein süßer Fratz hatte: Der Hund der Nachbarn brachte die Zeitung und Brötchen, und wenn wir auch einen Hund hätten, hätte ich keine Angst mehr, zu Hause zu bleiben, wenn Ruth im Büro war. Die Verantwortung trüge ich; sie bräuchte nur mit ihm zu spielen. »Sie wird sich in ihn verlieben, so, wie sie sich ins Meer verliebt hat.«

Ich schaute sie an, doch sie reagierte nicht.

Mein Vater versprach, sie zu überzeugen, doch empfahl er mir einen erwachsenen Hund, da er nicht so viel Unordnung mache. Mir klingelten die Ohren, aber ich hielt mich zurück. Der passende Augenblick, um einen Welpen zu fordern, würde noch kommen; bis dahin musste ich mich mit der prinzipiellen Zustimmung zum Kauf eines Hundes begnügen. Flehend schaute ich zu Ruth. Sie verzog das Gesicht, und es wurde deutlich, wie schwer es ihr fiel, sich ein Tier in der Wohnung vorzustellen. Trotzdem fühlte ich, dass ihr Widerstand brach.

In Gedanken hüpfte ich über die Rothschildallee, eingerahmt von meinem Vater und meiner Großmutter. Es war Samstagnachmittag, und wir machten unseren Spaziergang. Sie nahmen meine Hände und schaukelten mich. Zwischen unseren Beinen sprang fröhlich ein kleiner Hund.

»Warum kommt Robert nicht mit zur Safari?«, fragte Hansi beim fünften Marillenknödel. Robert warf Ruth einen verstohlenen Blick zu, während sie einen Krümel vom Tisch wischte.

»Ich weiß nicht«, sagte er zögernd und versuchte sich vorzustellen, wie die Parteigenossen reagieren würden, wenn er sich wie ein Kolonialbeamter vergnügte.

»Natürlich bist du eingeladen«, erklärte Hansi.

»Vielen Dank, Hansi, das ist großzügig, aber —«

»Mein Gott, was verlange ich? Ich will nur, dass meine Familie mir hilft, Geld auszugeben! Was hältst du davon, Nomilein?«

Im ersten Moment war ich begeistert. Tat ich nicht alles, um eine Familie zu haben? Doch erfassten meine Sinne auch das bedrohliche Potenzial, das mit der Teilnahme meines Vaters verbunden war. Wer garantierte, dass sie im fernen Afrika keine Allianz gegen mich schmiedeten wie meine Eltern?

»Ich will nicht, dass er mitkommt«, entgegnete ich kleinlaut.

»Warum, Nomilein?«, fragte Ruth, doch ich zuckte nur mit den Schultern.

»Darum. Ich will nicht, dass er dabei ist.«

Sein Gesicht verhärtete sich, und er sagte, er habe sich ohnehin noch nicht entschieden.

Ruth, die meine Aufregung spürte, nahm mich auf den Schoß und steckte den Schnuller in meinen Mund. Als ich mich beruhigte, sagte ich: »Ich habe Angst, dass ihr euch verbündet und gegen mich seid.«

»Wenn ich wählen müsste, würde ich mich immer für dich entscheiden«, antwortete Ruth und umarmte mich.

Kapitel 62

Rhodesien, 17. 8. 1955

Mein lieber Hansi,
nach der langen Fahrt durch die eintönige Savanne denke ich auf einmal, Du hattest recht, als Du im letzten Moment nicht mitkamst ... obwohl Nomi begeistert ist – und das ist bekanntlich die Hauptsache. Noch die kleinste Eidechse regt ihre Fantasie an. Gestern zog ein einsamer Büffel an uns vorbei, der seine Herde verloren hatte, und sie erfand sofort ein Spiel, bei dem Robert und ich der Büffel und seine Frau (!) waren und sie der »Büffelwelpe«. Wir mussten uns hinter einem Busch verstecken, während sie auf allen vieren krabbelte und die Bewegungen des jungen Büffels nachahmte. Schließlich »fand« sie uns wieder und umarmte uns, als sei es ein Wunder, dass wir auf sie gewartet hatten. Sie tut alles, damit keiner verloren geht: Sie sitzt oder geht zwischen uns und hält uns an der Hand. Wir sollen immer in Verbindung bleiben. Vielleicht hält sie die Spannungen zwischen Robert und mir für Feindseligkeit.

Über Afrika kann ich nicht viel berichten. Die Elefanten sind Elefanten, und die Krokodile sind Krokodile. Leider gehöre ich nicht zu den Glücklichen, die angesichts der Landschaften und Tiere ihre Sorgen vergessen. Wie konnte ich glauben, mich von meiner Schuld zu befreien, indem ich mich intensiver um Nomi kümmere? Wie ein schmerzhafter Tumor hat sich die Schuld in mir festgesetzt, und es gibt keine Hoffnung auf Heilung. (Wärst statt Robert Du bei mir, würde ich sicher nicht grübeln. Gestern drang ein kleiner Pavian in unser Zelt ein, und ich bemerkte ihn nicht mal! Natürlich war Nomi begeistert; Du hättest die beiden sehen sollen.)

Wir haben Anuschka belogen und belügen sie immer noch, denn wir haben ihr nichts erzählt. Es wird ihr wehtun, wenn sie erfährt, dass Robert und ich zusammen verreist sind, noch bevor sich der Rauch ihres Schiffes verzogen hat. Als der kleine Affe in unser Zelt eindrang, verstand ich, dass uns Robert nicht hätte begleiten dürfen, vor allem nachdem Du abgesagt hattest. »Ihr werdet ein paar Tränen vergießen, aber schon bald Erleichterung, ja sogar Freude empfinden, dass das Hindernis endlich beseitigt ist«, hatte Anuschka in ihrem Brief geschrieben, und die böse Ahnung hat sich erfüllt. Nur weil sie die Dinge voraussah, wird sie nicht weniger leiden – obwohl wir nichts Böses tun und Robert sein eigenes Zelt hat.

Nur Nomi profitiert von der Situation. Sie bekommt alles, was wir uns vorenthalten. Oft herrscht eine knisternde Spannung zwischen Robert und mir. Als wir Büffeleltern spielten, standen wir wie versteinert hinter dem Busch und wagten kein Wort zu sagen. Meist gähnen wir oder zünden uns Zigaretten an, um unsere Nervosität zu verbergen. Außerdem sind wir ständig mit Nomi beschäftigt. Seit sie fürchtete, wir würden uns gegen sie verbünden, versuchen wir gerechter zu sein als der Papst. So ist das, Hansi: Wer sündigt, muss doppelt büßen.

Selbst über alltägliche Dinge reden wir nicht, sondern verständigen uns mit Blicken.

Ich habe über Deine Worte nachgedacht. Du hast geschrieben, wir seien dem Leben gleichgültig und könnten seinen Lauf nicht beeinflussen. Was heute krumm sei, werde morgen gerade, und aus den Ruinen entstehe unversehens eine neue Familie. Wenn es wirklich so wäre, Hansi, bräuchten wir auf unerlaubte Genüsse nie zu verzichten – sobald wir unser Gewissen erleichtert hätten, könnten wir seelenruhig die nächste Schandtat begehen. Haben unsere Gespräche also nur der Einstimmung auf meinen nächsten Fehltritt gedient?

Nein, Hansi, ich bin als Mutter gescheitert und kann mir keine weiteren Fehler erlauben. Ich weiß, dass ich in meinem Leben schon viele Vorsätze gebrochen habe. Aber diesmal will ich es schaffen! Daher ermuntere mich nicht zur Sünde, denn den Preis bezahle am Ende ich ... Du weißt nicht, wovon ich rede? Lieber, weiser, großzügiger Schwager! Es würde mich nicht wundern, wenn das Kanadageschäft nur ein Vorwand war, um Robert und mich auf »Hochzeitsreise« zu schicken. Mephistopheles!

Gerade kommt Nomi herein und lässt Dir ausrichten, dass sie heute auf einer hundertundzwei Jahre alten Schildkröte geritten ist. Ich schreibe weiter, wenn wir am Victoriasee sind ...

Dienstag

Wir haben Freunde gefunden. Schweizer. Eine kleine Familie wie wir mit einem süßen Jungen in Nomis Alter. Um das Bild nicht zu stören, stellte mich Nomi als ihre Mutter vor. »Das ist meine Mutti«, sagte sie, und da ich sie nicht beschämen wollte, nahm ich es hin. Wir verbrachten einen gemütlichen Abend auf der Terrasse: Die Kinder spielten, und die Erwachsenen plauderten und tranken Wein. Trotzdem war mir nicht wohl, wenn die Frau von meiner Tochter sprach. Doch war es zu spät, um das Missverständnis aufzuklären. Ich fürchtete, sie hielte uns für pervers. (Vielleicht genoss ich es auch, als gute Mutter dazustehen …) Als wir uns von ihnen verabschiedeten, nannte mich Nomi plötzlich »Oma«, was sie sonst nie tut. Du hättest den Blick der Frau sehen sollen!

Der Weg zum Bungalow führte an der Tanzfläche vorbei, und Nomi wollte mit uns tanzen. Gegen meinen Willen geriet ich in gefährliche Nähe zu Robert. Als ich mich vorsichtig entfernte, schob mich Nomi wieder zu ihm hin. Ich fühlte mich die ganze Zeit beobachtet, als schaute Anuschka aus Sibirien zu.

Doch ich tröstete mich, dass Nomi glücklich ist. Robert gibt sich große Mühe und lehrt sie, was guter Geschmack ist. Statt vom armen Proletarier zu sprechen, der sich keine Ferien leisten kann, bringt er die Kleine zum Lachen und hört ihr zu. Das Ganze ist eine Entdeckung für ihn! Und sie revanchiert sich und zeigt sich von ihrer besten Seite. Sie ist wie befreit und unendlich fröhlich. Lass uns hoffen, dass ein bisschen von diesem Glück erhalten bleibt und sie in Notzeiten davon zehren kann. Gestern verbrachten sie einen halben Tag ohne mich. Sie beobachteten Krokodile, und als sie zurückkehrten, sagte Robert mit strahlendem Gesicht, die Kleine sei zwar noch ein wenig sprunghaft, doch vielseitig interessiert. »Wir haben nicht einmal gezankt, und ich habe jede Sekunde genossen. Du hast mir wirklich die Augen geöffnet.«

Die Zukunft wird zeigen, ob es sich um ein Aufflackern von Vatergefühlen oder eine echte Vaterschaft handelt und es ihm gelingt, seine alten Feinde, die Langeweile und die Ungeduld, zu vertreiben. Wer kennt diese Quälgeister besser als ich? Bis Nomi in mein Leben trat, wohnten sie ständig in mir.

Mit einem tiefen Seufzer –
in Liebe

Ruth

PS: Erlaube mir, Dir nochmals zu sagen, dass ich noch nie einen Freund hatte wie Dich. Keiner hat so viel für mich getan! Nichts davon war selbstverständlich, und ich bin dankbar für das Privileg, Dich lieben zu dürfen.

Kapitel 63

Nach der Rückkehr aus Rhodesien saßen wir auf dem Balkon in der Balfourstraße, und ich erzählte Hansi vom Ausflug zu den Krokodilen. Plötzlich hatte ich eine Idee: »Ich will, dass du bei uns wohnst«, sagte ich zu meinem Vater, ohne mir der Gründe meines Wunsches bewusst zu sein. Der Wichtigste war wohl, dass ich den Kindern, die mich auslachten, weil ich ohne Vater aufwuchs, den Mund stopfen wollte.

Auf diesen Angriff war keiner der Anwesenden gefasst. Ich nutzte ihr Schweigen, um meinen Plan zu erläutern: Meine Spielsachen würden sich auch in Ruths Arbeitszimmer wohlfühlen, und so könnte ich aufs Kinderzimmer verzichten.

Hilflos schaute Ruth zu Robert, der sein silbernes Feuerzeug putzte.

»Ich glaube nicht, dass es möglich ist, Nomilein«, sagte sie unsicher.

»Warum nicht?« Je länger ich über meinen Plan nachdachte, desto besser gefiel er mir.

»Weil Robert seine eigene Wohnung hat.«

»Na und?«

»Er ist daran gewöhnt, dort zu leben.«

»Er kann sich auch an unsere Wohnung gewöhnen.«

»Aber er braucht ein Arbeitszimmer.«

»Dann arbeitet er eben bei sich und wohnt bei uns.«

»Es geht nicht.«

»Warum nicht?«

»Ich habe es dir erklärt. Wir haben keinen Platz.«

»Du sagtest, es gäbe kein Arbeitszimmer. Habe ich recht, Papa?«

»Ja«, bestätigte mein Vater und lächelte schwach, »aber deine Großmutter entscheidet, denn es geht um ihre Wohnung.«

Wie immer fand Hansi den rettenden Ausweg.

»Könnte Robert nicht gegenüber einziehen? Der Mietvertrag der Revisionistin läuft bis zum Jahresende, doch wenn man mit ein paar Lira nachhilft, verlässt sie die Wohnung sicher früher.« Außerdem nütze mein Plan auch ihm, fügte er hinzu, denn Ruth hätte mehr Zeit für ihre Arbeit im Verlag.

Meine Großmutter stieß mich heimlich mit dem Fuß. (Heute weiß ich, dass ihr Tritt Hansi galt, nicht mir.) Ich protestierte, und Hansi redete weiter. Wie immer sah er die Dinge von außen, ohne die Last zu fühlen, die mit ihnen verbunden war. Für ihn waren Ruth und Robert wie ein Paar aus einer Lubitsch-Komödie, das nach zwanzig Jahren zusammenfand. Auch Anuschka hatte einen Platz in der Geschichte, doch war der Preis, den sie bezahlte, nicht so hoch, wie ihre Mutter fürchtete. Ihre Briefe klangen optimistisch, ihr Traum hatte sich erfüllt. Außerdem sollten Ruth und Robert nur zusammen wohnen. Sagte Ruth nicht, Nomis Glück sei ihr wichtiger als alles andere?

Als mein Vater zweieinhalb Monate später einzog, bestand ich darauf, dass er »Keller – Keller« an seine Tür schrieb, da an unserer Tür »Stein – Keller« stand.

Er und Ruth handelten nach geheimen Gesetzen, die sich in Afrika gebildet hatten und die er akzeptierte, obwohl sie vor allem auf Ruths Initiative beruhten. Ginge es nach ihm, wäre der Wall längst gebrochen. Doch Ruth blieb standhaft und unerreichbar für ihn. So gab er sich mit Blicken zufrieden, deren Versprechen nie eingelöst wurde.

Für Ruth war die Zeit der Unbefangenheit vorbei. Sie fühlte seine Gegenwart auf der anderen Seite der Wand. Vom ersten Moment des Tages bis zum Zubettgehen war sie herausgeputzt wie ein Mannequin, und auch er pflegte sich, als wolle er sie nicht enttäuschen. Versuchten sie die Bräuche eines verlorenen Königreichs zu bewahren?

Doch die Fassade war dünn und zerbrechlich. Schon eine Begegnung im Treppenhaus bedeutete Gefahr, wenn ich nicht dabei war. Ruth unterdrückte alle Gesten und Blicke, und wenn sie schwach wurde, dachte sie an Anuschka und versuchte, die Situation mit ihren Augen zu sehen: Eine neue Familie lebte auf den Ruinen der älteren, spielte zusammen Monopoly, ging ins Kino und machte Spaziergänge auf der Allee – ein Mann, eine Frau und ein Kind. Anuschka wäre empört, doch das neue Dreieck war die Erfüllung meines Traumes. Ich stand im Mittelpunkt, und die beiden Erwachsenen beugten sich über mich, schauten mich liebevoll an und sprachen nur von mir.

Kapitel 64

Obwohl er die Sowjetunion nicht mehr als Vorbild sah, trafen ihn die Enthüllungen wie ein Schlag. Ein Erdbeben erschütterte das Haus und ließ den idyllischen Anstrich zerplatzen.

Stalins Gräueltaten hatten die gleiche dramatische Wirkung wie die Entdeckung des Kommunismus zwanzig Jahre zuvor: Roberts Leben wandelte sich von Grund auf. Benommen ging er durchs Haus, von Stalin und der eigenen Partei betrogen.

Als er *Qol ha-Am* aufschlug, traute er seinen Augen nicht. Im Kommentar der Parteiführung zu den Verbrechen, die »die Sonne der Völker« begangen hatte, hieß es: »Auch wenn die Sonne befleckt ist, spendet sie Leben.« Millionen verbrannte Ikarusse säumen seinen Weg, dachte Robert, aber die Partei verbeugt sich weiter vor Moskau, vor einer Führung, die alles wusste und schwieg, und verkündet, dass die Treue zu Moskau der Prüfstein für den proletarischen Internationalismus sei.

Beim Lesen des Artikels erkannte er die Fehler, die er bisher nicht wahrhaben wollte: die Arroganz, das Pathos, die Militanz und Verlogenheit, mit der Hindernisse beseitigt wurden. Um von Stalin abzulenken, griff man Trotzki an. »Der Kampf gegen Trotzki war gerecht. Wenn wir Trotzki gefolgt wären, besäße die Sowjetunion keine Schwerindustrie und wäre von der Gnade der kapitalistischen Großmächte abhängig.« Sein Gesicht glühte vor Zorn, und er beschloss, aus der Partei auszutreten. In seiner Abschiedsrede betonte er, man müsse die Beziehungen zur Sowjetunion einfrieren und den Kommunismus im Nahen Osten verwirklichen, nach den Bedürfnissen der beiden dort lebenden Völker.

So brütete er in seinem Zimmer und wurde von seinen alten Feinden gequält. Doch die Hilfsmittel der Vergangenheit – Liebe, Drogen, Ideologie – waren außer Reichweite, und seine Tochter ersetzte sie nicht. Obwohl er dagegen kämpfte, verlor er das Interesse am beschränkten Horizont der Fünfjährigen.

»Nein, Simba, nein!«, rief ich, doch der rothaarige Welpe zerrte an den Schnürsenkeln und biss in den Schuh. Hätte mein Vater nicht gebrüllt: »Hör auf zu schreien!«, hätte ich den Schuh weiter verteidigt. Doch der Abscheu, der aus Papas Stimme klang, verletzte mich. Ich überließ Simba den Schuh und lief in mein Zimmer.

Das war die zweite Kränkung in einer Woche. Beim letzten

Mal hatte ich ihm angeboten, Verstecken zu spielen. Denn er saß da und starrte aus dem Fenster, als suche er etwas. Ich wartete und wiederholte meinen Vorschlag, doch er antwortete nicht. Beim dritten Versuch zupfte ich ihn am Ärmel und rief: »Papa!« Plötzlich drehte er sich um, schaute mich mit den fürchterlichen Augen meiner Mutter an und brüllte: »Mein Gott, was willst du?!« Vor Schreck begann ich zu weinen. Er umarmte mich und bat um Verzeihung.

Bei der Sache mit dem Hund entschuldigte er sich nicht, sondern stürmte in mein Zimmer, wedelte mit dem angefressenen Schuh und schrie: »Es ist deine Schuld, weil du unbedingt einen Welpen wolltest, obwohl ich dich gewarnt habe!«

Im selben Moment kam Ruth von der Arbeit. Ich eilte zu ihr und erzählte schluchzend, was geschehen war. Statt sich zu rechtfertigen, schaute uns mein Vater an und ging in seine Wohnung.

Doch empfand Ruth keine Schadenfreude, sondern bemitleidete ihn wegen seines Zorns und seines zweifelhaften Benehmens. Sie war besonnener als früher und wusste, dass sie seine Bekehrung zum Kommunismus niemals hätte verhöhnen dürfen. Auch sie irrte wie eine Blinde durchs Leben und fügte den Menschen nur Unglück zu. Wer gab ihr das Recht, einen Suchenden zu kritisieren? Sie war eifersüchtig, weil er die Erfüllung woanders suchte, nicht bei ihr.

Sie wollte zu ihm gehen und sagen, dass es ihr leidtue und sie seinen mutigen Versuch, gegen die Natur des Menschen zu kämpfen, nur aus Hochmut verspotte. Durch ihre Weigerung, die Wirklichkeit neu zu gestalten, habe sie die Welt jenen überlassen, die ihr Schaden zufügten. Und obwohl er eingesehen habe, dass der Kommunismus ein Fehler war, wolle sie sich nachträglich bei ihm entschuldigen.

Plötzlich fiel ihr etwas ein. Letzte Nacht träumte sie von

Anuschka, und der schmerzliche Blick ihrer Tochter ließ sie seither nicht ruhen.

Sie durfte den Status quo nicht verändern – schon eine winzige Verschiebung würde eine Katastrophe auslösen. *Sie* war schuld an Anuschkas Schicksal, und es gab kein Entrinnen, selbst wenn Hansi versuchte sie reinzuwaschen. Hatte es Anuschka nicht verdient, dass ihre Mutter voll Demut und Reue an sie dachte und sich von ihrem Mann fernhielt? Ihr war nicht zu helfen, wenn sie mit vierundfünfzig Jahren die moralischen Grundlagen der Beziehungen zwischen Mutter und Tochter nicht kannte. Hansi behauptete zwar, ein schlechtes Gewissen nütze dem Opfer nichts und schade nur dem Sünder. Doch darauf antwortete sie, dass genau das ihre Aufgabe sei: sich zu geißeln. Wenn die Natur vor dem Unrecht verstummt und der Verbrecher belohnt wird, ist dieser (zumindest, wenn er intelligent ist) verpflichtet, sich selbst zu bestrafen.

Ruth zuckte zusammen, als sie sich vorstellte, sie ginge tatsächlich zu Robert. Was wollte sie ihm sagen? Dass sie mitten in der Nacht zu ihm kam, um sich für etwas zu entschuldigen, das zwanzig Jahre zurücklag? Würde er nicht glauben, dass es nur ein Vorwand war?

Als sie ihre Enkelin vorsichtig anhob, um sie gerade zu betten, klopfte es an der Tür.

Draußen stand Robert mit undurchschaubarer Miene.

»Ich wollte mich bei Nomi entschuldigen.«

»Sie schläft schon«, erklärte Ruth.

»Ich weiß«, sagte er.

Sie schaute ihn unsicher an.

Sie gingen auf den Balkon und setzten sich, um zu rauchen. Ruth wich seinem Blick aus und schaute zu Boden. Als er die zweite Zigarette ausdrückte, bat er um ein Glas Cognac. Beim dritten Glas fragte er, ob er offen mit ihr sprechen könne.

»So offen, wie es der gute Geschmack erlaubt«, antwortete Ruth und stand auf, um seinem Blick auszuweichen. Sie ging zur Brüstung und betrachtete das silberne Laub der Pappel. Als er ebenfalls aufstand und näherkam, hielt sie den Atem an und stützte die Hände aufs Geländer, als wolle sie eine Ansprache halten. Er stellte sich neben sie, und ihre Hände waren nur wenige Zentimeter voneinander entfernt.

»Du musst jetzt gehen«, sagte sie mit brüchiger Stimme.

Ein Windhauch wirbelte durch die stickige Luft. »Morgen ist Schabbat, und du kannst mit uns frühstücken. Nomi erwacht um neun Uhr.«

Seine Bewegung kam überraschend, doch ruhig. Sie verstand nicht sofort, was er wollte.

»Gute Nacht«, flüsterte er und umarmte sie. »*Das* kann uns keiner verbieten.«

Kapitel 65

12. 2. 1956

Liebe Ruth,
dieser Brief würde nicht geschrieben, wenn Deine Regeln nicht so streng wären. »... so offen, wie der gute Geschmack es erlaubt«, sagtest Du. Doch das Anliegen, mit dem ich zu Dir kam, überschritt diese Grenze, und so gabst Du mir eine Antwort, ohne dass ich etwas gesagt hatte. Deine Position ist klar. Weder Worte noch Taten. Zur ewigen Strafe verdammt.

Als wir später auf dem Balkon standen, waren wir uns nahe wie seit einundzwanzig Jahren nicht mehr. Einen Augenblick glaubte ich, dass Worte nicht nötig sind und der Körper auf seinem Recht besteht. Gleich gäbe er ein Zeichen, eine Bewegung der Hand – mehr wäre nicht nötig gewesen, doch Du befahlst mir zu gehen.

Ich bin nicht wie Du, Ruth. Ich unterhalte keine mythischen Bande zur Familie und hätschele meine Schuld nicht, wie Du es tust. Die Grenzen des guten Geschmacks sind mir zu eng und meine Hoffnungen ganz andere als Deine. Ich will genau das, was Du mir versagst. Ich will Dich, Deinen Körper und Deine Seele. Verzeih meine Offenheit, doch die Worte brechen aus mir hervor, weil ich zu lange schwieg.

Ich schätze Deine Fortschritte mit Nomi, doch kann ich Dich nicht bewundern. Deine Zurückhaltung mir gegenüber scheint mir nicht ehrlich. Wenn ich gemein wäre, würde ich sagen: Edelmut und Heuchelei sehen sich zum Verwechseln ähnlich.

Ich weiß, dass der böse Geist, der über diesem Brief schwebt, meine Eifersucht ist. Ich beneide Dich nicht nur um Deine Liebe zu Nomi, sondern auch, weil Du an einer Front siegst, an der ich mich besonders angestrengt habe. Es hat keinen Sinn, es zu leugnen: In einer Beziehung, die auf Kampf beruht, ist es wichtig zu siegen. Es ist Dir geglückt, Dich zu ändern, während ich trotz aller Wandlungen blieb, wie ich war, wie wir waren – egoistisch und leer. Ich schäme mich, es zu gestehen, doch wurde Nomi abermals zum Spiegelbild meiner Langeweile, die immer nach neuen Reizen verlangt. Als das Vatersein seinen flüchtigen Zauber verlor, erkannte ich, dass die Belohnung, die Du mir versprachst, zu gering war.

Mir ist klar, dass der Schritt, den ich nun tue, egoistisch ist wie vieles andere zuvor. Doch wenn ich bleibe, würde Nomi unter meiner Verbitterung leiden.

Wie einst in Heidelberg sind es die äußeren Umstände, die die Entscheidung herbeiführen. Wenn ich nicht politisch enttäuscht wäre, würde ich nicht an einen Ort fliehen, an dem keiner meine Niederlage kennt.

Wenn Du diesen Brief erhältst, bin ich auf dem Weg nach Afrika – nach Gabun. Ich habe einen Arzt getroffen, der mit Albert Schweitzer arbeitet. Als er mir von den Freiwilligen aus aller Welt erzählte, die den Aussätzigen helfen (neben ihrem Schicksal ist meins ein Hauptgewinn!), fühlte ich, dass sich ein neuer Weg vor mir öffnet. Ein Weg der Demut und der Bescheidenheit, auf dem man nicht straucheln kann. Vielleicht sind wir erst in der Lage, anderen zu helfen, wenn wir verstanden haben, dass wir uns selbst nicht helfen können.

In unendlicher Liebe

Dein Robert

Teil VI

Israel, 1966

Kapitel 66

Kampfbereit stand Eitan Blich vor der siebten Klasse und schaute angewidert zur Lehrerin, die ihn als neuen Mitschüler vorstellte. Als widerborstiges Mädchen, dessen rebellischer Geist von einer aufopfernden Großmutter zum Schweigen gebracht worden war, fühlte ich mich sofort von ihm angezogen – von diesem bösen, frechen Jungen, der zweimal sitzen geblieben war und in mir Gefühle weckte, die längst besiegt schienen.

Als ich sechzehn Jahre alt war, beschlossen wir, mit dem gelben Lark seines Vaters nach Eilat zu fahren. Wir waren seit vier Jahren befreundet, hatten uns mehrmals getrennt und uns immer wieder zusammengerauft. Im Gegensatz zu seinen Eltern, die, vom Holocaust gebrochen, den Launen ihres Sohnes ohnmächtig zusahen, weigerte sich Ruth, mich fahren zu lassen. Doch ich war zu keinem Kompromiss bereit. Eilat war der einzige Ort in Israel, den die Sechzigerjahre rechtzeitig einholten. Ich hatte von den Umwälzungen in Europa und den USA gehört und wollte auf keinen Fall verzichten. Von einem Freund, der aus San Francisco zurückkehrte, hatte Eitan zwei Kapseln Mescalin gekauft, und jeder wusste, dass es keinen besseren Ort für Drogen gab als Eilat.

Eitan schwor meiner Großmutter, nicht schneller als achtzig Stundenkilometer zu fahren, und ich versprach, mich auch nachts mit Velveta einzucremen. Dann fuhren wir endlich los und kamen nachmittags an.

Wir parkten in der Stadtmitte, kauften Proviant und schluckten das Mescalin mit Bier.

»Wann beginnt es zu wirken?«, fragte ich.

»Nach einer halben Stunde«, antwortete Eitan mit Kennermiene.

Eine Stunde verging, doch nichts geschah.

»Er hat dir Aspirin angedreht«, frotzelte ich und ging zum Kiosk, um gesalzene Sonnenblumenkerne zu kaufen. Beim Bezahlen tippte mir jemand auf die Schulter. Auf einmal schien die Droge zu wirken: Ich drehte mich wie in Zeitlupe um und schaute in die hellblauen Augen eines blonden Jungen mit Pferdeschwanz.

»Darf ich Dein Vogelfutter probieren?«, fragte er auf Englisch und grinste. »Hierzulande scheinen alle verrückt danach zu sein. Ich heiße Kirin, und wie heißt du?«

Ich starrte ihn wie einen Marsmenschen an, kicherte und schüttete den Inhalt der Tüte in seine Hand. Die Sonnenblumenkerne rieselten fröhlich in alle Richtungen.

»Gibst du mir auch etwas von dem, was du genommen hast?«

»Woher weißt du?«, fragte ich erschrocken.

»Deine Pupillen sind riesengroß.«

»Komm endlich!«, brüllte Eitan, als wäre ich auf der anderen Seite der Erde. Auch bei ihm begann die Droge zu wirken.

Der Ire beobachtete kühl Eitans ungehobelte levantinische Art und wartete, was ich tun würde.

»Ist das dein Freund?«

Ich nickte vage. Zu Ruths Erleichterung ließ meine Begeisterung für Eitan allmählich nach; nur die Gewohnheit hielt mich an seiner Seite. Zum Glück verstärkte die Gleichgültigkeit des einen nicht die Liebe des anderen. Auch sein Interesse war erlahmt, und auch ohne den Iren würden wir uns sicher bald trennen. Ich winkte Eitan herbei und stellte ihm Kirin vor. In einem Anfall von Großmut lud er ihn ein, sich uns anzuschließen. Ich war überglücklich.

Er fuhr dreißig Stundenkilometer. Das Hupkonzert, das uns folgte, drang in den süßlichen Nebel nicht ein.

»Alles in Ordnung?«, fragte ihn der Ire mit einem spöttischen Lächeln.

Er nickte, während das Auto immer langsamer wurde.

Der Ire schüttelte ihn sanft an der Schulter.

»Fahr zur Seite und lass mich ans Steuer.«

In meinem Kopf stritten zweierlei Wahrnehmungen: Ich verlor die Kontrolle und war mir der Präsenz des Iren schmerzlich bewusst. Sie zwang mich, mich zusammenzureißen und mich genauso zu benehmen wie er. Seine kühle Noblesse war meine erste Begegnung mit der Kultiviertheit eines europäischen Jungen. Als wir zum Strand kamen, war ich in ihn verliebt.

Wir stiegen aus dem Auto und lauschten der faszinierenden Zwiesprache von Sonne und Wüste. Auf die Bergketten legte sich ein seidiger Glanz, dessen Schillern entflammte, sich dunkelrot färbte und mit der Sonne verlosch. Eitan applaudierte. Ich schaute den Iren entschuldigend an.

Der Ire fragte, ob wir ins Wasser kämen. Ich sagte Nein. Ich hatte keine Lust, mich auszuziehen, da ich mich mager und hässlich fühlte. Er ging zum Wasser, drehte sich nochmals um und lächelte mir zu.

Eitan war zu benommen, um es zu bemerken. »Komm mit!«, rief er und versuchte mich hinter sich herzuziehen. Früher mochte ich dieses Spiel, doch im Licht der aufgehenden Sonne des Iren schien es vulgär.

»Ich will nicht«, fauchte ich ihn an.

»Niemand zwingt dich«, sagte er und lief allein ins Wasser. Er wirkte kleiner, als er in Wirklichkeit war.

Als der Ire zurückkam, fragte er, warum ich nicht auch schwimmen ging.

»Weil ich keine Hüften habe«, seufzte ich. Ruth hatte mir beigebracht, mit meinen Schwächen zu kokettieren.

»Darf ich mal sehen?«

Seine Lüsternheit elektrisierte mich, und ich legte, ohne zu zögern, mein weites Gewand ab.

»Ich habe schon weniger Hüfte gesehen, zum Beispiel bei der da.« Er zeigte auf ein dickes Mädchen, das mit wogendem Körper ins Meer sprang. »Achtung, Hochwasser«, fügte er grinsend hinzu.

Die Spannung, die die Wirkung der Droge verzögerte, löste sich. Ich lachte und konnte nicht mehr aufhören.

»So witzig ist das nicht«, meinte der Ire und schaute mich an.

»Doch, es ist wahnsinnig witzig!«

»Das ist der Grund, warum ich Drogen nicht mag«, sagte er, zwinkerte mir zu und zog eine Flasche Whisky aus seinem Rucksack, um mit mir gleichzuziehen. Als Eitan vom Schwimmen kam, wälzten wir uns prustend im Sand.

»Was ist so lustig?«, fragte Eitan verdrossen.

Ich erzählte ihm die Geschichte vom Hochwasser und dem dicken Mädchen. Doch er schaute uns verständnislos an, legte sich hin und schlief sofort ein.

Unser Lachen erstarb.

Wir saßen nackt da und schauten aufs Meer.

»Hast du von Ezra Pound gehört?«, fragte der Ire.

Ich wollte Ja sagen, doch zog ich es vor, kein Risiko einzugehen.

»Hör zu. Das ist aus einem Gedicht von ihm: The bashful Arides/Has married an ugly wife,/He was bored with his manner of life,/Indifferent and discouraged he thought he might as/Well do this as anything./Saying within his heart, ›I am no use to myself,/Let her, if she wants me, take me.‹/He went to his doom.«

»Warum denkst du an Ezra Pound?«, fragte ich staunend. Noch nie hatte ein Junge für mich Verse rezitiert.

»Ich wundere mich immer, was für Partner die Leute wählen.«

Ich zuckte zusammen. »Wie kommst du dazu, meine Wahl zu beurteilen?«

»Du hast recht.«

»Eingebildete Engländer kennt man, doch eingebildete Iren? Nichts ist lächerlicher als ein Provinzler, der den Snob spielt.«

Er zog die Augen zu Schlitzen zusammen und sagte: »Du gefällst mir.«

Ich fühlte mich geschmeichelt, und es entspann sich ein munteres Gespräch zwischen uns. Er arbeite im Kibbuz Yezre-'el, sagte er, und kehre nächste Woche nach Dublin zurück, um Theater und Literatur zu studieren. Nach dem Bachelor wolle er nach London gehen und an einer Schauspielschule, die er bereits ausgesucht habe, Regie lernen. Er hatte vier Jahre im Voraus verplant. Als er fragte, was ich vorhätte, antwortete ich, dass ich an solche Dinge nicht dachte; Eitan und ich spotteten dem Ehrgeiz mit all unserer Faulheit. Ruth verlangte nur, dass ich Bücher las, um mich auf den Tag vorzubereiten, an dem ich Hansis Verlag erben würde. Geduldig wartete sie, dass ich Eitan verließ und meine »Gammelphase« beendete. Der Ire kam ihr gerade recht.

Wir saßen am Strand und plauderten über Literatur und Kino, während Eitan wie ein Toter schlief. Als wir feststellten, dass wir beide »Morgan« gesehen hatten und liebten, sangen wir: »Morgan is sad today, sadder than yesterday.«

»Lass uns baden gehen«, sagte er plötzlich, und ich folgte ihm benommen ins Wasser. Als wir kaum noch stehen konnten, drehte er sich um und schaute mir in die Augen. Der Mond verlieh seinem Gesicht einen magischen Glanz. Wir küssten uns, und die Welt hörte auf sich zu drehen.

Glücklich kehrten wir an den Strand zurück. Eitan schnarchte.

Als ich am Morgen erwachte, sah ich das Buch, das neben mir lag: »Die Dubliner« von James Joyce. Darin steckte ein Brief.

Nomi, Darling,
es ist noch zu früh, um zusammen zu erwachen, vor allem wenn Dein Freund neben uns liegt.
Sicher bin ich nicht der Erste, den er morgens sehen will.
Ich hinterlasse Dir mein Lieblingsbuch, besonders die letzte Geschichte, »Die Toten«. Immer wenn ich sie lese, wird mir warm ums Herz, und ich will sie eines Tages als Theaterstück aufführen. Auch die Adresse und Telefonnummer meiner Eltern in Dublin hinterlasse ich Dir. Sie können Dir sagen, wo ich bin. Wir haben uns auf merkwürdigem Wege gefunden. Besteht die Chance, dass wir uns wiedersehen?

Den Zettel mit der Telefonnummer verlor ich, doch »Die Toten« spendeten mir und Tibi oft Trost. Bis heute bricht mir das Herz, wenn ich die letzten Zeilen lese.

Anfang der Achtzigerjahre schlug ich bei einer Reise nach London *Time Out* auf und sah den Namen des Iren unter einer Ankündigung für eine Aufführung mit dem Titel »Die Toten«. Ich kaufte eine Eintrittskarte und ging ins Theater. Doch wurde ich enttäuscht. Vergeblich suchte ich die lyrische Sanftmut und Wärme, die die Erzählung von der verpassten Liebe beherrscht. Ich ging in die Garderobe und fragte, ob der Regisseur anwesend sei. »Er ist anwesend, doch er pinkelt gerade«, schallte seine Stimme aus dem Nebenraum. So begann das zweite Kapitel unseres Romans.

Doch an jenem Morgen lag Eitan wie ein Embryo am Strand von Eilat, und sein Gesicht wirkte ruhig und kindlich, ganz anders, als wenn sich seine Muskeln im Überlebenskampf spannten. Ich hatte Mitleid mit ihm – das war ein neues, merkwürdiges Gefühl. Eitan weckte alle möglichen Empfindungen, von extremer Langeweile bis zu starker Erregung, doch ich hatte ihn nie bemitleidet. Der böse Junge, zu dem ich mich hingezogen fühlte, verdiente Bewunderung, nicht Erbarmen. Ich wollte sein Haar streicheln, doch fürchtete ich, ihn zu wecken. Dann hätte ich keine Zeit mehr für den Iren und seinen Brief.

Ich ging ins Wasser, um Pipi zu machen, und dachte nach. Ich brauchte dringend ein »Gespräch unter Frauen«, um mit Ruth meine neue »Affäre« zu analysieren.

Sicher sagt sie, die letzten Sätze des Briefes zeugten von Understatement, und ist begeistert, dass es sich um einen gebildeten jungen Mann handelt. Ich sah uns schon auf dem Balkon in der Balfourstraße: Ich lese aus den »Toten« vor, und sie sitzt im Liegestuhl und seufzt. Wie ein ungebetener Gast tauchte plötzlich ein anderes Bild vor mir auf: Wir mussten auch über meine Trennung von Eitan sprechen. Wahrscheinlich bestünde Ruth auf einer Simulation, denn es war wichtig, sich vorzubereiten. Die Idee deprimierte mich, und ich dachte lieber an eine Reise nach London, wo ich den irischen Prinzen wiedersehen würde. Vielleicht sollte ich Ruth bitten, mich zu begleiten. Im Gegensatz zu anderen europäischen Ländern reiste sie oft nach England.

Eitan erwachte mit schlechter Laune. Ohne Drogen erschien ihm die Verbrüderung vom Vortag als Konspiration; im grellen Licht des Morgens wurde der Ire zu seinem Feind. Einfaltspinsel, Seife, Nudel, Albino, Aufschneider und Klugscheißer waren nur einige der Verwünschungen, die er ausstieß, während wir unsere Sachen packten und träge zum Auto gingen. Zum Glück fluchte er, statt zu fragen, was nachts geschehen war. Sein Minderwertigkeitskomplex machte ihn wütender als der Gedanke, womöglich betrogen worden zu sein.

Wir erreichten Tel Aviv gegen Mitternacht. Seit Ashqelon musste ich Pipi machen, doch wagte ich nicht, Eitan zu bitten, er solle anhalten. Als wir die Balfourstraße erreichten, stoppte er und wartete, dass ich ausstieg. »Es tut mir leid«, sagte ich und zerrte meine Tasche vom Rücksitz. Er zuckte die Schultern und trommelte mit den Fingern aufs Lenkrad. Wenn ich nicht sofort zur Toilette ging, würde ein Unglück geschehen, behauptete ich, küsste ihn auf die Wange und lief ins Haus. Nun war keine Simulation mehr nötig; das Abschiedsgespräch hatte schon stattgefunden.

Ich klingelte energisch, und Hansi öffnete.

Seine Augen waren gerötet, doch ich bemerkte es nicht. Erst als ich auf der Toilette saß und mir Erleichterung verschaffte, begriff ich, dass etwas Schreckliches geschehen war. Ich lief hinaus und stolperte in seine Arme. Ich sackte zusammen, als zerfalle mein Körper zu Staub.

»Ruth ist tot«, flüsterte er, »ihr Herz ist im Schlaf stehen geblieben.«

Ich verlor das Bewusstsein. Als ich erwachte, lag ich auf meinem Bett. Erst jetzt verstand ich, dass Ruth nicht mehr lebte.

Ich erinnere mich kaum an Gefühle aus jener Zeit, denn ich nahm Beruhigungstabletten, die ich im Bad fand. Am Tag der Beerdigung nahm ich die doppelte Dosis und trat fast bewusstlos ans Grab meiner Großmutter. Eitan und Hansi mussten mich stützen. Ich erwachte erst, als man die von einem Tuch umhüllte Leiche ins Erdloch zog. Ein Eisblock stürzte auf mich nieder und fror das Bild auf ewig in meinem Bewusstsein ein. Ich hatte diesen abstoßenden Akt noch nie gesehen und konnte mir nicht vorstellen, dass der Tod so konkret und vulgär war.

Am Rande meines Bewusstseins hörte ich Worte, schnaufende Nasen und das Rascheln des Herbstwinds. Ich versuchte die Augen zu öffnen, weil ich mich schämte und fürchtete, man würde glauben, ich sei eingeschlafen und beweine meine arme Großmutter nicht. Mühsam hob ich die Lider und erkannte die Frau aus dem Nachbarhaus. Sie schluchzte, während der Wind mit ihrem Rock spielte und ihren rosa Schlüpfer entblößte, der sonst auf der Wäscheleine hing. Ruth und ich hatten uns gefragt, ob es ihr Festtagsschlüpfer sei – der Rest ihrer Unterwäsche war weiß. Die Erinnerung, die meine Großmutter von dem traurigen Ritual befreite, löste meine Tränen und gab das Startsignal für alle anderen. Ein Schluchzkonzert ertönte ringsum. Nach der Bestattung kamen sie zu mir, um mich zu trösten. Ich bat Hansi, mich schnell nach Hause zu bringen.

Eine Woche saß er an meinem Bett, und ich hatte weder Worte noch Tränen. Ich ging nicht zur Trauerfeier, nahm Ruths Foto von der Wand und blieb stumm, wenn andere von ihr sprachen. Hansi versuchte mit mir zu reden. Doch gab er bald auf und bestärkte mich auf dem Weg, den ich gewählt hatte.

Meine geliebte Ruth, meine einmalige Großmutter! Auf verschlungenen Pfaden habe ich täglich um dich getrauert. Ich weiß, dass du meine Trauer nicht brauchst, doch vielleicht brauche *ich* sie, um mich zu beruhigen. Meine Unfähigkeit, Deiner zu gedenken, rechtfertigte ich mit dem Schmerz, den mir Dein Tod zufügte. Heute aber weiß ich, dass der wahre Grund ein anderer war: Ich sah die Risse in der Maske, die du meinetwegen trugst. Ohne etwas zu wissen oder zu verstehen, schon mit den unreifen Sinnen eines Kindes, fühlte ich die ewige Strafe, die du dir auferlegt hattest, weil du glaubtest, als Mutter und Ehefrau gescheitert zu sein und Schuld zu tragen am Tod deines Bruders und deiner Tante. Ich fühlte die Dunkelheit, die hinter dem schillernden Glanz wohnte, als stünden deine Geheimnisse und dein Unglück in einem fruchtbaren Dialog mit meinem Bewusstsein. Nachdem du gestorben warst, trat das Verborgene ans Licht und beherrschte meine Gedanken. Es verschluckte sieben Monate, in denen wir eine glückliche Familie gewesen waren, und zehn Jahre, in denen du den Platz meines Vaters eingenommen hattest wie zuvor den Platz meiner Mutter. Du kanntest meine Vorliebe für Dreiecke und wechseltest beim Verschwinden meines Vaters die fehlende Seite aus, ersetztest sie durch Hansi, der sich wie ich nach einer Familie sehnte. Und so wurden die bescheidenen Rituale des alten Dreiecks eingetauscht gegen neue, prachtvolle Rituale, und da bei uns das Materielle nicht auf Kosten des Emotionalen ging, machtest du kein verzogenes Gör aus mir, sondern ein fröhliches Mädchen.

Wir reisten zu den berühmtesten Freizeitparks, machten wundervolle Skiurlaube und besuchten das Casino von Monaco, als ich fünfzehn Jahre alt war. Du zogst mich an und schminktest mich wie eine junge Dame, und wir drei – du, Hansi und ich – betraten mit erhobenem Blick, groß und strahlend den Spielsaal. Mein Vater fehlte mir nicht. Ich war sogar erleichtert, dass er fortging und uns niemand mehr störte. Auch in unseren sieben glücklichen Monaten hätte er die Armen der Welt nie vergessen und Reisen ins Ausland strikt untersagt. Eine Woche nach seinem Fortgehen buchten Hansi und du eine Schiffsreise auf der grandiosen *Moledet* nach Tivoli in Italien, um den grausamen Verlust des Vaters mit etwas Schönem zu verknüpfen. Außerdem sagtest du, dass er weggehen *musste* und sein Abschied nichts mit mir und dir zu tun hatte. Auf deine geduldige Art erklärtest du mir, für meinen Vater – wie für meine Mutter – sei Nächstenliebe kein freiwilliger Akt, sondern ein innerer Zwang. Jeder sei solchen Zwängen ausgeliefert: Hansi den Frauen, du den Büchern und meine Eltern der Rettung der Menschheit. Dabei handele es sich um etwas, das nur einen selbst angeht; es schmälert nicht die Liebe, die man für seinen Nächsten empfindet. Deine Worte beruhigten mich, und wie meine Mutter versank auch mein Vater rasch in Vergessenheit. Dazu trug sicher bei, dass ich zum einzigen Mittelpunkt deines Lebens wurde. Für mich warst du Mutter und Großmutter zugleich – attraktiv und großzügig als Mutter und weise und tröstlich als Oma. In jener Epoche warst du die Einzige, die glaubte, zu einem Kind dürfe man nur im Notfall Nein sagen. Bevor du mir einen Rat gabst, versuchtest du die Dinge mit meinen Augen zu sehen. Dein Körper und deine Seele wurden zum Heiligtum deiner Liebe und deiner grenzenlosen Bewunderung für mich. Die wärmenden Schichten, in die du mich hülltest, sollten mich ein Leben lang schützen. Indem du in bedingungsloser Zuneigung nur das Gute in mir sahst, stärktest du meine Vorzüge und verringertest meine Schwächen. Und doch verweigerte ich dir aus Egoismus das Vorrecht der Toten, erinnert und mit Worten erwähnt zu werden und im Herzen des Lebenden weiterzubestehen.

Nur eines begreife ich nicht, liebe Ruth: Was hat die große, edelmütige, warmherzige Liebe meines Lebens mit jener selbstsüchtigen, manipulativen Person zu tun, die du im Tagebuch beschreibst? Urteilst du zu streng, oder ist die Vergangenheit tatsächlich ein fremdes Land, in dem die Menschen sich anders benehmen?

Letzter Teil

Heute

Kapitel 1

Vom Klingeln des Telefons werde ich wach.
»Hi, Darling, hast du deine Wurzeln gefunden?«
Die gnädige Stimmung, die mir einen traumlosen Schlaf schenkte, ist plötzlich vorbei. Ist seine Arroganz oder meine schlechte Laune daran schuld? Hat das Gift des Tagebuchs von meinem Körper Besitz ergriffen? Ich irrte, als ich glaubte, die Aufzeichnungen meiner Großmutter würden mich von meinem Kummer befreien. Schon der Anblick der Hefte erschreckt mich.
»Tu mir einen Gefallen —«, entgegne ich zornig.
»Hast du sie gelesen?«, fällt er mir ins Wort.
»Ja.«
»Und?«
»Das ist eine lange Geschichte.«
Soll ich etwa den Inhalt in einem Satz zusammenfassen?
»Lass uns heute Abend sprechen«, meint er plötzlich.
»Warum fragst du dann?«
»Wie bitte?«
»Nichts.«
»Du tust etwas Wichtiges, Darling.«
Wäre er bei mir, würde ich meinen Schuh nach ihm werfen. Nichts regt mich mehr auf als geheucheltes Interesse.
»Ich wollte nur wissen, ob … ich meine, *wann* du zurückkommst. Ich habe nicht verstanden, was du vorhast.«
»Das weiß ich auch nicht. Aber wenn du nichts zum Thema

zu sagen hast, schweig! Und erkläre mir nicht, dass ich *etwas Wichtiges* tue!«

»Was ist los, Nomi?«

Er hat recht. Was ist eigentlich los mit mir?

»Ich habe schlecht geschlafen«, antworte ich ruhiger. »Ich komme nach der Generalprobe zu dir. Wie läuft es denn?«

»Ich glaube, das Stück wird dir gefallen.«

Kapitel 2

Der Himmel wirkt klar und grenzenlos wie im Frühling. Die Hauptstraße ist voller Menschen. Ich schließe mich ihrer schweigenden Prozession an und gehe über das klappernde Pflaster zur Kirche, in der Ruth und Robert vom Priester ertappt wurden. Doch wie ein Rabbi, der ein nacktes Mädchen sieht, eile ich weiter. Der Eindruck der Tagebücher ist noch zu frisch, um eine ironische Distanz zuzulassen. Andererseits sind die Personen und Ereignisse, von denen ich las, so fremd und verschieden von denen, die ich kannte, dass sie keinerlei Erschütterung auslösen. Meine Gefühle sind matt und diffus, meine Gedanken absurd.

Ich zünde mir eine Zigarette an. Wird es mir gelingen, mich in der Geschichte meiner Familie wiederzufinden? Was verbindet die Charaktere, die aus einem Roman stammen könnten, mit den Menschen, deren Blut in meinen Adern fließt? Für mich waren meine Eltern strenge Kommunisten, und plötzlich ist mein Vater ein Don Juan, der Drogen nimmt, und meine Mutter ein eifersüchtiger Backfisch? Ich kann nicht glauben, dass die beiden etwas anderes als das Schicksal der Welt interessierte. Haben sie mich nicht dafür verlassen?

Ein türkischer Marsch erklingt. Vier Männer in schwarzen Anzügen, die mich an Raben erinnern, spielen auf vier schwarzen Xylofonen. Ich werfe Münzen in den Hut zu ihren Füßen, während sich Touristen, Kinder und Mütter im Halbkreis aufstellen und zuhören. Erst als der Marsch endet, belohnt das Publikum die Musikanten. Ich schäme mich, weil ich ihnen wie Bettlern ein Almosen gab.

Dann spielen sie die Hits von Rossini. Ein dreijähriges Mädchen tritt in den Halbkreis, greift zwei Münzen aus dem Hut und stopft sie in die winzige Tasche seiner Jeans. Das Lachen des Publikums ermutigt es, weitere Münzen zu nehmen. Als die Mutter herbeieilt, beginnt das typische Drama. Die Kleine versteht nicht, warum sie das Geld, das scheinbar umsonst auf der Straße verteilt wird, zurückgeben soll. Sie wehrt sich mit Händen und Füßen, bis ihre Mutter sie ausschimpft und mit Gewalt zur Räson bringt. Die Tränen der hilflosen Prinzessin rühren die Zuschauer, die unwillkürlich an ihre eigenen Kinder denken. Nur ich schaue zu der Frau, deren Augen mich an meine Mutter erinnern, an ihren wilden, unmenschlichen Blick. Sie nimmt die Kleine am Arm und zieht sie übers Pflaster. Die Schreie des Kindes bilden einen Missklang in der frohen italienischen Melodie.

Jeder Idiot kann Vater werden, sagte Ruth. Doch Robert war sieben Monate wirklich ein Vater. Meine Mutter gönnte mir nicht einmal das. Ich erinnere mich nicht an den dramatischen Abschied am Hafen, doch ich weiß, wie erleichtert ich war, als ich erfuhr, dass sie fortgehen würde. Als mir Ruth erklärte, sie kümmere sich um Waisenkinder in der Sowjetunion, wunderte ich mich nicht. Ich hörte von Waisenhäusern, seit ich geboren war, und Novosibirsk klang wie Jaffa oder Shfar'am. Ihre Abwesenheit war nichts Besonderes – ein anderes Ereignis hat mich für immer geprägt.

Ich war acht Jahre alt und blieb in der Pause im Klassenzimmer, um Hausaufgaben zu machen. Neben mir saß Sehava Weingart, die einen merkwürdigen Geruch verströmte. Ich rückte näher, um herauszufinden, was es war. Plötzlich schubste sie mich, sodass ich vom Stuhl fiel. Ich schubste zurück, und sie schrie: »Du Geisteskranke, deshalb haben dich deine Eltern verlassen! Jeder weiß, dass sie vor dir geflohen sind!« Auf diese Idee war ich nicht gekommen. Ruth hatte eine dicke Mauer um mich errichtet, und ihre Liebe füllte alle Lücken aus. Die bösen Worte des Mädchens nisteten sich in mir ein. Um meine Wut zu stillen, gab ich Sehava eine Ohrfeige. »Du bist wirklich verrückt«, kreischte sie und rannte hinaus. »Auch deine Oma wird dich im Stich lassen!«

Ich verfolgte Sehava durch den leeren Flur und schrie, wenn sie es wagte, jemandem davon zu erzählen, würde ich ihren Hund töten, der genauso stinke wie sie. Dann lief ich in Ruths Büro und warf mich schluchzend in ihre Arme. »Wie kannst du glauben, deine Eltern wären vor dir geflohen?«, fragte sie. »Sie lieben dich und sind fortgegangen, um armen Kindern zu helfen.« Ich wusste, dass sie log, doch ich stellte keine Fragen. Ich fürchtete, Sehavas Version würde sich letztlich bestätigen, und verschloss ihre Worte in meinem Herzen. Als ich mich beruhigte, war Ruth erleichtert. Erst heute weiß ich, dass sie das Gleiche getan hatte wie ich.

Weshalb waren meine Eltern so herzlos? Glaubten sie wirklich, ich sei ihre Feindin und wollte ihnen schaden? Bin ich ein Ungeheuer? »Du machst es absichtlich, du bist ein böses Mädchen«, behaupteten sie. Wer seid ihr? Gingt ihr fort, um die Welt zu retten? Oder verließ mich meine Mutter aus Eifersucht und mein Vater, weil er sich langweilte und ich ihn nicht inspirierte. Ihr wart zu egoistisch, um Eltern zu sein! Was spielt es für eine Rolle, dass meine Großmutter in meinen Vater verliebt war? Komme ich in euren Überlegungen nicht vor? Wie verblendet warst du, Mama, als du schriebst, ich sei das Symbol einer schlimmen Schande? Ich war fünf Jahre alt und hatte ein Recht darauf, dass ihr an mich denkt. Ich bin keine Aussätzige – das einzig Kranke an mir sind eure Gene. Vielleicht wollte ich deshalb nie Kinder und wünsche mir, dass unsere Familie ausstirbt. Doch warum rege ich mich auf? Wem nützt meine Wut? Ich bin siebenundvierzig Jahre alt und stolz auf meine ironische Weltanschauung. Die Mutter, der Vater, die Oma, das Kind – sie kehren nicht wieder, selbst wenn ich sie ständig verfluche.

Ich muss dringend meine Einstellung ändern und, wie Tibi sagte, »die schlummernde Alternative« finden. Wenn einer von uns ein Problem hatte, versuchte der andere, ihm eine neue Sicht zu vermitteln. Denn die Dinge sind nicht, wie sie sind, sondern wie wir sie sehen. Zu jener Zeit galten andere Regeln. Die Kinder bestimmten noch nicht das Familienleben, und Eltern, die weggingen, waren keine Seltenheit. Viele zogen aus, um die alte Welt zu zerstören, und merkten nicht, dass zuerst die eigene Familie zugrunde ging. Ein Leben lang zahlte mein Vater einen bitteren Preis für seine edlen Ideale: In seinem Innern herrschten Ödnis und Leere. Doch wer bin ich, um ihn zu verdammen? Sind Hochmut und Nutzlosigkeit nicht auch meine Begleiter? Wie konnte ich von meiner Mutter erwarten, für mich zu sorgen, wenn sie kein Vorbild hatte? Obwohl ich Ruth liebe, gebe ich zu, dass sie als Mutter versagt hat – das schreibt sie in ihrem Tagebuch. Nicht aus Zufall floh ihre Tochter in die Sowjetunion. Denn es gibt kein wärmeres Haus als jenes, das die Revolution ihren Kindern bietet; die Arbeiter der ganzen Welt nehmen sie auf. Meine Mutter gab an mich weiter, was sie von ihrer Mutter bekam – und die bekam es von ihrer Mutter. Wen soll ich anklagen? Ohne sich dessen bewusst zu sein, rächen sich Eltern an ihren Sprösslingen für die eigene Kindheit.

Doch meine Wut ist vergangen, und nur der Kummer

bleibt. Die Tagebücher ließen mich reifen, sodass ich heute ermessen kann, was Ruth und mein Vater versäumt haben. Eines Abends standen sie auf dem Balkon in der Balfourstraße, und nur ein Zentimeter trennte sie vom grenzenlosen Glück, auf das Persönlichkeiten wie sie vielleicht einen Anspruch haben. Es ist kein Zufall, dass eine zweieinhalbjährige Beziehung ein ganzes Leben ausfüllt. Mein Vater und Ruth hatten Anteil an jenen Regionen, die dem einen greifbar und klar scheinen, doch dem anderen unübersichtlich und täuschend und in deren Zentrum der höchste Genuss steht, mächtig, erregend und friedvoll wie eine Droge.

Auch die Symptome des Entzugs waren ähnlich: ewiges Sehnen, Schmerzen, Leere und Sinnlosigkeit.

Als mein Vater gegangen war, wuchs bei Ruth die Kluft zwischen innen und außen. Ich bemerkte es, wenn ich nachts aufwachte und sah, wie sie am Tisch saß und schrieb. Sie wirkte fiebrig und fremd, und ich fürchtete mich und weinte, um ihre Aufmerksamkeit zu gewinnen.

Außer den Kapiteln, in denen es nur um mich geht, gibt es in zehn Jahren, die auf sein Verschwinden folgen, kein einziges, in dem Robert nicht vorkommt. Obwohl sie ihren Schmerz verbarg, sickerte er in mich ein und bildete die Grundlage für meine Unfähigkeit, um sie zu trauern.

Als ich fünfzehneinhalb Jahre alt war, weckte mich nachts ein Schrei. Das Bett neben mir war leer. Ich lief ins Wohnzimmer und fand sie dort. Ihre Finger umklammerten ein Telegramm; sie war leichenblass, und auf ihrem Gesicht lag ein Ausdruck, den ich nicht kannte. Als sie mich bemerkte, fasste sie sich und erklärte, eine Freundin aus Heidelberg sei gestorben. Aus dem Tagebuch erfuhr ich, dass das Telegramm die Nachricht vom plötzlichen Tod meines Vaters enthielt, über den mich Hansi erst am Ende meines Wehrdienstes informierte. Ruth wollte es so. Ich sollte die Wahrheit erfahren, wenn ich die Pubertät überwunden hatte. Sie fürchtete einen unkontrollierbaren Ausbruch und vertraute wie so oft auf die Gnade der Lüge.

Ich vermute, dass das Schicksal meines Vaters ihren eigenen Tod beschleunigte. Sie starb sieben Monate nach ihm. Bei beiden setzte das Herz aus.

Es gibt keine Schuldigen in dieser Geschichte, nur Opfer.

Ich lasse mich vom Wind treiben und weiß nicht, wohin. Ich rufe ein Taxi, das mich zum Hotel bringt, gehe auf mein Zimmer und weine.

Hansi sagte, auf Beerdigungen weinten die Menschen über sich selbst. Vielleicht hat er recht, und meine Tränen gelten allein mir. Bittere Sehnsucht trägt mich in verlorene Gegenden, zurück in die Zeit, in der ich das Heiligtum der Liebe eines anderen Menschen war. Herzensgute Ruth, nach allem, was du mir schenktest, ist keine Liebe groß genug, schon gar nicht jene des Iren. Plötzlich erkenne ich, dass er meinem Vater gleicht – sein Ausweichen, seine kühle Ironie und seine Weigerung, sich zu binden. Hat sie mir das Tagebuch hinterlassen, damit ich durch meinen Vater verstehe, dass ich das Produkt seiner Psyche bin und meine Partner nach seinem Vorbild wähle? Will sie mich vor Männern bewahren, deren Reiz in ihrer Unerreichbarkeit liegt? Was soll ich nun tun? Was würdest du, geliebte Ruth, mir empfehlen? Soll ich mit dem Iren über eine gemeinsame Zukunft sprechen, wie ich es plante, oder mich bescheiden und über das freuen, was er zu geben bereit ist? Vielleicht würdest du mir raten, ihn zu verlassen, da er bewiesen hat, dass er als Rettungsanker nicht taugt. Sein wahrer Charakter kam in den Nächten in Wien ans Licht, als ich krank war und er sich beschwerte, dass ich ihn beim Schlafen störte.

Ist es ein Zufall, dass in diesem Moment das Telefon klingelt und er in der Leitung ist? Viel zu sanft erkundigt er sich nach meinem Befinden.

Ich seufze.

»Ist es so schlimm?«

»Ich möchte mit dir sprechen«, sage ich spontan.

»Worüber?«, fragt er vorsichtig.

»Das steht noch nicht fest.«

Er lacht, als mache ich einen Witz.

Ich hauche einen Kuss in den Hörer und sage: »Wir reden später. Ich komme zur Probe. Viel Glück!«

Kapitel 3

Um sieben Uhr betrete ich das Theater. Ich werde gebeten, in der Cafeteria zu warten, einem großen schwarzen Raum mit gedämpftem Licht, der wie eine Kulisse wirkt. Ich setze mich an einen Tisch, der etwas abseits steht. Die Aufregung erreicht ihren Höhepunkt, als der Ire erscheint. Strahlend wie eine Aprikose im Frühling eilt er zu mir. Seit Jahren habe ich ihn nicht so lebendig gesehen. Er drückt mir einen Kuss auf die Wange und erklärt, er wollte nur nachschauen, ob ich schon da sei – übers Handy war ich nicht zu erreichen. Ich wünsche ihm Glück, und er geht zurück zu den Schauspielern. Der norwegische Assistent, der mit ihm durch Europa tingelt, winkt mir von Weitem zu und lässt die geladenen Gäste in den Saal ein.

Ich setze mich auf einen der mittleren Plätze, auf dem Schoß wie immer mein Heft. Das Licht geht aus, Musik ertönt, und die Vorstellung beginnt.

»Warum trägst du immer schwarz?«, fragt Medwenko, der gutmütige Kritiker.

»Weil ich um mein Leben trauere«, faucht Mascha, seine

depressive Freundin. Sie ist unglücklich in Kostia verliebt, aber der begehrt Nina, die in Trigorin vernarrt ist. Trigorin wiederum verehrt Arkadina, die sich nur für sich selbst interessiert. Der Ire nannte die Handlung »ziemlich speziell«.

Aber diesmal überrascht er mich wirklich. Keine Spur von der theatralischen Künstlichkeit, die sonst in seinen Aufführungen vorherrscht. Die Darsteller wirken wie echte Menschen aus einem klar definierten Milieu. Saturiert und neurotisch, ängstlich, stolz, aber lächerlich, egoistisch, kleinlich und immer unzufrieden, hoffen sie, das Unerreichbare doch zu erreichen. Es wundert mich nicht, dass Ruth Tschechow liebte.

In kluger Zurückhaltung bringt der Ire ein neues, modernes Stück auf die Bühne, ohne einen einzigen Samowar. Die Figuren trösten sich mit Alkohol, nicht mit Tee, und auch auf ihr Schweigen verzichtet er. Die Bühne atmet die Ungeduld des neuen Jahrtausends.

Vom ersten Dialog an ist das Publikum wie gebannt. Die Männer verlieben sich in die schöne gefühllose Nina und die Frauen in Trigorin, den reifen Schriftsteller, der keine Imitation, sondern die Wirklichkeit selbst sucht und sich nach einer Liebe sehnt, die ihm mehr gibt als das Material für eine kurze Erzählung. Doch als es darauf ankommt, unterwirft er sich der bestehenden Ordnung und erkennt Arkadinas Herrschaft an, ohne an die Opfer zu denken. Dagegen will Kostia, sein junger Kollege, alles auf einmal und wagt es, die Ordnung zu stören. Dafür bezahlt er mit dem Leben.

Die Qualen des Individuums werden lustvoll ausgebreitet und steigern sich zu einem Feuerwerk am Ende des Stückes. Erstmals genieße ich eine Arbeit des Iren und würde es ihm am liebsten sofort sagen. Ein Kompliment zu machen, ist genauso vergnüglich, wie eins zu bekommen.

Die Cafeteria summt wie ein Bienenstock. Ich finde einen Platz in einer dunklen Ecke und warte. Als der Ire mit seinen

Schauspielern eintritt, bricht Jubel aus. Er steht da wie ein Bräutigam und genießt den Applaus. Ich versuche seinen Blick einzufangen, doch er sieht mich nicht. Ich fühle mich beengt, und in meinem Kopf melden sich Anzeichen einer Migräne.

Mit den Ellbogen bahne ich mir einen Weg zu ihm. Er ist betrunken, und ich weiß, dass ich auf ihn aufpassen muss. Wenn er einen Erfolg feiert, macht er sich manchmal lächerlich, und am nächsten Morgen tut es ihm leid. Meine Aufgabe ist es, ihn zu bremsen, solange es möglich ist.

Er stellt mir die Schauspielerin vor, die die Rolle der Nina spielt. Wie einstudiert sagen wir, dass wir uns kennen. Sie lobt abermals meinen Haarschnitt, und ich beglückwünsche sie zu ihrer Leistung. Diesmal ist er garstig zu ihr; offenbar ist sie ihm auf die Nerven gegangen. Er gehört nicht zu den Regisseuren, die ihre Schauspieler mögen. Um sie zu trösten, sage ich noch einmal, dass mir ihr Auftritt gefallen hat. Sie lächelt flüchtig und lässt uns allein. »Hoffentlich hast du sie nicht gekränkt«, sage ich und verscheuche den Kellner, der neuen Sekt bringt.

Kapitel 4

Da die Nacht kalt und klar ist, gehen wir zu Fuß zum Hotel. Ich spreche begeistert von seiner Inszenierung.

»Jetzt verstehe ich, wie sehr dir meine Arbeiten bisher missfielen«, antwortet er.

»Ich kann nichts dafür«, sage ich und lache, »ich bin aus dem Nahen Osten, da liegt uns der natürliche Stil mehr.« Ich will verhindern, dass er anfängt, sein Werk zu verteidigen. Doch er lächelt und geht schweigend weiter.

»Sag mal«, versuche ich auf ein anderes Thema zu kommen, »die Schauspielerin, die die Nina spielt —«
»Was ist mit ihr?«
»Wer hat ihre Rolle angelegt, du oder sie?«
»Warum?«
»Es interessiert mich. Nina schien mir immer naiv und oberflächlich. Sie sucht den Erfolg und will eine berühmte Schauspielerin werden – das ist nicht originell. Kein Wunder, dass sie Arkadina im Kampf um Trigorin unterliegt. Doch in deiner Inszenierung ist Nina eine echte Konkurrentin, nicht nur weil sie jung ist, sondern weil sie intelligent und grausam handelt. Das bringt Spannung ins Stück, obwohl ich mich auch wundere, weil die Darstellerin im wahren Leben ein Klischee der Nina zu sein scheint: romantisch und leicht entflammbar. Ich staune immer, wie es Schauspielern gelingt, sich Charakterzüge anzueignen, die sie selbst nicht haben.«
Er bleibt stehen und schaut mich an.
»Was ist?«, frage ich.
»Warum sagst du das?«
»Was?«
»Sprich aus, was du denkst.«
»Was ich worüber denke?«
»Bei dir weiß man nie ...«, sagt er und geht weiter.
»Was weiß man nie?«
»Was sich hinter deinen Worten verbirgt.«
»Was soll sich dahinter verbergen?«
»Mir ist kalt, lass uns ins Hotel gehen«, sagt er und beschleunigt den Schritt.
»Sprich mit mir, Kirin!«, entgegne ich nervös.
»Ich hatte nicht vor, auf der Straße zu sprechen.«
»Aber der Zufall will es so.«
»Weißt du es?«, fragt er und räuspert sich verlegen.
»Was?«

Er zieht sein Taschentuch heraus und wischt sich die Augen.
»Tut mir leid. Offenbar habe ich einen Weg gesucht, es zu sagen.«

»*Was* zu sagen?«

»Du bist meine Freundin, und ich habe niemanden, mit dem ich sonst reden kann. Thea und ich, wir ... ich wollte nicht, dass das geschieht.«

»Wer ist Thea?«, flüstere ich, doch ich weiß es bereits.

»Die Darstellerin der Nina.«

»Was ist mit ihr?«

»Ich habe mich verliebt ... wir lieben uns beide. Sie sagt, sie sei noch nie so glücklich gewesen. Es tut mir leid, Nomi.«

»*Was* tut dir leid?«

»Dass ich dem schäbigen Drang nachgebe, es dir zu erzählen.« Er schaut mich an, doch er sieht mich nicht. »Wenn ich könnte, würde ich schweigen. Doch das wäre unfair, weil es nicht bloß ein Abenteuer ist. Es geschieht etwas, das ich noch nie erlebt habe – ich wusste nicht, dass ich das überhaupt kann. Während der Proben waren wir Tag und Nacht zusammen. Du weißt, dass mich Normalität langweilt, doch zum ersten Mal verstand ich, wovon die Leute reden, wenn sie sagen, dass sie *leben*. Es ist wie ein Wunder, das nur einmal passiert. Und ich rede nicht vom Sex, Nomi, oder doch, auch vom Sex ... ich habe den Menschen gefunden, der zu mir passt. Thea und ich wollen eine Auszeit vom Theater nehmen und ein Haus in der Provence oder Toskana mieten. Auch die Inszenierung ist direkter und freier, weil sie aus Liebe entstand.«

Ich kann nicht glauben, was er sagt! Wenn sonst jemand so sprach, wurde er aus Kirins Telefonbuch gestrichen. Eines Tages wird er seine Worte bereuen. Schweigend warte ich, dass mein Schmerz nachlässt, doch der Ire beginnt von Neuem.

»Ich hatte noch nie eine Freundin wie dich. Nur du kannst mich verstehen, denn du bist offen und großzügig. Außerdem schienst du in letzter Zeit weniger interessiert, und ich sah keinen Grund, die Sache zu vertuschen. Ich war sicher, es würde dir nichts ausmachen. Doch die Geschichte mit Thea ändert nichts an meiner Haltung zu dir: Ich könnte mich nie von dir trennen. Ich liebe dich und bin dir verbunden wie immer. Vielleicht kommst du uns bald besuchen, Thea wird dir gefallen. Sie ist so authentisch.«

Mit Ekel blicke ich in seine funkelnden Augen und zwinge mich, meine Gefühle zu beherrschen. Wie lächerlich er ist, wie roh und dumpf! Ein alternder Mann, der zum pubertierenden Jüngling mutiert.

»Es ist wirklich kalt«, sage ich und beginne zu laufen.

Mein Schweigen bedrückt ihn. Er läuft neben mir und entschuldigt sich abermals. Ich möge ihm verzeihen, wenn er unsensibel war, doch er sei betrunken und völlig am Ende.

Unsensibel? Du bist ein Tier! Fünfzehn Jahre habe ich an dich verschwendet.

Dennoch lächele ich gnädig und erkläre, dass ich mich für ihn freue, denn, wie er selbst sagte, bin ich seine beste Freundin, und wer verstünde ihn besser als ich.

Bemerkt er meine Ironie? Früher hatte er einen Sinn für Nuancen. Ohne es zu wollen, treibe ich das Spiel auf die Spitze: »Weshalb gehst du nicht zu ihr? Es ist die Nacht eures Triumphes. Das Küken ist ausgeschlüpft.«

»Welches Küken?«, fragt er verwundert.

»Die Möwe.«

»Ah, ich verstehe«, sagt er und lacht übertrieben.

»Was verstehst du?«

Etwas in ihm scheint zu erwachen, doch es erlischt sofort. »Du bist großartig, aber Thea und ich dachten, wir sollten erst unseren Urlaub beenden und wie geplant in die Berge fahren ... natürlich nur, wenn du willst. Außerdem sind ihre Eltern aus München gekommen und übernachten bei ihr.«

Meine Geduld ist erschöpft. Ich kann den Schweiß seiner Schuld nicht ertragen. Mehr denn je muss ich darauf achten, mir keine Blöße zu geben. Schon der Anschein, dass ich gekränkt bin, könnte einen Schwall von Entschuldigungen auslösen, die meine Niederlage noch schmerzlicher machen würden. Kein Wort kommt gegen die Liebe, die ihn wie eine Krankheit befallen hat, an. »Es ist bitterkalt«, sage ich und laufe schneller. Wenn er schläft, werde ich fortgehen, wortlos, ohne Drama und Tränen. Doch im Moment läuft er neben mir her und versteht nichts. Die Liebe hat sein Gehirn schon zerfressen.

Keuchend betreten wir das Hotel. Er schlägt vor, in die Bar zu gehen. Ich soll ihm erzählen, was ich fühle.

»Lass uns morgen reden«, entgegne ich. In seinem Zustand könnte ich sagen, was ich will – er würde mir alles glauben.

Als wir im Zimmer sind, lege ich mich in Kleidern aufs Bett und behaupte, ich sei furchtbar müde.

Ich schließe die Augen und tue, als schliefe ich. Unterdessen sitzt er auf der Bettkante und leert die Minibar.

»Schläfst du?«

Ich wälze mich wie im Traum.

Leise nimmt er sein Handy und geht ins Bad. Ich höre, wie er die Tür schließt. Sicher ruft er seine Geliebte an, um ihr zu sagen, dass der Auftrag erledigt ist. Nomi geht großartig damit um, sie ist wirklich in Ordnung!

Als sich das Gespräch hinzieht, stehe ich vorsichtig auf, nehme meinen Koffer, der zum Glück noch gepackt ist, stecke Tibis Buch in die Tasche und schleiche hinaus.

»Wohin geht die Fahrt?«, fragt der Taxifahrer und betrachtet mich im Rückspiegel, als ich »Frankfurter Hof« sage, das einzige Hotel, dessen Name mir einfällt.

»Es ist teuer«, gibt er zu bedenken.

»Ich bleibe nur eine Nacht.«

Das Radio kündigt schwere Schneefälle an, die jeden Augenblick einsetzen können. Ich bin dem schweigsamen Fahrer dankbar – seine Kollegen in Tel Aviv reden ununterbrochen.

Als ich aussteige, empfängt mich die eisige Luft. Der Portier nimmt mein Gepäck, und ich folge ihm.

Das Foyer erinnert an die Kulisse einer alten Oper: eine große Halle mit Leuchtern und Ölporträts, die in goldenem Licht glänzen. Nach der Anmeldung bitte ich die Rezeptionistin, mir einen Platz im nächsten Flugzeug nach Tel Aviv zu buchen – »... wenn es nicht zu viel Mühe macht«, füge ich spitz hinzu, da sie gähnt. Erschrocken reißt sie die Augen auf und setzt sich gerade. »Kein Problem, Frau Keller, ich kümmere mich darum.« Um mich zu versöhnen, beginnt sie ein Gespräch, doch ich gehe nicht darauf ein. Ich will zur Ruhe kommen und an nichts denken, dann kann ich vielleicht schlafen.

Als ich im Bett liege, schließe ich die Augen und versuche ruhig zu atmen. Doch eine Stimme lacht mich aus: Glaubst du, du kannst deinen Gedanken entfliehen?

Der dürre Baum vor dem Fenster beugt sich im Sturm. Seine Zweige schlagen gegen die Scheibe, als flehe er um Einlass. Mit blinden Augen blickt mich das zufriedene Gesicht des Iren an. Was für eine abgeschmackte Geschichte – der Regisseur verliebt sich in seine junge Schauspielerin! Ruth hatte recht: Man muss wachsam sein. Ich hätte die Zeichen erkennen können. Schon als er mich vom Flughafen abholte, stand ihm der Verrat ins Gesicht geschrieben.

Doch warum beschäftigt mich das? Darf eine Beziehung so enden? Mit gekränktem Stolz? Es ist das Einzige, woran ich noch denken kann. An die unheilbare Verletzung und das bittere Gefühl, unterlegen zu sein. Auch sein Mitleid ärgert mich, doch muss ich mir deshalb Gedanken machen? Es weicht bald der Erleichterung, dass das Hindernis aus dem Weg geräumt ist. Letztlich ergeht es mir wie meiner Mutter. Während sie ihr Leben in Novosibirsk fristete, gräme ich mich in einem Hotelzimmer in diesem fremden Land. Ohne einen Angehörigen und ohne jemandem zu fehlen.

Gustav Bechler sagt, was die Dichter Schicksal nennen, seien in Wirklichkeit nur schlechte Gene. Diesmal erhalten seine Worte einen tieferen Sinn. Ich begreife, dass ich vorbelastet bin. »In meiner Familie hängt man sich auf«, sagte Ruth, als Otto fortgehen wollte. Erst hatte sich ihre Mutter erhängt, dann ihr Bruder. Und sie war in ihrer Jugend im Sanatorium gewesen. Ich erinnere mich an ihre Schilderung des Tages, an dem man sie wie eine Aussätzige aus dem Pelzgeschäft jagte, und ihre apokalyptische Angst um Ferdi und meine Mutter. Auch von den Genen meiner Eltern habe ich nichts zu erwarten. Meine Mutter war hysterisch und mein Vater leer und ausgebrannt. Die Vergangenheit ist *kein* fremdes Land, denn durch krankes Blut bin ich mit ihr verbunden.

Keiner weiß, was die Gene reproduzieren. Vielleicht bestätigt mein Anfall in Wien, dass ich in den Taumel des Rouletts eingetreten bin, als neue Generation von Opfern einer schlechten Veranlagung: Ob Herzschwäche, Alzheimer, Krebs oder Wahnsinn – ich fühle mich wie eine Ente in einer Schießbude auf der Kirmes. Wenn der erste Schuss nicht trifft, dann tut es der zweite. Und wenn ich von Krankheit verschont bleibe, erweist sich ein wacher Verstand als genauso verhängnisvoll. Ich bin verdammt, mein Leben allein zu beenden, mit leerem Blick und Schaum vor dem Mund. Das schreckliche Bild umklammert mich mit den Zangen eines fruchtlosen Schreckens und vernichtet alle Hoffnung auf eine Perspektive oder tröstende Ironie. Was ich in diesem Augenblick sehe, ist die einzige Wahrheit. Alles, was möglich ist, wird geschehen; jede Befürchtung wird wahr. Ich habe die Kontrolle über mein Leben verloren. Mir bleibt nur die Sehnsucht nach den Zeiten der Leere und Nutzlosigkeit, die schmerzten, aber nicht bluteten.

Das Peitschen der Zweige macht mich verrückt. Lieber öffne ich das Fenster und erfriere. Als ich aufstehe, fällt mein Blick auf das Buch in der Tasche.

Ich werde einsam und krank sein, Tibi, denn mein Blut ist verseucht. Warum sollte mir das erspart bleiben? In Wien bin ich zweimal zusammengebrochen, zweimal verlor ich die Gewalt über mich. O Tibi, wie dumm ich war! Und wie peinlich es ist, erst jetzt zu erwachen!

In einem Brief, den ich las und wegwarf, schrieb er: »Wir dürfen nicht warten, bis dramatische Zeiten anbrechen, sondern müssen uns versöhnen, solange wir nicht aufeinander angewiesen sind.« Was soll ich ihm sagen? Dass die dramatischen Zeiten begonnen haben und ich allein bin? Dass ich besiegt und erniedrigt wurde und meine Angst nicht mehr ertrage?

Ich schaue auf die Uhr. In Israel ist es drei Uhr fünfunddreißig, mitten am Tag für ihn. Ich habe nichts zu verlieren, nehme das Handy und wähle seine Nummer. Er antwortet mit einem nervösen Hallo, als sei er in Eile.

»Ich bin es«, sage ich zögernd.

Schweigen. Dann ertönt ein lautes »Nooomilein«, und sofort geht es mir besser.

»Bist du beschäftigt?«, frage ich vorsichtig.

»Für dich habe ich immer Zeit. Bist du nebenan?«

»Nein, in Frankfurt.«

»Geschäftlich?«

»Das ist eine lange Geschichte.«

Die alte Vertrautheit ist wieder da. Aus unserem Lexikon der Seufzer wähle ich einen besonders tiefen, den er umgehend erwidert: »O Nomi!«

»O Tibi!«

»O Nomi!«

Ich weine.

»Du kannst mir alles sagen.«

Schluchzend erzähle ich von Wien, den Tagebüchern, dem Verrat des Iren und meiner neuesten Furcht, die alle anderen verdrängt. Wie ein Arzt stellt er Fragen und formuliert seine Diagnose.

»Okay, Nomilein, hör mir zu. In deinem Alter ist der Ausbruch einer genetisch bedingten psychischen Krankheit höchst selten. Du hattest Angstzustände. Ab und zu braucht die Seele Erleichterung, besonders bei Menschen, die sich immer im Griff haben. Glaub nicht, dass ich deine Situation unterschätze – ich leide auch unter solchen Attacken, sie sind meine treuesten Feinde. Wenn sie beginnen, sind sie absolut, und es hat keinen Sinn, sie zu relativieren. Doch es hilft, wenn man weiß, dass ein Unterschied besteht zwischen einer Neurose wie bei uns und pathologischen Fällen.«

»Aber ich bin zusammengebrochen.«

»In jedem Lexikon steht, dass die Symptome physisch sind.«

Ach, Tibi, geliebter Tibi! Du beruhigst mich, und ich muss mir keine Sorgen mehr machen. »Ich war gemein zu dir«, sage ich, »es tut mir so leid.«

»Mir tut es auch leid.«

»Ich bedauere, dass ich erst auf *dramatische Umstände* gewartet und auch deinen Roman nicht gelesen habe, obwohl ihn mir Orli mit dem Tagebuch geschickt hat.«

»Ich liebe dich«, sagt er, und meine Angst löst sich auf. Plötzlich scheint alles offen.

Ich frage, ob sich die Umstände durch die Liebe verändern. Nein, antwortet er, nur die Perspektive verschiebt sich. Die Liebe kann einen statischen in einen dynamischen Zustand verwandeln.

»... besonders, wenn einem immer die passenden Worte einfallen«, sage ich und hauche einen Kuss in die Leitung.

Ich habe meinen Humor wiedergefunden, wie einen verlorenen Freund, der zu mir zurückkehrt.

Doch in den Raum, den ich zurückgewinne, dringt sofort die Erinnerung an den Iren. Ich seufze aus tiefstem Herzen.

»Hab Erbarmen mit ihm«, sagt Tibi, »er wird schmerzlich erwachen. Dann kannst du ihn wiederhaben, wenn du noch willst.«

»Du meinst, ich kann haben, was von ihm übrig ist.«

»Man bekommt nie alles.«

»Aber die Erniedrigung, Tibi, der verletzte Stolz ...«

»Schluck ihn herunter, meine Liebe. Er macht nicht dick und schmeckt besser als ein gebrochenes Herz.«

»Vielleicht ist mein Herz gebrochen, und ich weiß es nur nicht. Fünfzehn Jahre sind eine lange Zeit, Tibi.«

»... oder du liebst ihn nicht mehr. Du sagtest: Ihn zu verlassen, wäre eine von mehreren Optionen. In diesem Fall hätten andere für dich entschieden.«

»Woher weiß man, dass man nicht mehr liebt?«

»Man *fühlt* es.«

So einfach ist das.

»Und wenn mir die Decke auf den Kopf fällt?«

»Dann tröste ich dich. Du kuschelst dich in dein Bett, und ich lese dir aus dem neuen Buch von Ian McEwan vor.«

»Aber nun zu dir ...«, zitiere ich einen unserer Lieblingswitze, »hattest du Sehnsucht nach mir?«

»Furchtbare Sehnsucht.«

»Erzähl, was passiert ist, und vor allem, mit wem!«

Er hat sich in einen Konditor verliebt, und wenn ich ihn nicht bremse, wird er wie ein Pfannkuchen aufgehen. Was das Schreiben betrifft, sei die Lage düster, denn er ringe mit einem störrischen Text. Doch wolle er ehrlich sein: Er warte nur auf eine böse Deutsche, die ihm sagt, dass das Schreiben ohne Quälerei nicht möglich sei und sein Manuskript in den Papierkorb gehöre.

Es kommt mir vor, als hätten wir uns nie gestritten. Als er fragt, was noch in den Tagebüchern steht, erzähle ich von Ruth und meinem Vater. Plötzlich wird er still und hört auf, jeden meiner Sätze mit lustigen Geräuschen zu kommentieren.

»Bist du schockiert?«, frage ich.

»Nein, meine Liebe, Schriftsteller sind nicht schockiert. Sie überlegen, ob die Lebensgeschichte der anderen eine Story hergibt.«

»Du willst meine Familiengeschichte benutzen?«

»Warum ich? Seit Jahren suchst du ein Thema. Entschuldige das Klischee, doch es gibt keine bessere Methode, die Vergangenheit zu verarbeiten.«

»Aber ich erinnere mich nur an das, was in den Tagebüchern steht.«

»Erfinde den Rest hinzu!«

Das Klingeln des Telefons reißt mich aus tiefem Schlaf. Die Hotelangestellte teilt mir mit, dass das nächste Flugzeug nach Tel Aviv um sechs Uhr fünf starte und ein Platz für mich reserviert sei.

Ich bin erleichtert, dass ich ausschlafen kann, doch erklärt sie mir, dass der Flug schon um sechs Uhr fünf in der Frühe abgeht. »Sie baten um die nächste Maschine und müssen um vier Uhr am Flughafen sein.«

Was bildet sie sich ein? Dass ich mitten in der Nacht im Hotel einchecke und zwei Stunden später zum Flughafen will?

Sie deutet mein Schweigen als Zustimmung und verabschiedet sich mit einem munteren »gute Nacht«.

Doch sie hat recht. Ich habe hier nichts mehr zu suchen. Ich werde zum Flughafen fahren, mich ins Café setzen und Tibis Buch lesen.

Kapitel 5

Im Flughafen ist es still. Menschen mit geröteten Augen ziehen träge ihre Koffer durch die Halle. Ich setze mich an die Bar ans große Fenster, das aufs Flugfeld hinausgeht, und bestelle einen Margarita.

Als draußen erste Schneeflocken fallen, erwacht ein verloschenes Bild. Eines kalten Wintertags wusste meine Mutter nicht, wo sie mich unterbringen sollte, und nahm mich zu einer Versammlung nach Jerusalem mit. Dort wurde endlos diskutiert, und ich erinnere mich, dass jemand Büroklammern vor mir aufhäufte und mich ermunterte, sie zu einer Kette zusammenzufügen. Nach der Versammlung gingen meine Mutter und ich schweigend zum Busbahnhof. Auf einmal begann es zu schneien, und als geschehe ein Wunder, strahlte ihr Gesicht, und sie verwandelte sich vor meinen Augen in ein glückliches junges Mädchen.

Seit ihrer Kindheit hatte sie keinen Schnee mehr gesehen, sagte sie und hob mich in die Luft. Als sich eine dicke weiße Schicht bildete, formten wir Schneebälle und bewarfen uns zum Spaß damit.

Nicht zum ersten Mal taucht das Bild vor mir auf. Nur scheint es diesmal luftiger (liegt das an Tibis tröstlichen Worten?), und es drängt sich kein anderes Bild vor, um den Zauber zu zerstören.

Es gab noch einen weiteren Tag wie diesen. Als sie einmal keine Wahl hatten, nahmen mich meine Eltern ins Kino mit, zu »Island in the sun« mit Harry Belafonte. Da Kindern der Zutritt verboten war, versteckte mich mein Vater unter seinem weiten Mantel. Wir schlichen in den Saal und kicherten wie Gauner, die ein Schnäppchen gemacht haben. In diesem Augenblick waren wir die glückliche Familie, die ich mir wünschte.

Meine Eltern verließen mich als junge Menschen. Ich kannte sie am Ende ihrer Tage nicht. Der Zorn, den ich angesammelt hatte, wurde nicht durch Mitleid gemildert. War es das, was Ruth bezweckte? Sollte ich meine Eltern als Menschen kennenlernen, die wie wir alle Sklaven ihrer Schwächen und ihres Kummers waren? Sollte meine Bitterkeit Erbarmen weichen? Die Familie sucht man sich nicht aus – man bekommt sie. Sie ist ein Teil unserer Identität, selbst wenn wir sie auslachen oder bekämpfen. »Erkenne dich selbst«, steht am Eingang des Tempels, und nicht: »Suche die Schuldigen«. Erst die Erkenntnis, dass deine Angehörigen Menschen aus Fleisch und Blut sind, beweist deine Reife. Ich muss den Figuren, die in meinem Familienroman auftreten, mit Gleichmut und Sympathie begegnen. Der tragische Fehler geschah im Land der Vergangenheit, das sich meinem Urteil entzieht.

Warum tun wir oft nicht, was der Verstand uns befiehlt?

Bald ist Weihnachten, und die in Schnee gehüllten Flugzeuge gleichen riesigen Spielzeugen. Über Lautsprecher wird die Verzögerung unseres Flugs angesagt, doch ich habe keine Eile. Nach dem vierten Margarita sehe ich die Dinge mit der nötigen Distanz. Bewusstsein und Gefühl halten sich die Waage und dämmen meine Angst ein. Allmählich wächst Mitleid, behutsam und maßvoll, sodass es nicht in Selbstmitleid umschlagen kann. Die Patientin ist auf dem Wege der Besserung.

»Oh, Tibi«, seufze ich und öffne das Buch. Und dann lese ich ohne Unterbrechung, in der Schlange vor der Sicherheitskontrolle, am Einlass zum Flugsteig, zwischen Himmel und

Erde, und gelange in der Dämmerung zur letzten Seite: »Der Schnee blieb in diesem Jahr länger als jemals zuvor, als sei Jerusalem eingeschlafen und in Europa wieder erwacht. Gab es einen geeigneteren Augenblick, um meine Toten zu besuchen, Kinder des Schnees, die in der Wüste verdorrt waren? Als ich zum Friedhof kam, traute ich meinen Augen nicht: eine Wohnstatt für Engel! Der Schnee hatte das Gras zugedeckt. Er erhöhte die Gedenksteine zu Türmen und begrub die in Stein gemeißelten Namen, die letzte Erinnerung, dass die Toten einmal Kinder dieser Welt gewesen waren, die ihr Leben bewusst gelebt und sich schuldlos hatten anstecken lassen mit dem Hochmut, der uns den Tod vergessen lässt, und der ewigen Furcht vor ihm. Doch siehe, ohne Vorbereitung haben sie die große Prüfung bestanden. Wie Menschen, die glücklich einen mächtigen Strom durchquert haben, drehen sie sich um und schauen wohlwollend, doch spöttisch auf die, die noch drüben, am anderen Ufer stehen. Noch einen Augenblick hielt ich es in der klirrenden Kälte aus und betrachtete das Spiel der Flocken, die allmählich mit der trostlosen Erde verschmolzen. Es hatte keinen Sinn, meine Toten zu suchen; ich würde sie nicht finden und ihr Rätsel nicht lösen. Sie existierten nicht und waren trotzdem in alle Ewigkeit präsent: verborgen und doch bekannt. Ich aber lebte und würde vom Schnee nicht begraben, wenn ich es nicht zuließ. Es gibt Dinge, für die es sich lohnt, den steilen Felsen zu erklimmen. Wie ein schwaches Licht gehst du vor mir, und meine Sehnsucht zieht mich hinter dir her. Zu zweit ist man stark – hätte ich dich in den Tod begleiten sollen? Wenn auch ich eines Tages von der Erde verschwunden bin, schweben wir dann gemeinsam und suchen für uns beide ein ruhiges Plätzchen im Totenland der Unzufriedenen?«

Anmerkungen des Übersetzers

Baldachin – bei einer jüdischen Hochzeit stehen die Brautleute unter einem Baldachin, der Chupa.

Ben-Gurion, David – Führer der gemäßigten, sozialistisch geprägten Zionisten und erster Ministerpräsident des Staates Israel ab 1948.

Brit Schalom – hebräisch: »Friedensbund«; Vereinigung mit dem Ziel eines Ausgleichs zwischen Juden und Arabern und Befürworter eines binationalen jüdisch-arabischen Staates.

Davar – hebräisch: »Wort«; sozialistische Tageszeitung.

Even – hebräisch: »Stein«.

Goj – hebräisch: »(nicht jüdisches) Volk, Nichtjude«; oft abwertend gebraucht.

Hochkommissar, britischer – nach der Zerschlagung des Osmanischen Reiches im Ersten Weltkrieg wurden viele vormals von Türken beherrschte arabische Gebiete dem Mandatssystem des Völkerbunds unterstellt. So geriet Palästina unter die Treuhandschaft Großbritanniens, das eine Mandatsregierung einsetzte; an der Spitze stand ein Hochkommissar. Die britische Herrschaft über Palästina dauerte von 1920 bis 1948.

Jabotinsky, Seev – Führer der Revisionisten, die sich als radikal-nationalistisch verstanden und die gemäßigte Politik der sozialistisch-zionistischen Mehrheit »revidieren« wollten. Sie plädierten für ein »Großisrael« mit Gebieten zu beiden Seiten des Jordans und die Ausweisung der arabischen Bevölkerung. Aus der revisionistischen Bewegung ging nach der Gründung des Staates Israel die Likud-Partei hervor, die seit 1977 mehrere Ministerpräsidenten stellte (u. a. Menachem Begin).

Jewish Agency – inoffizielle jüdische »Regierung« in Palästina, bevor der Staat Israel ausgerufen wurde. Sie schuf eine eigene jüdische Verwaltung, beschaffte Geld im Ausland und baute Siedlungen und Städte. Außerdem vertrat sie die Interessen der jüdischen Bevölkerung Palästinas gegenüber der Mandatsmacht Großbritannien und den Vereinten Nationen.

Jischuw – hebräisch: »Siedlung«; Bezeichnung für die jüdische Bevölkerung Palästinas vor der Gründung des Staates Israel.

Kastner-Prozess – der Hotelier und Hobbyjournalist Malchiel Gruenwald beschuldigte 1953 den israelischen Ministerialbeamten Rudolf Kastner, beim Holocaust mit den Nazis kollaboriert zu haben. Daraufhin wird Gruenwald mit Unterstützung des Justizministers, der den guten Ruf Israels gefährdet sieht, der üblen Nachrede angeklagt. Doch wandelt sich der Gruenwald- allmählich zum Kastner-Prozess, als sich der Verdacht gegen Kastner als gerechtfertigt herausstellt. Kastner wird später von einem Überlebenden des Holocaust ermordet.

Krone des Alters – Zitat aus dem Alten Testament; siehe Proverbia (Sprüche), Kapitel 16, Vers 31.

Lechi – antiarabische und antibritische Untergrundorganisation von Juden in Palästina, die Terrorakte verübte und in Opposition zum zionistischen Establishment, auch zur zionistischen Untergrundarmee »Hagana«, wirkte; wurde 1948 aufgelöst.

Qol ha-Am – kommunistische Zeitung in hebräischer Sprache.

Sabre – arabisch: »Feigenkaktus«; beliebte Selbstbezeichnung der in Palästina/Israel geborenen Juden, die der Frucht des Kaktus ähneln sollen, denn angeblich sind sie wie diese außen stachelig und innen süß.

Savta – aramäisch-hebräisch: »Oma«.

Schomer ha-Za'ir – hebräisch: »der junge Wächter«; 1913 gegründete links-zionistische Jugendbewegung. Aus ihr ging die israelische Arbeiterpartei hervor, die von 1948 bis 1977 und danach noch mehrmals den Ministerpräsidenten stellte (David Ben-Gurion, Golda Meir, Jitzchak Rabin u. a.).

»The bashful Arides ...« – sinngemäß bedeutet das Zitat: »Der schüchterne Arides heiratete eine hässliche Frau, denn er langweilte sich und wusste nichts mit sich anzufangen. Er sagte sich: ›Ich will mich nicht, aber wenn sie mich will, soll sie mich nehmen.‹ Am Tag des Jüngsten Gerichts kam er dafür in die Hölle.«

»The past is a foreign country ...« – Zitat aus einem in Deutschland weitgehend unbekannten Roman von Leslie P. Hartley von 1953, »The Go-Betweens«. Sinngemäß bedeutet der Satz: »Die Vergangenheit ist ein fremdes Land, in dem die Menschen seltsame Bräuche pflegen.«

Tova – hebräisch: »(die) Gute«.

Untergrundorganisationen – während der britischen Herrschaft über Palästina (1920 bis 1948) bildeten sich jüdische und arabische Untergrundgruppierungen, die für bzw. gegen die Errichtung eines jüdischen Staates kämpften; siehe auch *Lechi* und *Jabotinsky, Seev.*

Vereinte Nationen – die UNO-Vollversammlung berief 1947 einen Sonderausschuss (United Nations Committee for Palestine/UNSCOP), der über die Zukunft des im Bürgerkrieg versinkenden Landes beriet. Neben Australien, Indien, dem Iran und Jugoslawien waren Kanada, die Tschechoslowakei, Guatemala, Holland, Peru, Schweden und Uruguay im Ausschuss vertreten. Die Vertreter der sieben letztgenannten Länder sprachen sich für die Teilung Palästinas in einen arabischen und einen jüdischen Staat aus.

Zypern – Schiffe mit illegalen jüdischen Einwanderern wurden von den Briten vor der Küste Palästinas abgefangen und nach Zypern umgeleitet. Dort wurden die Passagiere in Lagern interniert.

Danksagung

Mein Dank gilt den Autoren folgender Bücher, aus denen ich viel gelernt habe:

Ruth Lubitsch, »Ich kam nach Palästina – Geschichten meines Lebens«, Berlin 1988

Saul Friedländer, »Das Dritte Reich und die Juden – Die Jahre der Verfolgung 1933–1939«, München 2000

Tom Segev, »Es war einmal in Palästina – Juden und Araber vor der Staatsgründung Israels«, München 2005

G. Z. Israeli, »Mafaz – PKP – Maqi«, Tel Aviv 1953 (hebräisch)

Ich danke auch Omri Nitzan für die sorgfältige Durchsicht meines Manuskripts sowie Nomi Sanderson und Anat Gov für die treue Unterstützung. Mein besonderer Dank gilt schließlich Zeruya Shalev für ihre Klugheit und Umsicht.